Sarah Höflich
Maikäferjahre

Sarah Höflich

Maikäferjahre

Roman

dtv

Von Sarah Höflich
ist bei dtv außerdem erschienen:
Heimatsterben

Im Gedenken an meine Großeltern.
Für unsere Kinder.

Originalausgabe 2025
© 2025 dtv Verlagsgesellschaft mbH & Co. KG,
Tumblingerstraße 21, 80337 München
produktsicherheit@dtv.de
Zitat auf Seite 5: Kästner, Erich. Notabene 45. Ein Tagebuch.
© 2017 Atrium Verlag, Zürich
Satz: C.H.Beck.Media.Solutions, Nördlingen
Gesetzt aus der Aldus Nova
Druck und Bindung: CPI books GmbH, Leck
Printed in Germany · ISBN 978-3-423-26288-0

Die Unschuld grassiert
wie die Pest.

Erich Kästner, 8. Mai 1945

Success is not final,
failure is not fatal;
It is the courage to
continue that counts.

Winston Churchill

Teil 1

Leutnant
Tristan Baumgartner
Feldpostnummer
4367852 K

An
Anna-Isolde Angerer, geb. Baumgartner
Kapuzinergasse 11
Dresden

9. Januar 1944

Liebste Anni, mein Schwesterlein!

Heute denke ich nur an Dich und feiere unser beider Geburtstag – so gut das hier am Stützpunkt eben geht. Mein Kamerad Hermann, unser Navigator, hat sogar ein bisschen Kuchen und eine Flasche Wein für uns aufgetrieben! Hoch sollst Du leben, mein Schwesterlein!

Sie wollten natürlich alle Dein Foto sehen. Ich kann Dir verraten, Du hast hier große Verehrer! Spaß beiseite, ich hoffe doch sehr, dass Du von Fritz gehört hast? Und dass es Dir und dem kleinen Leben in Dir gut geht?

Ich warte schon sehnsüchtig auf meinen nächsten Urlaub – vielleicht zu Ostern? Wäre das nicht ein Fest? Hoffentlich bist du bis dahin noch nicht geplatzt. Ich freu mich so auf Dich und den Kleinen – oder die Kleine? Bitte grüße die Eltern ganz lieb von mir.

Sag Mamá, ich bete mehr als je zuvor. Und Papa, er soll seinen Humor nicht verlieren. Das fällt uns hier allen immer schwerer, aber wenn es gar nicht mehr geht, erzähle ich einen von seinen Witzen. Du kennst ja die besten.

Bitte passt gut auf Euch auf, mein Schwesterlein! Und schau ab und zu bei unserem lieben Sigi vorbei, ja? Ich weiß, er freut sich – von wo auch immer er zu uns herabschaut.

Gedenke mein, mein Herz, ich gedenke Dein.

Dein Maikäfer fliegt!

1944

Der Zweite Weltkrieg nähert sich seinem endgültigen Wendepunkt. Die Übermacht der Alliierten beginnt sich zu stabilisieren.

Die Rote Armee gewinnt die westliche Sowjetunion zurück und rückt im Laufe des Jahres bis nach Polen vor.

Das Unternehmen Steinbock, eine der letzten Luftwaffen-Operationen gegen Großbritannien, endet nach vier Monaten mit desaströsen Verlusten für die Deutschen.

Die Landung in der Normandie gelingt und wird zum Höhepunkt der westalliierten Offensive.

Das Hitler-Attentat vom 20. Juli scheitert. Die Hauptakteure werden innerhalb weniger Tage standrechtlich exekutiert.

Die deutsche Wehrmacht marschiert in Ungarn ein. Es beginnt die Deportation der größten verbliebenen Gruppe europäischer Juden nach Auschwitz-Birkenau. Hunderttausende werden grausam ermordet.

Die alliierten Streitkräfte befreien Paris.

US-Präsident Franklin D. Roosevelt gewinnt seine vierte Wahl.

In Dresden kommt ein Kind zur Welt.

I

Ihr Kind kam zu früh, obwohl es für so vieles zu spät war. Anni hatte sich gerade erschöpft auf den Schreibtischstuhl fallen lassen, um noch einmal den letzten Feldpostbrief ihres Zwillingsbruders zu lesen, als ihr der Schmerz wie ein Faustschlag in den Unterleib fuhr. Sie stemmte sich hoch, taumelte zum hohen Doppelfenster und riss es auf. Draußen wölbte sich der azurblaue Himmel über den Dächern der umstehenden Jugendstilgebäude, kleine Schäfchenwolken zogen vorbei, und im großen Kastanienbaum, der den Innenhof beinahe ausfüllte, zwitscherten die Amseln. Sie versuchte, ruhig ein- und auszuatmen, so wie es in dem Ratgeberbuch stand, das sie nicht mochte, aber doch brav gelesen hatte: *Die deutsche Mutter und ihr erstes Kind.*

Während der Schmerz langsam nachließ, dachte sie, dass dieser Tag viel zu friedlich wirkte, zu schön. Der Himmel, die Frühlingsluft, das Vogelgezwitscher – wie ein trügerischer Traum oder ein gefälschtes Bild, unter dem sich in Wahrheit ein anderes verbarg.

Anni wusste, dass sie dankbar sein musste, trotz des schrecklichen Krieges um sie herum noch ein halbwegs normales Leben führen zu können. Doch seit diesem Nachmittag erschien ihr jede Friedlichkeit, jede Schönheit schal. Die letzte Farbe der Fälschung war abgeblättert, der Traum durch ein jähes Erwachen beendet.

Ein Spaziergang an der Elbe, nur Vater und Tochter, ihr sonntägliches Ritual. Durch die Gassen zum Neumarkt, an Frauenkirche und Oper vorbei, hinunter zum Fluss. Am Lutherdenkmal blieb ihr Vater kurz stehen, wandte sich um und beschrieb mit dem Arm einen großen Halbkreis um den prächtigen Platz, von der Kirche über das Johanneum bis hin zum Palais de Saxe.

»Genießen wir diesen Anblick«, sagte er leise. »Solange es ihn noch gibt.«

Anni schluckte. Bisher war Dresden von Luftangriffen weitestgehend verschont geblieben, doch ihr Vater hatte natürlich recht: Das konnte sich schnell ändern. In den Kasernen der Stadt sammelten sich Tag für Tag neue Rekruten, die dann zu Tausenden in die Züge stiegen und an die Ostfront fuhren. Dorthin, wo auch ihr Ehemann Fritz stationiert war, der Vater ihres Kindes. Ihre Jugendliebe, den sie während eines zehntägigen Heimaturlaubs geheiratet hatte – als sie bereits im dritten Monat schwanger war. Sie betete, dass er sich »schon durchschlagen« würde, wie Fritz das nannte. Er war Gebirgsjäger, unglaublich stark und zäh. Aber die vielen Toten und Verletzten, die vom Roten Kreuz mühsam zurücktransportiert wurden, gaben nur wenig Anlass zur Hoffnung. In Dresden waren inzwischen die meisten der ehemaligen Ballhäuser, Gaststätten und Cafés zu Lazaretten umfunktioniert worden. Gelegentlich drangen die Schreie der Verwundeten bis hinaus auf die Straße und bildeten einen morbiden Gegensatz zu den herrschaftlichen Barockfassaden und den elegant gekleideten Sonntagsspaziergängern des Dresdner Bürgertums. Viele von ihnen grüßten freundlich, gelegentlich wechselte man ein paar Worte, der ein oder andere beklagte sich über die neuesten Rationierungen, doch die wenigsten sprachen wirklich über den Krieg. Es war, als wollten sie alle noch ein bisschen länger an der Täuschung festhalten, an dem Rest von friedlicher Fassade, die die prunkvolle Stadt ihnen bot.

Nicht so Annis Vater. Gottlieb Baumgartner war Violinist bei der Sächsischen Staatskapelle. Ein begnadeter Musiker, ein Freund der Künste, ein Freigeist, der sich immer schon schwergetan hatte mit der Herrschaft der Nationalsozialisten. Oft schlich sich diese Abneigung in einen seiner Witze, die er gern in vertrauter Runde erzählte.

»Zehn kleine Meckerlein, die saßen einst beim Wein – der eine machte Goebbels nach, da waren's nur noch neun.«

Es war seine Art, mit dem umzugehen, was er »das Regime« nannte. Seit Annis älterer Bruder Siegfried im Rahmen des erweiterten Russlandfeldzugs gefallen war, trank ihr Vater oft schon mittags zu viel Wein und konnte dann abends nachdenklich und melancholisch werden. Aber so verzweifelt wie heute hatte Anni ihn nur selten erlebt.

Zunächst dachte sie, es sei wegen Tristan, seinem zweiten Sohn, Annis geliebtem Zwillingsbruder, der irgendwo im Westen Luftangriffe gegen England flog, die ihr Vater längst als Todeskommandos bezeichnete. In der *Wochenschau* sprach man noch vom heroischen Einsatz der tapferen Kämpfer, aber Anni hatte längst begriffen, dass man den deutschen Nachrichten nicht trauen konnte.

»Du machst dir Sorgen um Tristan?«, fragte sie, als sie an der majestätischen Fassade der Semperoper vorbeigingen.

Ihr Vater blieb stehen und strich sich mit der Hand über das Gesicht, als wollte er eine Maske abstreifen. »Natürlich«, sagte er heiser. »Jeden Tag.«

Aber Anni hatte das Gefühl, dass ihn noch etwas anderes, ungleich Größeres belastete.

»Gehen wir zum Fluss«, schlug er vor und bot ihr seinen Arm.

Gemeinsam schritten sie über den Theaterplatz hinunter zum Terrassenufer. Auf der einst so imposanten Elbpromenade zeigten sich die Spuren des Krieges deutlicher als in der Innenstadt. Auch die Elbdampfer der Ausflugsreederei *Weiße Flotte* waren zu Lazaretten umfunktioniert worden. Flakgeschütze wurden von Transportwagen auf Binnenschifferkähne geladen. Soldaten patrouillierten am Quai und verjagten Schwarzhändler, die verstohlen ihre Waren feilboten. Die Stimmung war weitaus trubeliger und chaotischer als oben am Neumarkt, sicher war es auch ein wenig gefährlicher, aber ihren Vater zog es oft hierher, und Anni faszinierte das wilde Treiben ebenfalls mehr als die banalen Konversationen mit weitläufigen Bekannten.

Diesmal jedoch schien Gottlieb Baumgartner ein besonderes Anliegen zu haben. Er führte Anni weg von den Schiffslazaretten, wo es ruhiger wurde und sie weniger Gefahr liefen, jemandem zu begegnen.

Anni kam ins Schwitzen. Sie war im neunten Monat und konnte kaum mehr ihre Füße sehen, geschweige denn ihre geschwollenen Knöchel.

»Papa, was ist los?«, fragte sie schließlich.

Ihr Vater ging langsamer, nahm seinen Hut ab und fuhr sich mit der Hand durch die grau melierten Locken.

»Schon wieder sind zwei Spitzenmusiker verhaftet worden«, erwiderte er halblaut, nicht ohne sich vorher umzusehen. Man wusste nie, wer plötzlich hinter einem auftauchte.

»Dieser Wahnsinn muss endlich aufhören! Er stürzt uns noch alle ins Verderben!«

Anni sah ihn überrascht an. So deutlich hatte ihr Vater sich bisher selten geäußert, vor allem nicht in der Öffentlichkeit.

Er ließ ihr keine Zeit zum Nachfragen, sondern sprach sofort weiter. »Den Pianisten Karlrobert Kreiten haben sie vor einem halben Jahr einfach erhängt. Trotz mehrerer Gnadengesuche, nach einem aberwitzigen Prozess.« Er blickte Anni direkt in die Augen. »Ich lasse nicht zu, dass Adam das Gleiche passiert!«

Anni begriff sofort. Es ging um Adam Loewe, den »Jahrhundertgeiger«, wie ihr Vater seinen Protegé bezeichnete. Sie hatte ihre Eltern mehrfach seinetwegen streiten hören, anfangs leise und im Geheimen, inzwischen heftiger. Bereits im Alter von vierzehn Jahren hatte dieser Adam im Rahmen eines Gala-Abends in der Semperoper sein Konzertdebüt gegeben. Sibelius – unter der Leitung des grandiosen Fritz Busch. Anni hatte mit ihrer Mutter und ihren Brüdern im Publikum gesessen und gebannt die entschlossenen Bogenstriche des hochgewachsenen Jugendlichen verfolgt, dessen Frack an den Schultern zwei Nummern zu groß wirkte. Offenbar kümmerte ihn das nicht. Er schien sich vollständig in der Musik zu verlieren, sein Gesichtsausdruck wirkte regelrecht entrückt, und Anni, die zehnjährige Nachwuchsgeigerin, begriff plötzlich, was es bedeutete, ein Streichinstrument wirklich zum Singen zu bringen.

Dann folgte die Machtübernahme der Nationalsozialisten. Fritz Busch wurde als Generalmusikdirektor abgesetzt und von SA-Männern im Konzert ausgebuht. Er emigrierte nach England. Kurz darauf traten die Nürnberger Rassengesetze in Kraft – und Adam war Halbjude.

Anni wusste, dass ihr Vater und einige seiner Freunde und Kollegen sich immer wieder für ihn eingesetzt, ihn nach Wien geschickt hatten und später, nach dem Anschluss Österreichs, weiter nach Prag. Zuletzt hatte sie ihren Vater über Adams Emigration in die USA sprechen hören. Aber sie kannte keine Details.

»Ich dachte, er ist längst in Amerika?«, bemerkte Anni leise.

Ihr Vater schüttelte den Kopf. »Wir haben zu lange gewartet.«

Er ließ den Blick über die Promenade schweifen, wo in einiger Entfernung eine Soldatengruppe vorbeischritt, wartete, bis sie außer Sichtweite waren, und dirigierte Anni dann zu einer Lücke im Geländer. Hier führte eine steile Treppe direkt hinunter zum Fluss. Vorsichtig geleitete er Anni die schlüpfrigen Stufen hinab, bis sie auf einer kleinen Plattform standen, gegen die das strömende Flusswasser schwappte. Niemand konnte sie hier sehen oder hören.

»Adams talentierte Finger«, fuhr ihr Vater leise fort, »haben die letzten Monate damit zugebracht, in einem Arbeitslager Zündköpfe zusammenzuschrauben. Schlimm genug. Aber jetzt kam der Befehl zum auswärtigen Arbeitseinsatz, und wir fürchten …« Er schloss kurz die Augen.

Anni sah, dass ihr Vater mit den Tränen kämpfte. »Papa?«

Er zog einen Flachmann aus der Innentasche seiner Jacke und nahm einen tiefen Schluck.

»Ich habe schon einen Sohn verloren«, presste er hervor. »Möglicherweise zwei.« Er sah Anni mit feuchten Augen an. »Adam ist wie ein dritter Sohn für mich, verstehst du?«

Anni nickte, obwohl sie tausend Fragen hatte. »Auswärtiger Arbeitseinsatz, heißt das …?«

Ihr Vater legte seinen Zeigefinger an die Lippen. Dann fuhr

er sich mit der flachen Hand einmal quer über die Kehle. Anni fühlte ein Ziehen in ihrem Bauch und strich beruhigend mit den Händen darüber.

»Was ... willst du denn tun?«, fragte sie angespannt.

Das Gesicht ihres Vaters hatte einen entschlossenen Zug angenommen. Er steckte den Flachmann weg und sah auf die Elbe, auf die sich stetig vorwärtswälzenden Wassermassen, die keinen Aufschub duldeten. »Ich werde eine Lösung finden. Ich denke, ich habe sie bereits gefunden.«

Anni merkte, wie ihr das Blut aus dem Gesicht wich. Ihre Hände begannen zu zittern beim Gedanken daran, was ihr Vater möglicherweise mit dieser »Lösung« riskierte. Sie hatte gehört, dass manche Leute es wagten, jüdischen Mitbürgern zu helfen, sie gar zu verstecken. Darauf standen drakonische Strafen, schlimmstenfalls sogar KZ-Haft.

Ihr Vater schien zu merken, wie sehr Anni das Gespräch aufwühlte. Er strich ihr sanft über den Rücken. »Mach dir keine Gedanken, mein Engelchen. Ich bin vorsichtig.«

Anni war keineswegs beruhigt.

Doch ihr Vater schien zufrieden, mit sich im Reinen. Er legte ihr die Hände auf die Schultern und sah sie ernst an. »Kein Wort zu deiner Mutter«, befahl er leise, aber eindringlich. »Kein Wort, Anni. Das meine ich sehr, sehr ernst!«

Anni versprach, sich an diese Anweisung zu halten, so wie sie sich fast immer an die Vorgaben ihres Vaters hielt.

Sie blickten nun beide auf den dahinströmenden Fluss, die breite, verlässliche Elbe. Ihr Vater hatte sich entschieden, für einen anderen Menschen sein Leben zu riskieren. Und er hatte dieses Geheimnis bei ihr abgeladen. Ein schweres Gewicht, das sie – zusätzlich zu dem Kind in ihrem Bauch – fortan würde tragen müssen.

Der nächste innere Faustschlag zwang sie in die Knie. Anni hielt sich an der Tischkante ihres Sekretärs fest und zerknickte dabei aus Versehen den Brief ihres Bruders. Verzweifelt stöhnte sie auf und versuchte einen klaren Gedanken zu fassen. Dieser Schmerz war anders als das gelegentliche Ziehen im Unterleib, das sie in den vergangenen Wochen gespürt hatte. So mussten sich die Geburtswehen anfühlen. Aber Annis Termin war erst für nächsten Monat errechnet worden. Ihr Kind kam definitiv zu früh!

Mühsam rappelte sie sich hoch und stolperte mit zitternden Knien hinunter in den Salon, wo ihre Mutter sich gerade von der Haushälterin die verbliebenen Essensmarken zeigen ließ und eine Liste für den anstehenden Schwarzmarkteinkauf durchging. Sie erwarteten Gäste.

»Mein Gott, Anna-Isolde, jetzt stell dich nicht so an«, bügelte Friederike Baumgartner, geborene von Clausewitz, ihre Tochter ab, ohne von der Warenliste aufzusehen. »Das sind bloß Senkwehen.«

Annis Mutter war die Einzige, die sie mit ihrem verhassten vollen Vornamen ansprach. Genauso wie sie selten »unsere Familie« sagte, sondern meist »unsere Dynastie«. Sie war in jeder Hinsicht eine Erscheinung mit ihrer sorgfältig zurechtgesteckten Haarpracht, den hochgeschlossenen Kleidern. Mezzosopran. Für die ganz große Bühne hatte es nie gereicht, aber für viele wohlbeachtete Nebenrollen und die Aufnahme ins Ensemble der Semperoper. Es genügte ihr – man hatte als deutsche Mutter schließlich noch andere Aufgaben. Worunter sie hingegen insgeheim litt, auch wenn sie das nie zugegeben hätte, war die Tatsache, dass sie deutlich unter Stand geheiratet hatte.

»Aus Liebe und aus Liebe zur Musik!« So trugen Annis Eltern diese Angelegenheit gern selbstironisch zur Schau, wenn der entsprechende Anlass sich bot. Ein über Jahre einstudiertes Schauspiel, das mittlerweile ein wenig abgedroschen wirkte. Seit Kriegsbeginn war die Kluft zwischen den beiden tiefer geworden. Immer wieder gerieten sie in politischen Streit, oft spätabends, wenn sie glaubten, dass niemand sie hörte. Doch Anni verstand jedes Wort, auch durch geschlossene Türen. Sie hatte das Spitzengehör ihres Vaters geerbt.

Anni wusste, dass ihre Eltern sich einst sehr geliebt hatten. Die preußische Adelige und der Tiroler Bergbauernsohn mit dem Ausnahmetalent. Wie die berühmten Gegensätze, die sich anziehen. Allerdings schien ihre Verschiedenheit unter der Herrschaft der Nationalsozialisten immer deutlicher zutage zu treten. Anfangs hatte Friederike noch über die gewagten Witze ihres Mannes gelacht. Inzwischen sah sie ihn nur strafend an.

»Kein Wort zu deiner Mutter.«

Keine Kluft mehr – ein Bruch. Und die Tatsache, dass ihr Vater sein Geheimnis um Adam mit seiner Tochter, aber nicht mit seiner Frau teilte, zeigte, wie schwer es wog.

Erneut schoss Anni der Schmerz in den Unterleib, heftiger als zuvor. Sie presste sich die Hand vor den Mund, trotzdem entfuhr ihr ein gellender Schrei.

»Was ist denn hier los?«

Annis Vater erschien mit erschrockenem Blick in der Tür, die Geige in der Hand. Er war nach dem Spaziergang ins Musikzimmer gegangen, um sich für Bruckners Achte warmzuspielen – zumindest hatte er das behauptet.

Statt einer Antwort stöhnte Anni, hielt sich erst am Arm ihres Vaters fest, dann an einem Stuhl – und plötzlich ergoss sich ein Schwall Flüssigkeit aus ihrem Inneren und strömte zwischen ihren Schenkeln hindurch auf den gebohnerten Parkettboden. Sowohl Vater als auch Tochter starrten ungläubig auf die sich ausbreitende farblose Lache.

»Auch das noch«, ließ Friederike Baumgartner verlauten, die nun endlich von ihrer Liste aufsah.

Ein Geburtsdrama war das Letzte, was ihre Mutter ertragen konnte. Das wusste Anni, das wussten alle in diesem Haus – trotzdem bahnte sich die nächste Generation unaufhaltsam ihren Weg.

Annis Vater musste den DKW persönlich zur Klinik steuern – der Chauffeur lag mit einer Grippe im Bett. Ihre Mutter hielt zu Hause die Stellung. Anni war es lieber so, auch wenn sie sah, dass ihr Vater mit der Situation überfordert war. Sitzen konnte sie nicht mehr, sie kniete sich verkehrt herum auf den Beifahrersitz, schnaufte und stöhnte. Ihrem Vater standen Schweißperlen auf der Stirn, während er sie ungeübt durch den Straßenverkehr manövrierte.

»Ich hätte es dir nicht sagen dürfen«, schalt er sich. »Nicht in deinem Zustand. Es tut mir leid.«

Anni ergriff seine Hand. »Ach, Papa ...«

Dann schrie sie erneut auf, und Gottlieb verriss vor Schreck das Steuer. Gerade noch konnte er einem entgegenkommenden Brauereiwagen ausweichen. Zum Glück war das Universitätsklinikum bereits in Sichtweite.

Als man ihren Vater am Eingang zur Gynäkologie respektvoll aufhielt, wirkte er fast ein wenig erleichtert.

»Du machst das schon, mein Engelchen!«

Eine flüchtige Umarmung, dann war Anni allein.

Die Hebammen in ihren gestärkten Schürzen zwangen sie in einen unbequemen Stuhl. Dann kam der Oberstabsarzt, der unter dem Kittel eine Uniform mit Eichenlaub auf dem Kragen trug. Er roch nach Tabak und tastete mit kalten Fingern ihren Bauch ab.

»Kaiserschnitt?«, fragte eine der Hebammen.

Der Arzt schüttelte den Kopf. »Zu spät. Bringen Sie das Kind raus. Jetzt!«

Anni schrie und schrie, während die Hebammen unbarmherzig mit den Ellenbogen auf ihrem Bauch herumdrückten. Und während sie allmählich fürchtete, vor lauter Schmerzen das Bewusstsein zu verlieren, dachte sie an ihren Zwillingsbruder.

»Stell dir vor«, hatte Tristan ihr am Abend vor ihrem letzten Abschied anvertraut. »Es heißt ›Unternehmen Steinbock‹. Wenn das mal kein gutes Omen ist!«

Sie waren beide am 9. Januar geboren. Sternzeichen Steinbock. Ein Notkaiserschnitt, den sowohl Annis Mutter als auch die Zwillinge nur knapp überlebt hatten. Wie gern hätte sie ihn jetzt an ihrer Seite gehabt.

Anni wusste von ihrem Vater, der bei guten Freunden heimlich BBC hörte, dass diese neue Offensive der Luftwaffe gegen England bisher nichts als katastrophale Verluste eingebracht hatte. Die Chancen, dass Tristan seinen Einsatz überlebte, wurden mit jedem Tag geringer. Doch Anni weigerte sich, das zu glauben. Tristan würde es schaffen! Dieser Gedanke nährte im Kreißsaal des Uniklinikums ihren Kampfgeist, und nach vier endlos scheinenden Stunden und einer letzten, kaum auszuhaltenden Kontraktion ließ der Schmerz plötzlich nach.

Anni konnte nur einen flüchtigen Blick auf das winzige verschmierte Bündel erhaschen, das die Hebammen als »Mädchen« klassifizierten und sofort nach draußen trugen. Wenigstens ein leises Wimmern hatte sie gehört.

Ihre kleine Tochter lebte!

Zu Annis großem Leidwesen verlegte man das Kind als Frühchen direkt auf die Neugeborenen-Station. Anni durfte sie nicht einmal kurz im Arm halten.

In ihre Brüste schoss Milch ein, die niemand trank. Die Schwestern drückten sie aus. Anni schrie und weinte um die verlorene Nahrung, die ihre kleine Tochter so dringend gebraucht hätte. Sie nahm sich vor, das Mädchen Clara zu nennen, nach Clara Schumann, deren Stärke sie immer bewundert hatte. Es vergingen drei graue, schreckliche Tage, in denen Anni sich so sehr nach ihrem Baby sehnte, dass es körperlich wehtat. Immer wieder bettelte sie den Oberstabsarzt an, sie zu ihrer Tochter zu lassen, doch der Gynäkologe blieb kühl und unnachgiebig. Anni solle sich »erst mal richtig erholen«. Im Übrigen sei es von Vorteil, wenn ein Kind nach der Geburt allein sei und nicht verhätschelt werde.

Die Hebammen ermahnten sie zur Tapferkeit, doch Anni fühlte sich elend und versank in traurigen, hoffnungslosen Gedanken. Ihr Kampfgeist hatte sie verlassen.

Es war ausgerechnet ihre sonst so strenge Mamá, die sich als Retterin in der Not erwies.

»Ein Kind gehört zur Mutter!«, schmetterte sie dem Arzt mit ihrer durchdringenden Mezzosopranstimme entgegen. Sie sah wie immer blendend aus in ihrem leichten Frühlingsmantel mit edlem Nerzkragen, umgeben vom Glanz der alten preußischen Dynastie, in die sie einst hineingeboren worden war. »Und deshalb nehme ich jetzt beide mit nach Hause. Ob es Ihnen passt oder nicht. Heil Hitler!«

Der Arzt grummelte unwillig, war aber zu beeindruckt von Friederikes Erscheinung, um ernsthaft zu widersprechen.

Ungewohnt sanft strich ihre Mutter ihr über den Kopf und reichte Anni eine kleine, in Silberpapier eingewickelte Praline.

»Was ist das?«

»Sie nennen es Panzerschokolade«, erklärte ihre Mutter leise. »Das bringt dich wieder auf die Beine, du wirst sehen.«

Gehorsam zerkaute Anni die Süßigkeit und fühlte, wie die Energie in sie zurückströmte. Sie schaffte es, allein aufzustehen und sich anzuziehen. Als man ihr endlich das winzige, in rosa Deckchen eingewickelte Mädchen reichte, war sie so ergriffen, dass sie sich wieder setzen musste. Tränen liefen ihr übers Gesicht. Clara war so klein, so zerbrechlich, ihr Gesichtchen eher runzlig als niedlich, doch für Anni war sie das schönste Wesen, das sie jemals gesehen hatte.

»Lass uns gehen«, drängte ihre Mutter. »Und hör um Gottes willen auf zu heulen, sonst behalten sie dich am Ende doch noch da.«

Als sie im Auto saß, ihr Mädchen fest in den Armen haltend, vom wieder gesundeten Chauffeur achtsam nach Hause geschunkelt, schwor sie sich, ihre kleine Tochter nie wieder aus den Augen zu lassen. Koste es, was es wolle.

»Danke, Mamá«, sagte sie leise zu ihrer Mutter, die nun wieder kerzengerade neben ihr saß und aus dem Fenster blickte. »Ich hätte es dort keinen Tag länger ausgehalten.«

Ihre Mutter winkte nur ab und schloss kurz die Augen.

»Ich danke Gott, dass die Kleine wohlauf ist«, erwiderte sie mit rauer Stimme. »Wir haben seit gestern nämlich weitaus größere Sorgen.«

»Tristan?«, fragte Anni angstvoll. »Habt ihr Nachricht von ihm?«

Ihre Mutter schüttelte den Kopf und sah sie ernst an. »Es geht um deinen Vater.«

2

Schon als er ins Flugzeug stieg, hatte Tristan ein schlechtes Gefühl. Das lag weder an der Junkers Ju 188, einem soliden Jagdbomber, mit dem er inzwischen recht gut vertraut war, noch an seinen beiden Kameraden: Hermann, dem Navigator, und Willi, dem Schützen. Die drei waren ein gutes Team, auch wenn Tristan fand, dass Hermann ihn ein wenig von oben herab behandelte. Er war fast sechs Jahre älter als Tristan, hatte allerdings einen niedrigeren Dienstgrad, weil er kein Gymnasium besucht hatte. Tristans Blitzbeförderung zum Leutnant war ihm selbst ein wenig unheimlich. Aber die Luftwaffe brauchte nun einmal fähige junge Piloten. Und dass Tristan einer war, bestritt selbst Hermann nicht.

Der wahre Grund für Tristans nagende Unruhe waren die dichten Wolken, die seit Tagen über dem Ärmelkanal hingen wie eine schwere graue Decke – und die zunehmend schlechter werdende Laune ihres Kommandeurs Major Wellner.

»Verfluchtes Himmelfahrtskommando«, hatte der alte Haudegen mit dem unübersehbaren Bauchansatz und dem ständig glimmenden Zigarillo im Mundwinkel gemurmelt, als sie nach der strategischen Besprechung die Offiziersbaracke am Stützpunkt Brüssel-Melsbroek verließen.

Tristan besaß vielleicht nicht das absolute Gehör seiner Schwester, dafür aber, wie sein Bruder Siegfried oft gespottet hatte, »Ohren wie Rhabarberblätter«. Er hatte den Major genau verstanden.

Wellner zog ein paarmal kräftig am Zigarillo, warf ihn dann auf den Boden und trat ihn mit seinem Fliegerstiefel entschlossen aus. Tristan fragte sich, ob sein Vorgesetzter mit »Himmelfahrtskommando« die laufende Operation oder die gesamte Leitung der Luftwaffe gemeint hatte. Vermutlich beides.

»Sie bleiben direkt in meinem Windschatten, Baumgartner«, knurrte Wellner. »Wir fliegen da rüber, streuen noch ein paar Kilo TNT auf den Hafen von Portsmouth, und dann nix wie kehrt. Sie sind mein bester Kaczmarek. Ich brauch Sie noch. Verstanden?« Seine Hand landete schwer auf Tristans Schulter.

Die Zweier-Rotte war Wellners Lieblingsformation. Sie waren in den letzten Wochen schon öfter in dieser Konstellation geflogen. Wellner als Rottenführer, Tristan als sein Flügelmann, sein »Kaczmarek«. Man war nicht allein und trotzdem wendig – und verlor im Ernstfall nicht zu viele Maschinen. Tristan versuchte den Gedanken an letzteres Szenario zu verdrängen. Pflichtgemäß legte er die Hand an die Mütze.

»Wohin führt uns das alles?«, hätte er Wellner gern gefragt. Aber er ahnte, dass selbst den Eingeweihten allmählich die Antworten ausgingen.

Seit Anfang April befanden sie sich nun schon in Brüssel-Melsbroek, beinahe zwei Monate also. Die Nachrichten von den vorrückenden Truppen der Roten Armee im Osten hatte die Einheit ebenso demoralisiert wie die wachsenden Erfolge der US Air Force und der britischen RAF, die mittlerweile einen großen Teil des Luftraums über Westeuropa dominierten. Dennoch: Es war Hitlers erklärtes Ziel, die Briten durch eine weitere Luftoffensive zu schwächen. Wie viel Sinn das in der aktuellen Situation noch ergab, konnte Tristan nicht einschätzen. Major Wellners Haltung machte ihm jedenfalls wenig Mut.

Er zog sich seine Felljacke über, schlang den Schal über dem Ritterkreuz am Kragen zu einem lockeren Knoten, befestigte Fallschirm und Schwimmweste an seinem Oberkörper und schlüpfte in die warmen Pelzstiefel. Dann stapfte er hinüber zum Flugzeug, das bereits von den Technikern inspiziert und betankt wurde. Der Geruch von Kerosin hing in der Luft.

»Nervös, Herr Leutnant?«, hörte Tristan die kratzige Stimme seines Navigators. Hermann stand an der Einstiegsluke und rauchte eine letzte Zigarette, was in der Nähe des Flugzeugs streng verboten war.

»Mach das Ding aus, Hermann«, mahnte Tristan halbherzig.

Natürlich war der Navigator genauso nervös wie er. Sie hatten allen Grund dazu.

Zum Glück erschien in diesem Moment Willi – wie immer bestens gelaunt.

»So«, rief er den beiden entgegen. »Dann versenken wir mal ein paar britische U-Boote, oder?«

Sein unbekümmertes Naturell erinnerte Tristan an Anni. Wie es ihr wohl ging? Ob ihr Kind schon zur Welt gekommen war? Er nahm sich vor, Wellner nach der Landung um Urlaub zu bitten. Wenn heute alles nach Plan lief, standen die Chancen nicht schlecht.

Entschlossen kletterte Tristan ins Flugzeug. Ein Sichtflug über hundert Kilometer offenes Meer bei zweifelhaftem Wetter bot beileibe keinen Anlass zur Vorfreude. Zumal der Feind alles daransetzen würde, sie so zusammenzuschießen, dass sie den Rückweg über das Wasser nicht schafften. Doch der Gedanke, demnächst ein Flugzeug heimwärts in Richtung Dresden steuern zu dürfen und vielleicht bald Annis Kind in den Armen zu halten, gab ihm Kraft.

Sie starteten bei guten Windverhältnissen und klarer Sicht. Die Junkers war hervorragend gewartet, alle Instrumente funktionierten einwandfrei. Tristan sah die Dünen der normannischen Nordküste unter sich, hörte das gleichmäßige Brummen von Wellners Maschine linker Hand und dachte: Es kann gelingen. Doch als sie den Ärmelkanal fast überflogen hatten, kam Nebel auf. Dichter als vorhergesagt, Hermann standen Schweißperlen auf der Stirn. Tristan versuchte verzweifelt, in der Suppe vor sich etwas zu erkennen, die Funksprüche überschlugen sich. Als er endlich vage die Lichter von Portsmouth ausmachen konnte, hörte er auch schon die knatternden Salven der Flak.

Dann platzten vor ihnen wie aus dem Nichts drei Jagdflieger aus dem Himmel. Spitfires, die sie nicht hatten kommen sehen. Sie schossen scharf, die Briten, und sie trafen verdammt gut.

Wellner versuchte eilig, ein Ausweichmanöver zurück in die Nebelbank zu fliegen. Tristan setzte alles daran, ihm zu folgen, doch er kassierte mehrere Treffer. Das rechte 1750-PS-Triebwerk seiner Ju 188 stockte. Sie verloren an Höhe.

Tristan brüllte Willi zu, alles abzuwerfen, was sie an Bord hatten. Doch es meldete sich nur Hermanns heisere Stimme.

»Willi hat's erwischt!«

Scheiße, dachte Tristan. Er hatte keine Zeit, sich um Willi zu kümmern, da eine der Spitfires zurückkam und ihn von vorn attackierte. Tristan tauchte unter ihr hindurch und versuchte, das rechte Triebwerk neu zu starten, doch der Gegner hatte ganze Arbeit geleistet – dort, wo der rechte Propeller gewesen war, sah Tristan nur noch Flammen. Das ganze Flugzeug brannte, und sie befanden sich in raschem Sinkflug. Wenn das Feuer den Tank erreichte, war es vorbei. Die Junkers konnte jeden Moment explodieren.

»Raus, alle raus!«, schrie Tristan und befreite sich hektisch von den Sitzgurten. Seine Hand flog nach oben zum Haubennotwurf. Hoffentlich klemmte das Kabinendach nicht! Zum Glück sprang es gehorsam auf, als wäre es sich des Ernstes der Lage bewusst.

Eilig half er Hermann, den angeschossenen Willi in den Ausstieg zu bugsieren, doch der wirkte so weggetreten, dass Tristan sich wenig Hoffnung machte.

»Du ziehst die Leine, Willi, verstanden?!«

Willi nickte mutlos. Einer nach dem anderen sprangen sie in die dunkle, neblige Nacht. Keine Sekunde zu spät. Die Junkers trudelte noch ein wenig abwärts und verwandelte sich dann mit einem gewaltigen Krachen in einen gleißenden Feuerball.

Tristan rauschte durch die Luft, der Fallwind nahm ihm den Atem. Sie hatten diese Sprünge geübt, aber der Ernstfall war eben doch etwas völlig anderes. Er zwang sich zur Ruhe und bemühte sich, seinen Körper in die richtige Freifallhaltung zu bringen. Dann zog er die Reißleine und spürte sofort, dass etwas nicht stimmte mit seinem Schirm. Das abrupte Bremsgefühl war viel zu schwach!

Tristan sah nach oben und entdeckte vereinzelte Flammen, die durch den enormen Luftzug bereits ausgedrückt wurden, doch sie hatten das Gewebe beschädigt. Der Schirm bremste nicht richtig, und auch der Notschirm, den er nun verzweifelt auslöste, vermochte seinen rasanten Fall nicht wirklich aufzuhalten. Acker und Hecken unter ihm kamen viel zu schnell näher.

Das war's, dachte Tristan.

Sekunden später schlug er so hart auf, dass er augenblicklich das Bewusstsein verlor.

Dann kam das Licht. Tristan hatte es vor Jahren schon einmal gesehen. Und wieder erschien es ihm so unendlich friedlich. So viel erstrebenswerter als all die anderen Lichter, mit denen sein Leben in den letzten Monaten angefüllt gewesen war. Detonationen am Boden, Explosionen in der Luft, das Blinken der Warnlampen im Cockpit, das Aufblitzen der feindlichen Schusssalven. Dieses Licht, auf das er sich nun zubewegte, war einfach nur schön.

Tristan war nicht besonders religiös. Seinen von der Mutter streng anerzogenen Kinderglauben hatte er fast ganz verloren – ähnlich wie seine Geschwister. In den nunmehr drei Jahren bei der Luftwaffe hatte er versucht, sich mit den neuen Göttern zu arrangieren, die Führer, Endsieg und Vaterland hießen. Doch auch sie erschienen ihm mit jedem weiteren gefallenen Kameraden hohler und fadenscheiniger.

»Für Mamá«, hatte Anni gesagt, als sie ihm bei ihrem letzten Abschied das zarte Silberkreuz mit der Jesusfigur um den Hals legte – ausgerechnet an Weihnachten. »Sie schläft dann ruhiger.«

Doch Anni gab ihm die Kette nicht nur ihrer Mutter zuliebe, das spürte er genau. Es lag noch etwas Tieferes in ihrer Geste, etwas Verletzliches und zugleich Bleibendes, eine

Liebe, die ihm mehr Hoffnung machte als alle sogenannten Erlöser, seien sie nun geistlich oder weltlich. Nichts war stärker als die Bindung zwischen ihm und seiner Zwillingsschwester.

Es war dennoch keine Freude aufgekommen an jenem Weihnachtsfest. Ein halbes Jahr zuvor hatte die Nachricht, dass ihr großer Bruder Siegfried an der Ostfront gefallen war, die Familie erschüttert. Ihre Mutter lag mit Migräne im Bett, und ihr Vater hatte sich schon vor dem Abendessen so betrunken, dass Anni und Tristan allein vor dem spärlich geschmückten Christbaum saßen und versuchten, sich gegenseitig ein wenig Trost zu spenden. Doch selbst das wollte nicht recht gelingen. Der Tod hatte dem lächelnden Porträt ihres geliebten Sigi einen Trauerflor umgehängt und damit den letzten Funken Hoffnung erstickt, dass man diesen Krieg halbwegs unbeschadet überstehen könnte.

Beim Abschiednehmen hatten Annis Hände gezittert, nur mit Mühe bekam sie den Verschluss des Silberkettchens zu.
»Maikäfer flieg«, sagte sie leise, und auch ihre Stimme zitterte. »Und komm mir ja heil zurück!«
Tristan schloss sie in die Arme, hielt sie lange fest und flüsterte ihr ins Ohr: »Keine Sorge, mein Schwesterlein. Herr Sumsemann hat doch sein sechstes Bein.«
Es war ihre Abschiedslosung. Das alte Volkslied, das sie als Kinder gern gesungen hatten, und die Hauptfigur aus *Peterchens Mondfahrt*, ihrem Lieblingsbuch. Unzählige Male hatten sie die Geschichte der beiden Geschwister gelesen und nachgespielt: Peterchen und Anneliese, die sich auf den Weg zum Mond machten, um dem Maikäfer, der so schön Violine spielte, sein fehlendes Bein zurückzuholen. Gemeinsam hat-

ten sie Lieder dazu komponiert. Anni an der Geige, Tristan am Klavier. Er sah sie vor sich, in ihrem fliederfarbenen Sonntagskleidchen, wie sie den Bogen sanft zu seinen Akkorden über die Saiten strich.
Maikäfer flieg.
Anni und er waren einander mehr Glaube als jedes Kirchenlatein.

Seit Tristan denken konnte, hatte er alles mit ihr geteilt. Schnuller, Spielzeuge, Kindergartenverse, Schulaufgaben, Beulen, Schürfwunden, Freunde, den großen Bruder und natürlich jedes Jahr den Geburtstag. Er war nur wenige Minuten älter als seine »kleine Schwester«, die er allein deshalb so nannte, weil es immer noch funktionierte, sie damit liebevoll zu ärgern.

Die Tatsache, dass er ein Junge war und sie ein Mädchen, hätte sie um Welten trennen können. Doch so war es nicht, im Gegenteil. Oma Traudl behauptete immer, Tristan habe im Mutterbauch von seiner Schwester ein Stückchen weibliche Intuition erhalten und Anni im Gegenzug von ihm eine Portion Bubenschneid. In der Tat spielte Tristan als Kind gern mit Mädchen, und Anni konnte – auch wenn sie es eigentlich nicht durfte – ziemlich gut mit Pfeil und Bogen umgehen. Natürlich drängten sie Erziehung und gesellschaftliche Zwänge in den Jahren des Heranwachsens immer stärker in ihre jeweilige Geschlechterrolle. Was aber erhalten blieb, war ihre fast schon telepathische Verbindung. Sie »fühlten« den jeweils anderen, sogar dann – und das fanden selbst ihre eigenen Eltern manchmal befremdlich –, wenn sie sich gar nicht am selben Ort befanden.

Als er das Licht zum ersten Mal sah, war Anni glücklicherweise gerade noch in Rufweite. Auslöser für die lebensbedrohliche Situation damals war ebenfalls ein Flugzeug gewesen – wenn auch unter völlig anderen Umständen.

»Schau, Tris, da oben!«, hatte Sigi während des Sommerurlaubs 1927 plötzlich geschrien und war hinausgelaufen ins Watt, um ihn besser sehen zu können, den wagemutigen Kunstflieger, der über der Nordseeküste seine Runden drehte. Ohne nachzudenken, lief der fünfjährige Tristan seinem drei Jahre älteren Bruder hinterher, den Kopf starr nach oben gereckt, um ja keine Bewegung der Propellermaschine zu verpassen. Die beiden Jungs breiteten die Arme aus und rannten mit wildem Gebrumm in großen Kreisen in den Schlick, ohne dabei zu bemerken, dass sie sich immer weiter von der Küste entfernten. Sie sprangen durch Pfützen und Priele und überhörten das Geschrei ihrer Schwester am Strand.

Als das Flugzeug beidrehte und die beiden zu sich kamen, standen sie schon fast bis zu den Knien im rasch auflaufenden Wasser. Hektisch zog Sigi seinen kleinen Bruder mit sich und versank plötzlich bis zu den Schultern in einem tieferen Priel. Die Strömung darin war reißend. Einen Moment hielt der achtjährige Sigi ihr stand, dann riss sie ihn und Tristan mit sich. Verzweifelt versuchten die Brüder, sich an der Oberfläche zu halten. Sigi konnte schon ein wenig schwimmen, Tristan nicht. Er ging unter und strampelte so panisch, dass auch der Größere ihm nicht helfen konnte. Tristan schrie nach Sigi, Sigi schrie nach Tristan. Letztlich war es Anni, die sie beide rettete, weil sie am Strand ebenso verzweifelt nach ihren Eltern schrie.

Tristan erinnerte sich deutlich an das lähmende Gefühl, als die Wellen über ihm zusammenschlugen und er Unmengen von Wasser schluckte, hustete, würgte und schließlich gar keine Luft mehr bekam. Das Licht vor seinem inneren Auge war damals sehr nah gewesen – und es hatte ihn magisch angezogen.

Doch die Schreie seiner Schwester und die väterlichen Hände zerrten ihn zurück ins Leben. Wenig später lag Tristan schwallweise Salzwasser spuckend am Strand und sah aus den Augenwinkeln, wie seine Mutter dem schlotternden Siegfried eine heftige Ohrfeige verpasste.

»Es war eine Hansa-Brandenburg W29!«, flüsterte sein Bruder ihm zu, als sie am nächsten Tag im Zug zurück nach Dresden saßen. Der Sommerurlaub an der Nordsee war beendet, aber ihrer Begeisterung für Flugzeuge hatte das traumatische Erlebnis keinen Abbruch getan.

Es hing alles miteinander zusammen: der Traum vom Fliegen, der Hang zum Abenteuer, die innig verbundene Schwester, die ihnen das Leben gerettet hatte, und der wagemutige große Bruder, dem er blindlings überallhin folgte. Damals ins Nordseewatt, später zur Luftwaffe und nun ins Licht.

Tristan spürte genau wie damals, dass die Wellen über ihm zusammenschlugen, und er meinte in seinem Delir, oberhalb des Wassers zwei verschwommene Gesichter zu sehen. Ein älteres männliches und ein weibliches. Für einen Moment dachte er, es seien Sigi und Anni, aber diese Gesichter waren ihm fremd. Dann hörte er dieses Murmeln, weit entfernt, wie durch eine Wand hindurch, aber doch eindringlich: »*C'mon lad, don't ye die on me!*«

Es klang wie ein gesungener Psalm, der Refrain zu einem Lied, das Anni einst auf der Geige gespielt hatte.

Tristan fühlte, wie er innehielt, gebannt zwischen Licht und Musik.

Er war nie so begabt gewesen wie seine beiden Geschwister. In ihn hatte man nicht die Hoffnung gelegt, er könne ein »Heldentenor« werden wie Sigi, der schon im Alter von sechs Jahren im Knabenchor der Oper gesungen hatte. Und er war kein »Wunderkind« wie Anni, die bereits als Sextanerin Geigenunterricht bei gestandenen Hochschullehrern bekam. Tristan liebte Zahlen. Und da es als Mitglied der Familie Baumgartner undenkbar war, nicht wenigstens ein Instrument zu beherrschen, wählte er das Klavier. Es hatte eine klare Struktur, die er begriff, jeden Ton konnte man sehen, anfassen, zuordnen – und der Rest war Übung. Er begleitete seine hochbegabten Geschwister und wurde sehr gut darin, aber niemand sah je einen Konzertpianisten in ihm. Im Nachhinein war Tristan froh darum, auch wenn es manchmal schmerzlich gewesen war, stets im Schlagschatten der blutsverwandten Virtuosen zu stehen. Aber wer nicht allzu hoch kletterte, lief auch nicht Gefahr, besonders tief zu fallen.

Sigis Stimme brach und war selbst mit aufreibendster Intensivförderung nicht zu retten. Anni entwickelte eine panische Bühnenangst, die sie fast ihre Aufnahmeprüfung an der Universität gekostet hätte. Sie hatte es nie erwähnt, aber Tristan ahnte, dass nicht nur der Krieg sie zu der eiligen Eheschließung und Schwangerschaft gedrängt hatte. Tristan kannte Fritz gut, er war ein entfernter Cousin und ein anständiger Kerl, der Anni aufrichtig liebte. Ob sie dasselbe auch für ihn empfand, würde wohl immer ihr Geheimnis bleiben. Fritz hatte Anni einen sicheren Hafen geboten, als sie diesen dringend brauchte. Sie war, genau wie ihr älterer Bruder, an den überhöhten Erwartungen ihrer Eltern gescheitert – und hatte sich in Sicherheit gebracht.

Siegfrieds Geschichte hatte sich dramatischer gestaltet. Das Gefühl des Versagens, das mit seinem Stimmbruch einherging, trieb ihn in einen tiefen Konflikt mit dem Vater – und letztlich in die Arme der Nationalsozialisten. Um dem väterlichen Druck eine Grenze aufzuzeigen, war er für seine Überzeugung früh in den Krieg gezogen und für sie gestorben.

Tristans politische Einstellung unterschied sich deutlich von der seines Bruders. Er konnte dem Kult, den Dogmen nichts abgewinnen – auch wenn er Sigi für seine militärische Karriere bewunderte. Als der Krieg ausbrach, war Tristan gerade mal ein Unterprimaner, Siegfried hingegen bereits Offizier. Ehrfurchtsvoll hatte Tristan die glänzenden Abzeichen an Sigis Fliegerjacke bestaunt, die so verheißungsvoll knirschte, wenn er ihn bei seinen Besuchen umarmte. Später kannte sein Bruder die richtigen Leute. Man nahm Tristan bei der Luftwaffe, er begann seine Offizierslaufbahn direkt nach dem Notabitur, die Wehrmacht brauchte junge Soldaten. So wurde, im Alter von achtzehn Jahren, der Traum vom Fliegen schließlich wahr. Wofür genau er da kämpfen sollte, das schob Tristan in den Hintergrund. Genauso wie die ewigen Schlachtrufe und Parolen. Er konzentrierte sich aufs Fliegen.

Die Pilotenausbildung eröffnete ihm völlig neue Möglichkeiten. Die geliebten Zahlen waren nun Koordinaten. Höhenmeter. Geschwindigkeiten. Windstärken. Hektopascal. Tristan liebte alles am Fliegen: das Abheben, die Codes, den Geruch von Kerosin – vor allem das Gefühl der Freiheit, dort oben über den Wolken. Hier war er mit sich im Reinen, außerdem brachte er alles mit, was es brauchte: Konzentrationsfähigkeit, schnelles Denken und eine gute Portion Mut.

Tristan war ganz sicher kein Heldentenor und möglicherweise auch nur ein mittelmäßig begabter Pianist, aber, wie sich herausstellte, ein begnadeter Pilot.

Und nun das Licht. Es zerrte an ihm, ebenso wie der klangvolle Psalm, der ihn zurückhielt.

»C'mon, lad! Don't ye die on me!«

Und plötzlich wusste er, woran ihn die Stimme erinnerte: an ein irisches Volkslied, das Anni in den letzten Jahren gern auf der Geige gespielt hatte, als Ausgleich für all die Tonleitern, Terzen und Quarten, die ihr als Hochschulstudentin auferlegt wurden.

Oh Danny Boy, I love you so.

Dass es das Irisch von Dr. Liam O'Malley, Militärarzt der Royal Air Force, war, der immer und immer wieder seine Handballen auf Tristans Brustkorb drückte, erfuhr Tristan erst sehr viel später.

Er wurde hin- und hergerissen im Tunnel zwischen dem Licht und den Gedanken an Anni. Er sah sie vor sich, seine geliebte Zwillingsschwester, die dunklen Haare zurückgestrichen hinter die kleinen Ohren, die oben ganz leicht spitz zuliefen. Magische Elfen-Lauscher, hatte Sigi dazu gesagt, Ohren, die ein eingestrichenes C erkannten, ohne hinzusehen. Er sah ihr Lächeln, ihren verträumten, leicht entrückten Blick, wenn sie den Bogen über die Saiten strich, bei einem Stück, das ihr wirklich Freude bereitete.

Anni, dachte er, liebste Anni.

Dann holte Dr. Liam O'Malley ihn mit einem letzten kräftigen Schlag auf den Brustkorb zurück ins Leben.

3

Anni schreckte hoch, als hätte sie jemand aus dem Schlaf gerissen – doch da war niemand. Um sie herum war alles dunkel und ruhig. Verwirrt schaltete sie ihre Nachttischlampe ein und blickte auf die Uhr. Halb vier. Sie beugte sich zu ihrer kleinen Tochter, die im Kinderbettchen neben ihr leise atmete, und wartete, bis ihr eigenes Herz ebenfalls wieder ruhiger schlug.

Fetzen eines Traumes hingen ihr nach. Tristan. Das Meer. Er hatte sie gerufen. Kurz versuchte Anni, den Traum zu rekonstruieren, doch es wollte ihr nicht gelingen. Die Wirklichkeit hatte längst wieder von ihr Besitz ergriffen – mit ihrer ganzen Härte. Es war immer noch Krieg und Tristan vielleicht schon tot.

Anni richtete sich im Bett auf. Sie wusste, sie würde nicht mehr schlafen können. Tristans Flugzeug war laut einem Bericht der Luftwaffe nach britischem Beschuss über dem Ärmelkanal verschollen. Auch von ihrem Mann Fritz hatte sie ewig nichts gehört – sie wusste nicht einmal, ob die Nachricht von Claras Geburt bis zu ihm an die Front vorgedrungen war.

Wenigstens schlief die Kleine inzwischen halbwegs durch. Anni war es mithilfe ihrer Mutter gelungen, Clara trotz der mehrtägigen Trennung nach der Geburt ans Stillen zu gewöhnen. Der »reichliche Milchfluss«, der in Annis Ratgeberbuch beschrieben wurde, wollte sich trotzdem nicht einstellen. In den ersten zwei Wochen hatte Clara viel geschrien, vor allem abends, wenn Annis wundgenuckelte Brust nicht mehr genügend Milch hergab.

»Sie hat einfach Hunger«, konstatierte Friederike schließlich und trug einer der Haushälterinnen auf, Milchpulver und eine Säuglingsflasche aus Jena-Glas zu besorgen. Anni lernte, das Pulver mittels eines Trichters in die Flasche zu füllen und mit handwarm temperiertem Wasser zu vermischen. Seit sie abends die Industriemilch bekam, schlief Clara durch bis in die frühen Morgenstunden, sodass auch Anni langsam wieder zu Kräften kam.

Der Grund für ihre neuerliche Schlaflosigkeit war ganz entschieden nicht ihre Tochter, sondern die täglich stärker nagende Sorge um die männlichen Mitglieder ihrer Familie: um ihren Mann, ihren geliebten Zwillingsbruder – und am allermeisten um ihren Vater.

»Kein Wort zu deiner Mutter« – diese Anweisung hatte sich erübrigt. Ein unschöner Brief der Reichskulturkammer war auf dem Schreibtisch des amtierenden Generalmusikdirektors Elmendorff gelandet, in dem der GMD der Staatskapelle dringlichst aufgefordert wurde, »die Sache mit dem Geiger« aufzuklären. Seitdem herrschte größte Aufregung im gesamten Orchester – und in Annis Wohnzimmer flogen die Fetzen.

»Schwöre mir, dass du nichts damit zu tun hast«, schleuderte ihre Mutter mit vor Wut zitternder Stimme ihrem Vater entgegen, woraufhin dieser sich eine Zigarre anzündete und vom Cognac nachschenkte.

Anni stand hinter der gläsernen Flügeltür, wiegte ihre kleine Tochter in den Armen und lauschte angespannt. Doch ihr Vater schwieg.

Die Nachricht, dass der Jahrhundertgeiger Adam Loewe sich seinem Aufruf zum auswärtigen Arbeitseinsatz widersetzt hatte und nie auf der zuständigen Dienststelle erschienen war, verbreitete sich in den Dresdner Kulturkreisen wie ein Lauffeuer. Die Gestapo stellte die Semperoper auf den Kopf, weil man vermutete, dass der Geiger sich dort versteckt hielt. Doch er wurde nicht gefunden. Und das eiserne Schweigen ihres Vaters machte ihre Mutter rasend. Anni hatte mehrfach versucht, zu ihm durchzudringen, doch ihr Vater hatte sich komplett in sich zurückgezogen. Er schien entschlossen, die Sache mit sich selbst auszumachen.

Sie würde nicht mehr schlafen können. Außerdem hatte Anni schrecklichen Durst. Sie stand auf, band ihre dunklen Locken zu einem losen Zopf, legte sich ihren Morgenmantel um die Schultern und schlich in die Küche, um sich ein Glas Wasser zu holen. Wieder im Flur sah sie, dass im Wohnzimmer Licht brannte. Sie versuchte leise hineinzugehen, doch das Parkett knarzte verräterisch unter ihren Füßen.

Ihr Vater, der rauchend in einem der Ledersessel saß, wandte sich sofort um. Ein schwaches Lächeln flog über sein Gesicht. »Anni, mein Engelchen. Kannst du nicht schlafen?«

Sie schüttelte den Kopf und ließ sich etwas unschlüssig auf dem Klavierhocker nieder. Jetzt oder nie, dachte sie. »Papa?«

»Hm?«

»Damals an der Elbe …«

Er hob die Hand und schüttelte den Kopf. »Es ist besser, wenn du nichts weißt.«

»Aber …«

»Anni, bitte. Ich habe damals zu viel gesagt, und noch mal: Es tut mir leid. Aber du brauchst dir keine Sorgen zu machen. Ich weiß, was ich tue.«

Anni schwieg. Was sollte sie dazu auch sagen?

Ihr Vater stand auf und sah sie ernst an. »Konzentrieren wir uns auf das Hauskonzert morgen. Es ist von enormer Wichtigkeit für mich, und wir brauchen dich als zweite Geige. Also lass uns schlafen gehen.« Er tätschelte ihr kurz die Schulter, bevor er den Raum verließ.

Wieder keine Antworten, dachte Anni. Das bevorstehende Hauskonzert hatte sie für ein paar Stunden erfolgreich verdrängt gehabt. Nun wurde ihr klar, warum es so wichtig für ihren Vater war. Es ging um die illustren Gäste, die er dringend brauchte, um sich gesellschaftlich abzusichern, während er im Verborgenen alles riskierte.

Anni wusste nicht, wo ihr Vater Adam versteckte. Ob er es allein tat oder Helfer hatte. Aber dass er es tat und dass sein Tun in höchstem Maße gefährlich war, daran bestand kein Zweifel. Die Stimme ihrer Mutter hinter der Tür war oft schrill geworden, wenn sie ihren Vater mit den möglichen Konsequenzen konfrontierte. Von Gefängnis war die Rede, von Straflagern, einmal sogar von Hochverrat und dem Tod durch den Strang. Anni machte sich schreckliche Sorgen, aber sie wusste auch, dass sie ihren Vater durch nichts von seinem Weg abbringen konnte. Sie konnte nur das tun, worum er sie bat.

Deshalb hatte sie ihm versprochen mitzuspielen – ein Streichquartett, zusammen mit seinen beiden Vertrauten: Claus Brennecke, dem ersten Cellisten der Staatskapelle, und dessen jüngerem Bruder Wolfram, einem Bratschisten. Ihr Vater spielte die erste Geige, sie die zweite. Schostakowitsch und Ravel durfte man nicht mehr aufführen. Schuberts *Der Tod und das Mädchen* schien allen zu gewagt, deshalb entschieden die Männer sich schließlich für Beethoven. Nummer 7 in F-Dur.

Anni war das nur recht. Sie liebte den schwungvollen ersten Satz des Quartetts. Er ließ ihr keine Zeit zum Nachdenken. Denn das Grübeln, das hatte sie in ihrer Jugendzeit schmerzlich begriffen, war ein entschiedener Feind des Musizierens. Ihre Hände wurden jetzt schon feucht vor Aufregung, wenn sie an den Auftritt dachte.

Es war eben nicht einfach, ein Wunderkind zu sein. In den Kindheitsjahren vielleicht noch am ehesten, als sie kaum wahrnahm, was um sie herum passierte, sondern einfach spielte und sich von der Musik tragen ließ. Doch ebendiese Leichtigkeit war Anni ungefähr im Alter von dreizehn Jahren verloren gegangen. Sie fing an, sich alles bewusst zu machen, wurde nervös, patzte und wurde noch nervöser. Es war, als hätte die Musik ihr die Freundschaft aufgekündigt.

Die Aufnahmeprüfung an der Musikhochschule hatte sie nur bestanden, weil ihr Vater über beste Kontakte verfügte und man »das mit den Nerven« schon hinbekommen würde. Zum Glück waren diese Dinge inzwischen niemandem in der Familie mehr wichtig. Anni würde keine Star-Geigerin werden. Das wusste sie – und im Grunde wusste es auch ihr Vater, selbst wenn er es nicht offen zugab. Sie war nun eine verheiratete Frau mit einer kleinen Tochter, einem Mann an der Front, einem toten und einem vermissten Bruder, einem waghalsigen Vater – und das alles mitten im Krieg. Es war nicht die Zeit, sich Gedanken um ihre musikalische Karriere zu machen.

Allerdings war sie noch immer Studentin der Musikhochschule und entsprechend ausgebildet. Heute Abend musste sie funktionieren.

Nachmittags ging sie mit Clara im Kinderwagen spazieren, um ihre Nerven zu beruhigen. Über der Elbe trieben an diesem Spätsommertag dichte graue Wolken, die ab und an einen Schauer nach unten sandten, bevor sie wieder von Sonnenstrahlen durchbrochen wurden. Wechselhaftes Wetter mit leichten Böen, so hatte es in der Tageszeitung gestanden. Ausnahmsweise keine Hiobsbotschaften und Schreckensnachrichten von Brandbomben, die mit jeder Woche zahlreicher auf die deutschen Großstädte zu fallen schienen. Wenn auch bisher nicht auf Dresden. Nur die letzten Lindenblüten segelten, vom Wind umhergewirbelt, auf die Elbpromenade. Die Blätter begannen sich allmählich gelblich zu verfärben und leuchteten mild in der tiefer stehenden Sonne.

»Genießen wir diesen Anblick, solange es ihn noch gibt.«

Seltsamerweise beruhigten sie die Gedanken an das Geheimnis, ihre Eltern und den Krieg. Wer nahm schon wahr, ob die Töne der zweiten Geige im Quartett wirklich akkurat waren, wenn in Wahrheit ganz andere Dinge auf dem Spiel standen.

Die winzigen Wassertropfen auf Werner Contzens Kaschmirmantel glänzten mit den Schweißperlen auf seiner Stirn um die Wette, als er zur Tür hereinkam. Er war der erste Gast, wie immer. Ein Tuchfabrikant mit besten Verbindungen, steinreich, Förderer der Staatskapelle, Bewunderer von Annis Vater – und glühender Verehrer ihrer Mutter. Einer von den *ganz* wichtigen Gästen für diesen Abend. In seinem großen Koffer befanden sich Cognac, Ölsardinen, Champagner, Zigaretten, Pastetchen und Schokolade. In Dresden herrschte wie überall im Land längst Lebensmittelknappheit, aber Contzen war übergewichtig und freigiebig wie eh und je.

Anni mochte ihn trotzdem nicht besonders. Er war selbstgerecht, anzüglich und, wenn er getrunken hatte, stets ein wenig zudringlich. Doch ohne Contzen, den Tristan und sie heimlich »Bontzen« getauft hatten, wäre eine Festivität wie die am heutigen Abend recht sparsam ausgefallen. Davon abgesehen verfügte er über hervorragende Kontakte zu sämtlichen hochrangigen SS-Offizieren der Region, und man munkelte, dass er auch bei der Gestapo ein und aus ging. Damit war er für Annis Vater so etwas wie eine Lebensversicherung.

Dieser hatte sich jedoch zu einer Besprechung mit den anderen beiden Musikern zurückgezogen, bei der es ganz sicher nicht um das anstehende Quartett ging, und ihre Mutter lag mit einem Migräneanfall im Bett. So war es denn an Anni, Contzen hereinzubitten, unter Oh und Ah den Kofferinhalt zu bestaunen, mit ihm den Cognac zu probieren, ob er »denn auch gut« sei.

»Und, gibt es Nachrichten von der Front?«, fragte Contzen, während er ihnen beiden einschenkte.

»Leider nein.«

Er sah sie mitfühlend an. »Das muss schwer sein. Jetzt mit der kleinen Clara.«

Er legte ihr die Hand auf den Arm.

Anni versteifte sich. »Wir kommen zurecht.«

»Liebste Anni.« Er hob sein Glas. »Wenn ihr jemals etwas brauchen solltet ...«

Sie stießen an.

Anni nahm vorsichtig einen kleinen Schluck. Der Alkohol half gegen die Nervosität, aber wenn sie zu viel trank, würde sie nicht mehr akkurat spielen können. Ein schwieriger Balanceakt im Beisein von Contzen, der nun den Arm um sie legte.

»Ich bin immer für euch da, das weißt du ja.«

Er zog sie an sich.

Anni fühlte sich zunehmend unwohl, doch Contzen hielt sie fest im Arm, wie ein Stück wertvolles Tuch, das ihm niemand mehr entreißen würde.

»Mein lieber Werner!«, kam es in diesem Moment von der Tür.

Ihre Mutter. Gott sei Dank. Kerzengerade und stolz stand sie da, im türkisblauen, tief dekolletierten Seidenkleid. Auferstanden vom Migräneanfall. Vermutlich hatte sie eine ihrer »Pralinchen« gegessen.

»Wir wissen deine Großzügigkeit wirklich zu schätzen!«

Contzen ließ Anni sofort los, verbeugte sich ehrfurchtsvoll vor ihrer Mutter und küsste ihr die Hand. »Liebste Friederike.«

Annis Mutter lächelte milde und warf Anni einen beruhigenden Blick zu. Dann hakte sie Contzen unter und raunte ihm etwas ins Ohr, woraufhin er leicht errötete und leise erwiderte: »Aber natürlich!«

Anni sah den beiden nach, wie sie durch den Flur davongingen. Sie atmete auf. Dann half sie dem Hausmädchen, Contzens Köstlichkeiten auf den Präsentiertellern zu arrangieren.

Nach und nach trafen weitere Gäste ein – man kam immer noch gern ins Haus Baumgartner. Annis Mutter hatte sich schon vor dem Krieg einen Ruf als formidable Gastgeberin erarbeitet. Jetzt, wo die Nahrung immer stärker rationiert wurde, kamen die Dresdner umso lieber, trotz der Unruhe um den verschwundenen Geiger. Und genau darum ging es: Die Familie sollte über jeden Verdacht erhaben sein. Anni begriff, dass ihr Vater dieses Fest mit viel politischem Geschick geplant hatte. Unter den Gästen befanden sich der Konzertmeister, der Opernintendant mit seiner jungen zweiten Ehefrau, Oberbürgermeister Nieland mit seiner Mätresse, die allerorten stillschweigend geduldet wurde, und Oberst Böttcher, Siegfrieds ehemaliger militärischer Mentor, der sich den Baumgartners seit dem Tod ihres Ältesten in höchstem Maße verpflichtet fühlte. Der Oberst kam in Begleitung von zwei hohen Tieren aus der Reichskulturkammer, die Annis Vater ehrerbietig begrüßte.

Anni ließ den Blick schweifen und sah, dass die ersten Gläser sich langsam leerten und die beiden Hausmädchen kaum hinterherkamen. Sie lief in Richtung Küche, um Nachschub zu holen – und vernahm Stimmen aus Tristans Zimmer. Dorthin würde sich doch kein Gast zurückziehen? Instinktiv verlangsamte sie ihre Schritte und erkannte, dass es ihre Mutter war, die leise auf Contzen einredete. Anni verstand ihre Worte nicht genau, aber sie hörte sehr deutlich die von Contzen, der sagte: »Mach dir keine Sorgen, liebe Friederike. Ich werde mich darum kümmern!«

Dann wurde die Tür geöffnet, und die beiden traten in den Flur.

Anni verschwand eilig in der Küche. Während sie eine Flasche entkorkte, fragte sie sich, was das zu bedeuten hatte. Warum taten die beiden so heimlich? Hatten sie eine Affäre? Ihre Mutter und Contzen? Undenkbar! Oder doch nicht?

Ihr blieb keine Zeit, sich weiter den Kopf zu zerbrechen. Der Abend war in vollem Gange und Annis Mutter dank ihrer Panzerschokolade in Hochform. Anni wusste inzwischen, was Pervitin war und wie es wirkte. Friederike Baumgartner schwebte durch den Salon wie ein schillerndes Fabelwesen, stolz und elegant, parlierte hier, warf dort eine Bemerkung ein und verstand es, den ganzen Raum in Feierstimmung zu versetzen. Die Farben ihres Kleides changierten bei jeder Bewegung, und Contzens Augen folgten ihr unablässig.

Wenn er ein Hund wäre, dachte Anni, dann würde er sabbern.

Ihr Vater hingegen, sonst bekannt für seine pointierten Witze und sein schallendes Lachen, wirkte recht zurückhaltend. Er scharte nicht wie sonst eine Gruppe um sich, sondern unterhielt sich mit ausgewählten Gästen, zudem verschwand er mehrfach im Musikzimmer. Anni, die gerade ein etwas verkrampftes Gespräch mit der affektierten jungen Frau des Opernintendanten führte, war froh, als ihre Mutter sie bat, sich ans Piano zu setzen, um während des Aperitifs für ein wenig »fröhliche Hintergrundmusik« zu sorgen.

Nach etwa einer Stunde war es Zeit für das Konzert. Die Gäste waren bereits angetrunken, Ölsardinen, Gebäck und Pastetchen waren sämtlich verzehrt worden, und als ihr Vater leicht mit dem Silberlöffel an sein Glas schlug, um in das Stück einzuführen, bekam die Atmosphäre einen feierlichen Anstrich.

»Ludwig van Beethoven«, begann Gottlieb, »widmete die besten seiner zahlreichen Quartette seinem Mäzen Andrej Rasumowsky, einem russischen Adeligen. Politisch zur Stunde etwas heikel, mögen Sie denken. Aber, meine verehrten Damen und Herren, als Österreicher darf ich Ihnen versichern: Im Herzen war der gute Herr Rasumowsky ein Wiener. Wir sind also auf der sicheren Seite.«

Gelächter.

Anni atmete auf. Ihr Vater schien zu seiner alten Form zurückzufinden.

»Viel wichtiger als die Politik«, fuhr er fort, »ist ohnehin die Musik.« Er hob seine Geige. »Diese Quartette, von denen wir heute das schönste spielen, zeigen Beethovens Freigeist und seinen Hang zur Modernität. Er selbst soll über diese Stücke gesagt haben, sie seien nicht für diese, sondern für eine spätere Zeit.«

Der Salon schwieg andächtig.

Einen Moment lang befürchtete Anni, ihr Vater würde mit diesem melancholischen Gedanken schließen wollen, doch er lächelte und fügte hinzu: »Eines kann ich Ihnen jedenfalls versichern: Für Amateure sind sie praktisch unspielbar.«

Wieder lachten die Gäste.

»Umso dankbarer bin ich, dass meine beiden geschätzten Kollegen, die Gebrüder Brennecke, und ich heute ein besonderes Talent an der zweiten Geige begrüßen dürfen: meine Tochter Anna-Isolde.«

Ein warmer Applaus folgte.

Anni fing einen aufmunternden Blick ihres Vaters auf und war zum ersten Mal seit sehr langer Zeit vor einem Konzert kein nervliches Wrack.

Sie begannen den ersten Satz in flottem Allegro. Anni spürte die Kraft der Musik, es gelang ihr, alle Gedanken auszuschalten. Sie versank in dem komplizierten, wunderschönen Stück, ging in ihm auf, und ihre Nervosität verschwand allmählich. Die Art und Weise, wie ihr Vater und sie sich ergänzten, wie sie alle vier miteinander harmonierten, rief Erinnerungen an ihre Kindheit hervor, als es sich so angefühlt hatte, als würde die Musik in sie hineinströmen und sich von selbst spielen.

Gerade hatten sie eine schwierige Schlüsselstelle im zweiten Satz gespielt, als Anni entfernt die Türklingel und ein dumpfes Poltern auf der Treppe hörte. Sie war so konzentriert auf die anspruchsvollen Läufe, dass sie annahm, es sei ein später Gast. Das Quartett wirbelte durch das Stück, und mit jeder Passage, die sie meisterten, wuchs Annis Vergnügen.

Vielleicht, dachte sie, haben die Musik und ich doch noch eine Chance.

Dann plötzlich, im kurzen Innehalten vor dem letzten Satz, sah sie die beiden Gestalten in der Tür stehen. Zwei Männer in langen schwarzen Ledermänteln, die ihre Hüte aufbehielten. Als Anni den Bogen wieder ansetzte, zitterten ihre Finger so sehr, dass der Ton kratzte.

Auch ihrem Vater und den Brenneckes schien der Anblick in die Knochen gefahren zu sein. Der vierte Satz, das *Thème Russe*, eigentlich so kraftvoll und fulminant, misslang zwar nicht in Gänze, dafür waren die drei Männer zu sehr Profis, aber er fiel wesentlich dünner aus als die ersten drei.

Anni hatte zunehmend Probleme, sich zu konzentrieren, und flog zweimal fast raus.

Mit Mühe und Not kämpfte sich das Quartett durch die letzten Takte.

Die Spannung im Raum war fast greifbar, als Anni, ihr Vater und die Brenneckes die kraftvollen Schlussakkorde erklingen ließen und sich anschließend unter großem Applaus verbeugten. Die Gäste schienen um die Wette zu klatschen. Vermutlich nutzten sie die Gelegenheit, sich die Nervosität, die der Anblick der ungebetenen Besucher in ihnen hervorrief, aus den Körpern zu schütteln.

Die Männer in den Mänteln applaudierten ebenfalls. »Sehr schön«, sagte der größere von ihnen, als der Applaus verklungen war. Er hatte eine massige Gestalt und ein rötliches Gesicht. »Mozart?«

Im Raum herrschte gespenstische Stille.

»Beethoven«, erwiderte Annis Vater schließlich heiser. Er legte den Bogen und seine wertvolle Guarneri del Gesù vorsichtig auf den Stuhl und ging auf die ungebetenen Besucher zu. »Was kann ich für Sie tun?«

Der Kleinere trat vor. Er hatte stechende graue Augen. »Nur ein paar Fragen beantworten, Herr Baumgartner.«

Annis Vater straffte sich. »Wie Sie sehen, haben wir Gäste. Wäre es vielleicht möglich, das auf morgen ...«

»Es ist leider sehr dringend!«

Der Große fasste Annis Vater am Arm. Nicht grob, aber eine deutliche Geste, die keinen Widerspruch duldete. Gottlieb sah hilfesuchend in die Runde.

Oberst Böttcher erhob sich. »Meine Herren. Ich versichere Ihnen, dass Herr Baumgartner ein absolut unbescholtener und integrer Bürger unseres Reiches ist. Sein älterer Sohn ist heldenhaft für Führer, Volk und Vaterland gefallen, der jüngere gibt alles in der Luftoffensive gegen England. Dürften wir also darum bitten, dass Sie uns erklären ...«

Der Kleinere hob die Hand und brachte Böttcher zum Schweigen – Böttcher in seinem Paradewaffenrock! Dann griff er ins Innere seines Mantels und zog ein Dokument hervor, das er dem Oberst reichte. Dieser überflog die Zeilen und gab das Papier dann kreidebleich an Gottlieb weiter.

Anni sah zu ihrer Mutter, die leise mit Contzen sprach. Dessen Gesichtsausdruck wirkte merkwürdig leer. Auch der Oberbürgermeister senkte seinen Blick. Niemand machte Anstalten, dem Oberst beizuspringen.

»Gut«, sagte Annis Vater, faltete das Dokument zusammen und reichte es dem Gestapo-Offizier zurück. »Gehen wir.«

Er warf Friederike und Anni einen letzten Blick zu, drückte Böttcher kurz die Hand und verließ dann, eskortiert von dem großen Beamten, in bemüht aufrechter Haltung das Wohnzimmer.

Der Offizier blickte katzenfreundlich in die Runde: »Feiern Sie noch schön!«

Anni stand, Geige und Bogen in der Hand, stocksteif da und starrte auf die hohe Flügeltür, durch die soeben ihr Vater abgeführt worden war. Sie schaute zu Böttcher, der sich ebenfalls nicht bewegte. Der ganze Raum wirkte wie eingefroren. Nachdem die Wohnungstür zugefallen war, lösten sich die Gäste aus ihrer Starre und redeten wild durcheinander. Anni blieb einfach stehen, wie in Trance. Das Poltern der Schritte auf der Treppe, die nach unten führte, verklang.

Die plötzliche Verhaftung ihres Vaters traf Anni bis ins Mark. All seine Pläne waren offenbar gescheitert. Ob ihn jemand verraten hatte oder er einfach aufgeflogen war, wusste Anni nicht. Es war auch vollkommen unerheblich.

Das Regime war in ihr Wohnzimmer getreten, in das Innerste ihrer Familie. Sie mussten mit dem Schlimmsten rechnen.

Anna-Isolde Angerer
geb. Baumgartner
Kapuzinergasse 11
Dresden

An Leutnant Tristan Baumgartner
Feldpostnummer 4367852 K
Persönlich/vertraulich

Dresden, Februar 1945

Liebster Tristan, mein Herzensbruder,

nun sind wir beide wieder ein Jahr älter – und noch immer keine Nachricht von Dir! Wir wissen nur, dass Deine Maschine als verschollen gemeldet wurde. Ich schreibe Dir trotzdem. Vielleicht hat mein Maikäferlein es ja doch irgendwie geschafft.

Der Winter trifft uns mit Härte, es ist furchtbar kalt, und wir haben alle entsetzliche Angst. Gestern Nacht waren wir wieder im Luftschutzkeller. Aber Dresden wurde bisher nicht so schwer bombardiert wie Magdeburg oder Berlin. Wir leben. Und wir kommen zurecht.

Die kleine Clara ist seit gestern zehn Monate alt! Oh, Tristan, sie würde Dir gefallen. Ich finde, sie hat Dein Lachen!

Von Fritz leider auch nach wie vor keine Nachricht. Ich weiß langsam nicht mehr, woher ich die Hoffnung noch nehmen soll.

Mama versucht tapfer zu sein, doch Vaters Schicksal hat uns alle tief getroffen. Hinzu kommt die Ungewissheit um Dich. Ich versuche trotz allem, den Mut nicht zu verlieren. Wir können nur hoffen, dass all dies bald vorbeigeht. Ich sehne den Tag herbei, an dem wir uns wieder in den Armen liegen.

Maikäfer flieg!
Im Herzen, Deine Anni

Februar 1945

Während des diplomatischen Treffens der alliierten Staatschefs in Jalta wird die Machtverteilung in Europa nach dem Ende des Krieges abgestimmt und über eine staatliche Aufteilung Deutschlands debattiert.

Die Rote Armee hat Ende Januar das Konzentrations- und Vernichtungslager Auschwitz-Birkenau befreit.

US-Truppen landen auf Iwojima.

Laut Verordnung des deutschen Reichsjustizministers werden in »feindbedrohten Reichsverteidigungsbezirken« Standgerichte gebildet, die Zivil- wie Militärpersonen willkürlich verurteilen dürfen.

Die Schlacht um Budapest endet mit der Kapitulation der restlichen deutschen Einheiten.

Air Marshal Arthur Harris gibt den Angriffsbefehl zu schweren Bombardierungen der Stadt Dresden.

In einem Luftschutzkeller treffen sich dort zwei Menschen, deren Schicksale für immer miteinander verbunden bleiben werden.

4

Für Anni waren die Klänge des Krieges grauenvoller als das, was sie von ihm sah. Vielleicht, weil sie noch viel zu wenig von ihm gesehen hatte. Vielleicht aber auch, weil man die Augen vor etwas verschließen kann – die Ohren hingegen nie ganz, selbst wenn man sie sich zuhält. Annis empfindsames Gehör schien die Geräusche direkt in ihr Innerstes zu leiten, wo sie sich ausbreiteten und sie am ganzen Körper zittern ließen. Das Brummen war noch leise, aber es schwoll langsam an unter dem ohrenbetäubenden Klang des Fliegeralarms, der auf einem hohen B festhing. Anni lief zum Fenster. Draußen war es stockdunkel, noch wirkte alles friedlich. Sie blickte hinauf in den Himmel. Man konnte sie nicht sehen, die Geschwader, die dort oben kreisten, aber Anni hörte sie deutlich, trotz des Sirenengeheuls. Es mussten sehr, sehr viele sein.

Ihr Vater hatte es vorausgesagt. Eines Tages würden sie Dresden bombardieren – es sei nur noch eine Frage der Zeit. Nun gab es keine Prophezeiungen mehr von ihm, keine halb ausgesprochenen düsteren Wahrheiten, keine geflüsterten Witze mit stechenden spitzen Pointen. Drei endlose Wochen lang hatten sie um ihn gebangt, alle Hebel in Bewegung gesetzt, um herauszufinden, was mit ihm geschehen war, wohin man ihn gebracht hatte, was genau ihm vorgeworfen wurde – und taten dann, als sie es schließlich erfuhren, alles Menschenmögliche, um ihn aus dem Gestapo-Polizeigefängnis in der Schießgasse herauszuholen.

Annis Onkel Heinrich, der ältere Bruder ihrer Mutter, ein erfolgreicher Anwalt und Strafverteidiger, reiste aus der Hauptstadt an und verlangte Akteneinsicht. Anschließend hatten sie zumindest Gewissheit über den Inhalt der Anklage. Hochverrat. Darauf stand die Todesstrafe – so viel hatte Anni inzwischen verstanden. Heinrich versuchte sie alle zu beruhigen, indem er versicherte, dass das Strafmaß abgemildert werde, sobald Annis Vater endlich erklärte, was er mit dem Skandal um den verschwundenen Geiger zu tun hatte.

In den folgenden Tagen wurde das Wohnhaus mehrfach von Polizisten durchkämmt. Sie fanden zwar nichts, aber Heinrich kehrte jedes Mal stiller aus der Schießgasse zurück. Und auch Contzen, der seit der Verhaftung ihres Vaters fast täglich bei ihnen zu Gast war, wirkte ungewohnt ernst.

Anni wurde nicht hinzugebeten, wenn die drei sich besprachen, aber sie lauschte an der Tür und schnappte einiges auf.

»Warum redet er nicht, verdammt noch mal?!«, hörte sie Contzen eines Abends ausrufen – so laut, dass die feinen Zierglaseinsätze der Salontüren vibrierten.

»Werner, bitte!«, mahnte ihre Mutter.

Und dann konstatierte, viel leiser, Heinrich: »Wenn er den Mund nicht aufmacht, kann ich für nichts garantieren. Die Herrschaften am Volksgerichtshof behandeln das Strafrecht wie einen Hefeteig. Sie flechten es sich zurecht, bis es passt. Und notfalls kneten sie es komplett neu.«

Anni wich langsam von der Tür zurück.

Nun war klar, was hier passierte: Ihr Vater setzte alles aufs Spiel, um Adam zu retten. Möglicherweise sogar sein Leben.

Contzen verabschiedete sich an diesem Abend als Letzter. Anni sah ihn eine Weile im Flur stehen, wo er leise mit ihrer Mutter redete. Sie hörte ihn etwas von seinen »Beziehungen in die höchsten Ämter« sagen und dass er bereit sei, »alles zu tun, um ihn da rauszuholen«.

Einen Tag später kam ihr Vater nach Hause. Abgezehrt und aschfahl – ein gebrochener Mann. Er sagte nichts, ging direkt ins Musikzimmer, legte sich vollständig angekleidet aufs Sofa und starrte an die Decke.

Ihre Mutter wirkte erschüttert wie selten zuvor. Ihre Hände zitterten, als sie den Schnaps holte und ein Dienstmädchen anwies, frische Kleidung zu bringen. Anni wollte zu ihm, doch ihre Mutter verbot es. Ihr Vater brauche Ruhe.

Später am Abend, als Friederike und Contzen sich im Salon besprachen, schlich Anni sich heimlich zu ihm hinein. Ihr Vater starrte immer noch an die Decke. Die Schnapsflasche neben seinem Bett war halb leer.

»Papa«, sagte Anni und nahm seine Hand. Seine Finger waren kalt.

Langsam, ganz langsam wandte er den Kopf zu ihr.

Erst jetzt bemerkte sie die frisch verschorfte Platzwunde oberhalb seiner Schläfe. »Was haben sie mit dir gemacht?«

Leicht, fast unmerklich, schüttelte Gottlieb den Kopf. Dann erwiderte er leise: »Treffen sich zwei Irrenärzte. Sagt der eine: Heil Hitler! Sagt der andere: Heil du ihn!«

Anni wusste nicht, was sie darauf erwidern sollte.

Ihr Vater drückte ihre Hand, streichelte sie und bat sie dann, ihn allein zu lassen. Er müsse sich ausruhen.

Am nächsten Morgen war er tot.

Ihr Hausarzt Dr. Staub hielt Herzversagen als Todesursache fest. Aber Anni hörte deutlich, wie er ihre Mutter zur Seite nahm und etwas von »Schädel-Hirn-Trauma« und »Fremdeinwirkung« sagte.

»Sie haben ihn umgebracht«, stellte Friederike heiser fest. Danach schwieg sie für beinahe zwei Wochen. Sie funktionierte tagsüber wie eine Marionette und saß nachts stundenlang im Musikzimmer und hielt die Violine ihres Mannes im Arm. Anni versuchte mehrfach erfolglos, zu ihr durchzudringen. Irgendwann nach der Beerdigung begann sie wieder zu sprechen. Doch gesungen hatte sie seit Gottliebs Todestag keinen einzigen Ton mehr. Sie war verstummt, wie ein Instrument, das niemand mehr spielte.

Der Fliegeralarm heulte unerbittlich. Eilig zog Anni sich an, hob ihre kleine Tochter aus dem Kinderbettchen und rannte mit der schlaftrunkenen Clara auf dem Arm ins Schlafzimmer ihrer Mutter.

Das Bett war leer.

Anni schrie gegen die Sirenen an, während sie über den Flur an den verlassenen Dienstbotenzimmern vorbei in den Salon hastete. Ihre Mutter saß vollständig bekleidet am Flügel, ohne zu spielen. Sie starrte ausdruckslos vor sich hin.

»Mamá! Wir müssen in den Luftschutzkeller! Schnell!«

Friederike rührte sich nicht.

Anni griff mit der freien Hand nach ihrem rechten Arm, der in dem edlen Kleid aus Brokatseide schlaff herunterhing. »Mutter, komm jetzt!«

Immer verzweifelter zerrte sie an ihr, bis ihre Mutter sich energisch losmachte und sie mit dem Handrücken wegschlug.

Anni wich zurück. »Was ist los mit dir? Was hast du?!«

Friederike schwieg. Ein trockenes Schluchzen löste sich aus

ihrer Kehle, und schließlich presste sie mühsam vier Worte hervor: »Es ist meine Schuld!«

Anni verstand nicht. »Was denn?! Was ist deine Schuld?!«

Friederike sagte nichts mehr. Sie schloss die Augen.

Und plötzlich begriff Anni. »Du ... du meinst Papa?«

Friederike sah auf. Ihr Blick war glasig. Sie schien durch Anni hindurchzusehen. »Ich wollte doch nur, dass er endlich verschwindet.«

»Du wolltest, dass WER verschwindet?!«

Ihre Mutter schüttelte schweigend den Kopf.

Annis Gedanken rasten. Und ließen nur einen Schluss zu. Ihre Mutter redete von Adam Loewe. Dem Jahrhundertgeiger.

Aber was hieß das? Hatte sie tatsächlich ihren eigenen Mann verraten?!

»Ich wollte uns alle beschützen«, sagte Friederike tonlos. »Aber dein Vater war so stur. Und jetzt ist er tot.« Der Kopf sank ihr auf die Brust. »Es ist alles meine Schuld.«

Dann fiel sie in sich zusammen wie eine Marionette, der man die Fäden abgeschnitten hatte.

Einen Moment lang starrte Anni ihre Mutter fassungslos an. Der Fliegeralarm dröhnte in ihren Ohren. Clara wand sich in ihren Armen und begann laut zu weinen. Das holte Anni zurück in die Realität. Sie packte ihre Mutter an den Schultern und schüttelte sie. »Los! Wir müssen in den Keller!«

Doch Friederike reagierte nicht mehr. Sie saß da wie ein lebender Leichnam, während das Brummen der feindlichen Bomber immer näher kam. Anni warf einen letzten Blick in das versteinerte Gesicht ihrer Mutter, wiegte ihre weinende kleine Tochter im Arm – und entschied sich.

Clara fest an sich gedrückt lief sie ins Musikzimmer ihres Vaters, öffnete den Safe, nahm die Guarneri heraus, warf sich den Violinenkoffer mit dem Instrument, etwas Geld und den wichtigsten Unterlagen über die Schulter und hastete mit ihrem Kind die Treppen hinunter.

Mit einem Ruck stieß sie die schwere Tür zum Luftschutzkeller auf. Der notdürftig mit Holzbalken abgestützte kleine Schutzraum war schon recht voll, es mangelte spürbar an Sauerstoff. Die Kramers aus der Etage unter ihnen saßen dicht zusammengedrängt: Gerda, die etwas älter war als Anni, mit ihren zwei Buben, ihrer Mutter und ihrer Tante Käthe. Der kleine Hansi, noch keine fünf, hielt einen abgegriffenen Teddy am Beinchen und zitterte am ganzen Körper.
 Anni streichelte ihm über den Kopf.
 »Spielst du uns was auf deiner Geige vor?«, fragte Hansi.
 Bevor Anni antworten konnte, hörten sie die ersten Einschläge.

Das Dröhnen war ohrenbetäubend. Der Boden wackelte und zitterte. Es roch nach Feuer. Anni drückte Clara an sich, die leise wimmerte. Dann herrschte wieder minutenlang gespenstische Stille.
 »Wo ist deine Mutter?«, fragte Gerda.
 Anni atmete langsam ein und aus und wiegte die weinende Clara. Wut und Trauer schnürten ihr die Kehle zu.
 »Nicht zu Hause«, sagte sie schließlich.
 Gerda ließ es dabei bewenden.

Immer wieder drehten Kramers am Knopf des meist rauschenden, manchmal quäkenden Volksempfängers, den sie heruntergeschleppt hatten. Schließlich waren Wortfetzen zu vernehmen. Eine verzerrte Stimme sprach von »Bomberströmen«, die sich in Richtung »Martha Heinrich« bewegten. Gerda, die das Koordinatenblatt auf den Knien hatte, wurde leichenblass. Anni reichte ein Blick in ihr Gesicht, um zu wissen, dass das entsprechende Planquadrat – ihr Haus, ihr Viertel, ihre Heimatstadt – Zielgebiet des Angriffs war.

»Jetzt vernichten sie uns«, brummte Tante Käthe und erntete strafende Blicke.

Wie zur Antwort krachte es erneut.

Irgendwann ging die Tür auf, und ein hochgewachsener junger Mann mit dunklem, zerzaustem Haar stolperte in den Raum. Er rang nach Luft, sein Gesicht war rußverschmiert.

»Darf ich?«, fragte er mit belegter Stimme.

Anni erkannte ihn sofort.

Es war Adam Loewe.

Alle starrten ihn an wie einen Geist. Seine hohen Wangenknochen standen hervor, er trug einen alten schwarzen Mantel fest um seine schmale Taille gegürtet und war sichtlich erschöpft. Anni schossen tausend Fragen durch den Kopf. War er die ganze Zeit hier bei ihnen im Haus gewesen? Irgendwo in den verwinkelten Räumen des riesigen Dachbodens, auf dem Tristan und Anni als Kinder oft gespielt hatten? Aber wieso hatte die Gestapo ihn bei all den Durchsuchungen nicht gefunden? Und wer hatte ihn nach dem Tod ihres Vaters versorgt?

Im Keller herrschte Stille. Niemand sagte etwas. Niemand antwortete auf Adams Frage. Die Sekunden verstrichen, untermalt vom Rauschen des Radios. Gerda sah zu ihrer Mutter, die wiederum ratlos zu Käthe blickte, und schließlich starrten alle Anni an.

Sie öffnete den Mund, um etwas zu sagen, und schloss ihn wieder, weil sie nicht wusste, was.

»Das Haus brennt«, erklärte Adam, als ebenso nüchterne wie überzeugende Rechtfertigung seiner Anwesenheit. »Lichterloh.«

Anni dachte an ihre Mutter.

Als wenige Minuten später die nächste Bombenladung vom Himmel fiel und keiner der Anwesenden ihn eingeladen, aber auch niemand widersprochen hatte, hockte Adam sich in einer Ecke auf eine Holzkiste. Er stützte die Ellenbogen auf die Knie, legte das Kinn auf seine Fäuste und schloss die Augen.

Anni starrte zu ihm hinüber. Adam Loewe lebte. Er wirkte deutlich älter, als sie ihn in Erinnerung hatte. Er sah mitgenommen aus, die Wangen waren ausgezehrt – und dennoch war er eine beeindruckende Erscheinung mit seinen auffallend hellen Augen und dem dichten Haar, das ihm ins rußverschmierte Gesicht fiel. Als er ihren Blick erwiderte, sah Anni weg.

Die Einschläge nahmen kein Ende. Die Erde schien zu beben. Mörtel und kleine Steinbrocken fielen von der Decke. Alle duckten sich auf den Boden. Anni beugte sich über Clara und streichelte unablässig ihr verschwitztes Köpfchen. Das Mädchen wimmerte leise vor sich hin. Hoffentlich übersteht sie das alles, dachte Anni. Sie ist doch noch so klein!

Unaufhörlich fielen die Bomben. Der Keller wackelte und zitterte, aber die Balken hielten.

Irgendwann wurde es wieder ruhig. Niemand sagte etwas. Minuten wurden zu Stunden. Clara war so erschöpft, dass sie in Annis Armen einschlief. Die Luft war angefüllt von Staub und Qualm, man konnte kaum etwas sehen. Anni hatte schrecklichen Durst. Doch sie wagte nicht, aufzustehen und nach etwas zu trinken zu suchen, da sie die Kleine nicht wecken wollte.

Plötzlich hörte sie Adams Stimme. »Wir müssen hier raus«, sagte er laut und deutlich in den Raum hinein. »Der Sauerstoff nimmt ab. Wir werden alle ersticken.«
Gemurmel, müde Gesichter, Kopfschütteln.
»Draußen ist es viel zu gefährlich«, erwiderte Gerda.
Auch Anni hatte Angst. Sie fühlte sich entsetzlich müde und schwach. Am liebsten hätte sie einfach die Augen geschlossen, doch sie spürte, dass Adam recht hatte. Es war heiß im Keller, sicher über dreißig Grad, und das Atmen fiel ihr tatsächlich immer schwerer. Zudem waren seit einiger Zeit keine Bomben mehr gefallen.
Adam schien nicht länger warten zu wollen. Entschlossen stand er auf und ging zur Tür, durch deren Ritzen Rauch hereinsickerte. Als er die Klinke berührte, zog er die Hand sofort wieder zurück. Sie schien glühend heiß zu sein. Mithilfe eines Tuches öffnete er die Tür vorsichtig einen Spaltbreit. Eine Wolke heißen Rauchs hüllte ihn ein. Adam hustete und schloss die Tür, so schnell er konnte. »Da kommen wir nicht durch.«

Annis Gedanken rasten. Sie erinnerte sich dunkel an ein besonders gruseliges Versteckspiel, das sie mit ihren beiden Brüdern hier unten im Keller gespielt hatte. Es war lange her, aber sie wusste noch genau, wie Tristan und sie Hand in Hand durch die dunklen Gänge gestolpert waren auf der verzweifelten Suche nach Sigi, der sich auf kein »Mäuschen, mach mal Piep« gemeldet hatte – nur um dann mit fürchterlichem

Gebrüll aus einer Kammer hervorzustürzen und sie beide zu Tode zu erschrecken. Diese Kammer hatte ein Fenster.

»Es gibt noch einen Ausgang«, sagte sie in Adams Richtung. »Kommt, ich kenne den Weg.«

Sie schulterte den Geigenkoffer und setzte sich Clara auf die Hüfte. Gerda sah fragend zu ihrer Mutter, die wiederum skeptisch zu Adam blickte und dann die Hand ihrer Schwester ergriff. »Wir bleiben hier!«

Anni sah in Gerdas Augen, dass sie lieber mitgegangen wäre. Sie hörte die Kramers noch beratschlagen, während sie mit Adam und Clara in einen verqualmten Nebenraum lief, dann durch verschiedene enge Gänge bis zu der halb eingestürzten Abstellkammer mit dem winzigen Fenster. Es war von den Druckwellen geborsten, auf dem Boden lagen Glassplitter und Schutt.

»Das soll der Ausgang sein?«, fragte Adam und musterte skeptisch das Fenster.

Anni schluckte. Sie hatte es größer in Erinnerung gehabt. »Es ist der einzige Weg.«

»Dann los, bevor das Haus über uns zusammenstürzt.«

Adam hob ein umgefallenes Regal an, zerrte es unter das Fenster, riss den mit Glasresten gespickten Rahmen aus der Wand und sagte: »Du zuerst.«

Anni atmete durch. Es fiel ihr unendlich schwer, die kleine Clara auch nur für einen Moment herzugeben, aber nun gab es keinen Weg mehr zurück. Eindringlich sah sie Adam an, während sie ihm das Mädchen reichte – und er nahm sie so behutsam und selbstverständlich entgegen wie ein junger Vater.

Während Anni mit zittrigen Knien das wacklige Regal erklomm, hörte sie erleichtert die Stimmen der Kramers hinter sich. Gerda hatte sich anscheinend durchgesetzt.

Es war nicht ganz leicht, sich durch die kleine Öffnung zu zwängen, aber sie schafften es. Zuerst schob sich Anni hindurch, dann reichte Adam ihr Clara, half den beiden Buben und Gerda, und schließlich zerrten sie auch noch mit vereinten Kräften Frau Kramer und ihre Schwester Käthe nach draußen. Adams Haare klebten klitschnass an seinem Kopf, als er schließlich als Letzter ins Freie kletterte.

Einen Moment lang standen sie einfach nur keuchend da. Selbst auf der versengten, verwüsteten Straße zu stehen, fühlte sich wie eine Erlösung an. Sie bekamen etwas mehr Luft. Ringsherum fielen immer noch Bomben auf die Stadt nieder, der Fliegeralarm heulte weiter, und Anni spürte die Hitze des Feuers von allen Seiten. Es war noch lange nicht vorbei.

»Was jetzt?«, fragte Gerda.

»Raus aus der Altstadt!«, drängte Adam.

Nur ganz kurz wandte Anni sich um zu dem Haus, in dem sie geboren und aufgewachsen war. Das stattliche Jugendstilgebäude mit den drei Etagen, von denen sie die oberen zwei bewohnt hatten, war ein brennender Trümmerhaufen. Nur noch ein paar verkohlte Mauern ragten in die Höhe. »Mamá!«, flüsterte Anni.

Sie sah sie vor sich. Steif und aufrecht am Piano. Schuldig – und entschlossen bis in den Tod.

»Gott sei mit dir«, sagte Anni tonlos und bekreuzigte sich mit ihrer freien Hand.

Die kleine Gruppe hastete durch die brennenden Straßen. Um sie herum herrschte das Chaos. Es gab kaum ein Haus, das noch stand. Überall krochen schreiende, panische Menschen aus den Kellern auf die Straße. Es ging nicht mehr ums Begreifen, sondern nur noch ums Handeln, ums Reagieren.

Das Feuer war überall. Neben ihnen, vor ihnen, hinter und über ihnen. Ein einziges heißes Lodern und Schwelen. Anni glaubte nicht an die Hölle, wie ihre Mutter es getan hatte, aber wenn es sie wirklich gab, dann sah sie so aus wie Dresden in dieser Nacht.

Der Wind war heiß und beißend, er riss und zog an ihnen in schrecklichen Sturmböen. Die ganze Stadt brannte. Die Straßen füllten sich mit Menschen, die verstört durcheinanderliefen. Anni verlor erst Gerda aus den Augen, dann Adam. Völlig außer Atem blieb sie stehen und versuchte sich zu orientieren. Jemand rempelte sie an, Clara begann wieder zu weinen. Anni wich einem hupenden Militärfahrzeug aus, stolperte in eine Seitengasse und wurde plötzlich von einem heftigen Sog erfasst. Wie das Meer bei ablaufendem Wasser schien der Feuersturm an ihr zu ziehen. Und dort, wohin sie gezogen wurde, sah Anni nur noch Flammen.

»Anni!« Plötzlich war Adam neben ihr, packte sie am Arm und riss sie und die aus Leibeskräften schreiende Clara mit sich zurück auf die Hauptstraße.

»Wir müssen runter zum Fluss!«, rief er gegen das Brausen an, legte seinen Arm um ihre Schultern und schob sie vorwärts Richtung Elbe. Anni lief einfach weiter, wie der kleine trommelnde Aufziehsoldat, den Tristan zu seinem fünften Geburtstag bekommen hatte.

Der Rauch brannte und biss in ihren Augen und nahm ihnen die Sicht. Annis Arme und Beine schmerzten, sie hatte keine Kraft mehr. Ein panisches Pferd galoppierte auf sie zu und rannte sie beinahe um. Adam drängte Anni in einen Hauseingang, in dem sie kurz verschnauften. »Es ist nicht mehr weit«, keuchte er. »Komm, gib mir die Geige, die Kleine ist schwer genug.«

Anni zögerte.

Adam schien ihre Gedanken zu lesen. »Wir bleiben zusammen, Anni. Ich lasse euch nicht allein.«

Sein hageres, verschmutztes Gesicht war ernst.

»Das bin ich deinem Vater schuldig.«

Obwohl sie ihn kaum kannte, spürte sie, dass sie ihm vertrauen konnte. Adam hob den Geigenkoffer von ihrem Rücken, und Anni fühlte sich zehn Kilo leichter. Dann nahm er ihre freie Hand. »Weiter?«

Anni nickte. Sie holten noch einmal tief Luft, dann stürzten sie sich wieder in die Menschenmassen.

Als sie in der Ferne die Umrisse der Albertbrücke auftauchen sah und ihr die erste frische Brise vom Fluss herauf ins Gesicht wehte, kehrte Annis Energie zurück. Ihre Füße wurden leichter, sie hob Clara ein Stück höher und lief, die Hand des fremden und doch seltsam vertrauten jungen Mannes fest umschlossen, eilig vorwärts, der Elbe entgegen.

5

»Nein!« war das erste Wort gewesen, das er an sie gerichtet hatte. An die Frau mit den smaragdgrünen Augen, die ihn so herausfordernd anblickten. Später würde er *No* statt Nein sagen. Und irgendwann aus vollem Herzen *Yes*. Aber ganz am Anfang, als der Kriegsgefangene Tristan Baumgartner wieder Nahrung zu sich nehmen sollte und zum wiederholten Male verfluchte, dass er sich vom Licht abgewandt hatte und ins Diesseits zurückgekehrt war, standen diese Augen für genau das, was er nicht mehr wollte: leben.

Ebenso wie den Löffel mit dem Porridge, den sie ihm auffordernd hinhielt. »*You must eat! Please!*«

Ihr Name war Rosalie. Das zumindest besagte das aufgenähte Namensschildchen neben dem Wappen des Queen Alexandra's Imperial Military Nursing Service. Ihre fuchsroten Locken, die ihre gestärkte weiße Armeeschwesternhaube nicht zu bändigen vermochte, waren so auffällig wie die Sommersprossen, die ihre grünen Augen umgaben wie farbenfrohe Kieselsteine einen See in den Bergen. Und so roch sie auch. Nach wilder Natur, nach Wald und nach Freiheit.

Rosalie war das pure Leben. Und Tristan wollte zurück ins Licht.

Sie blieb hartnäckig. Genauso wie die Schmerzen, die ihn tagein, tagaus begleiteten, seit der britische Militärarzt beschlossen hatte, ihn nicht sterben zu lassen. Tristan wusste nicht genau, welche Knochen er sich gebrochen hatte, dazu verstand er zu wenig von dem, was sie sagten. Aber es mussten einige sein. Das linke Bein befand sich offenbar in einem schlimmeren Zustand als das rechte – genau konnte er es nicht beurteilen, beide waren vom Oberschenkel an dick verbunden. Seine rechte Hand steckte in einem Gips. Aber noch mehr schmerzte der Oberkörper. Jeder Atemzug war mühsam. Und es gab nie genug Morphium.

Er gehörte nicht hierher. Dass die Briten ihn, den Feind, überhaupt in ihrem Lazarett versorgten, grenzte an ein Wunder. Und er spürte deutlich die Ablehnung der Pflegekräfte und Ärzte, aber auch der anderen Patienten. Dr. O'Malley und Rosalie bildeten die einzigen Ausnahmen. Er wusste, dass er den beiden unendlich dankbar sein musste. Doch es gab Tage, an denen die Schmerzen so quälend waren, dass er jeden Lebensmut verlor. Tage, an denen er die beiden dafür hasste, dass sie ihn nicht hatten sterben lassen. Wäre nicht der ständige Gedanke an Anni und seine Familie gewesen, hätte er den Kampf ums Überleben wohl aufgegeben.

In einer besonders qualvollen Nacht, als die Schmerzen ihn schier in den Wahnsinn trieben, legte Rosalie ihre kühle Hand auf seine heiße Stirn. Tristan fiel auf, dass der Flaum auf ihrem Unterarm dieselbe rote Farbe hatte wie die Locken auf ihrem Kopf.

Ihr Blick war sorgenvoll. Sie verschwand auf dem Gang und rief nach Dr. O'Malley.

Tristan merkte selbst, dass etwas nicht in Ordnung war. Er schwitzte und zitterte gleichzeitig am ganzen Körper.

Der Arzt kam kurz darauf, leuchtete Tristan in die Augen, wickelte den Verband ab, besah sich das Bein, fluchte und murmelte ein paar stakkatoartige Sätze. Zwei Wörter verstand Tristan: »Penicillin! *Now!*«

Kurz darauf versenkte der Arzt eine Spritze in seinem Arm.

Es ist so weit, dachte Tristan, jetzt lasst mich endlich gehen!

Das Letzte, was er wahrnahm, war, dass sich im Winkel von Rosalies linkem Auge eine Träne gebildet hatte, die sie hastig wegwischte.

Tristan starb nicht in dieser Nacht. Aber er fieberte fast zwei Wochen lang. Und erfuhr später, dass sein Leben tatsächlich erneut an einem seidenen Faden gehangen hatte. Eine Sepsis. Das Licht war noch einmal näher gekommen, aber irgendwie diffus geblieben. Er spürte, dass es diesmal nicht allein seine Zwillingsschwester war, die ihn zurückhielt, sondern auch Rosalies smaragdgrüne Augen und ihre hastig weggewischte Träne.

Rosalies Anwesenheit begleitete ihn durch die Fieberträume und begann ihn einzuhüllen. Nicht bedrohlich wie der britische Küstennebel, der sie über Portsmouth direkt in die Arme des Gegners geführt hatte, sondern weich und warm. Jedes Mal, wenn sie an seine Bettseite trat, sich über ihn beugte oder ihm sanft den Fieberschweiß von der Stirn tupfte, fühlte er sich ein kleines bisschen besser. Während das Delirium langsam wich, begann Tristan sich zu fragen, ob es nicht vielleicht doch einen Gott gab. Oder ein Schicksal, das ihn vor dem Tode bewahrt hatte – um ihn zu ihr zu führen.

Zeit seines Lebens hatte Tristan sich in der Gesellschaft von Frauen sehr wohl gefühlt. Vermutlich lag es daran, dass er bereits als kleines Kind ein so enges Verhältnis zu seiner Zwillingsschwester gehabt hatte. Natürlich sah er auf zu Siegfried, dem älteren Bruder, dem größeren, stärkeren, ewig unerreichten. Er bewunderte ihn und war dankbar, wenn dieser ihn, den Kleinen, mit seiner Aufmerksamkeit bedachte. Aber so richtig zufrieden hatte Tristan sich immer vor allem in Annis Gegenwart gefühlt. Das lag an der Art, wie sie ihn gewähren ließ, ihm Raum gab, Ideen von ihm aufnahm und in ihr Spiel einbaute. Mit Sigi und auch mit anderen Jungs ging es immer um Konkurrenz – wer konnte es besser oder schneller, war stärker oder schlauer? Bei Anni hatten all diese Wettbewerbsgedanken keinen Platz. Es ging um das Miteinander.

Als Jugendlicher begriff Tristan, dass nicht nur Anni so war, sondern die meisten anderen Frauen auch. Und dass er durch das gemeinsame Aufwachsen mit seiner Zwillingsschwester entscheidende Vorteile hatte. Die Mädchen liefen ihm scharenweise nach. Mit ihnen umzugehen, fiel ihm leicht, so wie ihm das Spielen mit Anni leichtgefallen war. Er machte sich nicht lächerlich, wie viele seiner männlichen Mitschüler. Obwohl Siegfried zweifellos der stattlichere Baumgartner-Spross war, brachte Tristan deutlich mehr Verehrerinnen nach Hause und genoss es sehr, dass es nun diese eine, durchaus entscheidende Disziplin gab, in der es ihm gelang, Siegfried den Rang abzulaufen.

Rosalie für sich zu gewinnen, war eine Aufgabe, die ihm neuen Lebensmut gab. Seine Bewunderung für sie wuchs mit jedem Tag. Sie umsorgte und pflegte ihn wie eine liebende Mutter – auch wenn die anderen Schwestern sie deswegen kritisch beäugten und zu tuscheln begannen. Tristan verstand nicht viel von dem, was sie sagten, aber ihre Blicke sprachen

Bände. Meistens zuckte Rosalie nur die Schultern oder verdrehte lustig die Augen.

Als sie ihm einmal dabei half, sich auf die Seite zu drehen, verrutschte ihre Haube und legte eine lang gezogene Narbe an ihrer Schläfe frei, die sie eilig wieder verdeckte. Tristan machte mit seiner linken Hand eine Geste, die seinen gesamten Körper umfasste. Dann zuckte er mit den Schultern.

Du hast einen Schönheitsfehler, versuchte er damit zu sagen, aber ich bin ein Wrack.

Sie lächelte und zupfte ihn leicht am Ohr.

Wir machen Fortschritte, dachte Tristan.

Die Schmerzen waren nach wie vor stark, auch wenn seine Rippen langsam zu heilen begannen. Sein linkes Bein brannte noch immer wie Feuer, es war vom Knie abwärts eingegipst worden und machte ihn nachts wahnsinnig, weil der Unterschenkel juckte und kribbelte, als würden Scharen von Insekten darauf herumwuseln. Die verletzte Hand war komplett steif, und jeder Versuch, sie zu bewegen, trieb ihm die Tränen in die Augen.

Dr. O'Malley teilte ihm Morphium zu, wann immer er etwas entbehren konnte.

Dass es knapp war, wusste Tristan, er hörte die Schreie der anderen laut und deutlich. Die Wände waren dünn im Lazarett der Royal Air Force. Er grübelte viel darüber nach, warum Dr. O'Malley sich trotzdem weiterhin so für ihn einsetzte. Eines Nachts hielt er dessen Hand fest und fragte ihn.

Der irische Arzt tippte auf das rote Kreuz an seinem Arztkittel und sagte: »*I'm a doctor.*«

Tristan legte den Kopf schief. Das war beileibe noch keine Erklärung. O'Malley schien ihn zu verstehen, er öffnete seinen Hemdkragen und holte ein kleines silbernes Kettchen mit einer Jesusfigur hervor. Es glich dem, das Anni Tristan bei ihrem letzten Abschied umgelegt hatte.

»*I'm also a Christian*«, fuhr der Arzt fort, ließ die Kette wieder unter sein Hemd gleiten und ergänzte dann etwas leiser, aber sehr, sehr deutlich: »*And I am an Irishman.*«

So edelmütig wie O'Malley waren längst nicht alle. Ein junger Arzt namens Davies schien Tristan besonders zu hassen. Einmal schlug er ihm im Vorbeigehen auf die gebrochene Hand. Der Schmerz fuhr so heftig durch Tristans Körper, dass er unwillkürlich laut aufschrie.

O'Malley packte den Arzt am Uniformkragen und zerrte ihn nach draußen. An diesem Tag bekam Tristan eine extra Ration Morphium. Rosalie setzte sich an sein Bett und murmelte eine Reihe von Verwünschungen. Dann sahen sie sich lange an.

»*Soldier*«, sagte Tristan schließlich. Der andere war Soldat, genau wie er. Und sie befanden sich nach wie vor im Krieg.

Doch Rosalie schüttelte entschieden den Kopf, legte die Hand auf seine Schulter und erwiderte entschlossen: »*Patient!*«

Das war er in ihren Augen. Kein Soldat. Kein Feind. Einfach der deutsche Patient.

Rosalies Sicht auf die Dinge war ehrenvoll – aber sie erfüllte Tristan gleichzeitig mit Scham. Mit jedem Tag in der Obhut der Briten begriff er ein bisschen mehr, wie dumm und naiv er gewesen war. Wie sehr er die Wahrheit ausgeblendet hatte. Vielleicht auch, weil er nie verdreckt und hungrig in einem Schützengraben gelegen und mit eigenen Augen gesehen hatte, wie Tausende Kameraden zerfetzt wurden. Er war einfach geflogen. Hatte von hoch oben über den Wolken zentnerweise Sprengstoff auf unschuldigen Zivilisten abgeladen, ohne sich damit auseinanderzusetzen, was er da eigentlich tat. Dass Menschen in den Häusern lebten, die er bombardierte. Deren Leben er zerstörte. Die er tötete. Menschen mit Gefühlen, Sorgen, Familien. Gütige und mutige Menschen. Menschen wie Dr. O'Malley und Rosalie.

Es dauerte sechs Wochen, bis Tristan überhaupt in der Lage war, sich im Bett aufzusetzen. Und weitere acht, bis er selbstständig feste Nahrung zu sich nehmen konnte. Er erkundigte sich nach seinen Kameraden Willi und Hermann, doch es war nichts über ihren Verbleib herauszufinden.

Als er die Kontrolle über seine rechte Hand so weit wiedererlangt hatte, dass er einen Stift halten konnte, bat er Rosalie um Briefpapier. Sie besorgte ihm ein *prisoner of war letter form* – eine Art Klappkarte, die nicht sehr groß war, und hob entschuldigend die Hände.

Tristan nahm die Karte dankbar und beschränkte sich auf die wichtigsten Sätze. Anni würde den Rest schon zwischen den Zeilen herauslesen.

Wenigstens wurde sein Englisch langsam besser. Die Tatsache, dass Vokabeln wie »*soldier*« und »*prisoner of war*« zu seinen ersten Wörtern in dieser Sprache gehörten, sollte Tristans Verhältnis zum Englischen für immer prägen. Auf dem Gymnasium hatte er neben Latein und Altgriechisch noch eine moderne Sprache wählen können. Er entschied sich gegen Englisch und für Französisch, die Salonsprache, wie Siegfried sie nannte. Sein großer Bruder hatte als Untertertianer, damals noch gefeierter Star der Kapellknaben, bei einem Gastauftritt an der Pariser Philharmonie eine junge französische Sängerin kennengelernt, sich rettungslos verliebt und behauptet, Französisch sei von nun an seine »*langue de cœur*«. Siegfried schrieb abends lange Briefe an Véronique, saß stundenlang vor Mamás Grammofon und lauschte den Chansons von Erik Satie. Tristan und Anni lachten sich schief über ihren verliebten Bruder und tauften ihn »*Sigi sans sens*«. Ein Jahr später kamen die Nationalsozialisten an die Macht, Sigi verlor seine Stimme und schloss sich bald darauf der Hitlerjugend an. Véronique sah er nie wieder.

Tristan hätte sich gern bei seinem älteren Bruder entschuldigt. Es gab so vieles, das er ihm noch hätte sagen wollen. Zum Beispiel, dass es tausendmal schöner war, eine *langue de cœur* zu haben als eine *language of war*.

Rosalies grüne Augen machten die fremde Kriegssprache ein wenig erträglicher. Jeden Tag nahm sie sich ein bisschen Zeit und übte mit ihm. Seltsamerweise begriff Tristan das Englische leichter als in Schulzeiten das Französische. Nur O'Malley mit seinem rollenden R verstand er meistens nicht.

Deshalb begriff er auch nicht sofort, was der Arzt von ihm wollte, als der sich eines Morgens neben ihn hockte, ihm sanft auf den rechten Oberschenkel klopfte und etwas von »*Get up and taste some air*« sagte.

Während Tristan ihn noch verwirrt ansah, tauschte O'Malley einen bedeutungsvollen Blick mit Rosalie, die mit einem quietschenden Rollstuhl hereinkam. Tristan konnte zwar noch nicht stehen, aber mit vereinten Kräften gelang es den beiden, ihn in den Rollstuhl zu hieven. O'Malley beugte sich zu Rosalie und sagte leise etwas in ihr Ohr, woraufhin diese eine wegwerfende Handbewegung machte und sich eine lose Strähne aus dem Gesicht strich.

»*Let's go!*«, sagte sie entschlossen zu Tristan und schob ihn über den Flur, an vielen abschätzigen Blicken vorbei, Richtung Ausgang.

Der raue Wind und das Sonnenlicht trafen ihn wie ein Schlag. Er hielt sich die Hände vor die Augen.

Rosalie rollte ihn über Stock und Stein zu einer Art Aussichtspunkt. Am liebsten hätte Tristan bei jedem Ruckeln aufgestöhnt, aber er riss sich zusammen. Denn in nicht allzu weiter Entfernung hörte er ein wohlbekanntes Rauschen. Er spürte trotz der Schmerzen, wie etwas in ihm erwachte, und als Rosalie stehen blieb und ihm sanft die Hände von den Augen nahm, sah er das Meer.

Die Wellen. Den Strand.

Tristan merkte, dass ihm Tränen die Wangen hinunterliefen. Anfangs wischte er sie beschämt weg, dann wurde die Mischung aus Erleichterung, Rührung und Scham so groß, dass er sie einfach laufen ließ. Wie schön war dieses Land, gegen das er einen Angriffskrieg geführt hatte. Wie selbstlos und herzlich diese Menschen, die ihn aufgenommen und gesund gepflegt hatten.

»*Hey*«, Rosalie legte ihm ihre Hand auf die Schulter. »*It's alright.*«

Tristan schüttelte heftig den Kopf.

Nichts, aber auch gar nichts war *alright*.

»*I'm sorry*«, presste er unter Tränen hervor.

»*I'm so sorry!*«

Dann überwältigte ihn das Schuldgefühl so sehr, dass er nur noch schluchzen konnte.

Rosalie hockte sich neben ihn und umarmte ihn stumm, während der Wind ihnen beiden die Haare zerzauste.

6

Rosalie wusste nicht, wie lange sie dort schon standen, in ihrer stummen innigen Umarmung, die längst mehr war als eine tröstliche Geste. Sie hätte ihn ewig so festhalten mögen, seine stoppelige Wange an der ihren spüren, auf seine Atemzüge lauschen, die langsam ruhiger wurden, mitten im salzigen Seewind.

Ihr war klar, auf welch dünnem Eis sie sich bewegte. Der Mann, den sie da in den Armen hielt, war kein gewöhnlicher Patient – er war der Feind. Der Klinikchef persönlich hatte ein Schreiben aufgesetzt, das kurz nach Tristans Einlieferung laut verlesen worden war: Leutnant Tristan Baumgartner sei Kriegsgefangener der britischen Armee. Jede Form privater Kommunikation oder körperlicher Nähe, die über die nötigsten Handlungen der Krankenpflege hinausging, sei streng verboten und werde ein Disziplinarverfahren nach sich ziehen. Mit dem, was sie hier tat, riskierte Rosalie ihre unehrenhafte Entlassung und damit ihren großen Lebenstraum: Ärztin zu werden.

Seit gut einem Jahr war sie als OP-Schwester in der *Auxiliary Surgical Unit* stationiert. Ihr Mentor, Chefarzt Dr. Liam O'Malley, hatte nicht gezögert, als man ihm das zum Feldlazarett umfunktionierte Landschulheim zur Verfügung stellte. Die Krankenhäuser im Stadtzentrum platzten bereits aus allen Nähten, und der flache, weiß getünchte Bau in

Strandnähe war sauber und funktional. Zudem hielt sich das Risiko einer Bombardierung außerhalb der Innenstadt und in einiger Entfernung von den Industrie- und Hafenanlagen deutlich in Grenzen.

An jenem Morgen, als die Nachricht von der Einlieferung eines Kriegsgefangenen durch die Gänge des Lazaretts gebrüllt wurde, hatte Rosalie ihren Dienst gerade erst angetreten. Sie wusste genau, was zu tun war. Dank der vom Kriegskabinett bewilligten Mittel verfügten sie in der *Surgical Unit* über eine hochwertige OP-Ausstattung und waren bestens vorbereitet auf Schwerverletzte wie den soeben eingelieferten Deutschen. Problematisch war allein die Tatsache, dass er die falsche Uniform trug.

Assistenzarzt Lieutenant Davies, der den Patienten gemeinsam mit ihr entgegennehmen sollte, wich entschieden zurück, als er die Wärmedecke über dem Brustkorb des Verletzten beiseiteschob und die deutschen Offiziersabzeichen an dessen Jacke sah. Rosalie zögerte nur kurz, dann nahm sie die Decke ganz ab und sog bestürzt die Luft ein: Die offene Fraktur des linken Oberschenkels war gravierend – und bei Weitem nicht die einzige Verletzung. Es war ein Wunder, dass der arme Kerl überhaupt noch lebte!

Rosalie sah den untätigen Davies auffordernd an, prüfte dann selbst die Vitalfunktionen des Patienten und rief über ihre Schulter nach Dr. O'Malley. Der kräftige Ire mit den buschigen Augenbrauen war wie immer sofort zur Stelle.

»Massives Polytrauma mit zum Teil offenen Frakturen«, informierte Rosalie ihn. »Patient bewusstlos, kaum Puls, keine erkennbare Atmung!«

O'Malley schob den überforderten Davies zur Seite und

herrschte die Rettungssanitäter an, warum sie den Patienten nicht längst reanimiert hätten. Ohne eine Antwort abzuwarten, begann er mit der Herzdruckmassage. Parallel führte Rosalie unter den fassungslosen Augen der Kollegen die Notfallbeatmung durch. So, wie sie es geübt hatten.

»Dr. O'Malley, bei allem Respekt«, wagte Davies anzumerken. »Das ist ein Jagdflieger der deutschen Luftwaffe, sehen Sie das nicht?«

»Ich sehe einen schwerverletzten Patienten«, knurrte O'Malley, während er die Herzdruckmassage fortsetzte. »Und einen Assistenzarzt, der offenbar seinen hippokratischen Eid vergessen hat!«

Es blieb nicht bei dieser einen Auseinandersetzung. Nachdem die Wiederbelebung geglückt war und Tristan das Fieber überstanden hatte, wurde das abfällige Gerede über den deutschen Patienten täglich lauter. Doch das trug nicht dazu bei, dass Rosalie Abstand von ihm hielt. Im Gegenteil. Die mysteriöse Anziehungskraft, die der schwerverletzte Soldat auf sie ausübte, wuchs.

Da war diese Verletzlichkeit in seinem Blick. Die Art, wie er die Augen schloss, wenn die Schmerzen ihn übermannten. Die Dankbarkeit in seinen Augen, wenn sie ihm Morphium verabreichte. Er hatte lange, dunkle Wimpern, und seine gebrochenen Finger waren feingliedrig wie die eines Pianisten. Dass er ein Jagdflieger sein sollte, erschien Rosalie abwegig – ebenso wie die Dienstabzeichen, die man von seiner Uniformjacke abgetrennt hatte. Er wirkte jung – kaum älter als sie selbst. Und doch hatte Davies recht: Leutnant Tristan Baumgartner war ein Offizier der Luftwaffe. Der Inbegriff des Feindes.

Im Lazarett spuckten einige auf den Boden, wenn sie an Tristans Bett vorbeigingen. Die meisten Schwestern weigerten sich schlicht, ihn zu pflegen, sodass Rosalie sich zwangsläufig immer häufiger an seiner Seite wiederfand. Das Getuschel und die vorwurfsvollen Blicke der anderen Schwestern versuchte sie zu ignorieren, bis ihre Lieblingskollegin Margaret, die Rosalie noch von der höheren Mädchenschule kannte, sie besorgt zur Seite nahm.

»Du musst aufpassen«, warnte Margaret. »Es beginnt aufzufallen.«

Rosalie zuckte die Achseln und tat so, als wüsste sie nicht, wovon Margaret sprach. Ohne Erfolg.

»Sie nennen dich schon ›die Doppelagentin‹!«

»So ein Blödsinn!«, wehrte sich Rosalie. »Du hast O'Malley doch gehört! Er ist ein Patient und gehört als solcher behandelt!«

Margaret schüttelte den Kopf.

»O'Malley ist einer der besten Chirurgen, den die Army hat. Der kann sich so was erlauben.«

Das »Du nicht!« sparte sie sich.

Es war auch nicht nötig. Rosalie versprach ihrer Kollegin, sich in Zukunft vorzusehen. Doch eigentlich tat sie es nur, damit Margaret Ruhe gab.

Rosalie wusste, dass Tristans Offiziersstatus der Hauptgrund war, weshalb er so lange im Lazarett behandelt werden durfte. Sie hatte Gespräche zwischen O'Malley und der Klinikleitung mitangehört, in deren Folge Tristan mehrfach vom Aufklärungsdienst der Royal Air Force verhört worden war. Anscheinend erhoffte man sich von ihm Informationen über die weitere Strategie der Luftwaffe.

Rosalie blendete das alles aus. Sie sah in Tristan nicht den deutschen Soldaten, sondern den Menschen. Den Patienten, der sich nie beklagte, obwohl er nach wie vor starke Schmerzen haben musste und nur hoffen konnte, jemals wieder vollständig laufen zu lernen. Der immer lächelte, wenn sie an sein Bett trat, und der das abgegriffene Wörterbuch, das sie ihm geschenkt hatte, auswendig lernte, um sich besser verständigen zu können.

Je häufiger ihre Kollegen sie ermahnten, teils besorgt und mit vielsagenden Blicken, teils mit offenem Spott, desto trotziger berief sie sich auf den hippokratischen Eid – auch wenn sie keine Ärztin war. Noch nicht.

Ihren Berufswunsch hatte Rose Elizabeth Celeste FitzAllan, wie sie mit vollem bürgerlichem Namen hieß, schon im Alter von zehn Jahren deutlich zum Ausdruck gebracht – und war natürlich von ihren Eltern belächelt worden. Frauen wurden keine Ärzte. Auch dann nicht, wenn sie zur privilegierteren Schicht des britischen Bürgertums zählten. Selbst eine Laufbahn als tüchtige Krankenschwester war nicht das, was ihre Eltern sich für sie vorgestellt hatten. In nunmehr zweiter Generation führten die FitzAllans recht erfolgreich das *Seaside Hotel*, einen mittelgroßen Familienbetrieb mit sechsundzwanzig Zimmern und vier Suiten, direkt an der Clarence Parade mit Blick aufs Meer. Die wohlhabenden Eltern ihrer Mutter Helen hatten das Hotel Ende des 19. Jahrhunderts gegründet, als der Tourismus unter den zunehmend reicher werdenden Londonern in Mode kam. Da Helen nur jüngere Schwestern hatte, waren die Eltern froh, dass nach der Jahrhundertwende ihr Schwiegersohn den Betrieb übernahm. Rosalies Vater Alistair passte als Schotte zwar nicht ganz in die südenglische Unternehmerfamilie, war aber ein tüchtiger Geschäftsmann, unter dem das Hotel nach dem Großen Krieg florierte. Nun wurde von seinen beiden Kindern erwartet, dass sie sich auf die Aufgaben vorbereiteten, die ihnen zugedacht waren: Rosalies älterer Bruder Edward sollte der Juniorchef des Hotels werden und sie Hausdame und Patronin. Doch je älter die beiden wurden, desto deutlicher kristallisierte sich heraus, dass die Geschwister ganz andere Interessen hatten.

Rosalies Faszination für den Arztberuf hatte ihren Ursprung in einem tragischen Unfall, an dem ihr Bruder unmittelbar beteiligt war. Auch wenn die Geschwister ein Altersunterschied von beinahe sechs Jahren trennte, standen sie sich durchaus nahe.

Rosalie war nach mehreren Fehlgeburten das ersehnte zweite Kind der FitzAllans und schon als Baby ein quirliges Energiebündel gewesen. Am liebsten spielte sie mit ihrem Bruder und dessen Freunden am Strand *Hide and Seek* und ignorierte es, wenn ältere Verwandte über ihre aufgeschlagenen Knie und ihre ungekämmten Haare die Nase rümpften. Mehrere Nannys, die von den vielbeschäftigten Eltern in den 1920er-Jahren angeheuert wurden, strichen die Segel und kündigten.

Das alles änderte sich schlagartig an jenem strahlenden Sommertag im August 1932, der Rosalie fast das Leben kostete. Auch wenn man letztlich Edward verantwortlich machte – die Idee zu dem Seifenkistenrennen stammte von Rosalie. Schon länger waren sie und ihr Bruder passionierte Entwickler und Chauffeure der antriebslosen Mini-Automobile. Der beste Pilot im Umkreis war Edwards Fußballfreund Darren Holliday, dreizehn Jahre alt und grundsätzlich zu allen Schandtaten bereit. Doch die steile Brick Lane mit ihrem

Kopfsteinpflaster und den zahlreichen Schlaglöchern hinunterzurauschen – das hatte auch Darren sich bisher nicht getraut.

Rosalie hatte die Jungs herausgefordert, und die beiden Sportskanonen Edward und Darren wollten vor dem gerade erst achtjährigen Mädchen nicht klein beigeben. Also zogen die drei, in Begleitung einer stetig wachsenden Kinderschar aus der Nachbarschaft, los zur berüchtigten Brick Lane. Und natürlich bestand Rosalie darauf, bei ihrem Bruder mitzufahren. Schließlich war Darren mindestens drei Inches größer und locker zwanzig Pfund schwerer als Edward. Das musste ausgeglichen werden.

Das Rennen FitzAllan versus Holliday wäre so oder so in die Geschichte eingegangen. Schon kurz nach dem rasanten Start zeigte sich, dass hier einander ebenbürtige Gegner antraten. Unter dem großen Gejohle der anderen Kinder rasten Darren und das Duo Edward-Rosalie Kopf an Kopf die holprige Straße hinunter. Schon im Mittelteil hatten sie eine Geschwindigkeit von rund zwanzig Meilen pro Stunde erreicht. Dann kam die Schlüsselstelle. Bei dem Versuch, vor Darren durch den schmalen Abschnitt zwischen den beiden Schlaglöchern zu steuern und sich so den Sieg zu sichern, geriet ein Rad von Edwards Seifenkiste in eine Vertiefung, und der Wagen überschlug sich. Rosalie knallte mit ihrer rechten Schläfe auf die Straße und verlor das Bewusstsein.

Nie würde Edward FitzAllan den Anblick seiner reglos daliegenden Schwester vergessen, um deren Kopf sich schnell eine dunkelrote Blutlache bildete. Es schien eine Ewigkeit zu dauern, bis der Rettungswagen eintraf. Rosalie begann zu krampfen, vor ihrem Mund bildete sich Schaum. Den gesamten Weg ins St. Mary's Hospital ging Edward nur ein einziger Gedanke durch den Kopf: »Ich habe meine Schwester umgebracht.«

Rosalie überlebte ihre Kopfverletzung dank eines mutigen Neurochirurgen, der die richtige Diagnose »Epiduralhämatom« stellte und gezielt ein Loch in ihren Schädel bohrte, um den Innendruck zu mindern. Eine gewagte, aber erfolgreiche Operation.

Sie trug keine bleibenden Schäden davon. Bis aber die Kopfverletzung und diverse andere Knochenbrüche ausgeheilt waren, dauerte es dennoch. Rosalie verbrachte mehr als drei Monate im Krankenhaus und verpasste fast die Hälfte des vierten Schuljahres. In dieser Zeit reifte in ihr jedoch etwas sehr viel Entscheidenderes: ein tiefer und inständig gehegter Berufswunsch.

Sie liebte es, die Krankenschwestern und Ärzte des St. Mary's bei ihrem täglichen Tun zu beobachten, und verstand mit fortschreitender Genesung immer besser, was sie taten und wie die vielen Arbeitsschritte ineinandergriffen. Oberschwester Elinor, sonst eine höchst strenge Person, schloss Rosalie in ihr Herz und schenkte ihr eine abgegriffene Ausgabe der ersten Werke von Florence Nightingale. Die achtjährige Patientin versank förmlich in den präzisen Schilderungen der Pflege und den Vorschlägen zur Reformation von Krankenhausbetrieben. Nachdem sie diese Bücher durchgelesen hatte, vergrub sie sich in die Geheimnisse der Humanmedizin – mithilfe eines alten Anatomieatlas, den ihr nach tagelangem Betteln einer der Ärzte überlassen hatte. Sie verstand zwar nicht alles, was darin stand, liebte aber die detaillierten Abbildungen und die vielen exotisch klingenden Begriffe.

Die Narbe an ihrer Schläfe blieb, aber Rosalie fand Wege, sie in der Öffentlichkeit zu verstecken. Der innigen Beziehung zu ihrem Bruder tat der Unfall keinen Abbruch, auch wenn Edward beim Anblick der Narbe manchmal innehielt. Der Unfall hatte in ihm ein tiefes Verantwortungsgefühl entstehen lassen, das ihn nie ganz verließ. Vielleicht war dies einer der Gründe, warum er direkt nach dem Schulabschluss seine militärische Ausbildung im Royal Air Force College aufnahm. Dieser Hitler war ihm nicht geheuer. Edward wollte sein Land schützen und alle, die er kannte. Zu Recht, wie sich bald herausstellen sollte.

Als der Krieg ausbrach und Churchill an alle Briten appellierte, ihre Heimatinsel zu verteidigen, wurde auch Rosalie zur leidenschaftlichen Patriotin. Gleichzeitig sah sie die einmalige Chance, ihrem Berufswunsch näher zu kommen, indem sie sich freiwillig als Militärkrankenschwester meldete. Wie hätte sie ahnen können, dass diese anstrengende, aber erfüllende Arbeit sie eines Tages in derart große innere Nöte stürzen würde?

Einige Wochen nach Tristans Einlieferung wurde Edward FitzAllan, inzwischen Wing Commander, selbst bei einem Einsatz der Royal Air Force verwundet – eine feindliche Kugel hatte seine linke Gesichtshälfte gestreift und das Auge schwer verletzt. Zum Glück gelang ihm trotzdem die Rückkehr zu seiner Basis. Er wurde nach London evakuiert und im Westminster Hospital mehrfach operiert.

»Verdammte Nazi-Schweine!«, schimpfte er, als Rosalie ihn besuchte. »Die geben einfach nicht auf!«

Der Blick aus seinem unverletzten Auge war so hasserfüllt, dass Rosalie zurückwich.

»Du machst dir keine Vorstellung, Schwesterherz«, bekräftigte er. »Das ist nicht einfach eine Nation, die Krieg führt – das sind Mörder. Brutale Mörder!«

Sie musste sich auf die Zunge beißen, um Edwards Hasstiraden nichts entgegenzusetzen. Gleichzeitig wurde ihr klar, dass sie gut daran tat, den deutschen Patienten vorerst nicht zu erwähnen.

Die Konflikte innerhalb der *Surgical Unit* nahmen mit jedem Tag zu. Als Rosalie eines Morgens ihren Dienst antrat und bemerkte, dass jemand während der Nachtschicht Tristans Gips rundherum mit Hakenkreuzen beschmiert hatte, eskalierte die Situation.

»Wer war das?!«, schrie sie quer durch die Lazaretträume, griff sich eine junge Nachtschwester und tadelte sie derart, dass dem Mädchen die Tränen kamen.

Leider hatte Lieutenant Davies Dienst.

»Das reicht, Schwester Rosalie!«, schleuderte er ihr entgegen, packte sie am Arm und zog sie mit sich in einen Medikamentenraum. Dort stieß er sie unsanft gegen die Wand. »Dieser verdammte Nazi bekommt nur das, was er verdient! Und wenn Sie nicht aufhören, sich hier wie eine Blockwartin aufzuführen, dann sorge ich dafür, dass Sie unehrenhaft entlassen werden, und zwar schneller, als Sie *Heil Hitler* sagen können!«

Auch wenn sie Davies nicht ausstehen konnte – seine Worte machten ihr Eindruck. Er meinte es ernst, daran gab es keinen Zweifel. Und wäre das Disziplinarverfahren gegen sie erst einmal eingeleitet, würde es verdammt brenzlig. Dann lag die Sache nämlich nicht mehr bei O'Malley, sondern beim Militärapparat des Royal Army Medical Corps. Und wie dessen Urteil ausfallen würde, wollte Rosalie sich lieber nicht ausmalen.

Das dünne Eis, auf dem sie sich bewegte, drohte zu brechen.

In einer unbeobachteten Minute versuchte sie trotzdem, die Schmierereien von Tristans Gips abzukratzen. Vergeblich.

»Ist schon in Ordnung«, sagte Tristan in seiner gewohnten Sanftmut. »Die tun mir nicht weh.«

Er legte seine gesunde Hand auf ihre, um sie zu beruhigen. Eine zarte, liebevolle Geste, die ihre Wut nur steigerte.

»Aber mir!«, begehrte Rosalie leise auf. »Mir tun sie weh!«

In der Mittagspause bestellte O'Malley sie in sein Büro. Er war ungewohnt förmlich.

»Was war das mit Davies heute Morgen?«

Rosalie schluckte. Seit Beginn ihrer Ausbildung hatte der zupackende Chirurg mit dem wettergegerbten Gesicht sie gefördert. Er hatte ihr vieles gezeigt, sie zu seiner OP-Schwester gemacht, sie stets mit dem gleichen Respekt behandelt wie seine Assistenzärzte. Nun war sein Blick ernst und ähnlich besorgt wie vor einiger Zeit der von ihrer Kollegin Margaret.

»Tut mir leid«, erwiderte Rosalie mit belegter Stimme. »Ich hab die Nerven verloren.«

»Unsinn, Kind. Ich kenne dich inzwischen recht gut, denke ich. Du verlierst nicht so schnell die Nerven. Du hast dich verliebt.«

Die Erkenntnis, dass er recht hatte, traf Rosalie mit voller Wucht. Sie wusste nicht, was sie antworten sollte, und spürte zu allem Überfluss, wie sie knallrot anlief.

O'Malley stand auf, ging zu einem Schrank, holte eine Flasche Brandy heraus und schenkte zwei Gläser voll.

»Chemie«, sagte er ruhig. »Dagegen kann man nichts machen.« Er kippte den Brandy in einem Zug hinunter. »Aber dass ihr zwei keine Zukunft habt, brauche ich dir vermutlich nicht zu erklären.«

Rosalie stieg nach dem Dienst auf ihr Fahrrad und fuhr wie in Trance nach Hause. Sie war einerseits völlig ernüchtert, andererseits fühlte sie sich auf merkwürdige Weise befreit. O'Malley hatte gelassen eine Wahrheit ausgesprochen, die sie eigentlich längst kannte, sich aber nicht hatte eingestehen wollen. Viel schwieriger zu beantworten war die Frage, was sie mit dieser Erkenntnis nun anfangen sollte.

O'Malley hatte ihr keine Illusionen gemacht. Tristan war und blieb ein Kriegsgefangener. Sobald es ihm ansatzweise besser ginge, würde er in eines der zahlreichen *Prisoner of War Camps* transferiert werden. Dagegen konnte O'Malley nichts ausrichten, er konnte nur versuchen, den Zeitpunkt aus medizinischen Gründen hinauszuzögern.

»Ich wünschte, ich könnte einfach sagen: Schlag ihn dir aus dem Kopf. Aber ich sehe an deinem Blick, dass das sowieso nichts bringen würde. Also sage ich dir stattdessen: Sei vorsichtig.« Er hatte seine Hand auf Rosalies Schulter gelegt. »Ich will dich behalten. Weil du verdammt fähig bist. Vielleicht sogar fähig genug, um Medizin zu studieren, wenn all das hier vorbei ist. Und Davies ist ein Idiot. Aber seine Verbindungen nach oben darfst du nicht unterschätzen. Also pass in Zukunft besser auf, verstanden?«

Rosalie wählte die längere Route, an der Küste entlang. Ihre Eltern würden sich kaum wundern, wenn sie zu spät zum Abendessen kam – die Schichten im Krankenhaus dauerten oft länger. Sie musste nachdenken.

Rechts von ihr schlugen die Wellen des Ärmelkanals ans

Ufer. Rosalie blieb stehen und blickte Richtung Süden. Von Portsmouth bis Cherbourg waren es bloß sechzig Seemeilen. Dort drüben tobte der Kampf um Frankreich. Die alliierten Truppen waren auf dem Vormarsch. Vielleicht würde der Krieg doch schneller vorbei sein, als ihr Bruder es prophezeite?

Sie verwarf den Gedanken. Sie durfte nicht hoffen. Sie durfte den Deutschen nicht lieben – und tat es doch. Weil es einfach Chemie war, wie Dr. O'Malley zutreffend diagnostiziert hatte. Weil sich etwas tief in ihrem Inneren gegen all die Stimmen wehrte, die sie zur Vernunft rufen wollten. Stimmen, die von Verrat und Verbot wisperten.

Der Wind tat gut. Rosalie blickte auf das Meer hinaus, wo die Wellen durch die stürmischen Böen kleine Schaumkronen bildeten. Was kümmerte es den Ärmelkanal, dachte sie plötzlich, dass über ihm seit Jahren ein Luftkrieg tobte? Was interessierten all die Schlachten die Nordsee oder den Atlantik? Sie wogten ihre salzigen Wellen zwischen den Kontinenten hin und her, verschluckten Bomben, Boote und Besatzungen, ohne ihre eigenen Gesetze je zu verändern. Naturgewalt. Chemie. Die Anziehung zwischen zwei Lebewesen. Etwas, das über Nationen und Kriege erhaben war. So alt und so klar wie die Wellen der Meere.

Prisoner of War
568542XX,
Baumgartner, Tristan

To: Anni Angerer, geb. Baumgartner
Kapuzinergasse 11
Dresden
Germany

CENSORED MAIL   *Nov 1944*

Liebste Anni, mein Herz, mein Schwesterlein,

ich weiß nicht, ob dieser Brief Dich erreicht. Ich weiß nicht einmal, ob Du noch in Dresden bist. In den Nachrichten hier hört man, dass jetzt immer mehr deutsche Städte bombardiert werden. Aber eine Stimme in mir sagt, dass Du lebst. Dein Kind müsste jetzt schon ein gutes halbes Jahr alt sein. Ist es ein Mädchen geworden?

Ich bin bei einem Luftangriff auf Portsmouth unter Beschuss geraten und habe mich beim Absprung schwer verletzt. Aber die Feldärzte von der Royal Air Force haben mich inzwischen ganz gut wieder hinbekommen. Sie sind sehr freundlich, was bemerkenswert ist, wenn man bedenkt ...
Was für ein grausamer, unnötiger Krieg, liebste Anni. Ich denke inzwischen über so vieles so anders ...

Oft, wenn ich nicht schlafen kann, weil das Morphium sehr knapp ist, erinnere ich mich daran, wie wir an den Abenden, wo Mama und Papa aus waren, mit Sigi am Piano saßen und unsere Lieder spielten. Wie fröhlich und unbeschwert wir waren …
Das alles scheint so lange her.
Bitte lass von Dir hören, einfach ein Lebenszeichen, das wäre schön. Ich denke jeden Tag an Dich und hoffe so sehr, dass es Euch gut geht!

In Liebe, Tristan (Dein Maikäfer, der momentan nicht fliegt)

7

Anni musste eingeschlafen sein, denn als sie die Augen aufschlug, schien ein neuer Tag zu beginnen. Erst im nächsten Moment begriff sie, dass es nicht die aufgehende Sonne war, die den Himmel erleuchtete – sondern die noch immer brennende Stadt.

Schwarz und gespenstisch ragten die Ruinen auf der anderen Seite der Elbe vor dem feuerroten Hintergrund empor. Der Himmel war von den Flammen erhellt, und trotz der Februarkälte fand sich auf den Wiesen kein Schnee, nur nasses Gras – so stark strahlte die Hitze zu ihnen herüber. Anni tastete nach Clara, die in eine Wolldecke gehüllt neben ihr schlief. Dann fiel ihr auf, dass es keine Decke, sondern Adams schwarzer Mantel war. Und das Kissen unter ihrem Kopf der Geigenkoffer ihres Vaters.

Sie richtete sich auf und sah sich um. Die ganze Wiese war voller Menschen. Überall im Gras hockten, lagen und kauerten Überlebende. Manche redeten leise, andere schliefen oder waren vielleicht vor Erschöpfung zusammengebrochen. Einige weinten oder stöhnten leise, aber die meisten derer, die wach waren, starrten nur ungläubig auf die grausige und flackernde Silhouette der zerbombten Stadt, die einst ihre Heimatstadt gewesen war.

Dass Clara noch schlief, war ungewöhnlich, sie musste völlig erschöpft sein. Hoffentlich war ihr warm genug. Anni wickelte den Mantel fester um ihre Tochter und erhob sich mühsam. Ihre Glieder schmerzten, ihre Kleider waren nass und kalt vom geschmolzenen Schnee. In der Ferne machte sie eine Gestalt aus, die sich im Widerschein des Feuers auf sie zubewegte. Als sie näher kam, sah sie, dass es Adam war, nur mit seinem Hemd bekleidet. Etwas in der Hand balancierend suchte er sich einen Weg durch die Menschengruppen auf der Wiese. Er ließ sich neben Anni im Gras nieder und reichte ihr einen kleinen Becher mit Milch. »Für Clara.«

»Wo hast du die denn her?«

»Getauscht«, erklärte er schlicht.

Anni sah, dass er zitterte. Sie wollte Clara aus dem Mantel wickeln, doch er gebot ihr mit einer Geste Einhalt.

»Lass sie noch einen Moment schlafen. Wir müssen ...« Er sah sich um und senkte die Stimme. »Ich hab vorhin ein Gespräch mitgehört. Die Tommys greifen weiter an. Wir müssen hier weg. Aber ich verstehe natürlich ... Wenn du allein weiterwillst ...« Er brach ab.

»Hat mein Vater dich wirklich da oben versteckt, all die Wochen?«, wollte Anni wissen.

Adam zögerte einen Moment. »Erst ganz am Schluss«, erwiderte er schließlich. »Als uns alle anderen Möglichkeiten ausgegangen waren.«

»Aber die Gestapo hat ... das Haus doch durchsucht!«

»Es war mehrfach sehr knapp«, sagte Adam nur.

Anni begriff, dass sie in diesem Moment nicht weiter nachhaken konnte. Doch ein Gedanke ließ ihr keine Ruhe. »Papa ist im Herbst gestorben«, stellte sie leise fest. »Wir haben Februar.«

Adam nickte langsam. »Nachdem er ... nicht mehr kam ... Die Brenneckes haben mich versorgt, so gut es ging. Und mir alles erzählt. Anni, ich ...«

Wieder stockte er. Anni erinnerte sich, dass die Gebrüder Brennecke nach dem Tod ihres Vaters häufig bei ihnen zu Gast gewesen waren. Sie hatte angenommen, dass die beiden ihre Mutter und sie in ihrer Trauer begleiten wollten.

»Es tut mir so leid«, sagte Adam und streckte hilflos seine Hand nach ihrer aus. »Ich verdanke ihm mein Leben.«

Einen Moment lang saßen sie sich schweigend gegenüber. Die ausgebombte junge deutsche Mutter aus gutem Hause mit dem schlafenden Kind in den Armen und der abgemagerte einstige Star-Geiger, für den Annis Vater sein Leben riskiert und verloren hatte. Der nun wiederum sie und ihre Tochter aus dem Keller gezogen und vor dem Feuer gerettet hatte. Der den sicheren Tod riskierte, wenn er den Stern nicht trug – der ihn aber genauso riskierte, wenn er ihn trug.

Anni merkte, wie all diese Tatsachen auf den klammen Elbwiesen an Wichtigkeit verloren. In diesem Moment waren sie einfach drei Überlebende. Drei Menschen, die der brennenden Stadt entronnen waren. Sie nahm Adams Hand und drückte sie. »Lass uns gehen«, sagte sie. Es klang feierlich, wie ein Versprechen. »In Klotzsche leben Freunde von uns. Die Lehmanns. Vielleicht können wir dort für ein paar Tage unterkommen.«

Adam sah sie zweifelnd an, nickte dann aber: »Versuchen wir es.«

Anni flößte Clara die Milch ein. Zum Glück fühlte sich ihre Windel einigermaßen trocken an. Dann nahm sie ihre kleine Tochter auf den Arm, Adam legte ihr seinen Mantel über, damit die Kleine warm blieb, schulterte den Geigenkoffer, und gemeinsam marschierten sie los, quer durch die Neustadt gen Osten. Vorbei an den Trümmern und den schwelenden Bränden, den dampfenden Löschteichen, in die sich ein paar arme Seelen hatten retten wollen und in denen sie bei lebendigem Leibe verbrüht waren. Immer wieder lagen Leichen am Wegesrand. Anni versuchte, nicht hinzuschauen. Es gelang ihr nur selten. Einmal beugte sich Adam über einen kleinen Jungen, um zu sehen, ob er noch atmete, schloss ihm dann behutsam mit den Fingerspitzen die Augenlider, sprach leise ein kurzes Gebet auf Hebräisch und richtete sich auf, um den Weg fortzusetzen.

Anni verweilte einen Moment. Der Junge war höchstens sechs Jahre alt, vielleicht im vergangenen Sommer eingeschult worden. Tränen brannten in ihren Augen, sie umfasste Clara noch fester.

Adam nahm sanft ihren Arm und zog sie weiter.

Sie erreichten das hübsche Fachwerkhaus der Lehmanns bei Einbruch der Dunkelheit, zitternd vor Kälte und Erschöpfung. Adam hatte sich geweigert, seinen Mantel wieder anzuziehen.

Die Familie war voller Mitgefühl, als sie von Friederikes Tod erfuhren, reagierte jedoch mehr als zurückhaltend auf Annis Begleitung. Vater Herbert, seines Zeichens Betriebsdirektor der Staatskapelle, musterte Adam von oben bis unten, hob die Augenbrauen und verschwand dann in seinem Arbeitszimmer. Er musste ihn erkannt haben. Seine Frau Martha besprach sich kurz mit ihm. Dann führte sie die drei in die Küche und gab Anni und Adam etwas Suppe, die sie hastig auslöffelten. Clara bekam einen Becher mit warmer Milch.

Anschließend nahm Martha Anni zur Seite. »Du weißt, dass wir dich und die Kleine sehr gern bei uns aufnehmen würden, aber ihn ...«

Ihr Gesicht war verzerrt von dem Gewissenskonflikt, mit dem sie sich plagte, während sie entschuldigende Worte vor sich hin murmelte.

Anni schloss für einen Moment die Augen. Es war ja nicht so, dass sie die Familie nicht verstand. Dresden mochte brennen, aber das Dritte Reich hatte seine Spione weiterhin überall.

»Morgen früh sind wir wieder weg«, unterbrach Anni Martha Lehmanns gewisperten Sermon. »Bitte. Nur eine Nacht.«

Martha nickte schließlich und wies ihnen eine kleine Kammer neben dem Kohlenkeller zu.

Es war eng, aber recht warm. Adam legte sich auf den Boden, damit Anni mit Clara auf der schmalen Holzpritsche Platz fand, die Martha ihnen zur Verfügung gestellt hatte. Durch ein winziges Fenster über ihnen fiel etwas Mondlicht herein.

Anni war todmüde und fand dennoch keinen Schlaf. Immer wieder musterte sie die markanten Konturen von Adams Gesicht. Er hatte den Kopf auf seinen linken Arm gelegt und atmete ruhig und gleichmäßig. Anni wurde einmal mehr bewusst, dass sie ihn kaum kannte. Sie hatte nicht den Hauch einer Ahnung, was er in den vergangenen Monaten durchgemacht haben musste. Vermutlich hatte er gehungert und Todesängste ausgestanden. Sie hätte ihn gern danach gefragt, doch sie spürte, dass die Zeit dafür noch nicht gekommen war.

Ihre Gedanken schweiften zu ihrer Mutter und zu dem, was sie über ihren Vater gesagt hatte, am Klavier, kurz vor dem Bombenangriff: »Er war so stur – und jetzt ist er tot.«

Dann fiel ihr Contzens wütender Ausbruch ein. »Warum redet er nicht, verdammt noch mal?!«

Hatte ihr Vater möglicherweise eine Wahl gehabt? Hätte er sich selbst retten können, indem er Adam verriet? Hätte er sich die Wochen der Folter ersparen können, die letztlich zu seinem Tod geführt hatten? Und wenn ja, warum hatte er es nicht getan? Die Antwort lag neben ihr auf dem Kellerboden.

»Ich habe schon zwei Söhne verloren, Anni.«

Wenn das stimmt, dachte Anni weiter, dann ist Adam tatsächlich so etwas wie mein Bruder.

Dieser Gedanke tröstete sie genug, um sie endlich in einen unruhigen Schlummer fallen zu lassen.

Als Adam erwachte, saß sie bereits grübelnd auf der Pritsche und fütterte Clara mit einem Rest Milch vom Vorabend, den sie aufgehoben hatte. Durch das winzige Fenster sah man die beginnende Dämmerung.

»Hast du gar nicht geschlafen?«, fragte Adam besorgt.

»Wenig«, erwiderte Anni und lächelte schief. »Ich denke, wir sollten los, bevor es hell wird.«

Adam nickte und rappelte sich auf. Dann hielt er inne. »Wohin?«

Anni atmete durch. Sie hatte beim Aufwachen eine Eingebung gehabt, der sie mangels einer besseren Idee nun folgte. »Nach Karlsbad«, erwiderte sie und versuchte zuversichtlich zu klingen. Dann weihte sie Adam in ihre Überlegungen ein.

Die Familie Szilád025 war zwar nicht mit ihnen verwandt, aber es fühlte sich beinahe so an. Ihr Vater kannte den Ungarn László, der in Prag Violine unterrichtete, aus seiner Zeit am Konservatorium in Wien. »Ein alter Rebell«, hatte er immer gesagt – und einer seiner engsten Freunde.

Lászlós Frau Leopoldine, eine Deutsch-Tschechin, die alle Poldi nannten, war Annis Patentante. Die beiden hatten Anfang der 1920er-Jahre ein altes Gut in der Nähe von Karlsbad gekauft und angefangen, Pferde zu züchten. Anni hatte mit ihrer Familie dort regelmäßig lange Wochenenden verbracht. Tante Poldi trug Hosen, rauchte wie die Männer und ritt im wildesten Galopp auf ihren Trakehnern durchs Böhmerland. Poldi bezeichnete Hitler als den »irren Österreicher, der uns noch alle umbringen wird«.

Nachdem ihr Mann 1942 an der Schwindsucht gestorben war, sagte sie bei seiner Beerdigung: »Der László hat's richtig gemacht.«

»Und du meinst«, fragte Adam skeptisch, »wir sind dort willkommen?«

Anni nickte entschlossen. Sie wusste nicht, ob Karlsbad noch existierte, geschweige denn, wie es inzwischen um Poldis Gut stand. Aber sie war sicher, dass ihre Tante sie aufnehmen und Adam nicht abweisen würde. »Karlsbad«, wiederholte Anni deshalb mit Nachdruck, während über der nahe gelegenen Stadt erneut der Fliegeralarm zu heulen begann. »Wir gehen nach Karlovy Vary.«

Kurz nach fünf brachen sie auf. Draußen war es noch dunkel. Martha erschien an der Pforte und übergab Anni schweigend einen alten Puppenwagen mit Kissen und Häkeldeckchen, den sie wohl aus dem Keller geholt hatte. Ihre Töchter waren längst junge Frauen.

»Für die Kleine«, flüsterte sie und warf einen ängstlichen Blick über die Schulter zum Haus. »Besser als nichts.«

Anni bedankte sich und dachte an den Abend, an dem Herbert Lehmanns zwanzigjähriges Betriebsjubiläum gefeiert wurde und ihr Vater eine Laudatio auf ihn gehalten hatte: »Ein Mann, auf den man sich verlassen kann.«

Immerhin hatten sie gegessen und geschlafen. Und Anni musste zugeben, dass der stabile Puppenwagen, in den ihre neun Monate alte Tochter tatsächlich noch halbwegs hineinpasste, nützlich war. Das galt auch für die Scheiben weichen Weißbrots, von denen sich Clara gleich eine in ihre schmaler werdenden Pausbacken stopfte, sowie für die beiden Dosen Kondensmilch, die im verdünnten Zustand ausreichen würden, um die Kleine ein paar Tage lang zu ernähren.

Sie marschierten den ganzen Tag und bis weit in die Nacht hinein. Überall waren Menschen unterwegs, zogen auf Handwagen das wenige hinter sich her, das ihnen geblieben war. Immer wieder blickten sie ängstlich zum Himmel, sobald auch nur ein entferntes Brummen oder Sirenengeheul aus Richtung Dresden zu hören war.

Anni und Adam sprachen nicht viel. Irgendwann fanden sie hundemüde und durchgefroren zwischen Hunderten anderer einen Schlafplatz in einer ehemaligen Fabrikhalle, die zu einem Lazarett umfunktioniert worden war. Hier bekamen sie Wasser, etwas Brot und ein kleines Stück Seife, mit dem Anni Claras Windeln wusch. Ihre Knöchel waren geschwollen, ihre Füße schmerzten, doch Anni wagte nicht, die Schuhe auszuziehen, aus Angst, jemand könnte sie stehlen, während sie schlief.

Sie legten sich nebeneinander auf eine Decke, die sie im Lazarett bekommen hatten, nahmen die bereits schlafende Clara zwischen sich und deckten sich mit Adams Mantel zu.

»Gute Nacht«, sagte Adam, dem schon die Augen zufielen.

»Dir auch«, erwiderte Anni.

Sie sah zu, wie er seine Schlafhaltung einnahm. Auf der Seite liegend, das Gesicht im linken Arm vergraben, den er als Kopfkissen nutzte. Der Anblick fühlte sich vertraut an. Dabei waren sie sich erst vor zwei Tagen begegnet.

Am nächsten Tag erreichten sie in den frühen Nachmittagsstunden Pirna. Am Ortseingang trafen sie auf eine freundliche Familie, die ihnen Auskunft gab. Das weitgehend unbeschädigte Pirna hatte einen Bahnhof, von dem offenbar noch Züge Richtung Prag abfuhren. Allerdings sah Anni schon von Weitem am Eingang des Bahnhofsgebäudes eine Gruppe von Polizisten stehen, die Ausweise kontrollierten.

Unauffällig bogen Adam und sie in eine Nebenstraße, und Anni zog Fritz' Reisepass aus dem Geigenkoffer.
»Das ist Wahnsinn«, sagte Adam mit Blick auf das Foto des Österreichers mit den kurz geschnittenen Haaren. »In vielerlei Hinsicht.«
Er reichte ihr den Pass zurück. »Nimm die Kleine und fahr ohne mich nach Karlsbad.«
Anni schüttelte energisch den Kopf.
»Ich meine es ernst, Anni. Denk an deine Tochter.«
»Und was ist mit dir?«
»Ich komme schon irgendwie durch.«

Anni sah ihn an, den tapferen Überlebenskünstler, der sie nicht mit hineinziehen wollte in seine Probleme. Die Tommys hatten Dresden zerbombt, aber der Krieg war noch lange nicht vorbei. Und Adams Chancen zu überleben standen so schlecht, dass er allen Grund hatte, sie fortzuschicken – so wie sie allen Grund gehabt hätte, ihn zurückzulassen. Doch Anni dachte an die Nacht im Bombenkeller und an den Feuersturm, der sie fast in den Tod gesogen hätte. Plötzlich war sie von der gleichen Ruhe erfüllt wie am Elbufer. Ohne auf

Adams Einwand einzugehen, steckte sie den Pass weg und reichte Adam die Hand. »Zusammen oder gar nicht«, sagte sie und zog ihn mit sich zum Bahnhof.

Sie spürte, wie er sich verkrampfte, je näher sie der Kontrolle kamen. Anni dachte an die Gestapo-Männer, die in ihrem Wohnzimmer gestanden hatten. Gleichzeitig fühlte sie bei aller Aufregung eine Art von Trotz, der sie ruhiger werden ließ. »Vertrau mir«, sagte sie leise zu Adam. »Ich mach das schon.«

Entschlossen drängelte sie sich durch die Menge nach vorn. Sie lächelte einen jungen Polizisten an, der kaum älter war als sie selbst, er wirkte im Gegensatz zu den meisten anderen weniger aggressiv.

»Mein Mann, meine Tochter und ich sind letzte Nacht ausgebombt worden. Wir müssen dringend zu meiner Tante aufs Land. Der Zug fährt gleich ab.«

»Ihre Papiere bitte!«

Anni hielt ihm ihren Ausweis unter die Nase. »Der meines Mannes ist verloren gegangen«, erklärte sie fest. »Das ganze Haus hat gebrannt, wir mussten durchs Fenster raus, sonst wären wir alle erstickt.« Es half beim Lügen, möglichst nahe an der Wahrheit zu bleiben. Das hatte sie von ihren Brüdern gelernt.

Der Beamte sah von ihr zu Adam, der überzeugend hustete. Clara begann zu weinen, und Anni tröstete sie nicht. Manchmal half ein weinendes Kind mehr als ein niedliches.

»Bitte!«, flehte Anni. »Der Zug!« Sie wiegte die weinende Clara und sah sorgenvoll zum Himmel, als würden sich neue Bomber nähern.

In dem Moment wurde der Polizist von einem älteren Kollegen angesprochen, der offenbar seine Hilfe brauchte. Entnervt winkte er sie durch.

»Du bist verrückt«, ließ sich Adam vernehmen, als sie wieder zu Atem gekommen waren.

»Es hat geklappt«, erwiderte Anni bemüht ruhig. Doch ihr Herz klopfte bis zum Hals.

Sie kämpften sich durch den überfüllten Bahnhof zum Schalter. Es gab tatsächlich einen Zug, der nach Prag fuhr, auch wenn man sie vor Bombardierungen warnte. Von dort würden sie sich schon weiter nach Karlsbad durchschlagen. Anni kaufte drei Fahrkarten mit dem Geld aus einem der Bündel, die sie in der Bombennacht in den Geigenkoffer gestopft hatte. Erster Klasse, weil sie sich dort weniger Kontrollen erhoffte und weil sie schon am Schalter Angst bekommen hatte, von den Menschenmassen erdrückt zu werden.

Voll war es trotzdem, doch sie ergatterten zwei Plätze in einem Sechserabteil neben einem Ehepaar mit zwei adretten Töchtern im Backfischalter. Sie hatten riesige Koffer dabei und sahen wohlhabend aus. Der Mann hatte weiche Züge und einen Zigarrenstummel im Mundwinkel. Seine Frau war hübsch, sehr elegant gekleidet, wirkte aber nervös.

»Niedlich, Ihre Kleine!«, wandte der Mann sich an Anni, die neben ihm saß. »Sind Sie auch aus Dresden?«

Anni nickte und betete, dass sie es nicht mit kulturbeflissenen Leuten zu tun hatten, die Adam erkennen würden. Doch das schien nicht der Fall zu sein.

»Unser Haus steht nicht mehr«, brummte der Mann und sog an seiner Zigarre, die kaum noch brannte.

»Unseres auch nicht«, erwiderte Anni rau.

»Scheißtommys«, seufzte ihr Sitznachbar, griff in die Tasche und holte einen Keks heraus, den er in eine Stoffserviette gewickelt hatte. Anni nahm ihn dankbar an und gab ihn Clara, die daran zu nuckeln begann.

»Und wo geht's jetzt hin?«

»Aufs Land. Zu Verwandten.« Sie mochte den Mann, aber sie traute niemandem mehr.

Er nickte. »Prag«, sagte er, ohne dass sie gefragt hatte. »Und dann hoffentlich weiter in Richtung Nürnberg.«

Sie schwiegen wieder.

Schließlich ertönte ein lauter Pfiff, und der Zug setzte sich in Bewegung. Anni bemerkte die enorme Anspannung in Adams Gesicht, aber als ihre Blicke sich trafen, auch ehrliche Bewunderung.

Dann sah sie erneut auf die nervöse Frau, die sich beständig den Schweiß von der Stirn tupfte. Ihr Mann tätschelte ihr beruhigend den Arm.

Was ist wohl eure Geschichte?, fragte sich Anni.

Es ging gut bis Aussig. Dort hielten sie auffallend lange, und plötzlich durchkämmten Männer in schwarzen Uniformen den Zug.

»Die Papiere, bitte!«

Der untersetzte Offizier in der Tür hatte ein rötliches Gesicht und berlinerte deutlich. Anni sah die SS-Runen auf seinem Kragenspiegel.

Ihr Sitznachbar mit der Zigarre erhob sich, zeigte die Fahrscheine und vier Ausweise vor. Anni fiel auf, dass seine Hand leicht zitterte.

Der SS-Mann benahm sich, als hätte er alle Zeit der Welt. Sein Gesicht wurde noch etwas rötlicher. »Herr Hauptscharführer?«, brüllte er durch den Gang. »Komm'se ma her!«

Der Hauptscharführer war ein hochgewachsener Mann mit militärischer Haltung und kühlem Blick. Er musterte die Reisegruppe, begutachtete dann die Pässe und schüttelte den Kopf. »Tut mir leid«, sagte er. »Ich muss Sie bitten mitzukommen.«

Anni versteifte sich.

Das Gesicht des Mannes neben ihr wurde aschfahl. »Wieso? Ist etwas nicht in Ordnung?«

»Kommen Sie, bitte. Ihre Frau und die Mädchen auch.«

»Aber wir ...«

»Los jetzt!«

Sein Ton wurde deutlich ungemütlicher.

Umständlich erhob sich der Mann, er war jetzt sehr nervös, im Gegensatz zu seiner Frau, die auf einmal merkwürdig ruhig wirkte, als hätte sie das alles vorhergesehen. Eilig raffte die Familie ihre Koffer zusammen und folgte dem Hauptscharführer in den Gang.

Anni fing einen letzten verzweifelten Blick von einem der Mädchen auf. Die Panik kroch ihr den Nacken hoch.

»Entschuldijen'se«, sagte der Unterführer jetzt freundlicher. »Aber et jibt immer noch Subjekte, die jloben, dat se uns vergackeiern könnten.« Er schüttelte den Kopf ob dieser augenscheinlichen Ungeheuerlichkeit. »Wenn ick dann jetze um Ihre Papiere bitten dürfte?!«

Anni wagte nicht zu atmen. Sie warf Adam einen auffordernden Blick zu, der sich daraufhin umständlich am Geigenkoffer zu schaffen machte.

»Ob du das Stück wirklich kannst, ist unwichtig«, hörte sie plötzlich die Stimme ihres Vaters in ihrem Kopf. Das hatte er ihr manchmal gesagt, wenn sie als Kind ein Vorspiel hatte. »Wichtig ist, dass du auftrittst, als ob du es könntest. Wenn alle anderen es glauben, dann geht dieser Glaube auf dich über – und dann klappt es auch.«

Einer Eingebung folgend erhob sich Anni. »Wir sind Friedrich und Anna-Isolde Angerer aus der Kapuzinergasse in Dresden.« Sie versuchte, so resolut zu klingen wie ihre Mutter, dabei war ihre Stimme genauso wacklig wie ihre Knie.

»Und das ist Clara.« Sie hielt ihre Tochter hoch, als wäre sie ein Pokal.

»Janz 'ne Hübsche. Wie die Mutter, wa?«, sagte der Unterführer und lächelte.

Dann nahm er von Adam die Fahrscheine entgegen und musterte sie prüfend. »Jut, jut. Wenn ick dann jetzt noch ...«

»Mein Mann spielt bei den ersten Violinen der Staatskapelle«, warf Anni ihm entgegen. Alles auf eine Karte. »Manche nennen ihn einen Jahrhundertgeiger.«

»Ach wat!« Der Unteroffizier wirkte beeindruckt.

Adam starrte Anni an, als hätte sie nun komplett den Verstand verloren.

»Was sagst du, Friedrich? Kleine musikalische Kostprobe für den netten Herrn ...«

»Krause«, erwiderte der SS-Mann geschmeichelt. »Scharführer Krause.« Er salutierte halb ernst. »Dann sind Se wohl 'ne richtije Berühmtheit, wa?«

Adam brauchte ein paar Sekunden, dann erwachte er aus seiner Starre und sagte lächelnd: »Ganz recht!« Er öffnete den Geigenkoffer und nahm die Guarneri heraus. »Mögen Sie Mozart?«, fragte er Krause, während er die Geige stimmte.

»Horst!«, rief der Mann den Gang hinunter, »Komm ma rüber, hier jibtet 'n Hauskonzert!«

Ein weiterer Uniformierter erschien in der Tür, als Adam mit der *Kleinen Nachtmusik* begann.

Die Guarneri klang so schön, wie Anni sie noch nie gehört hatte. Weicher und wärmer als unter dem Bogenstrich ihres Vaters. Es war, als würde Adam sie streicheln. Die beiden Männer lauschten andächtig. Passagiere aus den Nachbarabteilen lugten neugierig ins Abteil. Krause applaudierte begeistert. Sein Kollege fiel ein. »Könn'se ooch den Vivaldi, det Schnelle?«

»Sie meinen den *Sommer*?« Adam wartete seine Antwort nicht ab – er ließ den Bogen über die Saiten fliegen. G-Moll. Sechzehntel im Dreivierteltakt. Langsam begann die Nervosität von Anni abzufallen. Adam spielte so virtuos, als hätte er in den letzten Monaten nichts anderes getan. Dabei hatte er in seinem Versteck auf dem Dachboden – wo immer es gewesen war – ganz bestimmt kein einziges Mal eine Geige in der Hand gehabt.

Immer mehr Menschen versammelten sich um ihr Abteil, es wurde voller und voller. Irgendwann stand Adam auf dem Klappsitz im Gang wie auf einer Art Bühne. Niemand fragte mehr nach seinem Ausweis.

Als der Zug endlich in Prag hielt, wurden Anni und Adam von den Passagieren sowie von den SS-Leuten unter großem Applaus verabschiedet. Sie hatten es gerade aus dem Waggon geschafft, als der Schaffner auch schon pfiff und der Zug sich wieder in Bewegung setzte. Während die Menschen um sie herum schon Richtung Empfangshalle strebten, blieben sie noch einen Moment stehen, fassungslos über das, was gerade geschehen war.

»Wahnsinn«, sagte Adam.

Anni merkte plötzlich, dass ihr übel wurde. »Bitte, kannst du Clara nehmen?« Schnell reichte sie ihm ihre Tochter, wandte sich zur Seite und übergab sich in eine Blumenrabatte.

»Geht's?«, fragte Adam, als Anni sich nach einer Weile erschöpft neben ihn auf eine Holzbank fallen ließ. Sie nickte und ließ ihren Blick über den mittlerweile leeren Bahnsteig schweifen. Clara saß zufrieden auf Adams Schoß und spielte

mit den Knöpfen seines Mantels. Anni strich ihr über den Kopf. Clara sah nur kurz zu ihr auf und fuhr dann fort, die Knöpfe zu erforschen. Adam berührte Anni an der Schulter.
»Das war verdammt mutig«, sagte er.
»Und verdammt riskant«, erwiderte Anni heiser.
Adam zuckte mit den Schultern und lächelte. »Es hat jedenfalls funktioniert«, erwiderte er schlicht. »Übrigens fährt wohl heute Nachmittag noch ein Zug nach Karlsbad.«
Sie sahen sich an. Und plötzlich stieg in Anni trotz der schwierigen Situation eine Welle des Friedens und der Zuversicht auf.

Ihr Zuhause, ihr Anker, ihre Eltern, alles, was ihr im Leben Halt und Zugehörigkeit vermittelt hatte, war für immer verloren. Geblieben aber waren ihr die kleine Clara, die sie mehr liebte als alles sonst auf der Welt, sowie ein Gefährte, dem sie vertrauen konnte – und der ihr vertraute. Und diese zauberhafte Geige, die er schöner spielte, als sie es selbst je vermocht hätte.
Adam und sie waren nun eine Schicksalsgemeinschaft. Unwiederbringlich zusammengeschweißt. Sie würden einander brauchen, um zu überleben.

8

Als er auf der Ladefläche eines rumpelnden, dreckigen Lkw in das POW-Camp Portsmouth II überstellt wurde, eingepfercht zwischen dreißig anderen deutschen Soldaten, den kalten Nieselregen im Gesicht, dachte Tristan, dass sich so ein Neugeborenes fühlen musste, wenn es aus dem schützenden Mutterleib herausgepresst wurde. Er hätte gern geschrien, so wie die Neugeborenen schreien mussten, um zum ersten Mal selbstständig zu atmen – und zu überleben. Doch niemand sonst auf dem Wagen gab einen Laut von sich, die Soldaten starrten bloß schweigend vor sich hin. Also konzentrierte Tristan sich aufs Atmen, während jedes Schlagloch, jede Unebenheit der Straße schmerzhaft durch seinen noch immer schwer angeschlagenen Körper fuhr.

Rosalies Gesichtsausdruck hatte ihm die traurige Neuigkeit schon verraten. Offiziell brachte sie ihm bloß die Krücken, wartete dann aber, bis sie allein waren. »Noch zwei Tage«, presste sie mühsam hervor. »Übermorgen holen sie dich ab.«

Er sah, dass sie die Tränen kaum zurückhalten konnte, und ergriff ihre Hand. »Ist schon gut«, sagte er leise. »Ich werde es überleben.«

Sie weinen zu sehen, fühlte sich an, als würde ihm ein Dolch zwischen die gerade verheilten Rippen gestoßen.

Sie schien entschlossen, jede verbleibende Minute mit ihm zu verbringen, und Tristan versuchte nicht, es ihr auszureden.

Die Chancen, dass sie einander wiedersehen würden, gingen gegen null. O'Malley schien die Situation wieder einmal mit einem Blick erfasst zu haben. Er wies Rosalie an, die nächsten achtundvierzig Stunden zu nutzen, um ihn »auf die Beine« zu bringen.

Gemeinsam mühten sie sich mit den Krücken ab. Rosalie führte Tristan in einen abgelegenen Teil des ehemaligen Landschulheims, wo sie vor den Blicken der anderen sicher waren. Der mit Linoleum ausgelegte Flur zur Wäscherei wurde ihre Übungsstrecke. Es war schrecklich anstrengend, sein Bein schmerzte, wann immer der Fuß den Boden berührte. Trotzdem genoss Tristan jede Minute, die er mit ihr in diesem Flur verbringen konnte. Er biss die Zähne zusammen, humpelte immer weiter, um ihr zu zeigen, dass er nicht zusammenbrechen würde. Er versuchte sogar ein paar Tanzschritte, nur um sie noch einmal lächeln zu sehen.

An dem regnerischen kalten Februarmorgen, als die beiden Offiziere kamen, um ihn zu holen, war Rosalie noch nicht zum Dienst erschienen. Tristan konnte verstehen, dass sie sich der Verabschiedung nicht aussetzen wollte. Trotzdem beschlich ihn ein Gefühl der Enttäuschung. Er hätte sie so gern noch einmal an sich gedrückt.

O'Malley begleitete ihn, als er zum Wagen hinkte. Tristan reichte dem Chefarzt die Hand und dankte ihm von Herzen. Er konnte nicht viele Worte machen, dafür reichte sein Englisch nicht, zudem wurden sie von den Offizieren beobachtet, und er wollte O'Malley nicht in Schwierigkeiten bringen.

Der irische Arzt schien ihn auch so zu verstehen. »Ich wünschte, ich könnte mehr für Sie tun«, sagte er.

Tristan schüttelte den Kopf. »Sie haben genug getan.«

O'Malley drückte seine Hand und wollte ihm gerade in den

Wagen helfen, als beide eine wohlbekannte Stimme hörten, die Tristans Namen rief.

Mit regenfeuchten Haaren und wehendem Mantel kam sie angeradelt, sprang vom Fahrrad, ignorierte alles um sich herum und fiel ihm einfach um den Hals. Tristan taumelte zurück und hielt sie dann so fest er konnte, überrumpelt und überglücklich.

Die beiden Offiziere, die für seinen Abtransport zuständig waren, sahen Rosalie an wie eine Aussätzige. »Dies ist eine militärische Verhaftung, Miss«, sagte der Ranghöhere. »Bitte treten Sie zurück!«

Widerstrebend ließen sie einander los.

»Pass auf dich auf«, flüsterte sie kaum hörbar.

Dann wurde Tristan ins Auto verfrachtet, die Offiziere schlugen die Türen zu und fuhren mit ihm davon. Durch die Heckscheibe sah er, wie O'Malley einen Arm um die schluchzende Rosalie legte.

Er hätte gern mitgeweint. Aber diese Genugtuung wollte er seinen Gegnern nicht verschaffen. Denn genauso behandelten sie ihn nun wieder: als ihren Feind.

Tristan wurde drei Tage und Nächte lang verhört – und gab standhaft und wahrheitsgemäß Auskunft, wie schon bei den Befragungen im Krankenhaus. Wieder weigerten sich die britischen Offiziere, ihm zu glauben, dass er sein Ritterkreuz nur erhalten habe, weil Göring sich bei einem Besuch in Brüssel-Melsbroek wichtigmachen wollte. Als er ihnen nach stundenlangen Vernehmungen immer noch versicherte, nichts von weiteren geplanten Luftschlägen gegen England zu wissen, was ebenfalls der Wahrheit entsprach, gaben sie auf und verluden ihn auf den Lkw – zusammen mit einer Gruppe deutscher Fallschirmjäger, die man in Belgien interniert und dann hertransportiert hatte. Die meisten von ihnen steckten im Kopf noch mitten im Kriegsgeschehen. Ein hochgewachsener blonder Sachse faselte vom Endsieg. Tristan sprach so wenig wie möglich. Seine Geschichte konnte und wollte er mit diesen Männern nicht teilen.

Im POW-Camp Portsmouth II gruppierten sich quadratisch angeordnete Baracken um einen Exerzierplatz, an dessen Kopfende sich ein Verwaltungsgebäude befand. Das Gelände war matschig und von hohen Stacheldrahtzäunen umgeben, die es von den lieblichen Hügeln ringsherum abgrenzten. Die Baracken wirkten zugig und überfüllt. Tristan musste mit den anderen Neuzugängen antreten und stand eine geschlagene Stunde zitternd im Regen, während der Lagerkommandant auf sich warten ließ. Seine lammfellgefütterte Fliegerjacke hatte man bei der Ankunft konfisziert.

Captain Palfrey, der Kommandant, war ein nicht besonders großer, leicht übergewichtiger Mann um die vierzig, der es zu genießen schien, sie alle auf äußersten Gehorsam einzuschwören. Tristan wurde zum Arbeitseinsatz auf einem nahe gelegenen Bauernhof eingeteilt. Zunächst war er froh, aus dem Camp herauszukommen, zumal der Endsieg-Sachse zu seiner Erleichterung nicht in seiner Gruppe mitlief. Die Arbeit bestand jedoch darin, unter der Aufsicht bewaffneter Lagerwärter riesige Kartoffelacker von der Winterbepflanzung zu befreien und für die Aussaat vorzubereiten. Tristan hatte gerade erst wieder gehen gelernt, sein linkes Bein konnte er kaum belasten. Und seine rechte Hand war vom Trümmerbruch noch steif und kraftlos.

Als er zum wiederholten Male vor Überanstrengung auf dem schlammigen Boden zusammenbrach, brachte man ihn zur Lagerleitung. Tristan erklärte Captain Palfrey seinen geschwächten Zustand, so gut er es auf Englisch eben konnte, und hoffte auf ein wenig Milde. Der Kommandant reagierte fassungslos auf die Tatsache, dass man Tristan monatelang in einem britischen Krankenhaus gesund gepflegt hatte. »Ärzte«, schnaubte er verächtlich. »Wenn Sie mir in die Hände gefallen wären, hätte ich Ihnen den Gnadenschuss gegeben!« Er lachte laut, wie über einen guten Witz, und schickte Tristan zurück an die Arbeit.

Die ständige körperliche Überanstrengung, das wenig nahrhafte Essen und das nasskalte britische Klima brachten Tristan an den Rand der völligen Erschöpfung. Er hustete, sein Hals war entzündet, nachts lag er mit Fieber und Schüttelfrost wach, und sein Bein schmerzte jeden Tag mehr. Nur gab es hier keinen Arzt wie Dr. O'Malley und keine Schwester wie Rosalie. Stattdessen bloß einen empathielosen Aufseher namens Fletcher, der ihm provokant das fiebrige Gesicht tätschelte, um dann mit einem Ruck an seiner Decke zu ziehen, sodass Tristan unsanft von der Pritsche auf den Holzboden fiel.

»Los, steh auf, du faules Nazi-Schwein!«, befahl er und trat ihm mit der Stiefelspitze in den Bauch.

Tristan stöhnte auf.

»Lassen Sie ihn in Ruhe! Er ist krank!«

Die Stimme gehörte Schmidtke, einem ansonsten schweigsamen westfälischen Panzergrenadier, der sich schon länger in britischer Gefangenschaft befand und für das Putzen der Baracken zuständig war.

Tristan warf ihm einen dankbaren Blick zu.

Doch es half nichts. Fletcher schleifte sie beide zur Lagerleitung, und Captain Palfrey verdonnerte sowohl Tristan als auch Schmidtke wegen »groben Ungehorsams« zu einer Woche Latrinendienst.

»Tut mir leid«, sagte Tristan, als sie loszogen, um Schaufeln und Schubkarren zu holen.
Schmidtke winkte ab. »Was hat denn der Kommandant gegen dich?«, wollte der Westfale wissen.
Tristan erzählte zum ersten Mal seine Geschichte – und von Rosalie. Es war befreiend, all die Erlebnisse endlich mit jemandem teilen zu können. Schmidtke war so beeindruckt, dass er Tristan eine von seinen geheiligten Zigaretten abgab. Sie rauchten sie auf dem Weg zu den Latrinen.

Nach zwei Stunden Kotschaufeln erbrach sich Tristan in die Schubkarre. Er merkte noch, wie seine Beine nachgaben. Dann sackte er in sich zusammen. Als er die Augen wieder öffnete, blickte er in Schmidtkes Gesicht.
»Du glühst ja«, sagte dieser besorgt und legte ihm ein feuchtes Tuch auf die Stirn. »Und dein Bein gefällt mir gar nicht.«
Gemeinsam warfen sie einen Blick darauf. Die lange Narbe an Tristans Oberschenkel hatte sich dunkelrot verfärbt, genau wie der geschwollene Oberschenkel drum herum.
»Blutvergiftung, wenn du mich fragst«, mutmaßte Schmidtke. »Ich hab denen gesagt, wenn sie keinen Arzt kommen lassen, haben sie hier bald einen toten Gefangenen. Das wollen die nämlich auch nicht.«
Tristan nickte matt. »Danke, Schmidtke. Du bist eine gute Krankenschwester.«
»Sicher nicht so gut wie deine Rosie.«
»Rosalie«, korrigierte Tristan leise, dann fiel er in einen unruhigen Fieberschlaf.

Er träumte von Rosalie, die plötzlich zu Anni wurde. Dann standen sie nebeneinander wie Schwestern. Sie flüsterten Reime in zwei verschiedenen Sprachen, die er nicht verstehen konnte. Er sah seinen älteren Bruder Sigi vor sich – als Kind mit der Zauberstimme, später als Fahnenjunker in der Hitlerjugend, noch später als stolzen Offizier. Auch er schien etwas sagen zu wollen, blieb aber stumm. Was war Sigi durch den Kopf gegangen, kurz bevor er starb? Waren es ähnliche Parolen wie die des indoktrinierten Sachsen gewesen? Hatte Palfrey am Ende recht, und sie hätten alle den Gnadenschuss verdient, auch Tristan? Und kam der vielleicht jetzt in Form dieses Fiebers? Die Rache des Schicksals, die gerechte Strafe Gottes?

Der Arzt ließ auf sich warten. Und die Schmerzen wurden stündlich schlimmer. Ausgehend vom linken Bein griffen sie auf seinen gesamten Köper über. Tristan bekam nur noch schlecht Luft und hatte das Gefühl, bei lebendigem Leib zu verbrennen. Er meinte irgendwann Palfrey vor sich stehen zu sehen, der etwas von »ärztlicher Hilfe« murmelte. Aber wahrscheinlich war auch das nur eine Vision.

»Tut mir leid«, flüsterte Tristan Rosalie und Anni zu, als sie ihm wieder gemeinsam erschienen. »Ich fürchte, ich überlebe es doch nicht.«

Mitten in der Nacht erwachte er mit schrecklicher Atemnot. Sein Kopf schien zu explodieren. Er hatte nur noch einen Gedanken: Ich muss hier raus. Raus aus dem Camp. Mühsam wälzte er sich von der Pritsche und hangelte sich an den Betten entlang zum Ausgang. Die anderen schliefen tief und fest. Es kam ihm vor wie eine Ewigkeit, doch schließlich erreichte er die Tür, und die kühle Nachtluft weckte für einen Moment seine Lebensgeister. Tristan versuchte ein paar Schritte zu gehen, fiel jedoch vor Erschöpfung in den Matsch. Aus dem Augenwinkel sah er, dass auf einem der Wachtürme ein Licht anging. Kurz darauf wurde ein Suchscheinwerfer auf ihn gerichtet. Es war streng verboten, nachts die Baracken zu verlassen, die Wachen hatten ausdrückliche Anweisung, jeden Fluchtversuch mit Waffengewalt zu unterbinden.

»Stehen bleiben!«, hallte es von oben.

Tristan blinzelte in den gleißenden Scheinwerfer, nun wusste er, dass der Moment gekommen war. Da war es wieder, das Licht, das ihn so magisch anzog.

»Schießt doch!«, rief er heiser und mühte sich auf die Knie. »Na los! Macht der Sache endlich ein Ende!«

Mit letzter Kraft richtete er sich auf und schleppte sich in Richtung Tor.

»Stehen bleiben, sofort!«, gellte die Stimme des Wachmanns erneut.

Ein Warnschuss pfiff an seinem Ohr vorbei und schlug neben ihm in den Boden ein. Tristan humpelte trotzig weiter, doch die Umgebung begann sich zu drehen. Er hörte einen weiteren Knall. Dann verlor er das Bewusstsein und schlug der Länge nach hin.

9

War es Schicksal? Oder göttliche Vorsehung? Rosalie war getauftes und konfirmiertes Mitglied der Church of England, wie alle Verwandten im mütterlichen Zweig ihrer Familie. Jedoch war der christliche Glaube für sie zunehmend in den Hintergrund getreten, je mehr die Begeisterung für die Wissenschaft Besitz von ihr ergriff. Sie konnte trotzdem nicht leugnen, dass die Verkettung von Zufällen in diesem speziellen Fall höchst außergewöhnlich war. Vielleicht sogar schicksalhaft – oder göttlich.

Es begann damit, dass der für die Kriegsgefangenen-Camps zuständige *Military Physician* Dr. Brown mit der Influenza daniederlag. Major Philips, der das Oberkommando über die Lager in Südengland führte, hatte wichtigere Probleme, als sich um einen Ersatz zu kümmern, also wandte er sich an den Chefarzt, der am prominentesten in Tristan Baumgartners Krankenakte vermerkt war: Dr. Liam O'Malley. Ein weiterer Zufall führte dazu, dass dem im OP gerade ein Dickdarmdurchbruch den Kittel versaut hatte, weswegen Rosalie in sein Büro hastete, um Ersatz zu holen – just in dem Moment, als dort das Telefon klingelte.

»Natürlich hat Dr. O'Malley Zeit, nach dem Kranken zu sehen«, versicherte Rosalie elektrisiert. »Ich gebe ihm sogleich Bescheid!«

Philips schien erleichtert, die Sache von seiner Erledigungsliste streichen zu können. Und dem vielbeschäftigten O'Malley, den Rosalie während der Schlussnaht betont beiläufig über den Anruf in Kenntnis setzte, blieb nichts anderes übrig, als fassungslos den Kopf zu schütteln. Rosalie sah an seinen Augen, dass er unter der Maske lächelte.

Routiniert setzte O'Malley den letzten Knoten, ließ den Assistenzarzt die Fäden durchschneiden, legte dann die Instrumente zur Seite, zog Rosalie mit sich nach draußen und sagte: »Ihr Patient, Schwester.«

Während Rosalie sich noch fragte, ob sie ihn richtig verstanden hatte, fuhr er fort: »Ich habe hier gleich eine komplizierte Schädelfraktur auf dem Tisch, danach zwei Amputationen. Also.« Er hob leicht seine rechte Augenbraue. »Morgen früh erwarte ich einen detaillierten Bericht!«

Als Rosalie ihn immer noch sprachlos ansah, bekräftigte er: »Na los, Mädchen, worauf wartest du?«

Das ließ sie sich nicht zweimal sagen. Hektisch packte sie die nötigsten Sachen ein: Stethoskop, Fieberthermometer, Paracetamol, Glukose, einen Infusionsbeutel mit Kochsalzlösung und zwei Spritzen mit dem neuen Wundermittel Penicillin. Philips hatte neben »hohem Fieber« zwar keine genaueren Angaben gemacht, aber es konnte gut sein, dass die verheerenden hygienischen Zustände im Lager zu einer bakteriellen Infektion geführt hatten.

Sie stopfte alles in eine große Umhängetasche des Royal Army Medical Corps, sprang auf ihr Fahrrad und radelte die gut sechs Meilen zum Camp, das ein Stück landeinwärts lag – entschlossen, alles in ihrer Macht Stehende zu tun, um Tristan dort herauszuholen. Dass es nicht einfach werden würde, zeigte sich bereits am sorgfältig bewachten Tor, welches wie das gesamte Camp mit hohen Stacheldrähten gesichert war.

»Schwester Rosalie FitzAllan vom Queen Alexandra's Imperial Military Nursing Service«, meldete sie pflichtgemäß. »Dr. O'Malley schickt mich. Für den Patienten Baumgartner.«

Sie konnte in den Blicken der Camp-Wachen lesen wie in einem Buch: Was zum Teufel wollte diese dahergelaufene Krankenschwester mit ihrem klapprigen Fahrrad hier?

»Auf Anweisung des Royal Medical Corps!«, bekräftigte Rosalie.

Zögernd öffneten die Wachen das Tor und eskortierten sie in die Leitungsbaracke, wo Kommandant Palfrey gerade damit beschäftigt war, deutsche Kriegsabzeichen zu sichten – seinem gierigen Blick nach zu urteilen, um herauszufinden, welche er möglichst gewinnbringend verkaufen konnte. Er war Rosalie auf Anhieb unsympathisch.

»Wer sind *Sie* denn?«, fragte er, ohne aufzusehen. »Ich dachte, die schicken einen Arzt?«

»Ich bin OP-Schwester«, erwiderte Rosalie fest. Und weil sie wusste, dass bei Typen wie diesem Palfrey nichts anderes wirkte, fügte sie hinzu: »Und ich habe genaue Instruktionen von Chief Surgeon Captain O'Malley.«

Sie hoffte, dass der militärische Rang ihres Chefs Palfrey beeindrucken würde. Immerhin sah dieser endlich von den Abzeichen auf.

»So, haben Sie das«, knurrte er verächtlich, seufzte dann ungehalten und brüllte: »Fletcher!«

Ein hochgewachsener Adjutant betrat mit linkischen Bewegungen das Büro.

»Bringen Sie die junge Dame zu Baumgartner.« Dann wandte er sich erneut an Rosalie. »Dreißig Minuten. Und seien Sie diskret. Ich möchte hier keinen Aufruhr, weil plötzlich junge Schwestern durch die Baracken geistern.«

Rosalie nickte und versuchte, sich ihre Aufregung nicht anmerken zu lassen. Bei aller Sorge konnte sie nicht leugnen, wie sehr sie sich darauf freute, Tristan wiederzusehen.

Als sie die stinkende, zugige Baracke betrat, überfiel sie ein ungutes Gefühl. Hier roch es nicht nur nach Schweiß und Exkrementen, sondern auch nach Fäulnis und Schimmel. Die meisten Gefangenen waren offenbar im Einsatz, es war trotz der vielen eng beieinanderstehenden Pritschen recht ruhig. An Tristans Seite saß ein blonder, nicht mehr ganz junger deutscher Soldat namens Schmidtke, der sie erleichtert begrüßte.

»Endlich!«, sagte er aufgewühlt. »Er fiebert seit Tagen! Und sein Bein sieht furchtbar aus!«

Rosalie nickte ihm freundlich zu, setzte sich zu Tristan und war zutiefst schockiert. Er sah schlimmer aus als kurz nach seiner Einlieferung ins Feldlazarett. Sein Gesicht war aschfahl und eingefallen, er atmete röchelnd, seine Stirn war glühend heiß, und der Anblick seines Beines versetzte Rosalie in höchste Alarmbereitschaft.

»Akute Sepsis«, stellte sie entsetzt fest und wandte sich vorwurfsvoll an den Adjutanten. »Warum haben Sie nicht längst Hilfe geholt?!«

Fletcher hob überfordert die Hände. »Das ist Sache des Lagerkommandanten, Miss!«

»Dann gehen Sie zu Ihrem Kommandanten und richten ihm aus, der Patient schwebt in höchster Lebensgefahr. Ich möchte ihn sofort sprechen.«

Fletcher verdrehte die Augen, verließ dann aber die Baracke. Er wollte sich wohl keinen Ärger einhandeln.

Tristan schien kurz das Bewusstsein zu erlangen. Er bewegte sich unruhig, seine Lider flatterten.

»Schmidtke?«, flüsterte er. »Haben die mich getroffen?«

Rosalie sah irritiert zu Tristans Kamerad, der sich prüfend umblickte, bevor er leise erklärte: »Er war gestern Nacht unerlaubt draußen. Die hätten ihn fast abgeknallt. Ich fürchte ...« Schmidtke stockte. »Ich fürchte, ein bisschen hatte er es darauf angelegt.«

Rosalie hielt den Atem an. Dann wandte sie sich aufgewühlt an Tristan. »Was machst du denn für Sachen!«

Beim Klang ihrer Stimme öffnete er die Augen und sah sie ungläubig an. »Du ... du bist noch einmal gekommen ...«, flüsterte er. »Um mir Adieu zu sagen?«

»Nein«, entgegnete Rosalie fest, wohl wissend, dass auch Patienten im Delirium durchaus ansprechbar waren. »Ich bin gekommen, damit du *nicht* Adieu sagst!«

Sie maß seine Temperatur, die bei über 40 Grad lag, legte eine Infusion mit fiebersenkenden Schmerzmitteln und untersuchte das Bein genauer.

»Seit wann ist die Narbe so entzündet?«, wandte sie sich an Schmidtke.

»Keine Ahnung. Ich hab's zum ersten Mal vor drei Tagen gesehen.«

»Hatte er vorher schon irgendwelche Symptome?«, forschte Rosalie weiter, während sie Tristans Herz und Lunge abhörte.

»Er war erkältet, hatte Husten und Halsweh«, berichtete Schmidtke. »Aber das hat hier so gut wie jeder.«

Rosalie nickte und leuchtete in Tristans Rachen. Auf seinen Mandeln sah sie die charakteristischen weißen Flecken. Streptokokken. Höchstwahrscheinlich die Ursache der Sepsis. Die Bakterien mussten sich über die Blutbahn ausgebreitet und das frisch vernarbte Gewebe seines nicht vollständig geheilten Knochenbruchs befallen haben – und, nach seiner röchelnden Atmung zu urteilen, inzwischen auch die Lunge. Es drohte multiples Organversagen.

Entschlossen drückte Rosalie beide Ampullen Penicillin in die Infusion. Sie konnte nur hoffen, dass es anschlug.

Tristan ließ die Behandlung über sich ergehen wie ein altersschwaches Tier, das schon mit seinem Leben abgeschlossen hatte. Als die Schmerzmittel zu wirken begannen, schlug er noch einmal die Augen auf, ergriff ihre Hand – und diesmal hatte sie das Gefühl, dass er sie wirklich wahrnahm und nicht für ein Traumbild hielt.

»Wie ... kommst du denn hierher?«, fragte er.

»Lange Geschichte«, erwiderte Rosalie sanft. »Jetzt ist nur eins wichtig: dass du wieder gesund wirst, okay?!«

Fletcher kam zurück in die Baracke. »Der Kommandant hat jetzt Zeit für Sie«, informierte er Rosalie mit deutlichem Blick auf die Uhr. Sie hatte die dreißig Minuten bereits überschritten.

»Ich komme wieder«, flüsterte Rosalie Tristan zu und drückte Schmidtke kurz die Hand. »Passen Sie bitte weiter gut auf ihn auf.«

Dann packte sie ihre medizinischen Utensilien zusammen, richtete sich auf und sagte zu Fletcher: »Gehen wir.«

Palfrey hatte die Abzeichen weggeräumt und war nun damit beschäftigt, Papierkram zu erledigen. »Was wollen Sie denn noch?«, brummte er unwillig.

Rosalie blieb vor ihm stehen und nahm Haltung an. »Der Patient Baumgartner muss verlegt werden!«

»Wie bitte?!«

»Er schwebt in akuter Lebensgefahr und braucht dringend medizinische Betreuung.«

»Lebensgefahr?!« Palfrey lachte kurz auf. »Sie haben ihn doch behandelt!«

»Eine Blutvergiftung lässt sich nicht einfach so behandeln«, entgegnete Rosalie und schleuderte ihm so viele dramatisch klingende Fachbegriffe um die Ohren, wie ihr einfielen: Lungenödem, multiples Organversagen, plötzlicher Herzstillstand …

»Jetzt machen Sie mal halblang, Miss«, unterbrach Palfrey sie. »Der Mann kann froh sein, dass ich Sie überhaupt zu ihm gelassen habe. Ihre Aufgabe ist es, unsere britischen Kriegshelden zusammenzuflicken. Nicht diese Scheißnazis, die uns den ganzen Mist überhaupt erst eingebrockt haben.«

»Darum geht es nicht«, entgegnete Rosalie tapfer. »Der Mann ist *Ihr* Gefangener. Sie sind verantwortlich. Und wenn Sie nichts unternehmen, dann stirbt er.«

»Ach ja?« Palfrey stand von seinem Tisch auf. Seine Halsschlagader begann zu pochen. »Dann sag ich Ihnen jetzt mal was, Florence Nightingale: Ihr Nazi-Patient hat ein Ritterkreuz getragen, was bedeutet, dass er Tausende von Menschen kaltblütig abgeschossen hat – viele davon unsere Landsleute. Wenn der nicht durchkommt, dann ist es um ihn nicht schade! Haben wir uns verstanden?!«

Rosalie hätte ihm am liebsten ins Gesicht gespuckt. Aber sie riss sich zusammen. Gegen einen Typen wie Palfrey konnte sie nicht gewinnen. Sie musste O'Malley auf ihre Seite bringen und notfalls noch diesen Major Philips.

»Ich sehe morgen wieder nach ihm«, erwiderte sie kühl. »Er braucht absolute Ruhe. Und sehen Sie zu, dass er an einen Ort kommt, wo es warm und trocken ist.«

Damit verabschiedete sie sich von Palfrey, der sie kopfschüttelnd gehen ließ.

Wenigstens hatte er ihr nicht widersprochen.

Trotzdem blieb die Situation schwierig. Man gestattete Rosalie zwar, einmal am Tag gegen Ende ihrer Schicht ins Camp zu fahren, um Tristans Infektion zu behandeln – das Penicillin schien Gott sei Dank anzuschlagen. Doch eine Rückverlegung ins Krankenhaus blieb aussichtslos.

Das bestätigte auch O'Malley nach einem kurzen Telefonat mit Major Philips. »Die sind alle der Meinung, wir hätten ohnehin schon zu viele Ressourcen an ihn verschwendet. Auch Philips«, erklärte er, während er sich seine Pfeife anzündete. »Die Betten im Lazarett werden von unseren eigenen Leuten dringender gebraucht.«

Sie saßen in seinem Büro, dem einzigen Raum im gesamten Gebäude, in dem man ungestört reden konnte.

»Aber er ...«

»Jetzt lass mich doch mal ausreden!«, sagte O'Malley bestimmt und paffte ein paar Züge. »Philips wäre bereit, ihn für eine andere Arbeit abzustellen. Eine, die weniger körperlich anstrengend ist und ihn – wie soll ich sagen – besser verpflegt?«

Rosalie verstand nicht ganz.

»Deine Eltern haben doch ein Hotel, oder nicht? Wie ich gehört habe, hat es einige Treffer abbekommen und wird gerade instandgesetzt, richtig? Tagelöhner sind Mangelware, nehme ich an?«

»Das ist unmöglich!«, entfuhr es Rosalie. »Meine Eltern würden das niemals erlauben!«

»Ist das so?« O'Malley blies scheinbar gedankenverloren einen Rauchkringel in die Luft. »Ich denke, du hast uns allen in den vergangenen Wochen gezeigt, was du mit unmöglichen Situationen anzustellen vermagst.«

Rosalie schwieg. Was sollte sie darauf auch erwidern? O'Malley erhob sich, schritt zum Fenster und öffnete es. Frische Meeresluft wehte herein. »Sorg dafür, dass deine Eltern ihn anfordern. Dann sorge ich dafür, dass Philips seinen Kringel unter das entsprechende Dokument setzt.« Er musterte sie ernst. »Es geht hier längst nicht mehr nur um den hippokratischen Eid, Rosalie. Liebe ist kein Spiel. Nicht in diesen Zeiten und schon gar nicht in deiner Situation. Wenn unser deutscher Patient es dir wirklich wert ist, dann wirst du etwas für ihn riskieren müssen.«

10

»Halluziniere ich, oder haben wir Gäste?!«

Anni und Adam, die noch etwas unschlüssig auf den steinernen Stufen zum Eingangsportal des verwitterten Gutshauses standen, drehten sich um.

Poldi thronte auf einem ihrer Trakehner. Ein Dunkelfuchs, er war groß, hatte einen scharf konturierten Kopf, einen langen Hals und riesige Hufe. »Donnerwetter, Besuch aus Dresden – wer hätte das noch gedacht!«

In ihrem Reitmantel und mit der Schirmmütze auf dem Kopf sah Leopoldine Szilády aus wie ein Kavallerist. Ihr Gesicht war von einigen Falten durchzogen, und als sie vom Pferd sprang, wirkte sie nicht mehr ganz so sportlich wie früher. Aber sie war noch immer drahtig und voller Energie.

Poldi umarmte Anni herzlich, nahm ihr, ohne zu fragen, die kleine Clara ab, hob sie hoch, drückte ihr einen Kuss auf die Wange und wandte sich dann Adam zu. »Und Sie sind?«

Adam verbeugte sich und stellte sich mit seinem richtigen Namen vor, so wie sie es verabredet hatten.

Poldi musterte ihn. »Der Jahrhundertgeiger.« Sie tippte mit dem Zeigefinger auf seine Brust, auf die entscheidende Stelle seines Mantels. »Keine sternklare Nacht mehr, hm?«

Adam wich zurück und sah zu Anni, die zu Poldi sah, deren Blick den Horizont streifte.

»Lasst uns hoffen, dass das alles hier bald vorbei ist.« Damit hakte sie Adam feierlich unter, stieß die Haustür auf und rief in die Halle hinein: »Die Willy soll auftischen, wir haben Gäste!«

Anni fiel auf, dass sie den Atem angehalten hatte.

Das im spätbarocken Stil erbaute Gutshaus mit den hohen Sprossenfenstern war groß, hatte seine prachtvollen Tage aber eindeutig hinter sich. Der Putz an der Fassade blätterte langsam ab, an den Wänden und den hohen Stuckdecken sammelten sich Schimmelflecken, und in einigen Zimmern fehlten die Möbel – Poldi hatte sie verpfändet.

»Wie macht man ein kleines Vermögen mit Pferden?«, hatte sie früher oft selbstironisch in die Runde gefragt. »Man fängt mit einem großen an.«

Poldi und László hatten nie viel Geld gehabt und den Zuchtbetrieb Anfang der 1920er-Jahre mühsam wieder aufgebaut. Dann kam der nächste Krieg. Inzwischen waren es gerade noch dreißig Pferde – die meisten hatte zu Poldis großem Unmut die Wehrmacht eingezogen.

»So viel zu den *Wunderwaffen*«, knurrte sie.

Das Leben auf dem Land war hart im Krieg, aber etwas erträglicher als in der Stadt. Hier fielen keine Bomben, Poldi besaß Hühner, einen eigenen Kartoffelacker und zwei Kühe, die sie gegen einen hübschen Junghengst eingetauscht hatte.

»Ist mir schwergefallen«, sagte sie. »Aber so haben wir wenigstens genug Milch und Butter. Ich muss ja auch die Angestellten durchfüttern.«

Viele waren ihr nicht geblieben. Ein hinkender Stallmeister mit weißem Haar, ein schüchternes Zimmermädchen, zwei polnische Hilfsarbeiter, vermutlich Deserteure, die keinen Ton sagten – und ihre rechte Hand »Willy«, die sie einst als Waisenmädchen zu sich genommen hatte.

Eigene Kinder hatten Poldi und László nie gehabt.

Die inzwischen fast dreißigjährige Wilhelmine, eine gebürtige Ostpreußin, war eine fantastische Köchin. Anni und Adam bemühten sich um Tischmanieren, aber die Entbehrungen der letzten Tage forderten ihren Tribut. Zu schmackhaft waren die Schmandzwiebeln, die »gehopsten Kartoffeln« und die Plinsen.

Clara nuckelte und kaute genüsslich mit ihren vier Zähnchen auf den kleinen Pfannkuchen herum, die Willy ihr anreichte. Anni erwiderte ihr Lächeln und merkte dabei, wie ihr geschmolzene Butter aus den Mundwinkeln lief. Verschämt tupfte sie sich mit der Stoffserviette die Lippen ab.

»Lass gut sein, Mädchen«, sagte Poldi und schenkte vom Rotwein nach, den sie, ohne zu fragen, geöffnet hatte. Anni trank sehr zurückhaltend – im Gegensatz zu Poldi, die wiederum wenig aß.

»Ich werde euch nicht bitten zu erzählen, wie ihr es aus der Hölle rausgeschafft habt«, sagte die Tante und zündete sich eine Zigarette an. »Das müsst ihr alles nicht noch einmal durchleben. Wichtig ist, dass ihr hier seid. Aber …« Sie sah zu Anni. »Deine Mutter?«

Anni atmete tief durch. Dann schüttelte sie den Kopf. So war es am einfachsten.

Poldi streckte kurz die Hand aus und berührte Anni sanft. »Ach, Kleine.«

Anni nahm nun doch einen großen Schluck Rotwein.

»Wisst ihr was?«, sagte Poldi entschlossen. »Morgen nach dem Frühstück lasse ich anspannen. Ihr müsst euch das alles noch einmal anschauen, bevor die Russen kommen.«

»Wie weit sind sie denn schon?«, wollte Adam wissen.

Poldi sah ihn prüfend an. »Fragst du aus Sorge oder aus Hoffnung?«

Adam sah ihr in die Augen. »Ich weiß es nicht«, erwiderte

er ruhig. »Vermutlich beides. Letztlich muss ich froh sein, wenn mich bis Kriegsende nicht noch irgendein Nazi aufspürt und an Ort und Stelle liquidiert.«

Anni ließ den Löffel fallen.

Einen Moment lang schien auch Poldi mit seiner Direktheit zu hadern, dann fing sie schallend an zu lachen. »Du gefällst mir!« Ernster fügte sie hinzu: »Nach allem, was ich weiß, bleiben uns noch ein paar Wochen. Und hier seid ihr erst mal sicher. Meine Flinte ist scharf.«

Natürlich würde Poldi sie im Ernstfall nicht beschützen können. Aber der Gedanke hatte trotzdem etwas Tröstliches. Anni wurde von einer bleiernen Müdigkeit ergriffen. Sie brachte es nicht fertig, darüber nachzudenken, dass sie alle sich bald erneut in Lebensgefahr befinden würden. Clara war satt auf ihrem Schoß eingeschlafen. Zum ersten Mal seit Tagen wirkte sie nicht erschöpft und ausgelaugt, sondern wohlig und zufrieden. Anni streichelte ihr zärtlich über das flaumige Haar und hoffte, dass die Schrecken und Entbehrungen der letzten Tage keine Spuren bei ihrer kleinen Tochter hinterlassen würden. Anders als bei ihr.

»Genug geredet«, konstatierte Poldi. »Ihr solltet euch ausruhen.«

Die Gästezimmer waren karg und kalt, aber Anni und Adam kamen sie vor wie der pure Luxus. Es gab richtige Betten mit Decken, und Anni schlief dank des Rotweins so gut wie seit Wochen nicht mehr.

Als sie am nächsten Morgen die Frühlingssonne weckte, die durch das Sprossenfenster schien, dachte sie für einen Moment, wie schön es wäre, hier auf dem Gutshof zu leben. Wenn der Krieg vorbei wäre. Clara aufzuziehen, die ein kleines Pferdemädchen werden würde. Den Hof wieder herzurichten, mit Poldi auszureiten. Es waren diese fatalen fünf Minuten zwischen Schlafen und Wachen, in denen die Träume sich mit der Realität aufs Grausamste und manchmal aufs Schönste vermischen – Letzteres hatten sie lange nicht mehr getan.

Sie betrachtete ihre kleine Tochter, die im Schlaf älter aussah, als sie eigentlich war – fast ein wenig weise. Ihr Gesicht war schmaler geworden in den vergangenen Tagen. Anni hatte gelesen, dass Kinder sich in Schüben entwickelten. Oft auch infolge von Krankheiten oder schmerzhaften Erfahrungen. Sanft strich sie Clara über die zarte Wange. Wie viel du schon durchgemacht hast, dachte sie, so viel in deinem kurzen Leben.

Willy bat sie zum Frühstück der Einfachheit halber in die Küche, was Anni sehr recht war. Sie bekamen von der herzlichen Ostpreußin Rührei mit Speck, für Clara gab es Milchpudding. Die Kleine war sehr lebhaft, wollte von Annis Schoß herunter, krabbelte durch die Küche, zog sich an den Stühlen hoch und quietschte vergnügt, als Willy ihr einen dicken Holzlöffel reichte, mit dem sie auf einem Topf herumtrommeln konnte.
»Eine Paukistin«, kommentierte Adam mit einem warmen Lächeln. Als Clara ihm den Kochlöffel reichte, hob er sie auf seinen Schoß und ließ sie für einen Moment auf dem Tisch herumtrommeln. Wieder fiel Anni die natürliche Gelassenheit auf, die er im Umgang mit der Kleinen zeigte. Fast so, als wäre sie schon immer Teil seines Lebens gewesen.

Nachdem sie Willy mit dem Abwasch geholfen hatten, gingen sie in den Stall, wo Poldi und Pawel damit beschäftigt waren, die beiden Kutschpferde zu striegeln. Es roch nach Heu und Pferd und Sattelfett, und die Staubkörner tanzten im hereinfallenden Sonnenlicht. Die großen Boxen mit den geschwungenen Metallstreben und den kugelförmigen Messingverzierungen waren weitgehend leer, die meisten Tiere grasten bereits auf den weitläufigen Koppeln rund um das Gut.

»Da!«, rief Clara, als eine hübsche Schimmelstute ihren Kopf über die Holzplanken hob.

»Das ist Seraphina«, erklärte Poldi. »Sie bekommt bald ihr Fohlen. Vielleicht sogar schon kommende Nacht.«

Anni strich der Stute andächtig über die Nase. Schon als Kind hatte sie diesen Ort geliebt. Die Stute schnaubte leise, und Clara quiekte aufgeregt.

»Ein schönes Tier«, bemerkte Adam anerkennend. »Hoher Vollblutanteil.«

Poldi musterte ihn überrascht. »Du verstehst was von Pferden?«

»Nur ein wenig«, gab Adam zu. »Mein Onkel hatte einen Bauernhof.«

Poldi zog kurz die Augenbrauen hoch, fragte aber nicht weiter.

Anni wurde erneut bewusst, wie wenig sie Adam kannte, obwohl er ihr so vertraut vorkam.

Sie führten die Kutschpferde nach draußen. Während Adam Pawel half, sie anzuspannen, dirigierte Poldi Anni zu einer Bank in der Nähe. Anni ließ Clara zu einem großen Heuballen hinüberkrabbeln. Sie spürte, ihre Tante hatte etwas auf dem Herzen.

Poldi zündete sich eine Zigarette an. »Ludwig, ein guter Freund von mir, ist in der letzten Woche schwer verletzt aus

Russland heimgekommen. Was er gesehen hat ...« Sie hielt inne. »Ich sage das nicht gern, Anni, aber vielleicht solltest du dich an den Gedanken gewöhnen, dass dein Fritz nicht zurückkommt.«

Anni nickte langsam. Sie fühlte sich ein wenig schuldig, weil sie diesen Gedanken schon längst gehabt hatte. Er tat weh, keine Frage. Aber wenn sie ehrlich war, musste sie zugeben, dass die Sorge um Fritz immer überlagert wurde von der Sorge um ihren Zwillingsbruder. So wie der Tod ihrer Mutter sie weniger getroffen hatte als der Tod ihres Vaters. Was nützte es, sich selbst zu belügen. Natürlich liebte sie Fritz. Aber Tristan war seit ihrer ersten Lebensstunde ihr Gefährte gewesen. Ihre emotionale Verbindung war intensiver als jede andere, die Anni in ihrem Leben bisher erlebt hatte, intensiver noch als die zu ihren Eltern. Eine Welt, in der Fritz nicht mehr war, konnte sie irgendwie ertragen. Eine Welt ohne Tristan nicht.

»Ich möchte einen Brief schreiben«, sagte sie unvermittelt zu Poldi, als sie zur Kutsche hinübergingen. »Kannst du mir helfen?«

»An die Wehrmacht? Anni, ich fürchte, das wird nicht viel bringen.«

»Nicht an die Wehrmacht«, erwiderte Anni. »An das Kriegsministerium in London oder wer immer dort für die Kriegsgefangenen zuständig ist.«

»Wie bitte?«

»Man hat uns gesagt, Tristans Flugzeug sei über dem Ärmelkanal verschwunden. Natürlich kann er abgestürzt sein. Aber vielleicht auch nicht. Tristan ist ein verdammt guter Pilot. Er könnte doch notgelandet sein. Dann wäre er jetzt in britischer Gefangenschaft.«

Annis Wangen hatten sich vor Aufregung gerötet. Noch nie hatte sie diesen Gedanken laut ausgesprochen. Er klang überzeugender, als sie erwartet hatte.

Poldis Gesicht sah dennoch gequält aus. »Anni, das Letzte, was ich will, ist, dir die Hoffnung zu nehmen. Aber die Wahrscheinlichkeit, dass ...«

»Es ist zumindest eine Möglichkeit!«

Sie sah die Skepsis in Poldis Blick, die sicher berechtigt war. Aber was Tristan betraf, hatte sie einfach dieses Bauchgefühl, diese unerklärliche Überzeugung, diesen Instinkt. »Er lebt!«, erklärte sie entschieden. »Ich weiß es.«

»Von mir aus. Schreiben wir einen Brief«, seufzte Poldi und hob die Hände. »Aber zuerst fahren wir eine Runde.« Sie trat entschlossen ihre Zigarette aus und überprüfte den Sitz der Pferdetrensen, bevor sie sich auf den Kutschbock schwang.

Anni starrte auf das Wandgemälde, das den Putz über der Flügeltür zur Stallgasse zierte. Es zeigte eine barocke Jagdgesellschaft. Der Feudalherr hielt triumphierend den Schädel eines toten Sechzehnenders in die Luft.

»Er lebt!«, wiederholte sie leise.

Die zwei stolzen Trakehner schnaubten erwartungsvoll, als Poldi die Kutsche vom Hof lenkte. Anni saß neben Adam, Clara auf ihrem Schoß. Adam breitete Wolldecken über ihren Knien aus. Obwohl die Sonne schien, war die Luft noch ordentlich frisch. Als er ihr und Clara einen von Poldis warmen Kutschermänteln um die Schultern legte, hatte Anni den Eindruck, dass er sie dabei freundschaftlich drückte, aber vielleicht täuschte sie sich auch.

Kaum hatten sie das Eingangstor passiert, schnalzte Poldi mit der Zunge, und los ging es im Galopp. Weite Wiesen, sanfte Hügel, vereinzelt die verbliebenen Stuten und Fohlen in kleinen Herdengruppen, in der Ferne die dicht bewaldeten Gipfel des Erzgebirges. Anni erschien das Gut schöner als je zuvor. Clara war ganz aus dem Häuschen, sie lachte und quiekte begeistert. Anni hingegen musste immer wieder an Fritz und Tristan denken. Auch Adam war sehr still auf dieser Fahrt. Er ließ die pittoreske Landschaft an sich vorüberziehen und sagte kaum ein Wort.

Ein paar Tage später wachte Anni nachts auf, weil sie jemanden schluchzen hörte. Sie vergewisserte sich, dass Clara tief schlief, und ging dann in den dicken Socken, die Poldi ihr wegen des kalten Bodens geborgt hatte, hinüber zu Adams Zimmer. Die Tür war nur angelehnt.
Anni klopfte leise an den Rahmen, bevor sie den Raum betrat. Es war dunkel, aber der Mond schien durchs Fenster und warf lange Schatten. Adam saß vollständig angezogen auf seiner Bettkante, das Gesicht in den Händen vergraben. Er wandte sich ab, als er Anni bemerkte, als hätte sie ihn bei etwas Verbotenem ertappt.

Anni zögerte. Sollte sie ihn mit seinem Schmerz allein lassen? Andererseits hatten sie gemeinsam schon so viel durchgemacht, dass ihr das feige erschien. Langsam ging sie bis zum Bett, ließ sich neben ihm auf der Kante nieder und strich ihm über die Schulter.
Adam richtete sich auf und wischte sich mit der Hand über das Gesicht. »Ach, Anni ...« Er nahm ihre Hand und drückte sie.
Einen Moment lang saßen sie schweigend nebeneinander.

»Ich fühle mich so ... schuldig«, sagte Adam schließlich. »Weißt du, ich frühstücke hier mit dir Eier und Speck und mache Kutschfahrten, während so viele Menschen ...« Er nahm einen neuen Anlauf. »Meine Großeltern. Dein Vater ...«

Wieder stockte er. Anni wusste längst, was er sagen wollte und nicht zu sagen vermochte. »Mein Vater«, erwiderte sie leise, »wäre sehr froh, uns beide hier zusammen sitzen zu sehen.«

Adam nickte, nahm ein zerknittertes Stofftaschentuch und putzte sich die Nase. »Ich habe gehört, was Poldi heute Morgen zu dir gesagt hat«, wechselte er das Thema. »Über deinen Mann. Und deinen Bruder. Ich finde, du solltest weiter an sie glauben.«

Anni atmete tief ein und sah Adam von der Seite an. Er erinnerte sie an Tristan, auch wenn sie einander rein äußerlich nicht glichen – Adam war wie eine ältere, ernstere, vielleicht auch weisere Version ihres Bruders. Sensibel, feinfühlig und taktvoll.

Sie überlegte, ob sie ihm erzählen sollte, was sie wirklich beschäftigte. Dass sie den Tod ihres Mannes akzeptieren könnte – den ihres Bruders hingegen nicht. Doch was hätte er darauf antworten sollen?

»Wir haben überlebt«, sagte sie stattdessen. »Das hat mit Schuld nichts zu tun.«

Adam wiegte den Kopf. »Ich fürchte, in manchen Fällen schon.«

Eine ganze Weile lang saßen sie so da, schweigend, zwei verlorene Seelen, die auf der Flucht waren und nach einer Zeit des Handelns nun erstmals wieder zum Denken kamen. Und prompt von ihren Ängsten und Sorgen überwältigt wurden.

Irgendwann fielen Anni die Augen zu.

»Komm«, sagte Adam. »Ich bringe dich zu deiner Tochter.«
Annis Beine waren schwer. Sie hing mehr an seinem Arm, als dass sie ging. »Adam, ich ...«
»Morgen«, sagte Adam.

Dann half er ihr, die Strickjacke auszuziehen und sich neben die schlafende Clara ins Bett zu legen. Kurz bevor sie einschlief, strich er mit dem Zeigefinger über ihre Wange. Es war eine harmlose Geste der Zuwendung, mehr wie für ein Kind. Eine zarte Berührung, von der Anni später nicht wusste, ob sie sie wirklich gespürt oder nur geträumt hatte.

11

Nachdem er sie zugedeckt hatte, saß Adam noch ein Weilchen auf Annis Bettrand und betrachtete ihr Gesicht, das jetzt im Schlaf viel mädchenhafter aussah. Sie hatte die hohen geschwungenen Brauen ihres Vaters geerbt, ebenso wie die dunklen lockigen Haare, die bei Gottlieb grau durchwirkt gewesen waren, und seine braunen Augen. »In unserer Familie«, hatte Gottlieb gern selbstironisch gewitzelt, »hat sich der arische Typ nicht sonderlich dominant vererbt.«

Adam hatte diesen Mann, seinen Mentor, so sehr verehrt. Ein Feingeist, der das Herz am rechten Fleck hatte – das allein war schon eine Rarität. Aber die Bereitschaft, das eigene Leben zu riskieren, um ein anderes zu retten, besaßen nur sehr, sehr wenige Menschen. Gottliebs Tod hatte einen Schatten auf Adams Dasein geworfen, von dem er sich nicht erholte – daran konnten auch Annis Ermutigungen nichts ändern. Menschen zu verlieren, die einem nahestanden, war immer dramatisch. Zu wissen, dass ein Freund gestorben war, damit man selbst weiterlebte, war eine Schuld, von der man sich nur schwer befreien konnte.

Doch in diesem Moment, als er der tapferen Anni und ihrer kleinen Tochter beim Schlafen zusah, wusste er, dass es einen Weg gab, mit der Bürde zu leben. Er würde Anni beschützen – die Tochter des Mannes, der sein Leben für ihn gegeben hatte – und auch ihr kleines Kind.

Er würde alles dafür tun, diese zwei Menschen, die Gottlieb so geliebt hatte, in Sicherheit zu bringen. Koste es, was es wolle.

Langsam erhob sich Adam, strich Anni und der kleinen Clara über den Kopf und ging leise hinunter in den Salon. Poldi saß allein am Tisch, las in Unterlagen, die das Gut betrafen, und rauchte. »Du kommst genau richtig«, sagte sie. »Setz dich.«

Sie bot ihm einen Stuhl an, stand auf, öffnete einen Wandschrank, in dem ein riesiges altes Radio stand, und begann an den Messingknöpfen zu drehen. Es knarzte und piepste, dann tönte jene Stimme durch den Raum, die Adam seit Jahren in Angst und Schrecken versetzte.

»*Meine deutschen Volksgenossen und Volksgenossinnen*«, schnarrte der überbetonte Duktus des Reichsministers Joseph Goebbels über den Äther.

»Das Monster spricht«, kommentierte Poldi.

Sie bot ihm eine Zigarette. Adam nahm dankbar an, während Goebbels sich anschickte, »*einen Überblick über die augenblickliche militärische und politische Kriegslage*« zu verlautbaren.

Poldi gab Adam Feuer.

Er rauchte nicht oft und musste husten, als der Rauch seine Lungen füllte, doch mit jedem weiteren Zug ging es leichter.

Kopfschüttelnd saßen sie am Tisch und lauschten der Mischung aus Verklärung, Fatalismus und krankhaftem Festhalten an der Ideologie. Goebbels räumte ein, dass sich die allgemeine Kriegslage durch die erfolgreiche Winteroffensive der Roten Armee für die deutsche Wehrmacht dramatisch verschlechtert habe, betonte jedoch, es sei nicht daran zu zweifeln, dass die »verloren gegangenen Gebiete bald zurückerobert« würden. Für den Fall einer Niederlage kündigte er an, dass das »Leben in dieser Welt schlimmer wäre als die Hölle« und nicht wert gelebt zu werden, weder für ihn selbst noch für seine Kinder.

»So, das reicht!« Poldi erhob sich geräuschvoll und drehte das Radio ab.

Adam hatte eine Gänsehaut. »Heißt das, im Falle einer Kapitulation bringt er seine Kinder um?«, fragte er in die Stille hinein.

Poldi zuckte mit den Schultern. »Zuzutrauen wär's ihm.« Sie nahm eine Glasflasche mit klarer Flüssigkeit von der Anrichte, schenkte zwei kleine Gläser voll und reichte eins davon Adam. »Auf den Endsieg. Den der anderen.«

Beide leerten ihre Gläser in einem Zug. Adam schüttelte sich.

Poldi zog quietschend eine Schublade auf, der sie einen Stapel Karten entnahm, und fragte: »Spielst du Siebzehn und Vier?«

»Ich habe nichts, was ich einsetzen könnte«, wandte Adam ein.

Poldi nahm stumm eine Schachtel Streichhölzer, schüttete sie auf dem Tisch aus und teilte sie in zwei Häufchen. »Es geht ja nicht um den Einsatz«, sagte sie leise. »Sondern darum, wer das Spiel gewinnt.«

Sie sahen sich in die Augen. Poldis waren hellblau. Eine blonde, blauäugige, deutschstämmige Tschechin, die noch nicht wusste, wer genau sie vom Hof jagen würde. Die Russen oder ihre eigenen Landsleute. Sie und Adam kannten sich erst seit ein paar Tagen, doch in diesem Moment schienen sie sich seltsam vertraut.

»Erzähl mir von dir«, sagte Poldi, während sie die Karten mischte.

Adam musterte sie wachsam. »Was willst du wissen?«

»Na, wer du eigentlich bist. Der halbjüdische Jahrhundertgeiger, so viel weiß ich. Aber was ist deine Geschichte?«

Adam schwieg. Nicht weil er ihr nicht traute, sondern weil er nicht wusste, wo er anfangen sollte.

»Waren deine Eltern religiös?«, fragte Poldi, während sie die erste Runde Karten verteilte.

»Überhaupt nicht«, erwiderte Adam.

Dann begann er zu erzählen.

Dass sein jüdisch klingender Nachname gar nicht von seiner Mutter stammte, sondern von seinem evangelischen Vater, der sich als junger Gefreiter während des Großen Krieges bei seiner Stationierung in Berlin in die aufstrebende Pianistin Danaë Roth verliebt hatte – der Beginn einer romantischen, aber tragischen Liebesgeschichte.

»Er hat gar nicht gewusst, dass sie Jüdin war?«, wollte Poldi wissen, während sie eine Karte nachzog.

»Nein«, erwiderte Adam und betrachtete unschlüssig die Zehn und die Vier in seiner Hand. »Er hat mal erzählt, so richtig sei es ihm überhaupt erst klar geworden, als sie ihn meinen Großeltern vorstellte und er den siebenarmigen Kerzenleuchter sah. Viel wichtiger war ihm, ob er dem Anspruch ihrer Familie genügen würde.«

»Lass mich raten: wohlhabendes Großbürgertum?«

Adam lächelte matt. »Sehr kultivierte und anständige Menschen.«

»Leben sie noch?«

Adam zuckte die Schultern. »Theresienstadt«, sagte er. »Das ist das Letzte, was ich weiß. Ich fürchte also: nein.«

Er zog eine Acht, legte sein Blatt hin und schob Poldi das Streichholz zu. Sie legte ihre Karten ebenfalls auf den Tisch,

ließ das Streichholz in der Mitte des Tisches liegen und schenkte Schnaps nach.
Sie tranken stumm.

Während der nächsten Runde erzählte Adam von seinem Vater, der weder das Abitur gemacht noch eine abgeschlossene Berufsausbildung besessen habe. Trotzdem aber ein zupackender junger Mann gewesen sei, den der Krieg im Eiltempo habe reifen lassen. Also setzte er alles auf eine Karte, veräußerte den Hof seiner im Krieg umgekommenen Eltern und hielt um Danaës Hand an. Sie heirateten im Mai 1919 – fünf Monate später kam Adam zur Welt, der bei seiner Taufe als zweiten Vornamen den Namen Emmanuel erhielt, nach dem gefallenen Lieblingsbruder seiner Mutter. Ihm hatte die Achtel-Violine gehört, auf der Adam bereits im Alter von drei Jahren leidenschaftlich herumzukratzen begann.

Die zurückhaltende Danaë, deren Strahlkraft sich vor allem dann entfaltete, wenn sie an einem Konzertflügel saß, nahm Adams Talent als etwas Selbstverständliches hin. Heinrich, der außer Mundharmonika und ein wenig Orgel nie ein Instrument gelernt hatte, platzte fast vor Stolz, als sein Sohn im Alter von sieben Jahren zum ersten Mal auf einer Konzertbühne stand – begleitet von seiner Mutter, die inzwischen ein festes Engagement bei der Staatskapelle hatte.

»Hast du keine Geschwister?«, wollte Poldi wissen, während sie das nächste Streichholz einstrich und wieder zu mischen begann.
Adam schüttelte den Kopf. »Sie hatte mehrere Fehlgeburten. Die letzte war dramatisch. Danach haben die beiden den

Wunsch nach weiteren Kindern aufgegeben.« Er nahm die Karten auf. »Heute würde man vielleicht sagen: zum Glück.«

»Ich weiß nicht«, meinte Poldi nachdenklich, »was Glück in diesen Tagen noch bedeutet.«

»Überleben?«, schlug Adam vor.

Poldi zuckte mit den Schultern. »Mag sein.«

Einen Moment spielten sie schweigend. Poldi gewann erneut. »Und dann kamen die Nazis«, nahm sie den Gesprächsfaden auf, während sie ihm eine Zigarette anbot und sich selbst eine ansteckte. »Und haben alles ruiniert.«

Adam ließ sich von ihr Feuer geben. »Unbestritten«, erwiderte er. »Aber ihnen die alleinige Schuld am Scheitern der Ehe meiner Eltern zu geben, wäre vermessen.«

Hitlers Machtübernahme hatten sie wegzulächeln versucht. Doch es dauerte nicht lange, bis Adams Mutter die veränderte Stimmung im Land zu spüren bekam. Mit dem Erlass der Nürnberger Rassengesetze verlor sie vom einen Tag auf den anderen ihre Anstellung. Namhafte Musiker und Dirigenten setzten sich für sie ein – vergeblich. Ihre Solo-Auftritte in Deutschland wurden einer nach dem anderen abgesagt. Dabei hatte Familie Loewe allenfalls Chanukka sowie eine halbherzige Bar-Mizwa für Adam gefeiert.

Kurz darauf erhielt Heinrich Loewe ein amtliches Schreiben, das ihm die Scheidung gewissermaßen aufzwang. Die Kollegen rieten Danaë zur raschen Emigration in die USA. Ihr Talent werde ihr dort eine gute Zukunft sichern, darin war man sich einig. Sie drängte Heinrich, in die Scheidung einzuwilligen. Es folgte eine Reihe von heftigen Auseinandersetzungen im Familienwohnzimmer, bei denen der inzwischen siebzehnjährige Adam seiner Mutter Egoismus vorwarf und seine erste und einzige Ohrfeige von ihr kassierte. Mit der glühenden Überzeugung eines jungen Menschen, der meint, ihm stünden alle Türen offen, redete und schrie er auf seine Eltern ein. Vergeblich. Wenige Monate später stimmte Heinrich Loewe dem Vorschlag seiner Frau zu, und das Ehepaar wurde rechtskräftig geschieden.

Poldi hatte so konzentriert zugehört, dass sie zwischendurch vergessen hatte, an ihrer Zigarette zu ziehen. Etwas Asche fiel auf den Tisch. Sie ließ sie achtlos liegen.

»Und dann?«, fragte sie gespannt.

»Sie hat ihr Visum bekommen«, erwiderte Adam bemüht nüchtern. Diese Geschichte noch einmal so intensiv zu durchleben, verlangte ihm mehr ab, als er zugeben wollte. »Sie ging in Bremerhaven an Bord der *Europa* und ließ den gleichnamigen Kontinent für immer hinter sich.«

Damit drückte er seine Zigarette im Aschenbecher aus.

Poldi beobachtete ihn aufmerksam. »Hast du dich von ihr verabschiedet?«

Adam senkte den Blick. »Eigentlich nicht«, erwiderte er knapp und rührte einen Moment in der Asche herum. »Ich war gerade achtzehn und furchtbar wütend. Mein Vater … er hat sie über alles geliebt, aber sie … Ich konnte ihr das nicht verzeihen.«

»Dabei hat sie das einzig Richtige getan«, wagte Poldi einzuwenden.

»Ich weiß«, sagte Adam und fuhr sich durchs Haar. »Sie wollte unbedingt, dass ich mitkomme. Aber das war undenkbar für mich. Ich hatte ja keine Ahnung, was uns noch alles bevorstand.«

Sein Vater stürzte sich in die Arbeit, um Adam ein frühzeitiges Studium am Wiener Konservatorium zu finanzieren. In

Österreich, so glaubte er, sei sein Sohn sicher vor dem stärker werdenden Antisemitismus. Und das war eine Zeitlang auch der Fall. Dann wurde sein Vater schwer krank. Tuberkulose. Während Adam in Wien seine ersten Solo-Konzerte gab, brach Heinrich Loewe bei der Arbeit zusammen.

»Deine Mutter hat es auch für uns getan. Vor allem für dich«, sagte sein Vater, kurz bevor er seinen letzten Atemzug tat. Adam hielt seine Hand so fest, dass sie weiß wurde.

Bei der Beerdigung auf dem evangelischen Friedhof stand plötzlich ein bedeutender Mann neben Adam und legte seinen Arm um ihn. Adam kannte ihn von früheren Auftritten mit der Dresdner Staatskapelle. Gottlieb Friedhelm Baumgartner, der stellvertretende Konzertmeister.

»Komm heute Abend zum Essen zu uns«, bot er an. »Ich habe einen guten Wein – und eine Idee, wie es für dich weitergehen könnte.«

Gottlieb kam zum richtigen Zeitpunkt. Wenige Wochen nach der Beerdigung von Adams Vater marschierten die Deutschen in Österreich ein. Adam verlor seinen Studienplatz. Mehrfach setzte er an, seiner Mutter zu schreiben – und zerriss den Brief jedes Mal. Doch er hatte nun einen Förderer, hinter dem eine ganze Armada von musikbegeisterten und einflussreichen Menschen zu stehen schien. Gottlieb Baumgartner ließ seine Kontakte spielen und verschaffte Adam einen Platz an der Musikhochschule in Prag. Gleichzeitig sorgten er und seine Freunde dafür, dass Adam von Auftritten in Kammerensembles einigermaßen leben konnte.

Für eine Weile fühlte Adam sich wieder sicher. Er glaubte sogar, es werde irgendwie vorübergehen. Dann aber rückte die Wehrmacht in Prag ein, und der Krieg brach aus. Tschechien fiel an die Deutschen, und Adams Pass wurde gegen eine Juden-Kennkarte getauscht. Er hieß ab sofort mit zweitem Vornamen Israel und wurde zur Zwangsarbeit in den Dresdner Goehle-Werken verpflichtet. Sechzehn Stunden am Tag saß er im fahlen Licht der Produktionshalle, starrte durch ein Vergrößerungsglas und setzte mit winzigen Schrauben Zeitzünder für Fliegerbomben zusammen.

Gottlieb Baumgartner weigerte sich, das hinzunehmen. Er half Adam, wo er nur konnte, und riskierte alles für ihn. Am Ende sogar sein Leben.

Adam schlug die Augen nieder. Er hatte lange nicht so offen mit jemandem gesprochen und nun das Gefühl, genug gesagt zu haben. Poldi nickte, als wüsste sie, dass alles, was sich danach ereignet hatte, noch zu frisch war, um erzählt zu werden. Sie mischte die Karten und teilte die nächste Runde aus. Ihr Streichholzhäufchen war weitaus größer als seins.

»Ich habe das Spiel längst verloren«, sagte Adam, nahm aber die Karten auf.

»Ich glaube nicht«, erwiderte Poldi und sortierte ihre. »Ich glaube, das Spiel, das jetzt beginnt, hat völlig neue Regeln.«

Adam gewann mit zwei Assen.

»Siehst du?«, sagte Poldi und schenkte noch einmal Schnaps nach.

Sie spielten bis tief in die Nacht, wach gehalten von ihrer jeweiligen Angst vor dem, was kommen würde.

12

Tristans Genesung war dank der täglichen Gabe von Penicillin zügig vorangeschritten. Zudem hatte geholfen, dass man ihn in eine der neueren Baracken verlegte, wo es weniger feucht und kalt war. Vor allem aber war es wie schon im Lazarett Rosalies Anwesenheit gewesen, die ihn heilte. Die einfühlsame und trotzdem resolute Art, mit der sie anordnete, was zu tun war. Ihre geschickten Finger, ihr sorgenvoller Blick, ihr Lächeln. Im POW-Camp Portsmouth II wurde Rosalie für Tristan ein weiteres Mal zu einer guten Fee, die er seiner Ansicht nach gar nicht verdient hatte.

Und jetzt stand sie lächelnd an ihr Fahrrad gelehnt vor ihm, ein wenig aufgeregt, aber voller Zuversicht. Seit Fletcher ihm am Abend zuvor verkündet hatte, morgen gehe es »wieder los«, hatte Tristan zusammen mit Schmidtke spekuliert, ob er nun erneut zur Landarbeit eingesetzt würde oder Latrinen putzen müsse, als Vergeltung für die Vorzugsbehandlung, die ihm zuteilgeworden war. Er hatte mit allem gerechnet. Aber nicht damit, dass Fletcher ihn an diesem nebelverhangenen Morgen in aller Herrgottsfrühe wecken und über den halb gefrorenen Schlamm zum Tor führen würde, wo dann *sie* auf ihn wartete.

Über ihrem Lenker hing seine warme Fliegerjacke. Ihre Sommersprossen schienen zu leuchten. Erst nachdem sie ihm auffordernd in den Arm gekniffen hatte, löste er sich aus seiner

Starre und kletterte gehorsam auf den Gepäckträger – fast wie in Trance. So ganz konnte er es immer noch nicht fassen. Wie zur Hölle hatte sie das geschafft?!

Rosalie schien es eilig zu haben, sie trat kräftig in die Pedale. Vielleicht war ihr auch nur kalt, ihr Atem bildete kleine Wölkchen in der Morgenluft. Tristan verkroch sich dankbar in seiner Jacke und hielt sich an ihren Hüften fest. Über den umliegenden Feldern hing tief der Morgennebel, aber während sie der kurvigen, von Hecken gesäumten Straße durch die liebliche Hügellandschaft folgten, brach allmählich die Sonne durch.

Bald wurde das Land flacher, die Bebauung dichter, sie näherten sich der Stadt. Rosalie erläuterte ihm, dass er von jetzt an tagsüber auf der Baustelle im Hotel ihrer Eltern helfen sollte. Tristan verstand durch den Fahrtwind nur die Hälfte. Aber in diesem Augenblick war es ihm auch völlig egal. Er hätte freiwillig den ganzen Tag Latrinen geputzt, wenn das bedeutete, dass er Zeit mit ihr verbringen durfte.

Er drückte sein Gesicht in ihren dicken roten Zopf, aus dem sich bereits wieder die ersten Haarsträhnen lösten. Nur einfach hier sitzen und sie spüren, dachte er. Nur diesen einen Moment lang.

Ein hupendes Auto riss ihn aus seiner Benommenheit. Der Fahrer gestikulierte wild mit seinem rechten Arm, nachdem er sie überholt hatte. Tristan verstand nicht genau, was er sagte, aber dass es Beschimpfungen waren, hörte er sehr wohl.

»Idiot«, versetzte Rosalie, bog aber doch sicherheitshalber in einen Feldweg ab.

Tristan begriff plötzlich, wie sehr sie als Paar auffallen

mussten. Eine junge Engländerin in Schwesternuniform und ein Mann in einer deutschen Fliegerjacke. »Soll ich sie nicht lieber ausziehen?«, rief er.

»Unsinn!«, rief Rosalie zurück. »Du warst vor Kurzem noch todkrank, erinnerst du dich?« Sie radelte tapfer weiter über die holprige Schotterstraße. »Ich nehme einen kleinen Umweg. Hier dürften wir kaum jemandem begegnen.«

Sie fuhren über Feldwege und kleinere Seitenstraßen, bis sie die Stadt erreichten und die Kräne im Hafen auftauchten – des großen, für Großbritannien so wichtigen Industriehafens, dessen geografische Lage Tristan nur allzu gut kannte, weil er ihn mehr als einmal bombardiert hatte.

»Warte«, sagte er zu Rosalie, als sie eine Gasse durchquerten, die in Richtung der rötlichen Festungsmauer führte, welche die Altstadt umgab. Es konnte nicht mehr weit sein. »Halt kurz an. Wir müssen reden.«

»Nicht hier«, erwiderte sie knapp. »Noch ein Stückchen weiter, da ist es besser.«

Sie hielt sich links von der Festungsmauer und fuhr in flottem Tempo weiter, um möglichst wenigen Menschen die Gelegenheit zu geben, sie anzustarren. Doch die Hafenarbeiter, die Kisten schleppten, Lastwagen beluden und dicke Seile zurechtwuchteten, beachteten sie ohnehin kaum. An einem versteckt gelegenen Durchgangstor hielt sie an, lehnte das Fahrrad an eine Straßenlaterne, sah sich kurz um und öffnete eine Tür. Rosalie zog Tristan hinter sich her durch einen kleinen Tunnel, der an einem winzigen, höchstens zwei Meter breiten und keine fünf Meter langen Kiesstrand endete. Vor ihnen lag das Meer, genauer gesagt der Solent, ein Meeresarm, der die Isle of Wight von Portsmouth trennte.

»Flut«, sagte Rosalie zufrieden. »Da traut sich niemand her. Also?«

Sie blickte Tristan erwartungsvoll an, doch er konnte nicht sofort antworten. Beklommen sah er hinüber zu den vor der Küste liegenden britischen Kriegsschiffen und dann auf die Bollwerke aus Beton, die in der Hafeneinfahrt errichtet worden waren. Die Wintersonne stand jetzt höher am Himmel, ihre Strahlen wurden glitzernd auf der graublauen Wasseroberfläche reflektiert, die schon so viele Bomben geschluckt hatte.

Immer und immer wieder hatten sie bei den Vorbesprechungen des Geschwaders die Landkarten gewälzt und die Flugrouten besprochen. Er wusste genau, wie der Hafen der Stadt aufgebaut war. Wo die strategischen Ziele lagen. Bei dem Gedanken daran wurde ihm schlecht.

»Es ist bald vorbei«, sagte Rosalie, die seine Gedanken zu lesen schien.

Tristan musste trotzdem schlucken. »Hoffen wir's«, erwiderte er heiser.

»Komm«, Rosalie zog ihn neben sich auf einen Mauervorsprung. Die Wellen schienen nach ihren Füßen zu züngeln.

»Ich habe gegen dein Land gekämpft«, sagte er ernst. »Ich will nicht, dass du dich meinetwegen in Gefahr bringst.«

»Und ich will nicht, dass du in diesem Lager zugrunde gehst.«

»Sie behandeln mich nicht schlechter als alle anderen.« Und nicht anders, als ich es verdient habe, fügte er im Geiste hinzu.

»Das stimmt nicht, und das weißt du auch«, entgegnete Rosalie eindringlich. »Dieser Palfrey hätte dich eiskalt verrecken lassen. Und er würde es wieder tun. Er wollte nur nicht dafür zur Verantwortung gezogen werden.«

Bevor Tristan etwas erwidern konnte, fuhr sie fort: »Es geht dir inzwischen besser, aber gesund bist du noch lange nicht. Du brauchst gutes Essen und eine Arbeit, die dich nicht umbringt. Wie zum Beispiel auf der Baustelle in unserem Hotel.«

Tristan sah sie von der Seite an. Er meinte ein Zögern in ihrer Stimme wahrgenommen zu haben.

»Und deine Eltern haben dem einfach so zugestimmt?«, forschte er nach.

»Na ja, nicht so richtig«, seufzte sie.

Dann begann sie zu erzählen.

Wie sie am Abend nach Hause geradelt war, mit der festen Absicht, ihre Eltern zu überzeugen. Die Bauarbeiten im Hotel gingen nur schleppend voran, Material blieb teuer, Arbeitskräfte waren schwer zu bekommen – und nach fünf Kriegssommern, in denen nur wenige Stammgäste nach Portsmouth gekommen waren, ging es der Familie finanziell alles andere als gut. Darin hatte Rosalie ihre Chance gesehen. So unbeliebt Kriegsgefangene als Arbeitskräfte auch waren, sie wurden immer häufiger eingesetzt, weil sie die Bauern und Unternehmer praktisch nichts kosteten.

Rosalie war auf dem Weg die Treppe hinauf in die Privaträume der Familie gewesen, als sie Stimmen aus der Lobby hörte und ihre Eltern umringt von einigen Gästen in Abendgarderobe an der Bar stehen sah. In diesem Moment war ihr eingefallen, dass sie den fünfzigsten Geburtstag ihres Onkels Gabriel vergessen hatte. Der Lieblingscousin ihrer Mutter arbeitete seit vielen Jahren im diplomatischen Dienst und neuerdings im Stab von Außenminister Anthony Eden, wo er mit hochbrisanten Aufgaben betraut wurde. Erst vor wenigen Tagen war er von einer Konferenz der Alliierten in Osteuropa zurückgekommen. Dass Rosalie in ihrer Schwesternuniform in die feine Gesellschaft platzte, wäre normalerweise ein Affront gewesen. An diesem Abend sollte es ihr zum Vorteil gereichen.

»Ah, meine tüchtige Tochter!«, rief Alistair FitzAllan quer durch den Saal. Er schien glänzender Laune zu sein. Auch wenn Rosalies Vater bald sechzig wurde, war er immer noch eine beeindruckende Erscheinung. Über sechs Fuß groß, mit breitem Kreuz und vollem, grau meliertem rotem Haar, das er zur Feier des Tages mit Pomade zurückgekämmt trug. Die Haarspitzen berührten leicht das schimmernde Revers seines Dinnerjackets. Er begrüßte sie herzlich und führte sie ohne Umschweife in die illustre Runde. Niemand schien an ihrem Aufzug oder ihrer Verspätung Anstoß zu nehmen – im Gegenteil.

»Gabriel bringt wunderbare Neuigkeiten von der Krim mit«, bemerkte ihr Vater, als er sie zu ihrem Onkel geleitete. Rosalie gratulierte ihm zum Geburtstag und knickste artig.

»Höchst geheime Nachrichten, Alistair«, versetzte ihr Onkel, wobei er verheißungsvoll lächelte. »Und du, liebe Rosalie, im unermüdlichen Einsatz für unsere tapferen Soldaten, wie ich höre?«

»Wir tun, was wir können«, erwiderte sie bescheiden.

»Sehr löblich«, kommentierte Gabriel und wandte sich dann wieder seinen männlichen Gesprächspartnern zu.

Rosalie gesellte sich zu ihrer Mutter, die sofort ein Auge für ihr Befinden hatte. Helen FitzAllan, geborene Beaufort, war eine sehr elegante Frau, nahm in Gesellschaft aber weitaus weniger Raum ein als ihr Mann. Sie war ein wacher, einfühlsamer Geist mit einem feinen Gespür für die Stimmungen der Menschen. Rosalie mochte die flammend roten Haare, das Kämpferherz und die Sturheit von ihrem Vater geerbt haben – ihre innere Wärme und die Neigung zum heilenden Beruf hingegen hatte sie ganz sicher von ihrer Mutter.

»Alles in Ordnung mit dir, mein Schatz? Du siehst erschöpft aus.«

»War ein harter Tag«, winkte Rosalie ab und bat ihre Mutter dann leise: »Kann ich euch beide kurz sprechen? Es ist wichtig.«

Helen nickte und wirkte vollkommen ruhig. »Ich fürchte nur, es muss bis nach dem Abendessen warten. Zieh dich schnell um, dann bringen wir das hinter uns.«

Rosalie erwiderte ihr angedeutetes Zwinkern. Sie wusste, wie sehr ihrer Mutter das aristokratische Getue ihrer Familie auf die Nerven ging, während Alistair in der Gegenwart so illustrer Personen wie ihres Onkels Gabriel stets auflebte.

Das Dinner im kleinen Kreis war zu ihrer Erleichterung schnell vorüber. Onkel Gabriel berichtete, die Zunge gelockert von einigen Gläsern Wein, nun doch recht offen von den Beschlüssen der Jalta-Konferenz. Dass sich Roosevelt, Stalin und Churchill im Liwadija-Palast bereits derart konkret über die Aufteilung Deutschlands nach Kriegsende und die Machtverteilung in Europa hatten einigen können, war ein bedeutendes Anzeichen für einen nahenden Frieden in Europa. Diese Aussicht versetzte die gesamte Tischgesellschaft in eine euphorische Stimmung.

Die Euphorie war bei ihrem Vater allerdings schnell verflogen, als die Gäste sich verabschiedet hatten und Rosalie ihr Anliegen vortrug.

»Das ist nicht dein Ernst!«, war seine spontane Reaktion. »Einen Deutschen?!« Er musterte seine Tochter durchdringend, als würde er an ihrer Zurechnungsfähigkeit zweifeln. »Warum um alles in der Welt setzt du dich so sehr für diesen Mann ein?«

Auf diese Frage war Rosalie vorbereitet gewesen. »Weil er ein armer Kerl ist, ein Schwerverletzter, den die British Army in ihren Lagern jetzt zu Tode schindet.« Sie sah flehend zu ihrer Mutter. »Natürlich ist er ein deutscher Soldat. Aber er ist auch ein Mensch, der Hilfe braucht. Und ihr habt doch Onkel Gabriel gehört: Der Krieg ist so oder so bald vorbei.« Schweigen. Sie setzte alles auf eine Karte. »Stellt euch vor, es wäre umgekehrt. Stellt euch vor, Edward wäre mit seiner Verletzung in deutsche Hände geraten.«

Der Blick ihrer Mutter wurde weich.

Doch ihr Vater schnaubte verächtlich. »Die hätten ihn abgeknallt. Keine Frage!«

Er war selbst Soldat gewesen, im Großen Krieg.

»Gut, dann sind eben wir die bessere Nation«, versetzte Rosalie mühsam beherrscht. »Die Nation, die Europa befreit und es richtig macht! Die nicht Gleiches mit Gleichem vergilt, sondern darüber erhaben ist, ihren einstigen Feinden, die sich ergeben haben, das Leben zur Hölle zu machen!«

Ihre Wangen hatten sich gerötet. Auch ihren Vater schienen diese Worte nicht kaltzulassen. Er löste seine gebundene Seidenfliege und öffnete den obersten Hemdknopf. Dann sah er unschlüssig von seiner Tochter zu seiner Frau. »Was meinst du dazu, Helen?«

»In diesem Moment«, schloss Rosalie ihren Bericht, »wusste ich, dass ich eine Chance habe.« Ihre Mundwinkel zitterten leicht, als sie versuchte, so unbekümmert wie möglich zu lächeln, und Tristan wurde klar, welche Bürde sie auf sich genommen hatte.

Gerührt nahm er ihre Hand. »Warum tust du das für mich?«
Sie zuckte nur leicht mit den Schultern. »Ich denke, das weißt du.«

Für einen Moment gab es nur sie beide. Keinen Krieg mehr, keine Schlachtschiffe, keine Bomben – einfach nur zwei junge Menschen an einem Strand. Tristan hätte Rosalie gern geküsst, aber er spürte, dass es zu früh war. Er führte ihre Hand an seine Wange und ließ sie dort verweilen. Ein langer Moment, der vom Tuten eines Schiffshorns unterbrochen wurde. Sie fuhren beide vor Schreck zusammen.

»Ist ja gut!«, rief Rosalie aufs Meer hinaus.

Sie griff in die Tasche ihres Mantels und holte ein Stück Gebäck hervor. »Hier, du hast bestimmt Hunger«, sagte sie. »Das ist ein Scone.«

»*Stone?*«, wiederholte Tristan fragend. Er nahm einen der Kieselsteine auf, aus denen der Strand bestand, und tat, als wollte er hineinbeißen.

»*S-CONE!* Nicht *stone*, du Idiot!«, verbesserte Rosalie ihn grinsend.

Tristan machte sich noch eine Weile zum Idioten, indem er auf dem Stein herumbiss. Es war zu schön, sie lachen zu sehen.

Mit einer seltsamen Mischung aus Wagemut und Anspannung legten sie die letzten zwei Kilometer bis zum Hotel zurück. Es lag prominent an einer Straßenkreuzung: ein dreistöckiger viktorianischer Bau mit einer gelb-weißen Fassade und kleinen Erkern und Ziertürmchen, der von einem parkähnlichen Garten umgeben war. Tristan war beeindruckt. Doch als sie näher kamen, sah er die zahlreichen Beschädigungen. Beklommen musterte er die von den Bombendruckwellen zerborstenen Fenster, die Löcher im weißen Putz und die völlig zerstörte Terrasse. Wie um alles in der Welt sollte er an diesem Ort geduldet werden? Er, der für diese Zerstörung mitverantwortlich war?

Rosalies Vater stand auf der Baustelle zwischen Erdhügeln und Ziegelhaufen und ging mit einem Mitarbeiter die Materiallisten durch. Er schien sie erwartet zu haben, denn er nickte Rosalie kurz zu und bedeutete ihr, den Neuankömmling zu ihm zu bringen. In seinem langen hellgrauen Wintermantel mit dem dunklen Pelzkragen, seinem welligen rotgrauen Haar und dem üppigen, wohlfrisierten Bart wirkte Alistair FitzAllan auf Tristan wie ein keltischer König, der ihm widerwillig eine Audienz gewährte.

Tristan ließ die Fliegerjacke sicherheitshalber beim Fahrrad. Er wollte nicht unnötig auffallen. Und doch schienen die Blicke der Arbeiter, die in der Nähe den Boden glätteten, auf ihm zu ruhen, als er zusammen mit Rosalie ihrem Vater entgegenstapfte.

»Hier gibt es nichts zu sehen!«, rief dieser donnernd zu den Arbeitern hinüber, woraufhin diese ihre Tätigkeit wieder aufnahmen. Dann begrüßte er seine Tochter und sah den Deutschen prüfend an. Tristan zog seine Mütze ab, senkte den Kopf und stellte sich vor.

»Kommen Sie«, sagte FitzAllan. »Gehen wir kurz hinein.«

Tristan tauschte einen Blick mit Rosalie, die ermutigend seinen Arm drückte und sich dann eilig verzog. Offenbar hatten die beiden eine Vereinbarung. FitzAllan führte ihn in eine Art Wintergarten, dessen Scheiben größtenteils zersprungen waren. Es war kalt, aber nicht so zugig wie auf der Terrasse. Der Boden war von Schutt und altem Laub bedeckt.

»Sie können Arbeitskleidung von uns bekommen«, sagte

Rosalies Vater, während er etwas Staub von einem Tisch wischte. »Ihre Uniform erkennt hier jeder. Auch ohne Rangabzeichen.«

»Danke«, sagte Tristan.

FitzAllan bot ihm nicht an, sich zu setzen. Er überragte Tristan um gut einen halben Kopf. »Sie waren also Pilot?«, forschte er.

Tristan nickte.

»Bomberkommando?«

»Jagdbomber, Sir«, antwortete Tristan gequält.

FitzAllan nickte und blickte in Richtung Meer.

»Mein Sohn ist ebenfalls Pilot«, sagte er dann.

Tristan schluckte. Das hatte Rosalie nie erwähnt.

»Er hat eine Menge Bomben bei euch drüben abgeworfen. Jetzt liegt er im Krankenhaus.«

Tristan senkte den Blick. »Das tut mir leid.« Er meinte damit sehr viel mehr als nur den Bruder. FitzAllan schien ihn zu verstehen.

»Krieg ist niemals fair«, sagte er und sah Tristan nun direkt an. »Zu niemandem.«

Rosalies Vater hielt, was er versprochen hatte. Tristan bekam saubere warme Zivilkleidung und wurde einer Gruppe von Tagelöhnern zugeteilt, einem halben Dutzend ehemaliger schottischer Häftlinge, deren Aufgabe es war, den Wintergarten zu säubern und die schadhaften Fenster zu reparieren. Es gab einen Vorarbeiter, offenbar ein Angestellter des Hotels, der ihn einwies.

Die Arbeiten, die Tristan zu erledigen hatte, waren nicht allzu schwer. Während seiner Ausbildung zum Piloten hatte er viel an Flugzeugen herumgeschraubt und war handwerklich recht geschickt gewesen, was ihm jetzt zugutekam. Die anderen beäugten ihn skeptisch, sagten aber nichts. Offenbar war der Respekt vor ihrem Auftraggeber zu groß.

Mittags gab es eine nahrhafte Mahlzeit, einen Eintopf, den die Arbeiter gemeinsam im großen Hauswirtschaftsraum einnahmen. Er enthielt Fisch, Karotten, Kartoffeln und Zwiebeln. Seit Monaten hatte Tristan nicht so gut gegessen. Die anderen sprachen kaum mit ihm, ließen ihn aber in Ruhe, was für Tristan mehr als genug war. Am freundlichsten waren die mannigfaltig tätowierten Schotten, von deren Englisch er allerdings kaum ein Wort verstand.

Am Abend wartete er am Schuppen vergeblich auf Rosalie, bis schließlich ihr Vater erschien. Er hatte Mantel und Anzug gegen Pullover und Wachsjacke getauscht, wirkte aber immer noch königlich. »Komplizierte OP, ihre Schicht dauert länger. Ich fahre Sie zurück.«

Tristan ließ die Arbeitskleidung in einem Beutel im Schuppen und stieg, nun wieder in deutscher Uniform, in den alten Jaguar des Hotelchefs.

FitzAllan zündete sich ein Zigarillo an und hielt Tristan sein silbernes Etui hin. Schweigend und rauchend fuhren sie durch Portsmouth. FitzAllan reichte ihm eine aktuelle Tageszeitung und deutete auf das Deckblatt. Tristan bemühte sich, den Text zu verstehen. Offenbar drangen die Alliierten zum Rhein vor, während die Rote Armee sich bereits in Polen befand. Rosalie hatte also recht: Es würde bald vorbei sein. Die Frage war nur, was von Deutschland dann noch übrig bliebe.

»Sie haben Familie da drüben?«, fragte FitzAllan.

»Meine Eltern«, antwortete Tristan. »Und meine Schwester Anni. Sie hat vor Kurzem ein Baby bekommen.«

Den Ausdruck in FitzAllans Blick konnte Tristan nicht deuten. War es Sorge? Mitgefühl?

»Lassen Sie uns das Beste hoffen«, brummte er.
Tristan hatte plötzlich einen Kloß im Hals.

Er schlief wenig in dieser Nacht, träumte wirres Zeug von brennenden Städten und abstürzenden Flugzeugen. Am nächsten Morgen erwachte er wie gerädert.
»Du bist gestern spät zurückgekommen. War's hart?«, fragte Schmidtke. Tristan schüttelte den Kopf und reichte ihm die verbliebene Hälfte des Zigarillos, die er für ihn aufgespart hatte. »Ich weiß nur nicht, wie lange sie mich wirklich dabehalten.«
Schmidtke klopfte ihm auf die Schulter. »Nur Mut. Ich hab ein gutes Gefühl.«

Doch schon am nächsten Morgen verspätete sich Rosalie und Tristan wartete eine endlose halbe Stunde lang vor dem mit Stacheldraht gesicherten Tor, hinter dem so verlockend die grünen Hügel und die nahe Stadt mit seiner neuen Beschäftigung lagen. Die Wachen wirkten ebenso nervös wie er. Immer wieder schielte Tristan zur Verwaltungsbaracke und hoffte, dass sein Glück ihn nicht verlassen hatte.
Als schließlich am Ende der Zufahrtsstraße Rosalies Silhouette auftauchte, war er so erleichtert, dass er ihr am liebsten entgegengelaufen wäre, doch ein Blick auf die grimmig dreinblickenden Wachsoldaten hielt ihn zurück. Erst als Rosalie ihr Fahrrad zum Stehen gebracht und sich ausgewiesen hatte, durfte er zu ihr.
»Gott sei Dank! Ich dachte schon, du kommst nicht!«, flüsterte er ihr zu – und hielt inne, als er ihren seltsam verschlossenen Gesichtsausdruck sah. »Was ist los?«, fragte er besorgt. »Was hast du?«
Rosalie bedeutete ihm stumm, aufzusteigen. Tristan tat,

wie ihm geheißen, auch wenn er beinahe umkam vor Anspannung. Rosalie radelte, bis sie aus dem Blickfeld der Lagerwächter waren, hielt dann an, lehnte ihr Fahrrad an ein Schild und zog ihn in eine Umarmung.

Jetzt sagt sie es, dachte Tristan. Sie sagt, dass ich dort nicht mehr arbeiten kann, dass es vorbei ist. Dass ihre Eltern nun doch dagegen sind.

Doch Rosalie schwieg weiterhin, und Tristan spürte, wie schwer sie atmete. Als sie sich anblickten, sah er, dass ihr Tränen über die Wangen liefen.

»Dresden«, brachte sie schließlich hervor. »Es tut mir so leid, Tristan. In der letzten Nacht wurde Dresden von unseren Truppen schwer bombardiert. Es sieht so aus, als wäre fast die ganze Stadt zerstört worden.«

Anni, dachte Tristan. Und sein Herz setzte einen Schlag aus.

UK Ministry of Defense
Westminster, London

Concerning: POW Baumgartner

Dear Sir or Madam,

My brother Leutnant Tristan Baumgartner has so far not returned from a mission in British airspace.

We have no news from him and sincerely hope he is still alive and merely kept as prisoner of war.

If you have any news of him, please let us know.

My current address is:

Anna-Isolde Angerer (née Baumgartner)
c/o
Leopoldine Szilády
Gut Szilády
Karlsbad
Deutsches Reich

Mai 1945

Adolf Hitler hat sich am 30. April im Führerbunker unter dem Garten der Reichskanzlei in Berlin das Leben genommen.

Die US-Armee entdeckt bei der Befreiung des KZ Dachau Tausende von Leichen. Es kommt zu spontaner Selbstjustiz.

Die Rote Armee besetzt Berlin.

München steht unter amerikanischer Besatzung.

Generaloberst Jodl unterzeichnet in Reims die bedingungslose Kapitulation der Wehrmacht.

Winston Churchill proklamiert den VE-Day – Victory Day in Europe.

Europa versinkt im Flüchtlingschaos.

Zwei junge Menschen mit einem Baby und einer Geige versuchen, sich zur amerikanischen Besatzungszone durchzuschlagen.

13

In den zehn Wochen, die sie bei Poldi verlebten, kamen Anni, Adam und Clara wieder zu Kräften. Das Leben auf dem Gestüt war arbeitsreich – und das Essen nicht immer so üppig wie am ersten Abend. Aber sie hatten genug. In den leer stehenden Gesindekammern fanden immer mehr Familien auf der Flucht kurzzeitig Unterschlupf, die Poldi allesamt mit durchfütterte. Sie kamen aus Schlesien, Pommern, Ostpreußen, und ihre Augen waren nach den wochenlangen Entbehrungen und Strapazen auf ihren Märschen ganz stumpf. Poldi verteilte weißen Puder gegen die Läuse. Es waren viele Kinder unter den Flüchtlingen. Anni fiel auf, dass sie kaum sprachen, und nie hörte sie eines von ihnen weinen. Zu lange schon trugen sie Schmerz und Leid mit sich herum.

»Tränen bestehen aus Wasser und Salz«, sagte Poldi. »Wer Hunger und Durst hat, weint nicht.«

Anni half der patenten Willy dabei, Rebhühner und Fasane zu rupfen, die Poldi hin und wieder schoss. Der Hühnerstall wurde nachts mit einem Vorhängeschloss gesichert, zu groß war die Befürchtung der Gutsherrin, dass ihr eine der Hennen gestohlen werden könnte. Die Haushühner standen unter ihrem persönlichen Schutz – anders als die Wildvögel.

»Die sind zwar nicht so fett wie unsere Hennen«, pflegte sie zu sagen, »aber im Gegensatz zu denen legen sie uns keine Eier! Wir können sie also guten Gewissens verspeisen!«

Gemeinsam kochten sie literweise Kraftbrühe, die stark

verdünnt wurde, damit es für alle reichte. Länger als zwei Tage blieb niemand. Zu groß war die Angst vor den Tschechen – und vor der Roten Armee.

»Passt bloß auf eure Sachen auf«, sagte Willy. »Meine Landsleute klauen wie die Raben.«

»Viel haben wir ja nicht«, erwiderte Adam.

Die Geige ihres Vaters allerdings schob Anni fortan ganz nach hinten unter ihr Bett.

Abends machten sie manchmal Hausmusik. Anni setzte sich ans Klavier, Adam spielte auf der Guarneri. Sonatinen von Schubert, Dvořák und Beethoven, Tänze von Bartók, und weil er so gut für die Stimmung war, immer wieder Mozart. Die Kinder der »Durchreisenden«, wie sie die Flüchtlinge nannten, versammelten sich dann ehrfurchtsvoll vor dem Kamin.

An solchen Abenden trank Poldi mehr Schnaps als sonst. Sie saß mit geschlossenen Augen schweigend da, rauchte und lauschte. »Das hätte László gefallen«, sagte sie.

Anni merkte, dass ihre Patentante von Tag zu Tag unruhiger wurde. Nach der Nachricht von Hitlers Tod ließ sie abends Tür und Tor verriegeln und nahm ihre beiden Jagdflinten mit ins Schlafzimmer. Am nächsten Morgen sattelte sie in aller Herrgottsfrühe ihren Dunkelfuchs und ritt davon, Anni erwachte vom Klappern der Hufe auf der Hofzufahrt. Erst spät am Abend kehrte Poldi zurück. Clara schlief längst, Anni und Adam saßen in der Küche und spielten Karten, als die Tür mit einem Ruck aufgestoßen wurde.

Poldi legte ihren Mantel nicht ab. Sie setzte sich an den Tisch und zündete sich eine Zigarette an. »Die Russen haben Berlin eingenommen. Und in Prag gibt es einen Aufstand.

Alle Deutschen in Tschechien werden ab sofort als Staatsfeinde betrachtet. Ihr müsst weg. Noch heute Nacht.«

Adam nickte und warf Anni einen ernsten Blick zu, den sie nicht recht zu deuten wusste. Er sammelte die Karten ein. Anni wusste nicht, wohin mit sich. Sie spürte dieselbe Verzweiflung wie in jener Nacht, als sie sich ein letztes Mal zu der brennenden Ruine ihres Elternhauses umgedreht hatte. In der vertrauten Umgebung von Poldis Gut hatte sie ihr Unbehagen für eine Weile vergessen können. Nun war es zurück.

Eilig halfen Poldi und der Stallmeister ihnen, eine kleine Droschke anzuspannen. In der Ferne waren Gewehrsalven zu hören.

»Was ist mit dir und deinen Leuten?«, fragte Anni.

»Ich hab hier noch zu tun«, erwiderte Poldi. »Fahrt! Fahrt los, wir treffen uns irgendwo im Westen.«

Sie umarmten sich kurz, aber intensiv.

»Pass auf dich auf!«, flüsterte Anni. Ihre Augen waren feucht.

»Denk an das«, sagte die Tante, »was ich über die Tränen gesagt habe.«

Aber Anni sah, wie schwer auch ihr der Abschied fiel. Ihre sonst so aufrechte Haltung wirkte gedrungen, mit glanzlosen Augen blickte sie die beiden bekümmert an. Kurz bevor sie losfuhren, nahm Poldi Adam zur Seite und flüsterte ihm etwas ins Ohr. Er nickte. Poldi kniff ihm kurz mit Daumen und Zeigefinger in die rechte Wange. Sie wirkten wie alte Vertraute.

Anni hockte sich neben Adam auf den Kutschbock und hielt Clara fest im Arm, während er mit den Leinen sanft auf die Kruppe der braunen Stute schlug.

»Richtung Falkenau und Königsberg!«, rief Poldi ihnen nach. »Ihr müsst zusehen, dass ihr über die Eger kommt! Die Amis stehen wohl schon kurz vor Bayreuth.«
In der Mitte der majestätischen Buchenallee wandte Anni sich noch einmal um und sah Poldi einsam vor dem Gutshaus stehen, in dem sie ihr halbes Leben verbracht hatte. Sie winkte mit einem weißen Taschentuch. Anni winkte zurück. Plötzlich hatte sie das sichere Gefühl, dass sie ihre geliebte Patentante nie wiedersehen würde.

Schweigend fuhren sie durch die Nacht. Anni kannte sich in der Umgebung des Gestüts noch recht gut aus, und der Mond schien hell, sodass ihnen die Orientierung nicht schwerfiel.
»Wie weit ist es bis Bayreuth?«, erkundigte sich Adam.
Anni kniff die Augen zusammen. »Etwa hundert Kilometer, schätze ich. Wir könnten morgen dort sein.«
Sie hatte versucht, optimistisch zu klingen. Es war ihr nicht ganz gelungen. Adam warf ihr einen Seitenblick zu. »Kennst du dort ... jemanden?«
»Kennen schon ...«, erwiderte Anni beklommen.
»Verstehe«, sagte Adam und fügte trocken hinzu: »Was habe ich erwartet. Wir reden von Bayreuth.«
In diesem Moment wurde Anni klar, dass sie sich in einem hart umkämpften politischen Niemandsland befanden. Amerikaner, Deutsche, Tschechen, Russen – sie alle verfolgten in der Region ihre eigenen Ziele. Und dazwischen mäanderten Millionen von Flüchtlingen unterschiedlichster Herkunft. Sie würden niemandem trauen können.

Je weiter sie sich vom Gestüt entfernten, desto schwerer fiel Anni die Orientierung. Sie fuhren auf kleineren Straßen und Feldwegen quer durch die böhmische Hügellandschaft. Irgendwann zogen Wolken auf und verdeckten den Mond. Mehrfach hielten sie an und konsultierten die zerfledderte Karte, die Poldi ihnen mitgegeben hatte.

»Links«, sagte Anni an einer Kreuzung.

»Sicher?«, fragte Adam.

»Nein.«

Adam seufzte. »Klingt besser als rechts«, sagte er dann, schnalzte mit der Zunge und lenkte die Kutsche um die Kurve.

Die Nacht schien kein Ende zu nehmen. Immer wieder waren entfernte Schusssalven oder der dumpfe Widerhall von Bombeneinschlägen zu hören. Dann versuchten sie zu erraten, woher die Geräusche kamen, und fuhren mangels Alternative weiter Richtung Westen. Einmal überholten sie eine Gruppe von Fußgängern mit Handwagen, an denen sie schnell vorbeifuhren, aus Angst, man könnte sie anhalten und ausrauben. Doch die Menschen waren viel zu müde und ausgezehrt, um eine ernsthafte Gefahr darzustellen.

Weitaus schwieriger gestaltete sich die Suche nach einer intakten Brücke. Einige Male standen sie vor zerstörten Steinkonstruktionen oder einzelnen Pfeilern, die wie mahnende Zeigefinger aus dem trüben Fluss herausragten. Als der Morgen zu grauen begann, meinte Anni in der Ferne eine Stahlkonstruktion ausmachen zu können. Adam ließ die Stute antraben und kurze Zeit später konnten sie tatsächlich eine intakt wirkende ehemalige Eisenbahnbrücke erkennen. Sie wollten gerade darauf zufahren, als rechts und links Soldaten hinter den Bäumen hervortraten und ihnen den Weg versperrten. Ein Spähtrupp der Roten Armee. Es waren sechs bewaffnete Männer, deren Uniformen in erstaunlich gutem Zustand waren. Ihr Hauptmann trug ein imposantes Maschinengewehr über der Schulter und hatte einen akkurat rasierten Schnauzbart. »*Kuda ty idesh?!*«, fragte er barsch. »Wohin?«

Annis Magen krampfte sich zusammen. Sie drückte die schlafende Clara fester an sich.

»Wir sind jüdische Flüchtlinge«, erwiderte Adam ruhig. »Aus Dresden.«

Der Wind fegte kühl über den Fluss hinweg.

»Dresden?«, wiederholte der Russe skeptisch und lachte kurz auf. »Dresden kaputt.«

»Juden«, hielt Adam ihm stoisch entgegen. »*Jewrei.*«

»Auch kaputt«, erwiderte der Russe. »Alle.«

Er bellte einen Befehl auf Russisch. Die Soldaten luden ihre Gewehre durch. Einer von ihnen sah lächelnd zu Anni. Er hatte ein breites Gesicht und dichte Augenbrauen. Sein Blick war lüstern.

»Nicht alle«, entgegnete Adam mit fester Stimme. Er schlug den Mantel auf und entblößte zu Annis großem Erstaunen den aufgenähten Davidstern auf seinem Hemd. Er musste ihn die ganzen Wochen hindurch versteckt haben.

Der Kommandant nickte den beiden kräftigsten Männern zu. Sie zerrten Adam vom Kutschbock und hielten ihn fest. Dann zog der Hauptmann in aller Seelenruhe eine Zigarette aus der Tasche und zündete sie an. »Dein Hemd?«, fragte er.

Adam nickte.

»Oder geklaut?« Er spuckte etwas Tabak auf den Boden. »Viele Deutsche mit Stern«, sagte er.

Nervenzermürbend langsam ging er um die Kutsche herum, begutachtete das Gepäck, sah zu Anni, strich ihr mit der Hand über den Oberschenkel. »Schöne Frau«, sagte er. »Auch *Jewrei*?«

Anni schlug das Herz bis zum Hals. Aus dem Nichts erhob Adam die Stimme und fing monoton und eindringlich an zu sprechen:

»Sch'ma jisrael, adonai elohenu adonai echad.
Baruch schem k'vod malchuto, l'olam va'ed.«

Anni wusste nicht, was die Wörter bedeuteten, aber sie sah, welche Wirkung sie hatten. Adams kraftvolle Stimme rettete sie. Mit dem Glaubensbekenntnis, das wenige Tage zuvor noch ein Todesurteil gewesen wäre.

So absurd all das erschien, so sehr passte es in das blutige Chaos, in dem sie sich befanden. Die Wunden der Beteiligten lagen zu diesem Zeitpunkt des Krieges offen da. Und der sowjetische Kommandant verstand, dass er in die des jüdischen Volkes nicht hineinfassen durfte.

»*Otjechat!*«, befahl er und bedeutete seinen Leuten, die Gewehre zu senken.

Doch als Adam sich zurück auf den Kutschbock setzen wollte, griff er ihm in die Leinen. »Zu Fuß«, sagte er. »Kutsche gehört jetzt Rote Armee.«

Ein Blickwechsel genügte. Sie mussten froh sein, dass man sie überhaupt gehen ließ. Adam nahm Clara entgegen und half Anni beim Absteigen. Unter den teils unwilligen, teils ausdruckslosen Blicken der Soldaten schulterten sie ihr Gepäck und gingen über die Brücke. Ihre Schritte hallten dumpf auf dem Stahl wider.

Noch eine ganze Weile rechnete Anni damit, dass die Sowjets sie mit einer Schusssalve in den Rücken treffen würden. Doch die Gewehre blieben stumm.

14

Tristan entdeckte das alte Piano, als sie die Fenster im Flur ausbesserten. Es war ziemlich verstaubt, aber intakt. Vorsichtig, fast ehrfürchtig, ließ er seine Finger über die Tasten gleiten und schlug ein paar leise Akkorde an.

»Sie hat nie erwähnt, dass Sie Musiker sind.« Tristan fuhr herum und zog die Finger von den Tasten zurück, als hätte er sich verbrannt. Es war die hohe, zarte Stimme von Helen FitzAllan, Rosalies Mutter. Die zierliche Dame des Hauses mit dem kunstvoll frisierten blonden Haar lächelte freundlich. »Es ist schrecklich verstimmt, fürchte ich. Aber bitte, spielen Sie nur!«, sagte sie ohne jeglichen Unterton.

Dann wandte sie sich wieder um und ging.

Tristan wartete bis zur Mittagspause und begann mit der *Mondscheinsonate*. Der erste Satz war recht langsam und nicht allzu schwierig für die rechte Hand, die sich immer noch steif anfühlte. Niemand nahm Notiz von ihm, bis auf zwei kleine Mädchen, Töchter des Personals, die einen Moment andächtig zuhörten, aber kichernd verschwanden, als er sich zu ihnen umwandte.

Tristan dachte an Anni. Seit der Nachricht von der Bombardierung Dresdens war seine Hoffnung, dass es ihr gutging, merklich gesunken. Er klammerte sich umso stärker daran – wie ein Schiffbrüchiger an ein Holzscheit. Der Gedanke an Anni ließ ihn zum Piano zurückkehren. Jede Mittagspause.

Im Laufe der folgenden Tage sammelten sich einige Zuhörer im Flur. Tristans rechte Hand wurde beweglicher, nach und nach traute er sich auch schwerere Stücke zu. Nocturnes von Chopin und Impromptus von Schubert.

Dann, irgendwann, standen sie nach Feierabend alle um ihn herum. Die Arbeiter, die Handwerker, Rosalie, ihre Eltern und die Hotelangestellten. Tristan spielte alles, was er auswendig konnte, und anschließend ein paar englische Volkslieder nach Noten, die Rosalies Mutter ihm brachte. Eines gefiel ihm besonders, es trug den Titel *Skye Boat Song*. Dass er von dem Text nur wenig verstand, störte ihn nicht weiter. Das Lied war offensichtlich der Favorit unter den schottischen Ex-Häftlingen. Einige hakten sich unter, sangen lauthals mit und schunkelten im Takt. Es fühlte sich an wie ein kleines Fest.

Später, als die Arbeiter gegangen waren und sie die Noten zusammenräumten, erklärte ihm Rosalie, dass der *Skye Boat Song* die heimliche Nationalhymne der Schotten war. Der Liedtext handelte von Prinz Charles Edward Stuart, der im 18. Jahrhundert nach einer verlorenen Schlacht gegen die Engländer als Dienstmagd verkleidet auf die Insel Skye geflohen war. Ihre Augen leuchteten, als sie ihm das dramatische Schicksal der schottischen Jakobiter schilderte. Sie brannte für das Erbe ihrer Familie, vielleicht weil es bewies, dass Parteien, die sich einst in blutigen Kriegen gegenübergestanden hatten, Frieden finden, ja sogar gemeinsam eine Nation bilden konnten.

Auf dem Deckblatt des Notenhefts war die Küste von Schottland abgebildet. Grüne Berge, raue Klippen, die anbrandende See.

»Hier wurde mein Vater geboren«, erklärte Rosalie stolz. »Eines Tages fahren wir beide dorthin.«

Tristan zeichnete ehrfürchtig mit seinen Fingerkuppen die Konturen der Felsen nach. »Das wäre wirklich schön«, sagte er leise.

Als sie ihn an diesem Abend auf dem Fahrrad ins Camp brachte, nahm sie wieder die Route über die Küstenstraße. Es wurde allmählich dunkel. An der Festungsmauer hielt sie an und fragte: »Zum Strand?«

Tristan fühlte sich von dem Piano-Erlebnis wie berauscht. Diesmal war er es, der sie durch den dunklen Tunnel hinter sich her zum Wasser zog. Sie standen sich gegenüber, so nah, dass sie den Atem des anderen spüren konnten. Das Meer rauschte. Tristan ließ alle Vorsicht fahren und küsste sie leidenschaftlich. Rosalie schmeckte so, wie sie roch: nach Meer und Wald und Freiheit.

Was sie taten, war streng verboten, das wussten sie beide. Jede Form des Austauschs von Zärtlichkeiten mit Kriegsgefangenen war britischen Frauen von Gesetzes wegen untersagt – es drohten Gefängnisstrafen. Aber in diesem Moment, in der Dunkelheit am Meer, verloren die Vorschriften an Bedeutung. Dass die Welt gegen sie war, machte die gegenseitige Anziehung nur noch stärker. Tristan kam zwanzig Minuten zu spät zurück ins Camp und musste die Nacht in einer Arrestzelle verbringen. Trotzdem schlief er so gut und so tief wie seit Langem nicht.

Dieser Abend veränderte alles. Fortan konnten Rosalie und Tristan kaum mehr voneinander lassen. Jeder Blick, jede Geste, jede verstohlene Berührung war ein Versprechen. Immer wieder fanden sie Gelegenheiten, sich heimlich zurückzuziehen, irgendwo in einen Lagerraum, hinter eine angelehnte Tür oder notfalls auf die Kellertreppe, um dort voller Verlangen übereinander herzufallen. Einige Tage später wurden sie ausgerechnet von Rosalies Vater erwischt.

»Bist du von allen guten Geistern verlassen?!«, polterte Alistair FitzAllan, nachdem er seine Tochter mit sich in den Weinkeller gezerrt und die Tür zugeschlagen hatte. »Wenn das rauskommt! Ich muss dir hoffentlich nicht erklären, was das für uns alle bedeutet!«

Tristan war stocksteif im Flur stehen geblieben.

»Tut mir leid, Papá«, versicherte Rosalie reumütig. »Wir werden in Zukunft vorsichtiger sein.«

»Es gibt kein WIR!«, donnerte Alistair. »Nicht jetzt und nicht in Zukunft! Die Sache hat ein Ende, und zwar sofort! Sonst bleibt der deutsche Leutnant zukünftig in seinem Camp, haben wir uns verstanden?!«

Tristan hatte genug gehört und ging eilig zurück an seine Arbeit.

Abends fing er Rosalie ab, als sie vom Dienst im Krankenhaus nach Hause kam. Draußen im Hotelpark, in der Nähe des Schuppens, wo sie ihr Fahrrad abzustellen pflegte. Als sie ihn sah, huschte ein Lächeln über ihr Gesicht. Sie wollte ihn umarmen, doch er wich zurück. »Dein Vater hat recht«, sagte er entschieden. »Es ist zu gefährlich!«

»Unsinn!«, widersprach Rosalie. Ihr Blick war herausfordernd. »Wir dürfen uns nur nicht erwischen lassen.«

Tristan überlegte einen Moment und wollte gerade etwas entgegnen, als Rosalies Mutter in der Terrassentür erschien. »Schnell, kommt rein!«, rief sie. »Der Premierminister ist im Radio. Die Deutschen haben kapituliert!«

An diesem Abend trat der Konflikt um ihn und Rosalie in den Hintergrund, ging unter im Jubel der gesamten Hotelbelegschaft. Die FitzAllans schenkten Whisky für alle aus, auf den Straßen von Portsmouth versammelten sich die Menschen, umarmten einander und waren trunken vor Glück. Es fühlte sich an, als hätte sich die Welt in unnachahmlicher Weise plötzlich schneller gedreht und dabei ein wenig Ballast abgeworfen. Tristan hoffte inständig, dass Anni und ihr Kind trotz allem, was nun verloren war, diesen Moment erleben durften. Wenn es Gott wirklich gab, dachte er, dann hatte er hierfür verdammt lange gebraucht.

Das Glücksgefühl währte nicht lang. Am nächsten Tag hielt eine dunkle Limousine der Royal Air Force vor dem Eingangsportal des Hotels, und aus dem Fond des Wagens stieg Wing Commander Edward FitzAllan, Rosalies älterer Bruder. Er trug eine Augenbinde. Sein rechter Augapfel war bei einem Angriff der Deutschen so schwer verletzt worden, dass er vermutlich nie wieder würde fliegen können, so viel wusste Tristan. Und dass Edward alle Deutschen als mörderische Nazis bezeichnete, hatte Rosalie ihm ebenfalls erzählt.

Tristan war mit zwei Schotten dabei, an einer defekten Stelle des Daches neue Ziegel einzufügen, und betrachtete mit mulmigem Gefühl von oben, wie der britische Offizier von seinen Eltern herzlich begrüßt wurde.

»Der Juniorchef ist zurück«, brummte einer der Schotten und sah zu Tristan – halb mitleidig, halb amüsiert. »Jetzt brechen harte Zeiten für dich an, *piano man*!« Er grinste und entblößte dabei zwei Schneidezähne aus Gold.

Tristan hatte gehofft, dass es vielleicht ein wenig dauern würde, bis Edward seine Anwesenheit bemerken und die Natur der Verbindung zwischen Rosalie und ihm durchschauen würde. Doch der Wing Commander brauchte nicht einmal einen Tag. Als Tristan sich am Abend zum Schuppen aufmachte, wo er sich wie immer mit Rosalie für die Fahrt zurück ins Camp verabredet hatte, wartete Edward bereits auf ihn.

»Und jetzt zu dir, du mieses Nazi-Schwein«, zischte er, packte Tristan bei den Schultern und schubste ihn rückwärts gegen die Wand. »Finger weg von meiner Schwester, kapiert?!«

Dann verpasste er ihm eine harte Rechte. Tristan taumelte zurück. Den nächsten Schlag konnte er zwar abfangen, aber er war dem britischen Offizier trotz dessen Sehschwäche körperlich weit unterlegen. Es dauerte nicht lange, bis Edward ihn im Schwitzkasten hielt. Zum Glück erschien in diesem Moment Rosalie. »Spinnst du?!«, rief sie und ging energisch dazwischen. »Lass ihn in Ruhe!«

Irgendwie schien sie zu ihrem Bruder durchzudringen, denn Edward lockerte seinen Griff und ließ von Tristan ab. Dieser rang nach Luft.

»Hast du den Verstand verloren?!«, herrschte Rosalie ihren Bruder an.

»Ich?!«, erwiderte Edward verächtlich und zog seine Uniform zurecht. »Wenn hier einer den Verstand verloren hat, dann ja wohl ganz offensichtlich du, meine Liebe!«

Damit wandte er sich ab und ging. Besorgt untersuchte Rosalie Tristans Blessuren. »Mein Bruder ist so ein Idiot!«, schimpfte sie leise.

Tristan schüttelte langsam den Kopf. Er selbst war der Idiot gewesen. Was hatte er denn geglaubt? Dass Edward nichts mitbekommen und die Anwesenheit eines Deutschen im elterlichen Betrieb akzeptieren würde? Tristan war und blieb ein Leutnant der Luftwaffe und damit in Edwards Augen ein lupenreiner Nazi. Ein Feind – Kapitulation hin oder her. Tristan hatte keinen Zweifel daran, dass die friedlichen Tage im *Seaside Hotel* vorbei waren.

Rosalie hingegen hielt an ihrem Optimismus fest, mit einer Stärke, die Tristan nur bewundern konnte. Als sie ihn am nächsten Morgen abholte, berichtete sie lebhaft von den familiären Auseinandersetzungen am Vorabend. Anscheinend hatte Edward die sofortige Beendigung von Tristans Arbeitseinsatz gefordert und sich dabei für Alistair FitzAllans Geschmack ein wenig zu sehr aufgespielt. Dieser hatte unmissverständlich klargestellt, dass er als Chef des Hotels nicht daran dachte, seine Entscheidungen vor seinem Sohn zu rechtfertigen. Und Rosalies Mutter hatte sich sogar dafür eingesetzt, dass Tristan – jetzt, da der Krieg vorbei war – eine Art Lohn erhielt. Wohl ebenfalls ein Weg, ihren Sohn in die Schranken zu weisen.

An diesem Arbeitstag ahnte Tristan jedoch schon, dass Edward noch lange nicht aufgegeben hatte. Als dekorierter Kriegsheld und designierter Juniorchef tat er, was in seiner Macht stand: Nach und nach nahm er die Mitarbeiter zur Seite und hetzte innerhalb von wenigen Tagen fast die gesamte Belegschaft gegen Tristan auf. Beim Mittagessen traute sich niemand mehr, sich zu Tristan zu setzen. Einige Tagelöhner musterten Tristan so feindselig, dass er freiwillig den Raum verließ. Niemand hielt ihn auf. Selbst die Schotten, die ihn eigentlich mochten, senkten die Köpfe. Als Tristan einsam auf einer Bank im Flur seinen Eintopf löffelte, fiel sein Blick auf das Piano. Es trug ein Schild mit der Aufschrift: »*Do not touch!*« – »Nicht berühren!«

Abends saß Tristan mit Schmidtke, dem unerschütterlichen Westfalen, vor ihrer Baracke, teilte seine letzten von den Schotten geschnorrten Zigaretten mit ihm und besprach die Lage.

»Du liebst diese Rosalie, richtig?«, fragte Schmidtke und aschte auf den Boden.

Tristan nahm ebenfalls einen tiefen Zug. »Ich fürchte, ja.«

»Tja«, konstatierte Schmidtke. »Dann musst du da wohl durch.«

Rosalie gab ihm Kraft. Jeden Morgen und jeden Abend munterte sie ihn auf und erzählte höchst unterhaltsam von Edwards schlechter Laune, die er ausnahmslos an jedem ausließ. Tristan bewunderte ihren Kampfgeist. Aber er ahnte, dass Edward ein Gegner war, den man nicht unterschätzen durfte.

Als wenige Tage später eine Hochzeit im *Seaside Hotel* gefeiert wurde, lief die Situation erneut aus dem Ruder. Es war ein windiger, schöner Frühsommertag, die Band spielte Swing. Tristan sollte für den Getränkenachschub sorgen. Zusammen mit zwei weiteren Angestellten schleppte er Fässer und Kisten mit Bier und Wein aus dem Keller auf die Terrasse, die mit Lampions und Blumen geschmückt war. Die Erleichterung über das Kriegsende in Europa schwang mit in der Freude über das jungvermählte Paar und versetzte alle in Feierlaune, auch die Belegschaft.

Tristan rollte gerade ein großes Whisky-Fass über den mit Kieselsteinen bestreuten Weg zur wiederhergestellten Terrasse, als Rosalie neben ihm auftauchte und ihn unvermittelt zwischen zwei hochgewachsene Oleanderbüsche zog. Ihre Küsse waren so leidenschaftlich, dass Tristan kaum zu Atem kam. Sie schmeckte nach Weißwein. Eng umschlungen tanzten sie für einen Moment zu den Klängen der Musik, die von der Terrasse herüberschallte. Es fühlte sich so gut und so richtig an, dass sie alles um sich herum vergaßen. Bis Edward zwischen den Oleanderbüschen auftauchte. »Ich hatte doch gesagt, Finger weg!!!«

Er packte Tristan am Kragen und warf ihn in den Dreck. Als dieser aufzustehen versuchte, trat er ihm in den Bauch.

Rosalie schrie um Hilfe und versuchte, ihren Bruder von Tristan wegzuzerren, doch Edward hatte ihn überwältigt und drückte ihn mit beiden Händen an der Kehle zu Boden.

»Edward!«, kreischte Rosalie verzweifelt. »Du bringst ihn um!«

Ihr Geschrei lockte mehrere Angestellte an, doch niemand kam Rosalie zu Hilfe – bis schließlich Alistair FitzAllan persönlich auftauchte. »Aufhören, sofort!«

Die dröhnende Stimme seines Vaters brachte Edward zur Besinnung. Widerstrebend ließ er sich von Tristan herunterzerren.

»Reiß dich verdammt noch mal zusammen!«, herrschte Alistair seinen Sohn an und wandte sich dann an das herumstehende Personal. »Und ihr hört auf zu glotzen! Los, zurück an die Arbeit!«

Die Angestellten trollten sich.

Alistair packte Edward am Arm. »Mitkommen!«

Er zog ihn in Richtung Haus, nicht ohne sich noch einmal zu Rosalie umzudrehen. »Wir reden später!«, knurrte er, bevor er mit Edward hinter den Büschen verschwand.

Rosalie half Tristan auf. »Geht's?«, fragte sie besorgt.

Tristan versuchte ein Nicken. Sprechen ging noch nicht. Er hielt sich den Hals. Das war knapp, dachte er.

Rosalie bekam ziemlichen Ärger von ihrem Vater, den sie gewohnt stoisch mit einer lächelnden Handbewegung wegwischte. Leider schien auch Edward von der elterlichen Zurechtweisung nicht beeindruckt – im Gegenteil. Bei der Suppenausgabe am nächsten Mittag hielt er Tristan das Titelblatt einer Zeitung unter die Nase. Es zeigte eine Luftaufnahme des zerstörten Dresden. Tristan schloss kurz die Augen, beherrschte sich mühsam und reichte Edward die Zeitung zurück. Bilder von den Trümmern seiner Heimatstadt zu sehen, war grausam. Er versuchte jedoch, sich nicht anmerken zu lassen, wie aufgewühlt er war.

»Völlig vernichtet, deine Heimat an der Elbe!«, höhnte Edward.

»Ich weiß«, antwortete Tristan bemüht ruhig. Doch Edward war noch nicht fertig.

»Was das hier erklärt!« Er legte einen Umschlag auf die Zeitung. Es war Tristans Brief an Anni. Er trug einen roten Stempel. *Undeliverable.* Unzustellbar.

Tristan starrte den Umschlag an wie ein Todesurteil. Er dachte an Anni und ihr kleines Kind. An seine Mutter.

Edward setzte sich auf die Tischkante. »Wahrscheinlich sind sie verbrannt. Wie die meisten in der Innenstadt. Oder sie wurden im Luftschutzkeller lebendig begraben ...«

»Halt's Maul!« Tristan war aufgesprungen. Die Wut ließ sein Blut in den Ohren rauschen. Edward erhob sich ebenfalls.

»Was hast du gesagt?«

»Dass du dein verdammtes Maul halten sollst!«

Edward holte aus, doch Tristan hatte damit gerechnet und fing den Schlag ab. Er versetzte Edward einen Kinnhaken, der diesen zurücktaumeln ließ.

Die Verwunderung stand dem Wing Commander ins Gesicht geschrieben. Er rappelte sich schnell wieder auf, aber diesmal steckte eine andere Energie in Tristan. Der Gedanke an Anni und ihre kleine Tochter inmitten der brennenden Trümmer raubte ihm den Verstand. Wieder und wieder hieb er seine Faust in Edwards Gesicht, bis mehrere Männer ihn von ihm wegzogen. Nun war es Edward, der sich mühsam aufrappelte und Blut auf die Dielen spuckte.

»Das«, stieß er hervor, »war ein verdammter Fehler, den du bereuen wirst.«

Rosalie kämpfte wie eine Löwin, doch in diesem Fall stellte Alistair FitzAllan sich hinter seinen Sohn. Provokation hin oder her, Tristan war zu weit gegangen. Zwei Wachleute aus dem Camp holten ihn noch in der Mittagspause ab und steckten ihn in die Arrestzelle. Drei Tage blieb Tristan dort und verfluchte seine Wut auf Edward. Der Loyalitätskonflikt, in dem Rosalie sich seit der Rückkehr ihres Bruders befand, war nun vermutlich endgültig eskaliert. Er konnte sich lebhaft vorstellen, was bei ihr zu Hause gerade los war. So gern hätte er nach der Prügelei noch einmal mit ihr gesprochen, doch dazu hatte es keine Gelegenheit mehr gegeben. Ihm blieb nur zu hoffen, dass sie seine Reaktion verstehen konnte. Schließlich wusste Rosalie, wie viel ihm Anni bedeutete.

Immer wieder schweiften Tristans Gedanken zu seiner Zwillingsschwester. Hatte Edward recht und sie war bei dem Bombenangriff verbrannt oder erstickt? Es konnte nicht sein, es durfte nicht sein! Das Haus in Dresden hatte einen Luftschutzkeller gehabt. Anni war schlau, sie hatte gute Instinkte. Ja, Dresden war zerstört, aber viele Menschen hatten die Katastrophe überlebt, das hatte er selbst gelesen. Vielleicht hatte

Anni die Stadt gerade noch rechtzeitig verlassen? Und deshalb konnte der Brief nicht zugestellt werden?

Tristan klammerte sich an diesen Gedanken. Zugleich hatten sich Edwards Worte in sein Gehirn eingebrannt. *Im Luftschutzkeller lebendig begraben.*

Tristan schreckte hoch, als die Tür zu seiner Zelle mit einem Ruck geöffnet wurde. Palfrey und Fletcher erschienen. »So dumm wie du muss man erst mal sein«, murmelte der Kommandant, während Fletcher Tristan die Hände auf dem Rücken fesselte. Er gab sich keine Mühe, sein selbstgefälliges Grinsen zu unterdrücken.

»Wo bringen Sie mich hin?«

»Wirst du schon sehen!«, knurrte Palfrey. »Aber eins verrat ich dir: Schön wird's nicht!« Fletcher packte ihn am Arm, führte ihn nach draußen und stieß ihn auf die Ladefläche eines kleinen Transporters.

»Das war's!«, rief Palfrey, als er die Türen zuschlug. »Jetzt kapitulierst *du* endlich auch.«

Niemals, dachte Tristan.

Aber er war sich nicht sicher, ob er Rosalie je wiedersehen würde.

15

»Wie weit noch bis Bayreuth?«

Sie sprachen wenig, als würde der sparsame Umgang mit Worten ihnen helfen, mit ihrer Energie hauszuhalten.

»Dreißig Kilometer?«, schätzte Anni und wusste, dass es mehr waren.

Adam sah sie von der Seite an. »Und ich dachte, ich wäre der Optimist von uns beiden.«

Es war der längste Satz, den er seit dem Morgengrauen gesagt hatte.

Anni versuchte ein Lächeln.

Sie marschierten seit zwei Tagen. Die Landschaft war zunehmend bergiger geworden, sie schienen ins Herz des Fichtelgebirges vorgedrungen zu sein. Dichte, steil abfallende Tannenwälder, wohin man sah. Auf einigen Gipfeln entdeckten sie noch Schneereste. Sie versuchten, sich über Waldwege durchzuschlagen, abseits der von Flüchtlingen überquellenden Straßen, auf denen man jederzeit Gefahr lief, ausgeraubt zu werden. Doch sie verloren immer wieder die Orientierung. Clara war unruhig, und es wurde zunehmend anstrengender, sie zu tragen, obwohl sie sich abwechselten. Der Proviant, den Poldi ihnen mitgegeben hatte, war fast aufgebraucht, und die Nächte hier im Mittelgebirge waren empfindlich kalt. Am Abend zuvor hatten sie in einem verfallenen Jägerverschlag Unterschlupf gefunden und zu spät gemerkt, dass es dort von Ameisen wimmelte. Annis linker Knöchel war von den Bissen geschwollen und schmerzte bei jedem Schritt. Clara hatte sich in der Nacht erkältet und hustete unentwegt. Die Windeln, die Anni abends in einem Bach ausgewaschen hatte, waren nicht richtig trocken geworden, weil das kleine Lagerfeuer, das sie zu entfachen versucht hatten, mehr qualmte als brannte. Anni merkte, dass ihr allmählich die Kraft ausging.

An einer Wegkreuzung machten sie Halt und waren gerade dabei, anhand des Sonnenstandes die Richtung zu bestimmen, als sich ein Fahrzeug näherte. Es war ein amerikanischer Jeep. Anni hielt den Atem an, doch die GIs waren freundlich. Sie erklärten, dass der Krieg in Europa vorbei sei und sie sich in der amerikanischen Besatzungszone befänden. Adam wechselte einen erleichterten Blick mit Anni und erzählte dann die gleiche Geschichte wie bei der Begegnung mit den Russen. Anni war erstaunt, wie gut er Englisch sprach. Die GIs nickten, wiesen ihnen den Weg und brausten davon.

»Das ging leichter, als ich dachte«, sagte Anni aufatmend.

»Die haben Wichtigeres zu tun«, erwiderte Adam trocken.

Wenigstens wussten sie nun, dass sie den Hoheitsbereich der Roten Armee hinter sich gelassen hatten.

Sie folgten den Wegweisungen der amerikanischen Soldaten und stießen nach einer Stunde auf eine geteerte Straße, auf der nun wieder zahllose Menschen mit Handwagen, Kutschen oder behelfsmäßigen Gefährten Richtung Westen strömten. Sie hatten die gleichen leeren Gesichter wie die »Durchreisenden« auf Poldis Gut.

»Hier weiter?«

Adam wirkte unschlüssig. Anni blickte zum Himmel. Die

Sonne stand im Zenit. Ihr Knöchel pochte. Sie fühlte sich unendlich erschöpft, aber der Gedanke an eine weitere Nacht im Wald war unerträglich.

»Wir könnten es heute bis Bayreuth schaffen.«

»Dann los!«

Mit dem Mut der Verzweifelten reihten sie sich in den Treck ein und marschierten weiter. Die Teerstraße mündete in eine größere, auf der noch mehr Menschen unterwegs waren, zudem war sie stärker befahren. Immer wieder mussten die Fußgänger zur Seite treten, um amerikanische Militärfahrzeuge passieren zu lassen. Staub wurde aufgewirbelt. Menschen fluchten und husteten. Vor der Kulisse der Fichtenwälder um sie herum wirkte die ganze Szenerie unwirklich. Immerhin waren keine Schüsse mehr zu hören. Und es fielen keine Bomben.

Als sie hinter sich ein lauteres Motorengeräusch hörten, wurde die Menschenmenge nervös. Aber es waren keine Panzer, die sich näherten, sondern eine Lkw-Kolonne. Wieder traten die Menschen zur Seite, fast schon routiniert, um die Kolonne passieren zu lassen. Anni erstarrte, als sie unter der Abdeckung der Lkws Arme und Beine hervorlugen sah. Instinktiv hielt sie Clara die Augen zu. Bei einem der Wagen hatte sich die Plane gelöst und gab den Blick frei auf ausgezehrte Körperteile, die in zerschlissenen gestreiften Stoffresten steckten. Zehn Lkws voller Leichen. Sie waren übereinandergestapelt worden. Anscheinend hatten die Amerikaner in der Nähe ein Massengrab ausgehoben. Der Anblick, der Geruch, die gesamte Situation waren so entsetzlich, dass Anni würgen musste und das bisschen Frühstück, das sie sich am Morgen aus Poldis Resten zubereitet hatten, vor sich auf die zerfurchte Straße erbrach.

Um sie herum setzte der Treck sich wieder in Bewegung, als wäre nichts geschehen.

Anni wurde von ein paar kräftigen Frauen zur Seite geschubst und ergriff Adams Hand. Sie bewegten sich ein Stück von der Straße weg. Adam war genauso erstarrt wie sie. Seine Finger wirkten kalt und leblos. Als wäre nicht er, aber etwas in ihm gestorben.

Anni sah, dass er zitterte. Seine Lippen bewegten sich ganz leicht. Er schien lautlos etwas zu sagen. Oder betete er? Sie wartete, bis er fertig war.

»Das Kaddisch«, sagte er leise. »Das Gebet der Trauernden. Mein Großvater hat es mir beigebracht, aber ich kann es nicht richtig.« Er wischte sich mit dem dreckigen Hemdsärmel über das Gesicht. »Ich bin unwürdig.«

»Unsinn!«

»Du verstehst das nicht.« Seine Stimme klang heiser. »Ich bin durchgekommen. Ich, der nicht mal richtig für sie beten kann!«

Anni wusste, dass es nichts gab, was sie darauf erwidern konnte. »Komm«, sagte sie deshalb. »Lass uns weitergehen.«

Sie war erleichtert, als Adam ihr folgte.

Zwei Stunden wanderten sie schweigend weiter, und Anni dachte darüber nach, warum niemand sonst auf die Kolonne mit den Leichen reagiert hatte. Aber die Antwort auf diese Frage war zu entsetzlich, um sie zu Ende zu denken.

»In den Ghettos sind sie unter sich, da geht es ihnen gut«, hatte ihre Mutter einmal beim Abendessen gesagt.

Ihr Vater hatte fassungslos sein Besteck auf den Tisch geknallt. »Das glaubst du doch wohl selbst nicht!«

Während sie vorwärtstrottete, wurde Anni bewusst, dass in

diesem Land so viel mehr verloren gegangen war als nur ein großer Krieg.

Inzwischen säumten Häuser die Straße. Vor ihnen schien eine Stadt zu liegen. Sie passierten ein Ortsschild. Bad Berneck.
»Hier war ich schon mal«, sagte Anni leise. »Unten am Mainufer gibt es Wiesen, da könnten wir vielleicht rasten.«
»Rasten klingt gut«, erwiderte Adam. »Fluss auch.« Seine Stimme war immer noch zittrig.
Anni verschwieg, dass sie sich an Bad Berneck vor allem deshalb erinnerte, weil sie dort als junges Mädchen bei einem Empfang im *Hotel Bube* dem Führer die Hand gereicht hatte.

Auf den ersten Blick war die Kleinstadt am Weißen Main der Gipfel der surrealen Gegensätze. Es gab viele intakte Straßen mit hübschen Fachwerkhäusern und nur wenigen Bombenlücken. Die Brücke über den Main war jedoch gesprengt worden, am klassizistischen Rathausgebäude wehte die amerikanische Flagge und die Straßen waren verstopft mit Menschen, die Nahrung und Unterschlupf suchten. Anni erinnerte sich dunkel an die Jugendstilvilla, die einer der zahlreichen aristokratischen Freundinnen ihrer Mutter gehört hatte. Gesine. Sie waren vor Jahren dort zu Besuch gewesen, als ihr Vater im Bayreuther Festspielorchester gastierte. Doch der Nachname der Freundin wollte Anni einfach nicht einfallen.

Im Kurpark am Mainufer hatten sich Tausende Menschen niedergelassen. Die meisten hockten in provisorischen Zelten aus Lumpen, um sich gegen Regen und nächtliche Kälte zu schützen. Doch an diesem Tag brannte die Maisonne vom Himmel. Es roch nach Schweiß und Fäkalien, und es wimmelte nur so von Fliegen. Anni und Adam bahnten sich einen Weg hinunter ans Flussufer. Ein Gewirr aus Stimmen umgab sie, die unterschiedlichsten Dialekte aus den verschiedenen Regionen des Landes, die irgendwann vom Rauschen des Flusses verschluckt wurden.

Anni fand einen Platz am Ufer, der noch nicht belegt war, setzte Clara ins Gras und streifte sich die Schuhe von den Füßen. Vorsichtig stieg sie über die Steinchen in das kühle, klare Wasser – eine Wohltat für ihren geschwollenen Knöchel. Adam ließ sich neben Clara ins Gras sinken. Einen Moment lang lag er einfach nur da und starrte in den Himmel, während Clara anfing, Gras auszurupfen. Anni wandte sich zu ihm um, sprach ihn aber nicht an. Wenn die Bilder der Kolonne schon sie nicht losließen, wie musste es ihm erst gehen?

Als Anni ans Ufer zurückkam, stand Adam auf, zog sich bis auf die Unterhose aus, nahm Anlauf und sprang unter den befremdeten Blicken der Umstehenden in den Fluss. Anni musste sich zwingen, nicht hinzuschauen, und tat es doch. Adam war groß und breitschultrig, aber trotz des guten Essens bei Poldi immer noch mager – man konnte seine Rippen sehen. Er hatte dichtes, dunkles Haar auf der Brust.

»An der Behaarung des Juden«, hatte Dr. Müller in Rassenkunde gesagt, »erkennt man seine nahe Verwandtschaft zum Affen.«

Anni dachte an die vielen Menschen, die nach und nach aus dem gesellschaftlichen und kulturellen Leben in Dresden verschwunden waren. Und an das, was ihr Vater einst gesagt hatte: »Sie brauchen einen Sündenbock. Jemanden, dem sie die Schuld geben können. Und wer würde sich besser eignen als das jüdische Volk, die Glaubensgemeinschaft, die ohnehin schon so viele hassen? Sie schaffen ein gemeinsames Feindbild. Und dann vernichten sie das Volk. Systematisch.«

Damals hatte sie ihren Vater nicht verstehen wollen. Sie hätte ihm so gern gesagt, dass sie inzwischen wusste, was er gemeint hatte.

Annis Blick fiel auf zwei Frauen, die eine Horde Kinder dabeihatten und im Wasser ihre Kleider wuschen. Sie sahen sauberer aus als die meisten anderen Menschen hier, daher vermutete Anni, dass es Einheimische waren. Sie wirkten abweisend, als Anni auf sie zuging, wurden aber aufgeschlossener, als sie erklärte, dass sie versuchten, zu Freunden in Bayreuth zu gelangen.

»Bayreuth?! Des könnt's vergess'n!« Die ältere der beiden hatte sich aufgerichtet und wischte ihrem Jüngsten einen Schmutzstreifen von der Wange. »Nach Bayreuth kommt's gar net rein. Die Amis hom ois obg'riegelt.«

»Wen wundert's«, ergänzte die andere. »Is doch ois voll mit dera Wagner-Leut.«

Annis Hoffnung schwand dahin. Wohin jetzt? Sie sah zu Adam, der sich wieder angezogen hatte und Clara dabei half, mit ihren holprigen Schritten die Wiese abzugehen. Die Frauen fuhren fort, ihre Wäsche zu waschen. Anni ließ ihren Blick über das chaotische Flüchtlingslager auf der Wiese schweifen. Wohl fühlte sie sich hier nicht.

»Ich glaube, hierzubleiben ist keine gute Idee«, sagte Adam in dem Moment. »Hier fangen wir uns nur Läuse und Krankheiten ein. Lass uns lieber da drüben in den Wald gehen. Siehst du das?« Er deutete auf ein paar alte Steinmauern, die oberhalb der Bäume aufragten. »Eine Ruine oder so was.

Vielleicht können wir uns dort einen Unterstand für die Nacht bauen.«

»Altenstein!«, rief Anni plötzlich aus. »Gesine von Altenstein!«

Adam sah sie verständnislos an.

»Die Freundin meiner Mutter. Ich hatte ihren Namen vergessen. Sie wohnt hier in Bad Berneck! Also ... wenn sie noch hier ist.« Anni nahm seine Hand. »Komm, wir fragen uns durch!«

Adam blieb stehen. »Altenstein«, wiederholte er langsam. »Theodor von Altenstein. Der Opernregisseur?«

Anni nickte. »Das ist ihr Mann. Er ist aber, soweit ich weiß, schon vor zwei Jahren gestorben.«

»Hoffen wir's«, erwiderte Adam düster. »Der war nämlich bei der Waffen-SS. Und hätte Menschen wie mich am liebsten tot gesehen. Wie die auf dem Lkw vorhin.«

Dass er zu Recht besorgt war, zeigte sich, sobald sie Gesines protzige Jugendstilvilla betreten hatten. Hier, im Inneren des verschnörkelten weißen Gebäudes mit den vielen Säulen und Erkern, befand sich alles an seinem Platz – auch die rechteckigen Schatten an den Wänden, welche die Stellen verrieten, an denen bis vor Kurzem noch die Führerbilder gehangen hatten. Anni fragte sich, ob sie nicht doch lieber mit Adam in einer Felsruine hätte hausen und im Dorf um Essen betteln sollen.

Gesine von Altenstein, die sie nicht an der Tür begrüßte, sondern sie von ihrem Dienstmädchen in den Salon führen ließ, verströmte eine Aura wie Magda Goebbels. Sie war attraktiv, mondän, überheblich und – wie Anni bald feststellen durfte – eine durch und durch überzeugte Nationalsozialistin.

»Ich könnte das ja nicht«, sagte sie, nachdem sie Adam resolut auf sein »Quartier« geschickt hatte. »So eng mit einem von denen.«

»Was soll das denn heißen?!«, hätte Anni gern entgegnet, sagte aber stattdessen: »So eng sind wir gar nicht.«

»Na, wollen wir es hoffen!«, gab Gesine zurück, stand auf, zündete sich eine dünne weiße Zigarette an und begann im Raum auf und ab zu gehen. Anni drückte Clara an sich.

»Schließlich kommt dein Mann sicher bald zurück.«

»Wollen wir es hoffen«, erwiderte Anni kühl.

Gesine schnaubte herablassend und schüttelte den Kopf.

»Geh dich und dein Kind frischmachen«, sagte sie mit abschätzigem Blick auf Annis verdreckte Kleider. »Ich borge euch etwas.«

»Ich hab kein gutes Gefühl«, raunte Adam Anni zu, als er ihr im Flur entgegenkam. Sie war mit ihrer Tochter in einem hübschen Gästezimmer untergebracht worden, Adam hingegen hatte man eine winzige Kammer bei den Dienstboten zugewiesen. Als Anni sich deswegen beschweren wollte, winkte er ab: »Lass gut sein.«

Clara schien die Anspannung zu spüren. Sie war ungewohnt unruhig und quengelig, und Anni war froh, als sie das Kind in eine halbwegs warme Badewanne setzen konnte, in die sie kurzentschlossen mit hineinkletterte – zumindest konnten sie hier einmal durchatmen. Doch so schön das Bad auch war, Anni beschlich das ungute Gefühl, dass Adams wachsende Unruhe durchaus ihre Berechtigung hatte. Vielleicht steckte hinter Gesines Entschluss, sie aufzunehmen, etwas ganz anderes als die ehemals freundschaftliche Verbundenheit mit Annis Mutter.

Ein Hausmädchen hatte frische Kleider für sie und Clara ins Zimmer gelegt, daneben eine handschriftliche Notiz: *Frau Baronin erwartet Sie um 19:00 Uhr zum Diner.* Die Kleider waren viel zu elegant für den Alltag, trotzdem war Anni froh, saubere Sachen anziehen zu können.

Dann klopfte es an ihrer Tür, und Adam stand stumm vor ihr, in der Hand einen Kleiderbügel mit einem zweireihigen Smoking, offenbar aus dem Nachlass des Barons. Am Revers prangte das aufgenähte Abzeichen mit den zwei blitzartigen Runen.

»Das kann nicht ihr Ernst sein!«, sagte er.

Die Situation war so absurd, dass sie beide kurz auflachten.

Gesine sagte nichts, als Adam lediglich im weißen Hemd zum Abendessen erschien, aber ihr Blick sprach Bände. Es gab eine gestreckte Hühnersuppe und ein wenig Brot mit Käse. Aber Gesine hatte den Tisch mit Porzellan, Kristall und Silberbesteck eindecken lassen, als wäre es ein Festessen.

»Adam Loewe«, sagte sie und musterte ihn wie ein seltenes Eingeborenen-Exemplar. »Der Violinist.«

Adam sah Gesine abwartend an. Diese schnitt ein Stückchen Käse in kleine Würfel und kaute genüsslich. »Wie sind *Sie* denn eigentlich der Gestapo entgangen?«

Anni hielt den Atem an.

»Durch britische Bomben«, erwiderte Adam schlicht und nahm einen Schluck Wein. »Und was erzählen *Sie* den Amerikanern so über Ihren verstorbenen Mann?«

Gesine legte geräuschvoll das Besteck auf den Tisch. »Ich erwarte«, sagte sie langsam, »ein Mindestmaß an Respekt.«

Adam sah ihr direkt in die Augen. »Tun wir das nicht alle?«

Das Abendessen wurde kurz darauf beendet.

Flüsternd saßen sie bis tief in die Nacht auf Annis Bett, die schlafende Clara zwischen sich, und beratschlagten, was sie tun sollten.

»Noch so einen Abend überstehe ich nicht«, sagte Adam entschlossen. »Es ist außerdem zu gefährlich hier. Die Kapitulation ist erst ein paar Tage her. Wer weiß, zu welchen Kräften die braune Witwe noch Kontakt hat?«

Anni nickte nachdenklich. Auch sie wollte nichts als weg von hier. Blieb nur die Frage, wohin. Bayreuth wurde laut den beiden Frauen am Fluss abgeriegelt. Zurück nach Dresden war keine Option, zumal dort nun anscheinend die Russen das Sagen hatten. Anni ging im Geiste die Landkarte durch und versuchte sich an die vielen Musiker-Kontakte ihrer Eltern zu erinnern. Die meisten von ihnen hatten in Dresden gelebt – oder in Berlin. Es gab nur einen einzigen sicheren Zufluchtsort, der ihr einfiel. Es würde mehr als schwierig werden, dort hinzukommen. Trotzdem ließ der Gedanke daran sie lächeln.

»Was ist?«, fragte Adam. »Du siehst aus, als hättest du eine Idee.«

Annis Lächeln wurde breiter. »Ja, die habe ich in der Tat.«

Dann begann sie zu erzählen.

16

»Ich verstehe ja Ihr Anliegen, Commander«, sagte Air Marshal Cunningham und ging langsam von einem Bogenfenster zum anderen. Das viktorianische Holzparkett knarrte unter seinen Schuhen. »Aber die Lage ist kompliziert.«

Edward wusste, dass er seine Möglichkeiten innerhalb der Kommandostrukturen der Royal Air Force bis aufs Äußerste strapazierte. Die Verlegung Baumgartners in eine Zelle des ehemaligen HM Prison Kingston, das zur Polizeistation umfunktioniert worden war, sowie überhaupt das Treffen mit Cunningham im Interims-Büro des zuständigen *Chief of Police* waren nur deshalb zustande gekommen, weil Edward Träger des *Distinguished Flying Cross* und der *Air Force Medal* war.

Edward bot Cunningham eine Zigarre an, die er heimlich aus dem Humidor seines Vaters entwendet hatte. Es galt, alles auf eine Karte zu setzen. »Der Nazi vögelt meine Schwester«, beschwerte er sich, während er Cunningham Feuer gab. »Und er hat mir einen Zahn ausgeschlagen.« Edward betastete seine geschwollene Lippe. »Was ist daran kompliziert?«

»Er ist kein britischer Staatsbürger«, erwiderte Cunningham ruhig und nahm einen tiefen Zug. »Und ein Kriegsverbrecher ist er auch nicht.«

Edward schnaubte. »Wie können wir das wissen?«

Cunningham sah Edward an. Sein Gesicht wirkte müde, es erinnerte an das eines Kriegers, dem man eine Schlacht zu viel zugemutet hatte.

»Gibt es Ihrerseits einen begründeten Verdacht?« Seine grauen Augen blickten durchdringend, trotz der Erschöpfung.

Edward steckte sich eine Zigarette an. Zigarren konnte er nicht ausstehen. »Sagen wir: möglicherweise.«

Cunningham schüttelte den Kopf. Aber er wirkte nicht mehr ganz so standhaft.

»Lassen Sie mich mit ihm reden«, schob Edward nach. »Allein.«

»Er ist Kriegsgefangener der Royal Air Force«, versetzte Cunningham mit einem müden Rest von Pathos. »Es gelten die Richtlinien des Genfer Abkommens.«

Edward spürte, dass er seinem Ziel langsam näher kam. Bedächtig zog er den Flachmann aus der Tasche. »Single Malt«, sagte er, während er Cunningham das Fläschchen reichte.

Der Air Marshal drehte es langsam in der Hand.

»Wir haben gerade drei frische Fässer von meinem Onkel aus Glasgow bekommen. Ich fülle Ihnen gern ein paar Flaschen davon ab. Probieren Sie mal.«

Zwanzig Minuten später betrat Wing Commander Edward FitzAllan den Verhörraum. Die vergitterten Fenster wiesen zum Hof. Auf dem Tisch standen eine Karaffe mit Wasser und zwei Gläser. Edward lehnte sich an die Wand bei den Fenstern und strich über seine Verdienstabzeichen. Kurz darauf führten zwei Wachmänner den Nazi herein. Er stand schon nicht mehr ganz so aufrecht und stolz da wie zuvor. Sein Blick war matt, er wirkte müde und abgezehrt. Drei Tage Beugehaft in einem ehemaligen Hochsicherheitsgefängnis waren etwas anderes als kurzzeitiger Arrest in einem Kriegsgefangenenlager.

Die beiden jungen Soldaten sahen Edward fragend an, ob sie die Fesseln des Gefangenen lösen sollten. Edward schüttelte den Kopf und schickte sie weg.

»Sieh mich an«, sagte er, nachdem er Tristan befohlen hatte, sich zu setzen. Und war erneut fassungslos über dessen weichen, fast weiblichen Blick. Wie war dieser Typ Soldat geworden? Gut, man sagte, selbst Himmler habe einen Händedruck gehabt wie ein Mädchen.

Edward legte das Dokument auf den Tisch. »Du hast zwei Möglichkeiten.« Er sprach langsam und deutlich. »Entweder du unterschreibst das hier. Dann geht's zurück in die Heimat.«

»Oder?«, fragte Baumgartner, während er die Zeilen des vorformulierten Geständnisses überflog.

Edward hoffte, dass die Englischkenntnisse des anderen nicht ausreichten. »Oder … Er zog seinen Revolver aus dem Halfter, legte ihn auf den Tisch, ließ ihn kurz um den rechten Zeigefinger kreiseln und stoppte ihn dann so, dass der Lauf auf Tristan zeigte. »Wir zwei klären die Sache unter uns.« Er lehnte sich zurück und verschränkte die Arme.

Tristan Baumgartner ließ sich Zeit. Er las das Dokument noch einmal in Ruhe. Dann sah er Edward an. »Ich bin kein Kriegsverbrecher«, sagte er langsam. »Ich bin Soldat.«

Edward war enttäuscht. Der Nazi schien die Formulierung genau verstanden zu haben. So mittelmäßig war sein Englisch inzwischen also doch nicht mehr.

»Das hier«, sagte Edward und schob ihm erneut das Geständnis hin, »ist dein Fahrschein nach Hause.«

Er sah das Flackern in Tristans Augen und wusste, er war auf dem richtigen Weg. In aller Ruhe steckte er den Revolver weg, stand auf, ging bedächtig um den Tisch herum, zog den Schlüsselbund heraus, den er sich zuvor beim Polizeichef besorgt hatte, schloss Tristan die Handschellen auf und legte einen Füllfederhalter auf den Tisch.

Der Deutsche rieb sich die Unterarme. »Darf ich etwas trinken?«

Edward nahm die Karaffe und schenkte ihm ein. Tristan bedankte sich, setzte an, trank das Glas leer und stellte es behutsam ab. Seine Bewegungen waren elegant, er kam aus einem guten Elternhaus, so viel stand fest. Edward hasste ihn noch ein bisschen mehr.

»Deine Schwester liebt mich«, sagte der Deutsche ruhig. »Und ich liebe sie. Daran wird das hier nichts ändern.« Er nahm das Dokument und riss es mit einer einzigen Bewegung mittendurch. »Im Übrigen bin ich kein straffällig gewordener britischer Staatsbürger«, fügte er hinzu. »Sondern ein Kriegsgefangener. Ich denke nicht, dass ich zu Recht hier festgehalten werde.«

Die Wut packte Edward so heftig, dass er Karaffe und Glas mit einer Handbewegung vom Tisch fegte. Die Karaffe fiel mit einem lauten Krach zu Boden, das Glas zerplatzte in tausend Stücke. Edward sprang auf, packte Baumgartner am Kragen und drückte ihn gegen die Wand.

»Wie du willst«, stieß er hervor. »Aber eins verspreche ich dir, du dreckiges Nazi-Schwein: Bevor dieser Tag zu Ende ist, wirst du mich um Gnade anflehen!«

17

Die Tage in der Isolation waren hart gewesen. Das feuchte Kellerloch in dem alten Fort hatte kein Fenster und stank nach Fäulnis. Es dauerte lange, bis Tristans Augen sich halbwegs an die Dunkelheit gewöhnt hatten und er zumindest einige Umrisse wahrnahm. Er hatte keine Möglichkeit, die Zeit zu messen, und verfiel, hungrig, durstig und erschöpft, wie er war, in einen seltsamen Zustand aus Wachen und Träumen. Immer wieder summte er das Lied, mit dem Anni ihn verabschiedet hatte: *Maikäfer flieg.*

Rosalie zu vermissen, tat körperlich weh, es trieb ihn in die Verzweiflung. Der Gedanke an Anni hingegen wirkte beruhigend auf ihn. Die Erinnerung an Anni als junges Mädchen im roten Kleid, die Vorstellung von ihr als junger Mutter gaben ihm Kraft. Sie war vielleicht nicht mehr am Leben, aber in seinen Erinnerungen blieb sie umso lebendiger. Ihr Lächeln. Ihre Energie. Anni war bei ihm gewesen in seinem dunkelsten Moment – und sie war es auch jetzt. Wozu hätte er überleben sollen, um nun aufzugeben? Das ergab keinen Sinn.

Nach seiner Verhaftung hatte niemand mit ihm gesprochen, und er wusste, dass das Teil der Taktik war. Anscheinend nutzte Edward all seinen Einfluss, um ihn in die Knie zu zwingen. Aber mit welchem Ziel? Seine Gedanken liefen unaufhörlich im Kreis, und hier gab es, anders als in der Arrestbarracke, keine Geräusche, kein Licht und keinen Schmidtke, der ihm heimlich eine Zeitschrift durch die Ritzen in den Bretterwänden schob.

»Wenn Sie einen Gefangenen mürbe machen wollen«, hatte Oberst Feldmeier während seiner Grundausbildung einmal gesagt, »dann nehmen Sie ihm jede Orientierung.«

Tristans Gedanken begannen zu verschwimmen. Gelegentlich fühlte er einen Anflug von Angst, dann wieder grenzenlose Leere. Irgendwann ging die Tür auf, und jemand brachte einen Krug Wasser und ein Stück Brot herein. Tristan trank gierig und aß das Brot langsam – wer wusste schon, wann er wieder etwas bekommen würde. Endlich wieder ein paar klare Gedanken: Es war besser, am Leben zu bleiben. Für Anni. Für Rosalie. Für das, was noch kam. Der Krieg war vorbei. Das Vereinigte Königreich war eine parlamentarische Demokratie, ein Rechtsstaat. Auch wenn Edward ein einflussreicher Kriegsheld war – man konnte ihn nicht ewig hier festhalten.

Als Edward später im Verhörraum den Revolver auf den Tisch legte, wurde Tristan klar, wie entschlossen sein Gegenüber war, ihn loszuwerden. Doch so leicht, wie dieser es offenbar erwartet hatte, würde er es ihm nicht machen.

Einen Nazi-Verbrecher ersten Ranges – das hätte das Geständnis aus ihm gemacht. Und so kraftlos, übernächtigt und entwürdigt Tristan sich auch fühlte – dem konnte er einfach nicht zustimmen. »Wenn du wirklich willst, dass ich verschwinde«, zischte er, während Edward ihn an die Wand drückte, »dann musst du mich schon erschießen.«

Ein riskanter Schachzug. Tristan wusste, dass er damit hoch pokerte. Allerdings hatte Edwards Wutausbruch gezeigt, dass dieser ebenfalls mit dem Rücken zur Wand stand. Wobei

Tristan sich inzwischen nicht mehr sicher war, ob ihm das helfen würde.

Edward hatte ihn nicht mehr zurück in die Zelle bringen lassen, sondern mit vorgehaltener Waffe zu seinem Auto dirigiert und ihm dort befohlen, in den Kofferraum zu klettern. Nach einer scheinbar endlosen und holprigen Fahrt wurde die Klappe wieder geöffnet, und Edward zerrte Tristan nach draußen.

Nun liefen sie schon ziemlich lange durch unwegsames Gelände, und Tristan hatte längst keine Kraft mehr. Immer wieder stolperte er, immer wieder riss Edward ihn hoch und stieß ihn weiter vorwärts. Tristan spürte den Lauf der Waffe in seinem Rücken. Der Schein von Edwards Taschenlampe tauchte das hügelige Buschland in ein unwirkliches Licht.

Irgendwann wurden die Büsche zu Bäumen, und sie gelangten zu einer Lichtung. Der Mond trat für einen Moment hinter den dichten Wolken hervor, die der starke Küstenwind vor sich hertrieb.

»Auf die Knie!«, befahl Edward.

Tristan gehorchte. Es war ohnehin zwecklos, zu argumentieren.

»Sie wird dir das nie verzeihen«, sagte er nur und konzentrierte sich in Gedanken ganz auf Rosalie.

Hinter sich hörte Tristan, dass Edward die Waffe durchlud.

»Das ist Mord«, fügte er mit rauer Stimme hinzu – und wartete ruhig, dass die Kugel ihn traf.

Doch Rosalies Bruder schoss nicht. Er fluchte leise. »Lauf«, presste er wütend hervor. »Lauf, so schnell du kannst. Und komm mir nie wieder unter die Augen.«

Einen Moment lang verharrte Tristan auf den Knien, um sich zu vergewissern, dass er tatsächlich aufstehen sollte.

»Lauf, Mann!«, schrie Edward und versetzte ihm einen heftigen Stoß.

Tristan rappelte sich auf. Er wagte nicht, sich umzublicken. Zunächst ging er ein paar vorsichtige Schritte – als nichts passierte, begann er zu rennen. Erst hinter einem dichten Gebüsch, das er atemlos erreichte, wagte er stehen zu bleiben. Durch die Zweige hindurch sah er Edward in seiner Uniform auf der Lichtung stehen. Dann zerriss ein ohrenbetäubender Knall die Stille der Nacht, und Tristan spürte einen stechenden Schmerz im rechten Unterschenkel.

Edward hatte ihm ins Bein geschossen.

Zumindest schien er nicht den Knochen getroffen zu haben, denn Tristan konnte weiter vorwärtsstolpern. Wohin genau, wusste er nicht. Nur fort von der Lichtung, auf der noch immer Edward stand, der ihn möglicherweise nun vor sich hertreiben wollte wie ein angeschossenes Rotwild. Es begann zu regnen und der Wind frischte weiter auf. Der Himmel zog zu, es wurde immer schwerer, sich im Dunkeln zurechtzufinden. An einem Abhang blieb Tristan an einer Wurzel hängen, stürzte und schlug mit dem Kopf an einen Baumstamm. Benommen blieb er liegen.

Der Regen, der auf ihn niederprasselte, holte ihn zurück in die Wirklichkeit. Tristan betastete seine Stirn. Eine schmerzhafte Beule, offenbar auch eine Platzwunde – an seinen Fingern klebte Blut. Aber sie kam ihm nicht allzu groß vor. Was ihm Sorgen bereitete, war die Schusswunde am rechten Unterschenkel. Zum Glück war dies sein gesünderes Bein, und die Kugel schien stecken geblieben zu sein, jedenfalls hatte die Wunde aufgehört zu bluten. Trotzdem schmerzte die Stelle entsetzlich.

Tristan fror. Seine zerschlissene Uniform war durchnässt. Er versuchte sich zu orientieren. Der Morgen graute. Um sich herum nahm er die Umrisse von Bäumen und Sträuchern wahr. Ihm war schwindelig. Nicht nur wegen der Verletzungen. Außer dem Glas Wasser während der Unterredung mit Edward und dem Stückchen Brot in der Isolationszelle hatte er in den vergangenen Tagen kaum etwas zu sich genommen.

Der Regen wurde noch stärker. Tristan setzte sich auf, lehnte sich an den Baumstamm und versuchte, in einem großen Blatt etwas Regenwasser aufzufangen. Verdursten würde er nicht, das war wohl so gut wie unmöglich in diesem feuchten Land. Aber er schlotterte vor Kälte in seinen nassen Klamotten. Warten und frieren oder weiterhumpeln und noch nasser werden – mehr Möglichkeiten hatte er nicht. Er entschied sich für die zweite. Beim Laufen würde ihm wenigstens warm werden.

Nach ungefähr zwei Kilometern lichtete sich der Wald, und Tristan hinkte auf eine Wiese hinaus. Der Regen peitschte ihm ins Gesicht. Gerade wollte er zurück in den Wald gehen, wo die Bäume immerhin ein wenig Schutz boten, als er in der Ferne eine kleine Scheune ausmachte. Mit neu erwachter Entschlossenheit humpelte er darauf zu. Seine Schuhe versanken im feuchten Moos. Sein rechter Unterschenkel brannte wie Feuer, der Fuß war inzwischen taub.

Der Holzverschlag war nicht besonders groß, aber trocken und überraschend warm im Inneren. Der Duft des Heus, das rings um einen großen Haufen in Ballen gestapelt lag, erinnerte ihn an die Sommer im Sellraintal. Jedes Mal hatten sie bei der Heuernte an den steilen Hängen geholfen und trotz der schweren körperlichen Arbeit einen Heidenspaß gehabt, Anni und er. Mühsam streifte sich Tristan die nassen Klamotten vom Leib, wickelte sein Hemd um den verletzten Unterschenkel und ließ sich, nur mit Unterwäsche bekleidet, auf den Heuhaufen fallen. Er fiel in einen tiefen Erschöpfungsschlaf.

Als er Stunden später erwachte, weil ihn jemand unsanft an der Schulter schüttelte, schien das Sonnenlicht grell durch die geöffnete Tür. Tristan blinzelte und brauchte einen Moment, um sich zurechtzufinden. Dann erkannte er, was der Mann im Gegenlicht auf ihn richtete: den Doppellauf eines massiven Jagdgewehrs.

18

Adam tat in dieser Nacht kein Auge zu. Zum einen, weil er sich in der Villa Altenstein unter den bohrenden Blicken der hitlertreuen Hausherrin unwohler fühlte als hungernd und frierend auf dem Dachboden der Kapuzinergasse in Dresden. Zum anderen, weil Annis Idee in seinen Augen ein waghalsiger Plan war, der sie in den nächsten Wochen auf eine äußerst gefährliche Reise schicken würde.

Tirol. Die Heimat ihrer Großeltern. Mit strahlenden Augen hatte sie ihm erzählt, wie sie im Alter von fünf Jahren zum ersten Mal dort gewesen war, weil ihr Vater sich 1928 gegen ihre Mutter durchgesetzt hatte und die Familie die Sommerfrische statt am Meer in den Bergen verbrachte. Das Watt-Unglück vom Sommer zuvor, bei dem die Eltern um ein Haar beide Söhne verloren hätten, steckte ihnen allen noch in den Knochen, und Friederike Baumgartner, sonst um Worte selten verlegen, waren die Argumente ausgegangen. Also setzte sie sich erhobenen Hauptes mit den Kindern in den Zug, um die lange Fahrt nach St. Sigmund im Sellraintal anzutreten – in die wilde Heimat ihres Mannes.

Anni hatte dem neuen Ferienziel damals skeptisch entgegengeblickt. Gewiss, die Alpen sahen schon aus der Ferne faszinierend aus, und sie freute sich auf ihre Oma, aber die Zugfahrt dauerte ewig, und ihre Mutter war die ganze Zeit furchtbar angespannt und noch strenger, noch abweisender als sonst.

Als aber Oma Traudl sie dann mit der Kutsche am Bahnhof in Innsbruck abholte und mit ihnen das idyllische, enge Tal hinauffuhr und Anni die saftigen Almwiesen, die dichten Tannenwälder und die schneebedeckten Bergspitzen sah, fühlte sie sich plötzlich auf eine zauberhafte Weise befreit, als würde sich in ihr ein verfilzter Knoten lösen.

Adam fand es schön, dieser Geschichte zu lauschen. Anni wurde ganz lebendig, als sie von ihren Erinnerungen sprach. Ihre Wangen verfärbten sich rosig, sie wirkte wie das kleine Mädchen, das damals auf dem Kutschbock gesessen hatte. Er selbst war noch nie in den Alpen gewesen, aber Annis Erzählung war so bildhaft und farbenfroh, dass er die Berge, das Dorf und Annis vielköpfige Verwandtschaft förmlich vor sich sah.

So wie er es verstand, hatten die Familien Angerer und Baumgartner den Kern des Dorflebens gebildet. Die Angerers waren etwas reicher, besaßen mehr Vieh und mehr Weideland, die Baumgartners hingegen waren erfinderisch, abenteuerlustig und strebten nach Höherem. Beide Familien waren kinderreich und einander in Freundschaft verbunden, sodass es immer wieder zu Verbindungen unter ihren zahlreichen Sprösslingen kam.

Für Sigi, Anni und Tristan, die im Bergdorf auf eine ganze Schar von Spielgefährten trafen, war es das Paradies auf Erden. Sehr zum Unmut von Friederike, der die Ausgelassenheit, mit der ihre Kinder sich von den »Bauernblagen« zum Herumtoben in den dreckigen Ställen überreden ließen, ebenso missfiel wie das karge Leben in der »Bruchbude«, wie sie den Bauernhof ihrer Schwiegermutter Traudl bezeichnete. Die Kinder liebten die alten Gebäude mit den schiefen Decken und knarrenden Holzbalken ebenso wie ihre freundliche, zupackende Oma, die das Anwesen seit dem Tod ihres Mannes allein bewirtschaftete. Auch Annis Vater blühte auf und fiel mit jedem Tag mehr zurück in den Dialekt seiner Kindheit.

Dem Baumgartner´schen Familienfrieden war der Aufenthalt wenig zuträglich. Dauernd rutschte Friederike bei den Jungs die Hand aus, und Anni musste immerzu stillsitzen und kratzige Rüschenkleider anziehen, die viel zu schnell dreckig wurden. Zum Glück gab es ihren Vater, Oma Traudl und ihre Cousine Vickerl, eigentlich Viktoria, die Anni wie eine liebevolle große Schwester wahrnahm. Die Siebenjährige zog Anni mit sich in ihr Kinderzimmer und reichte ihr aus einem bunt bemalten Bauernschrank ein abgetragenes Dirndl, das ihr zu klein geworden war. Freudig schlüpfte Anni in die Tracht und lief mit Vickerl auf die Ponywiese, wo sie und ihre älteren Brüder mit Ferdl wilde Mutproben veranstalteten, die Friederike schier zur Weißglut trieben.

An einem dieser Nachmittage lernte Anni den Angerer Fritz kennen, einen drahtigen Jungen mit kurz geschorenen Haaren, der sich als Einziger von den Jüngeren traute, ohne Sattel und Zaumzeug auf dem wilden Haflingerhengst Pollux zu reiten, der zuvor schon Ferdl und Sigi mit heftigen Bocksprüngen abgeworfen hatte. Als Fritz sich hinaufschwang, stand der Hengst still. Der Achtjährige klopfte ihm den Hals, klemmte seine Schenkel am Bauch des Pferdes fest, schlug ihm mit der flachen Hand auf die Kruppe und galoppierte los.

Anni war so beeindruckt, dass Sigi ihr den offen stehenden Mund zuklappen musste.

Einige Tage später stolperte Friederike bei einem Ausflug, brach sich den linken Knöchel und reiste zurück nach Dresden.

»Jetzt is a Ruh«, kommentierte Oma Traudl und stieg gleich am nächsten Tag mit den Kindern in aller Herrgottsfrühe auf den Freihut. Der Weg hinauf war mühsam, aber Anni wurde von der erwartungsvollen Stimmung und dem Schwung der anderen mitgerissen.

Sie erreichten das Gipfelkreuz gegen sieben Uhr morgens. An einer steilen Stelle nahm Fritz ihre Hand. Der Blick zum Karwendel und ins Stubaital, die unzähligen blaugrauen Berge mit den schneebedeckten Gletschern, die im Licht der aufgehenden Sonne glitzerten, waren beeindruckender als alles, was Anni je gesehen hatte.

Sie spürte Traudls runzlige Hand auf ihrer Schulter. »So sag uns der Herrgott an Gut'n Morg'n«, flüsterte sie leise in Annis Ohr.

Und Anni dachte, dass Gott eine Frau sein musste. Und ein bisschen so aussah wie Oma Traudl.

Es war eine wunderschöne Geschichte, keine Frage. Und in Annis leuchtenden Augen las Adam, dass sie längst beschlossen hatte, nach Tirol aufzubrechen. Das schmerzte ihn ein wenig, weil es ihn zwangsläufig in die Rolle des zweifelnden Realisten drängte.

»Ich verstehe deine Überlegungen«, begann er vorsichtig. »Aber dort hinzukommen ist so gut wie unmöglich.«

So schnell ließ sich Anni nicht von ihrem Vorhaben abbringen. »Warum? Wir haben Menschen getroffen, die aus Ostpreußen hierhergelaufen sind!«

»Da liegen aber keine Alpen dazwischen«, gab Adam zu bedenken. »Außerdem wissen wir nicht, durch wie viele verschiedene Besatzungszonen wir müssen. Ohne entsprechende Papiere!«

»Wir haben es bisher auch immer weitergeschafft. Davon abgesehen ist es die Heimat meiner Familie!«

»Glaubst du im Ernst, das interessiert die Siegermächte?!«

»Auf wessen Seite stehst du eigentlich?!«, entfuhr es Anni. Sie hatten beide die Stimme erhoben, zum ersten Mal – und erschraken darüber.

»Es ist auch die Heimat der Familie meines Mannes«, ergänzte sie leiser. »Wenn er doch von der Ostfront zurückkehrt, wird er mich dort suchen.«

Adam schwieg. Diesem Argument konnte er wenig entgegensetzen. »Ich habe Höhenangst«, sagte er matt.

Anni lächelte versöhnlich. »Die vergeht mit der Zeit. Du wirst sehen.« Sie berührte mit der Hand seinen Arm. »Der Hof von Oma Traudl ist ein schöner Ort«, fügte sie sanft hinzu. »Und sie ist ein wundervoller Mensch. Wir könnten dort zu Kräften kommen, den Winter überstehen. Und im nächsten Frühjahr sehen wir weiter.«

Aus ihrem Mund klang es so einfach. Doch Adam war nach wie vor nicht wohl bei dem Gedanken, quer durch ein in Auflösung begriffenes, zerstörtes Deutschland zu reisen, um anschließend einen Alpenkamm zu überwinden. Zu Fuß!

Als der Morgen graute, erhob er sich von seinem Lager. Er würde ohnehin nicht mehr schlafen können. Leise schlich er sich aus dem Haus und lief über den taunassen Rasen. Er achtete darauf, dass das schwere Eisentor beim Verlassen des Grundstücks nicht quietschte. Ohne recht zu wissen, wohin, wandte er sich nach links und ging die mit Kopfstein gepflasterte Straße hügelaufwärts. Die ersten Sonnenstrahlen vertrieben den Morgennebel und mit ihm auch seine grüblerische Stimmung. Nach einer halben Stunde gelangte Adam zu der Ruine, die sie am Vortag vom Mainufer aus gesehen hatten. Von hier oben konnte er über den Ort und auf die umliegenden Hügel blicken. Man sah nicht, welches Durcheinander sich dort unten auf den Wiesen am Fluss abspielte. Einzig die amerikanischen Flaggen zeugten von dem, was gewesen war – und deuteten an, was kommen würde.

Adam atmete tief durch. Die Bewegung in der frischen Morgenluft tat ihm gut.

Er ließ die Ereignisse der letzten Tage Revue passieren und erinnerte sich an seinen Schwur, Anni und die kleine Clara dorthin zu begleiten, wo die beiden sicher sein würden. Und wenn dieser Schwur es nun erforderte, einen Teil der Alpen zu überqueren, dann war es eben das, was er tun würde – für Anni, für Clara, für sich selbst und vor allem für Gottlieb Baumgartner. Er war es ihm schuldig.

Mit neuem Mut kehrte Adam zur Villa zurück. Er sah Anni schon von Weitem mit Clara an der Hand durch den Park gehen. Sie trug das von Gesine geliehene hellblaue Kleid, das wunderbar zu ihren dunklen Haaren passte – ihr eigenes flatterte neben Claras Windeln an einer Wäscheleine. Die Kleine versuchte, ihre ersten Schritte allein zu gehen, plumpste dabei aber immer wieder hin. Es war rührend, dabei zuzusehen, wie Anni ihrer Tochter seelenruhig aufhalf und dabei ihr Lachen zu unterdrücken versuchte. Als sie ihn schließlich erblickte, winkte sie ihm zu. Adam winkte zurück und merkte, wie die Zweifel der Nacht endgültig verflogen.

»Warst du spazieren?«, erkundigte sich Anni, doch ihre Augen fragten etwas anderes.

»Schlecht geschlafen«, erklärte Adam leichthin.

»Ich auch«, gab Anni zu.

»Weißt du«, begannen beide gleichzeitig, unterbrachen sich und mussten lachen.

»Du zuerst«, sagte Adam.

»Wenn du nicht mitwillst, in die Alpen ...«

»Unsinn!«, unterbrach Adam sie. »Zusammen oder gar nicht. Schon vergessen?«

Anni lächelte gerührt. »Du hast ja recht mit deinen Bedenken«, räumte sie ein. »Es ist eine verdammt lange Reise und ...«

»Wir schaffen das schon«, erklärte Adam ruhig. Er war sich jetzt ganz sicher. »Hierbleiben können wir auf keinen Fall.« Er nahm ihre Hand. »Ich begleite dich zu deiner Familie nach Tirol. Dann sehen wir weiter. In Ordnung?«

Anni strahlte. »In Ordnung.«

In diesem Moment kamen zwei Dienstboten aus dem Haus und eilten auf das Tor zu, das sie schwungvoll öffneten. Herein fuhr ein amerikanischer Militärjeep, gelenkt von einem GI. Auf dem Beifahrersitz saß ein Mann im Anzug, mit hellem Hut und dunkler Sonnenbrille.

»Geheimdienst?«, flüsterte Adam angespannt.

Auch Anni sah beklommen zum Wagen hinüber.

Dann stieg der Mann aus, schüttelte dem GI die Hand, ließ seinen Blick schweifen, sah die drei und erstarrte. Er wirkte förmlich wie vom Blitz getroffen.

»Anni?! Bist du das?!«

19

Werner Contzen hatte mit vielem gerechnet, als er nach Bad Berneck fuhr. Damit nicht.

Die letzten Monate hatten ihm einiges abverlangt. Das Hauptwerk seines Bekleidungsunternehmens in Cottbus lag Anfang des Jahres zwar noch nicht komplett in Trümmern – aber daran, dass die Russen kommen würden, bestand kein Zweifel. Der Gauleiter hatte ihn glücklicherweise rechtzeitig vorgewarnt, und Contzens Kontakte ins Reichskriegsministerium hatten sich ebenfalls ausgezahlt. Er wusste früh genug, dass die Alliierten vorhatten, Deutschland in vier Besatzungszonen aufzuteilen. Und welches Gebiet an wen fallen sollte. Contzen sprach kein Russisch. Und der Kommunismus war für einen überzeugten Unternehmer wie ihn eine noch grauenvollere Vorstellung als das faschistische Regime der Nationalsozialisten, mit dem er sich in den letzten Jahren einigermaßen arrangiert hatte.

Es waren desperate Zeiten. Deshalb hatte er sich an seinen verlässlichsten Kompass gehalten: sein Gespür. Seinen sprichwörtlichen Riecher.

Schon vor der Bombardierung Dresdens war er in seine Jagdhütte im Spreewald geflüchtet und hatte dort – nicht zuletzt dank des üppigen Wildbestands – gut gelebt. Allerdings nahm ihn die Tatsache, dass Friederike und Anni den Bombenangriff vermutlich nicht überlebt hatten, enorm mit. In einem wohlgehüteten Hinterstübchen seiner Seele, das er auch seinen engsten Vertrauten nicht öffnete, hatte Contzen sich Hoffnungen gemacht. Gewiss, Friederike trauerte um ihren Mann. Diesen von allen guten Geistern verlassenen Märtyrer. Aber nun war Dresden zerstört, und Friederike wäre vielleicht endlich empfänglich für seine Aufwartungen gewesen. Und wenn nicht, hätte es ja immer noch ihre Tochter gegeben. Annis Mann Fritz hatte zur 1. Panzerarmee unter Hans-Valentin Hube gehört. Seine Chancen, diesen längst verlorenen Krieg zu überleben, gingen gegen null. Und Anni war das mädchenhaft-vitale Abbild ihrer Mutter. Vielleicht sogar, bei genauer Betrachtung, die bessere Wahl für die Zukunft. Nun schienen all diese Hoffnungen zunichtegemacht worden zu sein von einem der härtesten Bombenangriffe, die Deutschland bislang getroffen hatten.

Aber Contzen war und blieb ein Pragmatiker. Und als solcher galt es vor allem, diese Monate zu überstehen, in denen das Kriegsende sich andeutete, aber eben noch nicht sicher zu greifen war. Den Hauptteil seiner Zeit verbrachte er damit, die Überreste seines Unternehmens zusammenzuhalten. Es mangelte nicht an Aufträgen. Sein größter Kunde, die Wehrmacht, bestellte weiterhin zuverlässig, auch wenn inzwischen sogar die eingefleischtesten Ideologen unter seinen Kontakten das Wort Endsieg nicht mehr in den Mund nahmen. Contzen seinerseits war sich im Klaren darüber, was die Russen mit ihm und seinem Besitz machen würden, sobald sie Cottbus eingenommen hätten. Er musste zusehen, dass er rechtzeitig fortkam, und zwar in die Region, die in wenigen Wochen von den Amerikanern besetzt werden würde. Seine Kollegen aus der Automobil- und Stahlindustrie hatten es ihm bereits vorgemacht.

Contzen besaß ein kleines Spinnwerk im Münchner Osten. Dort war bislang vor allem Wolle von bayerischen Merinoschafen zu hochwertigen Garnen verarbeitet worden. Der Krieg würde zwar in wenigen Wochen vorbei sein, doch Contzen ahnte, dass die nächsten Winter hart werden könnten. Auch Besatzer brauchten Mäntel und warme Uniformen. Und München, so stand es seit der Konferenz von Jalta fest, würde nun einmal an die Amerikaner fallen.

Also verflüssigte Contzen sämtliches verfügbare Kapital, kaufte ein paar leer stehende Hallen hinzu und zog mit seinem ganzen verbliebenen Betrieb nach Bayern um. Finanziell war das alles andere als vorteilhaft, er verlor eine Menge Geld, zumal München noch immer bombardiert wurde.

Der April war nervenaufreibend gewesen, auch weil Gauleiter Giesler in den letzten Tagen noch versucht hatte, alle Isarbrücken sprengen zu lassen, um den Amerikanern die Einnahme der Stadt zu erschweren. Am Ende erfolgte sie nahezu kampflos, was schlicht daran lag, dass alle SS-Befehlshaber, inklusive Giesler, sich bereits auf der Flucht befanden. Kaum hatten die Amerikaner München besetzt, setzte Contzen alles daran, zur Leitung der provisorischen Militärregierung durchzudringen und glaubhaft darzulegen, ein Sympathisant der Freiheitsaktion Bayern gewesen zu sein. Das war nicht einmal gelogen, er hatte den Versuch einiger Bürger und Wehrmachtsoffiziere, eine frühzeitige Kapitulation in Bayern herbeizuführen, zumindest gedanklich unterstützt. Dass er viel zu vorsichtig gewesen war, um tatsächlich irgendwo eine weiß-blaue Flagge zu hissen, musste man den Amis ja nicht auf die Nase binden. Mithilfe großzügiger Spenden und Schmiergelder gelang es ihm, die Verantwortlichen auf sich und seine neue Produktpalette aufmerksam zu machen. Hemden, Hosen und Schiffchenmützen aus Khaki-Stoff – alles äußerst hochwertig natürlich. Die Amerikaner waren nicht mehr im Krieg, sondern Besatzungsmacht. Die Stahlhelme wurden nach und nach weggepackt, es mussten schmucke Uniformen her, die die Souveränität und Erhabenheit des Siegers unterstrichen. Contzen wurde mit einer Fülle von Aufträgen versorgt, die Produktion lief bereits an.

Aber auch wenn er heilfroh war, den Neuanfang in München geschafft zu haben, so überfiel ihn zuweilen eine innere Leere. Vor allem die sehnsüchtigen Gedanken an Anni und Friederike waren geblieben und stimmten ihn jetzt, wo endlich Frieden herrschte, ein wenig schwermütig.

Um diese Niedergeschlagenheit zu bekämpfen, hatte Contzen die nächstbeste Gelegenheit genutzt und bei einer Versorgungsfahrt der Amerikaner einen Platz in einem Jeep nach Bayreuth ergattert. Ein Besuch in der berühmten Kleinstadt am Fuße des Fichtelgebirges würde ihn aufmuntern. Er war schon seit Langem passionierter Wagnerianer und kannte dort eine Menge einflussreicher Akteure – vor und hinter der Bühne. Mehr noch als die bezaubernden Klänge und die sagenhaften Geschichten, die ihn in eine fremde Welt entführten, genoss er die Gesellschaft des Opernpublikums, das erhebende Gefühl, als Autodidakt ohne Abitur Teil der Kulturelite zu sein. Auch dass lange Opern durch ebenso lange Pausen unterbrochen wurden, in denen man speiste und trank, war nach seinem Geschmack. Mit zwei, drei Silvanern im Magen ließen sich sogar die unbequemen Holzstühle ertragen.

Contzen war mit Winifred per du, hatte immer beste Plätze gehabt und war sogar 1944 bei einer der letzten Aufführungen der *Meistersinger* gewesen. Nicht zuletzt wegen einer atemberaubenden Sopranistin: Gesine von Altenstein. Die Sängerin hatte sich immer schon von Contzen hofieren lassen, zumal seit dem Tod ihres Mannes, der sie weit weniger getroffen hatte, als sie nach außen hin vorgab.

Bei den *Meistersingern* hatten Gesine und er sich zum letzten Mal gesehen. Erst seit einigen Wochen standen sie wieder in brieflichem Kontakt. Sie hatte das letzte Kriegsjahr wohl ganz passabel überstanden und musste nun zusehen, dass sie sich möglichst schnell und glaubhaft von ihrem verstorbenen Mann distanzierte. Vermutlich war auch dies ein Grund, weshalb sie Contzen zu sich eingeladen hatte. Sie brauchte seine Unterstützung. Contzen seinerseits wusste, dass sie ihn von seiner trüben Stimmung ablenken würde. Der Verkehr mit ihr war immer aufregend gewesen.

Bepackt mit schicken Stoffen war er dank seiner Beziehungen zur amerikanischen Besatzungsmacht schnell und unproblematisch nach Bayreuth gereist. Nachdem er Winifred seine Aufwartung gemacht und ihr ein paar Kontakte vermittelt hatte, die sie als enge Hitler-Freundin in Zukunft dringend brauchen würde, nahm er eine weitere Mitfahrgelegenheit nach Bad Berneck wahr, voller Vorfreude auf ein Wiedersehen mit der aufregenden Gesine. Guter Dinge war er aus dem Militärjeep gestiegen – fiel jedoch vor Staunen fast in Ohnmacht, als er erkannte, wer dort durch den Garten spazierte. Vielleicht war es Schicksal – vielleicht auch eine unbewusste Leistung seines untrüglichen Instinkts, dass sie nun vor ihm stand. Anna-Isolde Angerer, geborene Baumgartner. Mitsamt ihrem Kind. Und an ihrer Seite: Adam Loewe, der Jahrhundertgeiger, der seinen Freund Gottlieb das Leben gekostet hatte.

»Contzen? Sind Sie das?!«

Annis Stimme klang überrascht, aber auch zurückhaltend. Contzen nahm Hut und Sonnenbrille ab. Er wusste, jetzt kam es darauf an, sich zu einhundert Prozent taktvoll zu verhalten.

»Anni! Liebste Anni! Ihr seid am Leben!«

Mit ausgestreckten Armen ging er auf die Dreiergruppe zu. Es kam ihm vor, als würde Anni ein Stück näher an Adam rücken. Deshalb umfasste er vorsichtig mit der linken Hand ihre Schulter, mit der rechten Hand Adams, als würde er sie beide umarmen wollen.

»Das ist ja ...« Er suchte kurz nach Worten. »Das ist ja eine Jahrhundertnachricht!«

Kurz drückte er Anni an sich, er konnte nicht anders. Sie roch nach frischen Blumen. Ihr Kleid sah bezaubernd aus. Vermutlich eine Leihgabe von Gesine. Dann löste er sich pflichtbewusst, hielt Adam die Hand hin und verbeugte sich leicht.

»Werner Contzen. Einer Ihrer größten Bewunderer!«

Adam zögerte, ergriff dann aber seine Hand und erwiderte förmlich: »Sie sind der Tuchfabrikant, richtig? Ich habe von Ihnen gehört.«

»Nur Gutes, hoffe ich«, lachte Contzen. Und bemerkte, dass die beiden nicht so recht mitlachten.

»Wie geht es der Mutter?«, erkundigte Contzen sich bei Anni.

»Sie ist nicht mehr«, erwiderte Anni und schluckte. »Die Bombardierung ... Wir haben alles verloren.«

Contzen spürte, dass ihm die Tränen in die Augen schossen. Er zwinkerte sie hastig weg. »Liebste Anni ... Es tut mir so unendlich leid.«

Einen Moment standen sie etwas unschlüssig voreinander und schwiegen. Contzen sah ein, dass es an ihm war, die Gesprächsführung zu übernehmen. Er wandte sich dem unverfänglichsten Thema zu: dem Kind. »Die kleine Clara ist ja so groß geworden! Prächtig schaut sie aus!«

Er hockte sich zu Clara, die im Gras saß und Gänseblümchen pflückte, und streichelte ihr über das Köpfchen.

»Darf ich?«, fragte er Anni. Er wusste, wie gluckenhaft manche Mütter waren – Anni offenbar nicht. Sie nickte. Contzen hob das Kind auf seinen Arm. Die Kleine war leicht wie eine Feder. »Ganz bezaubernd bist du, meine Hübsche!«

»Und was führt Sie hierher nach Bad Berneck?«

Die Frage kam von Adam Loewe. Kühl, nüchtern und nicht ohne einen forschenden Unterton. Als Contzen ihn ansah, fiel ihm auf, wie eingefallen die Wangen des jungen Mannes waren – und wie selbstbewusst und skeptisch sein Blick. Er musste eine Menge durchgemacht haben.

Contzen war gerade dabei, sich eine möglichst passende Antwort zurechtzulegen, als die schwere Eichenholztür zur Villa mit einem Ruck geöffnet wurde und Gesine von Altenstein erschien. Sie trug ein eng anliegendes, üppig gerüschtes Sommerkleid und einen auffallend roten Lippenstift. Betont anmutig schritt sie die Stufen des Eingangsportals hinunter und flötete in ihrer hellen Sopranstimme: »Werner, mein Liebster! Endlich! Was für eine Freude!«

Contzen brauchte nur flüchtig in Annis und Adams Gesichter zu schauen, um zu wissen, dass sie den Grund seines Auftauchens in dieser Sekunde verstanden hatten – und was sie davon hielten. Ihm war klar: Wenn er die schicksalhafte Fügung dieses Wiedersehens bestmöglich für sich nutzen wollte, brauchte er einen Plan.

20

Sie sah es in Edwards Gesicht, als er durch die Terrassentür in die Bibliothek kam. Vermutlich hatte er nicht mit ihr gerechnet, sondern gedacht, er könnte einen Augenblick allein sein. Da die Lazarette allmählich aufgelöst wurden und Rosalie als Krankenschwester immer weniger zu tun hatte, half sie wieder mehr im Hotel. Sie hatte gerade die Bücher in den Regalen abgestaubt und ging auf ihn zu. Etwas war geschehen, und einen schrecklichen Moment lang dachte sie tatsächlich, ihr Bruder hätte den Mann ermordet, den sie liebte.

Doch Edward ließ sich in einen Sessel fallen, schenkte sich ein großes Glas Portwein ein, leerte es in einem Zug und sagte: »Er lebt.«

Rosalie riss ihm das Glas aus der Hand. »Was soll das heißen: Er lebt?! Wo ist er?!«

»Weg«, sagte Edward, zog ein Päckchen Zigaretten aus der Uniformjacke und zündete sich in aller Ruhe eine an. »Abgehauen.«

Es war so wie früher, wenn er sie »gebändigt« hatte, wie er das damals nannte. Schon immer war sie die Impulsivere, Temperamentvollere von ihnen beiden gewesen. Was einiges hieß, denn ein wirklich ruhiges Gemüt besaß in der Familie FitzAllan allenfalls die Katze. Doch Edwards Zorn war kälter, seine Handlungen bedachter. Wenn Rosalie als Kind auf ihn hatte losgehen wollen, hielt er sie an den Schultern fest, auf

Armeslänge. Sie konnte so viel strampeln und schreien, wie sie wollte, sie kam dann keinen Zentimeter an ihn heran. Diese Zeit war lange vorbei, Rosalie eine erwachsene Frau und Edward im Unrecht. Das wusste sie, das wusste er. Und doch blieben bestimmte Muster für immer erhalten, wenn man nicht den Mut hatte, sie zu durchbrechen.

Schwungvoll warf Rosalie das Glas an die Wand. Es zersprang in tausend Teile. Eine Dienstmagd stürzte herein. »Um Gottes willen!«, entfuhr es ihr.
»Raus!«, befahl Rosalie.
Die Magd verschwand eilig. Rosalie beugte sich über Edward und deutete auf die Narbe an ihrer Schläfe. »Bei allem, was uns beide verbindet«, zischte sie. »Wo ist er?«
Edward erhob sich mit einem Ruck. »Du solltest froh sein«, erwiderte er schneidend, »dass ich ihn nicht abgeknallt habe.«
Doch ihr Bruder war längst nicht so gefasst, wie er vorgab. In ihm arbeitete es, das sah sie.
»Edward«, sagte Rosalie ganz ruhig. »Du erzählst mir jetzt ganz genau, was passiert ist. Und dann sagst du mir, wo ich ihn finde.« Sie packte ihn an seiner Uniformjacke und schüttelte ihn. »Sonst gnade dir Gott!«

Tristans Verschwinden schlug nicht nur Wellen innerhalb der Familie. Palfrey aus dem Internierungslager wollte ebenfalls wissen, wo sein Gefangener abgeblieben war. Nicht dass er sich auch nur im Geringsten für Tristans Schicksal interessierte – ihm ging es ums Prinzip. Air Marshal Cunningham, der die Sondervernehmung des POW genehmigt hatte, war überhaupt nicht *amused* über Edwards Eigenmächtigkeit. Und der Polizeichef mischte sich ebenfalls ein und stellte unangenehme Fragen. Einen deutschen Kriegsgefangenen ein wenig unter Druck zu setzen, damit der ein Geständnis unterschrieb, war etwas, was sie alle geduldet hätten – zumal es hier um einen Offizier der Luftwaffe ging. Doch nun war dieser Gefangene verschwunden, und Edwards Erklärung, der Deutsche habe ihn beim Rücktransport ins Camp überwältigt und sei geflohen, wollte niemand so recht glauben.

In der Familie FitzAllan hing der Haussegen schief wie selten zuvor. Rosalie sprach kein Wort mehr mit ihrem Bruder, und sie fehlte im Service, was ihrem Vater entschieden missfiel, weil die Sommersaison '45 nach all den entbehrungsreichen Jahren ein voller Erfolg zu werden versprach. Sie waren schon jetzt beinahe ausgebucht. Trotzdem tat Rosalie seit drei Tagen nichts anderes, als mit ihrem Fahrrad die südlichen Ausläufer der South Downs zu durchkämmen – die Gegend, die Edward ihr nach ihrem letzten heftigen Wortwechsel schließlich genannt hatte.

Während sie wie eine Verrückte über die Feldwege fuhr, verfluchte sie ihren Bruder, dessen Vorgesetzte, die gesamte Situation und vor allem sich selbst. Wie hatte sie auch nur ansatzweise glauben können, dass Edward sich an Tristans Anwesenheit gewöhnen würde? Selbst als es hieß, er müsse aufgrund des tätlichen Übergriffs »einige Tage im Arrest« verbringen, hatte sie noch gehofft, dass man es dabei belassen würde. Erst als ihre Eltern plötzlich von einer »polizeilichen Ermittlung« sprachen, die anscheinend stattfinden sollte, hatte Rosalie sich Sorgen gemacht.

»Was für eine Ermittlung?«, hatte sie ihren Vater gefragt, der abwehrend die Hände hob.

»Es wird sich bestimmt bald klären. Wir sollten uns da nicht einmischen.«

An dem Punkt hätte sie viel vehementer nachhaken müssen. Doch da ihr Bruder sich reserviert gab und das Thema anscheinend fallen gelassen hatte, beschloss sie, noch ein wenig abzuwarten. Ein fataler Fehler, den sie inzwischen schwer bereute. Denn von allen Beteiligten glaubte sie Edwards Geschichte, dass Tristan ihn plötzlich überwältigt habe, am allerwenigsten.

»Rose, bitte. Du musst etwas essen!«, ermahnte Helen ihre Tochter.
Inzwischen waren vier Tage vergangen. Rosalie saß schweigend beim Sonntagsdinner und brachte keinen Bissen hinunter. Als Edward ihr Wein nachschenken wollte, zog sie ihr Glas weg. Der Wein ergoss sich auf die Tischdecke.
»Herrgott noch mal!«, stöhnte Alistair.
»Ob der uns noch gewogen ist, bleibt fraglich«, versetzte Rosalie.
»Im Ernst?!«, entfuhr es Edward. »Dein Deutscher wird schon wieder auftauchen. Vielleicht ist er irgendwo untergeschlüpft, wo es ihm besser gefällt.«
»Oder er ist tot«, entgegnete Rosalie eisig. »Und das ist dann deine Schuld.«
Edward warf seine Gabel auf den Tisch. »Wollen wir wirklich anfangen, über Schuld zu reden? Willst du deinen Leutnant der Luftwaffe mal fragen, wie viele Bomben er und seine Kollegen auf uns abgeworfen haben? Wie viele britische Soldaten in diesem Scheißkrieg verreckt sind?!«
»Tristan hat dir nichts getan!«
»Er ist ein gottverdammter Nazi!«
»Es REICHT!« Alistair FitzAllan schlug mit der Hand auf den Tisch. Es war lange her, dass er derart seine Stimme erhoben hatte. »Aufhören! Alle beide!«

Schlagartig herrschte Stille im Raum. Alistair fuhr sich erschöpft durch das dichte rot-graue Haar. Er wirkte wie ein müder Krieger, der die dauernden Schlachten satthatte.

Das Schweigen wurde durchbrochen vom schrillen Klingeln des Telefons. Alistair rückte geräuschvoll seinen Stuhl vom Tisch, stand auf und ging in den Flur. »Ich hoffe, das sind gute Nachrichten«, sagte er mit vorwurfsvollem Blick zu Edward.

Dieser nahm einen großen Schuck Weißwein.

Alle versuchten zu verstehen, was Alistair sagte, aber es war unmöglich. Er sprach zu leise.

»Bitte esst, Kinder«, sagte Helen.

Rosalie stach mit ihrer Gabel kleine Muster in ihr Kartoffelpüree.

Auch Edward schob den Teller von sich und trommelte mit den Fingern an sein Glas. Die Sache schien ihn inzwischen mehr zu belasten, als er zugeben wollte.

Es dauerte eine halbe Ewigkeit, bis ihr Vater endlich zurückkam. Er schloss sorgfältig die Türen hinter sich – und auch die zwei offen stehenden Fenster. Es war ein lauer Abend.

»Der Anrufer«, begann Alistair, »war ein gewisser Reverend Montgomery aus der Nähe von Exton. In den South Downs.« Er blieb stehen und legte beide Hände auf seine Stuhllehne. »Er sagt, er hat einen jungen Kriegsgefangenen bei sich aufgenommen ...«

»Tristan!«, fiel ihm Rosalie ins Wort. »Geht es ihm gut?«

»Einen Kriegsgefangenen«, fuhr Alistair ungerührt fort, »der von einem Mitglied der Royal Air Force entführt, angeschossen und schwer verletzt ausgesetzt wurde.«

Kurz herrschte Schweigen am Tisch.

Dann sprang Edward auf. »Dieses Schwein! Wie kann er es wagen!« Er begann im Raum auf und ab zu gehen. »Damit kommt er nicht durch. Niemals!«

Alistair wechselte einen Blick mit seiner Frau. »Ich denke nicht«, sagte er langsam, »dass wir es darauf ankommen lassen sollten.«

Rosalie sah ihren Vater irritiert an. »Was meinst du damit?«

Dieser schaute wieder zurück zu seinem Sohn. »Er hat eine Schusswunde. Im rechten Unterschenkel. Das Projektil stammt aus einer Smith & Wesson Model 10. Wenn ich mich recht erinnere, hast du zwei davon im Waffenschrank.«

Edward war kalkweiß geworden.

Rosalie starrte ihren Bruder an. »Du hast gesagt, du hättest ihm nichts getan?!«

Edward ignorierte sie. »Ich muss mit Cunningham sprechen.« Er griff nach seinem Jackett.

»Edward!« Rosalie baute sich vor ihm auf. »Hast du auf ihn geschossen?«

»Es war ein Unfall, okay?«

Damit wollte er sich an Rosalie vorbeidrängen, doch Alistair hielt ihn am Arm zurück.

»Nicht so schnell, mein Freund!« Er sprach jetzt leise und eindringlich. »Ist dir irgendwo in deinem von Hass und Hybris zerfressenen Hirn klar, was das im Ernstfall bedeutet? Die könnten dich unehrenhaft entlassen! Und im schlimmsten Fall vors Militärgericht bringen.«

»Das würde Cunningham nie wagen!«

»Bist du dir sicher? Ich habe Generäle schon ganz andere Sachen machen sehen, wenn es darum ging, die eigene Weste reinzuwaschen.«

Edward blieb stehen und starrte vor sich auf den Boden.

»Was schlägst du vor?«, fragte er seinen Vater mit zusammengebissenen Zähnen.

Rosalie sah gebannt vom einen zum anderen. In ihr brodelte es. Wut, Enttäuschung, Überraschung, Entrüstung – sie hätte sich gern in das Gespräch eingemischt, biss sich aber auf die Lippen, als ihre Mutter ihr einen warnenden Blick zuwarf.

»Du gehst jetzt zu Cunningham«, sagte Alistair ruhig zu Edward, »und erklärst ihm die Sache. Ein Familienkonflikt, dein Patriotismus ist mit dir durchgegangen et cetera. Und du bittest ihn, die vorzeitige Entlassung des Kriegsgefangenen Leutnant Baumgartner zu erwirken.«

»Was?!«, riefen Rosalie und Edward gleichzeitig.

Alistair ging nicht darauf ein. »Anschließend fahre ich nach Exton und spreche mit Tristan. Allein.«

»Aber ...«, begann Edward, doch sein Vater schnitt ihm das Wort ab.

»Wenn wir diese unschöne Situation nicht auf der Stelle bereinigen, dann fürchte ich um deine Zukunft – und um den Ruf unserer Familie in diesem Land.«

Es war das Schlusswort, ganz klar.

Doch Rosalie konnte nicht schweigen. »Wenn das funktioniert«, sagte sie mit zitternder Stimme, »dann geht er zurück nach Deutschland.«

»Da gehört er auch hin«, erwiderte ihr Vater, »so leid es mir tut.«

21

Nun hatte ihm das Kreuz seiner Mutter, das er bei seiner Konfirmation so widerstrebend entgegengenommen hatte, zum zweiten Mal das Leben gerettet. Tristan glaubte zu sehr an Zufälle und Wahrscheinlichkeiten, als dass er dadurch schlagartig religiös geworden wäre. Er kam aber doch ein wenig ins Grübeln, ob es damals richtig gewesen war, den tiefen Glauben seiner Mutter derart zu verachten.

Die ganze Zeremonie der »endgültigen Aufnahme in die Gemeinschaft der Gläubigen« hatte er damals mit seinen vierzehn Jahren als Farce empfunden und nur ihr zuliebe augenrollend ertragen. Mamá litt ja schon genug darunter, dass sein älterer Bruder dem großbürgerlichen Elternhaus den Rücken gekehrt hatte und nicht nur Scharführer der Hitlerjugend geworden war, sondern sich zudem zum Kampfpiloten ausbilden ließ, bevor der Krieg auch nur begonnen hatte.

»Andere Eltern wären stolz«, hatte Tristan einmal zu Sigis Verteidigung vorzubringen gewagt und sich eine schallende Ohrfeige eingefangen.

»Siegfried hatte alle Möglichkeiten«, erwiderte Friederike schneidend.

Damit war das Thema beendet.

Der einzige Lichtblick während des Konfirmandenunterrichts, den sie auf Wunsch ihrer Mutter zu Hause erhielten, von der rechten Hand des Herrn Pastor höchstpersönlich, war

Anni mit ihren kecken Fragen gewesen. Regelmäßig brachte sie den verklemmten Vikar mit der Halbglatze und dem unaussprechlichen Namen Eltzbert Blühmelsloh zur Weißglut oder trieb ihm die Schamesröte ins Gesicht. Manchmal beides direkt hintereinander.

»Aber warum *muss* Gott denn männlich sein? Nur weil die Bibel ausschließlich von Männern geschrieben wurde? Man *soll* sich doch kein Bild machen.«

»Letzteres ist richtig«, bestätigte Blühmelsloh, den die Geschwister heimlich »Plumpsklo« getauft hatten. »Das *Herr* ist auch nicht figurativ zu sehen. Der Titel bezeichnet vielmehr seine Herrlichkeit.«

»Oder *ihre* Herrlichkeit«, beharrte Anni.

Das war Tristans Stichwort. »Genau diese Tatsache würde doch auch die unbefleckte Empfängnis erklären«, fiel er ein und fing an zu kichern. »Finden Sie nicht?«

Kurz darauf verließ Blühmelsloh mit hochrotem Kopf den Raum, um sich bei ihrer Mutter über die ungezogenen Kinder zu beschweren. Zur Konfirmation wurden sie trotzdem zugelassen. Früher als viele andere. Der Vikar hatte es schlicht nicht mehr mit ihnen ausgehalten.

Tristan hatte das Kreuz nie getragen, bis sein Marschbefehl an die Front kam und Anni es kurz vor dem Abschied aus einer Kiste kramte und ihm umhängte. »Tu es für Mutter. Sie schläft dann ruhiger.«

Und nun war es seine Rettung – zum zweiten Mal. Der Engländer mit dem Jagdgewehr war Priester, ausgerechnet. Tristan erkannte es sofort an dem weißen Stehkragen, der unter seinem dunklen Pullover hervorlugte. Interessant, dachte er, dass in England Priester auf die Jagd gingen. Aber in diesem Land, wo man Tee mit Milch trank, Bohnen zum Frühstück aß und die Autos auf der falschen Seite fuhren, überraschte ihn gar nichts mehr.

»Du bist Christ?«, fragte der englische Priester, das Gewehr nach wie vor im Anschlag.
Tristan nickte, während er langsam die Hände hob. Sein Oberkörper war nackt. Das Kreuz lag schimmernd auf seiner Brust.
»Und kein Dieb?«
Tristan schüttelte den Kopf.
»Landstreicher?«
Tristan verneinte erneut.
»Kannst du auch sprechen?«
Die Wahrheit würde ohnehin herauskommen, also entschloss sich Tristan, freiheraus alles zu berichten, was geschehen war. Je länger er sprach, desto weiter ließ der Priester seine Waffe sinken. Was er da hörte, war einfach unglaublich.

Reverend Thomas Montgomery war Anfang vierzig und hatte sieben Kinder. Als sie sich zur Begrüßung aufstellten, musste Tristan an Orgelpfeifen denken. Die Älteste war fünfzehn und erinnerte ihn mit ihren rötlichen Locken ein wenig an Rosalie. Sie lebten in einem kleinen Pfarrhaus mit winzigen, aber hübsch eingerichteten Zimmern unweit einer uralt aussehenden Steinkirche, die St. Martin in the Fields hieß. Die Familie empfing ihn mit routinierter Herzlichkeit. Offenbar war man an Überraschungsgäste in zweifelhafter Aufmachung gewöhnt.

Eliza Montgomery, die Frau des Hauses, war keine klassische Schönheit. Sie sah ein wenig müde aus, mit dunklen Haaren, dunklen Augen und ebenso dunklen Ringen darunter. Kein Wunder: Ihr Jüngster, den sie bei allen Erledigungen auf der Hüfte trug, war gerade einmal sechs Monate alt. Aber sie war von einer so offenen und unbekümmerten Warmherzigkeit, wie Tristan es selten erlebt hatte.

Niemand stellte Fragen. Eliza versorgte fachgerecht seine Schusswunde, entfernte die Kugel mit einer chirurgischen Pinzette und nähte sie mit zwei Stichen, nachdem sie ihm einen Gin und ein Handtuch zum Draufbeißen gereicht hatte.

»Sind Sie Krankenschwester?«, fragte Tristan.

»Ich war es«, erwiderte Eliza, während sie die Wunde erneut desinfizierte und anschließend verband. »Während des Krieges. Vor allem aber bin ich die Frau eines passionierten Jägers – da gibt es dauernd etwas zu verarzten.«

Anschließend erhielt er ein warmes Bad – bei dem er das rechte Bein über den Zuberrand hängen ließ – und frische Kleidung. Zum ersten Mal seit Tagen fühlte Tristan sich wieder wie ein Mensch.

Dann gab es Abendessen in der großen Küche, die gleichzeitig als Esszimmer diente. Das hausgemachte Stew im Topf, das mitten auf dem ellenlangen Tisch stand, roch so schmackhaft, dass Tristan das sprichwörtliche Wasser im Mund zusammenlief. Montgomery sprach kein stummes Tischgebet, wie seine Mutter es zu tun pflegte, sondern er breitete die Arme aus, fasste rechts seine Frau, links seine älteste Tochter bei der Hand, und dann nahmen sie sich alle an den Händen, auch Tristan, der zwischen der dreijährigen Penelope und dem zehnjährigen Jeremy saß.

»Herr«, erhob Reverend Montgomery die Stimme, »unser geschätzter Gast hat viel erlebt. Wir denken, ihm ist in den letzten Tagen viel Unrecht geschehen, und wir bitten Dich, halte Deine schützende Hand über ihn. Denn es ist nicht mehr die Kraft des Kampfes, die ihn treibt. Sondern die der Liebe. Und selig sind die, deren Herzen vor Liebe überströmen. Egal welcher Nation. Denn diese Liebe kommt von Dir, Herr.«

»Amen«, antwortete die ganze Familie unisono.

»Amen«, sagte auch Tristan ehrlich gerührt.

»Essen Sie, lieber Tristan, Sie sind doch sicher am Verhungern«, sagte Eliza und reichte ihm einen vollen Teller mit Stew. Tristan musste sich zusammenreißen, um es nicht wie ein Wilder in sich hineinzuschaufeln.

Während des Essens sprach zunächst niemand. Doch Tristan sah die Neugier in den Augen der Kinder. Sie tuschelten und warfen einander Blicke zu.

Es war schließlich Jeremy, der mit der entscheidenden Frage herausplatzte. »Bist du ein Kraut?!«

»Jeremy!«, ermahnte ihn die Mutter.

»Schon in Ordnung«, erwiderte Tristan und wandte sich dann freundlich an Jeremy: »Ja, ich bin Deutscher.«

Der Junge blickte triumphierend in die Runde, senkte den Blick aber sofort, als er bei seinem Vater ankam. Allerdings hielt die stumme Ermahnung nicht lange.

»Hast du Engländer getötet?«, wagte Jeremy sich weiter vor.

Die Frage tat weh, aber Tristan bewunderte den Jungen für dessen Mut und Scharfsinn.

»Alle Soldaten töten im Krieg, Jemmy«, erklärte Mary, die Älteste, bevor Tristan antworten konnte.

»Außerdem ist der Krieg vorbei«, ergänzte ihre jüngere Schwester Betsy.

»Jetzt lasst unseren Gast doch mal in Ruhe essen«, versuchte Eliza das Gespräch zu beenden.

Reverend Thomas schwieg. Ihm schienen die Fragen seiner Kinder zwar nicht zu gefallen, aber er hatte offenbar auch nicht vor, sie zu unterbinden.

»Und Hitler?« Der zwölfjährige Benedict ließ sich von dem Mut seines jüngeren Bruders anstecken. »Bist du Hitler mal begegnet?«

Es kamen Ermahnungen von mehreren Seiten. Tristan jedoch war entschlossen, diese aufgeweckten Kinder ernst zu nehmen. »Du meinst, persönlich? Nur einmal.«

»Stimmt es, dass er wahnsinnig war?«, legte Benedict nach.

»Wir hören immer zusammen Churchills Reden im Radio«, erklärte Eliza entschuldigend. »Sie haben einiges aufgeschnappt.«

Tristan legte seinen Löffel hin und nahm einen Schluck von dem dunklen, cremigen Bier, das nach Rauch und Schokolade schmeckte.

»Ja«, sagte er dann langsam zu Benedict. »Ich glaube, das stimmt.«

Später geleitete Reverend Thomas ihn ins Kaminzimmer, das ähnlich winzig war wie die meisten Räume – abgesehen von der riesigen Küche mit dem inzwischen wieder blank polierten Esstisch. Die Montgomerys hatten kein Zimmermädchen, keine Köchin oder sonstiges Personal. Die älteren Mädchen brachten die jüngeren Kinder ins Bett, die Mutter kümmerte sich um die Kleinsten. Tristan fiel auf, dass sie alle wie selbstverständlich ihre Aufgaben verrichteten, ohne ihr

Tun zu hinterfragen. Sie wirkten glücklich dabei oder zumindest zufrieden.

Er fragte sich, was Anni zu diesem Modell gesagt hätte, oder gar Rosalie. Beide waren viel weltoffener, neugieriger und auch dickköpfiger. Niemals hätte sich eine von ihnen so bedingungslos und ausschließlich in die Mutterrolle gefügt. Oder doch?

Reverend Thomas reichte ihm ein kleines Glas Whisky.
»Alistair FitzAllan«, sagte der Priester, während er zu einem Schrank ging, eine Schachtel mit Pfeifen herausholte und sich eine zu stopfen begann. Er hielt Tristan das Kistchen auffordernd hin, doch der lehnte dankend ab. Sein Vater hatte gelegentlich Pfeife geraucht – ihm aber nie eine angeboten.
»Das *Seaside Hotel*, richtig?«, fragte der Priester, während er paffend die ersten Züge nahm.
Tristan nickte, er war sich nicht ganz sicher, worauf der andere hinauswollte.
»Ich kenne die Familie. Aus Zeitungsberichten. Der Sohn ... Nun, er ist ein Kriegsheld, nicht wahr?«
»Was auch immer Sie unter einem Helden verstehen«, erwiderte Tristan trocken.
Thomas lachte kurz auf.
»Wissen Sie, ich verstehe den Hass meiner Landsleute. Bis zu einem gewissen Grad. Aber wir Christen sind doch über *Auge um Auge – Zahn um Zahn* hinaus. Und soweit ich mich erinnere, hat sich die gesamte Führung der britischen Armee zur Einhaltung der im Genfer Abkommen beschlossenen Grundsätze verpflichtet.«
Er paffte an seiner Pfeife. Früher hatte Tristan der Geruch gestört – an diesem Abend fand er ihn angenehm.

Montgomery lehnte sich zurück. »Ich werde mit FitzAllan telefonieren«, sagte er und fügte hinzu: »Mit dem Vater, nicht dem Sohn.«

Tristan nickte. »Ich danke Ihnen, Mister Montgomery.«

Der Priester legte seine Pfeife weg und streckte die Hand aus. »Thomas.«

Tristan schlug ehrfurchtsvoll ein. »Danke, Thomas.«

»Nur die Sieger, die fähig sind, ihre einstigen Feinde zu umarmen«, sagte Reverend Thomas, »haben ihren Sieg wirklich verdient.«

22

Anni erwachte unruhig aus wirren Träumen. Clara saß aufrecht in ihrem verzierten Holzgitterbettchen und rüttelte quengelnd an den Stäben. Nach den vielen Wochen, in denen sie eingekuschelt neben Anni oder Adam geschlafen hatte, kam dieses Bett ihr offensichtlich wie ein Gefängnis vor.

Anni setzte sich auf und musste auf der Bettkante innehalten, weil ihr schwindlig war. Auf ihrer Zunge spürte sie einen pelzigen Belag. Der Cognac. Es war spät geworden am vergangenen Abend. Sie vertrug keinen Alkohol mehr – und Contzen vertrug ihn nur allzu gut. Anni brauchte einen Moment, um sich zu sammeln, dann schloss sie Clara in die Arme, hob sie aus dem Bettchen auf ihren Schoß und sah sich um. Das Zimmer hatte, wie alle in der Wohnung, hohe Fenster, die von opulenten Vorhängen verhüllt waren. Verstohlen drang die Morgensonne durch die verbliebenen Schlitze und tauchte den Raum in ein unwirkliches Licht. Anni fühlte sich wie Alice, die Hauptfigur in ihrem zweitliebsten Kinderbuch. Als wäre sie in ein mysteriöses Kaninchenloch gefallen, durch das sie aus dem grausamen Kriegsdeutschland in diese seltsame Wunderwelt katapultiert worden war.

Contzen hatte darauf bestanden, sie nach München mitzunehmen, die Formalitäten mit den Amerikanern würde er schon erledigen. Anni und Adam hatten dankbar eingewilligt – schließlich brachte sie die Fahrt im amerikanischen Militärjeep ihrem Ziel auf komfortable Weise ganze zweihundertfünfzig Kilometer näher. Gesine von Altenstein wirkte beim Abschied ähnlich erleichtert wie Anni und Adam. Sie überließ ihnen die geliehenen Kleider, steckte Anni noch ein paar Kosmetikartikel zu und verschwand dann schnell im Haus.

Die Autofahrt quer durch Bayern verging wie im Flug. Meistens führte der Weg sie auf Landstraßen über bewaldete Hügel und durch erstaunlich intakt wirkende Dörfer. Contzens exzellente Kontakte zu den Amerikanern brachten sie ohne Schwierigkeiten durch die Kontrollposten. In München holte die Realität sie allerdings wieder ein. Beklommen musterten Adam und Anni die Ruinen.

»Berlin sieht noch schlimmer aus«, bemerkte Contzen. »Ganz zu schweigen von Frankfurt, Köln und …«

Er stockte.

»Dresden«, ergänzte Anni rau.

Contzen überredete sie, ein paar Tage in seiner rechtzeitig erworbenen Patrizierwohnung in Bogenhausen »durchzuschnaufen«, während er ihnen dabei helfen würde, die Weiterreise aus der amerikanisch besetzten Zone ins ehemalige Österreich zu organisieren. Er machte keinen Hehl daraus, dass dies auch aus seiner Sicht keine leichte Aufgabe sein würde.

»Österreich ist ebenfalls in mehrere Besatzungszonen aufgeteilt worden«, erklärte er, als er sie in das palastartige Wohnzimmer führte. »Soweit ich weiß, ist Tirol an die Franzosen gefallen. Die Grenzen sind jedenfalls dicht.«

Annis Mut sank. Sie warf Adam einen vielsagenden Blick zu. Der erwiderte jedoch überraschend: »Es muss doch eine Möglichkeit geben, schließlich ist Anni auf der Suche nach ihrem Mann und ihrer Familie!«

»Eine Möglichkeit gibt es immer«, erwiderte Contzen und winkte ein Dienstmädchen herbei, das ihnen eine Flasche Sekt bringen sollte. »Jetzt stoßen wir erst mal an«, verkündete er fröhlich. »Und dann zeige ich euch, wo ihr euch bis zum Abendessen ausruhen könnt. Zimmer gibt es hier wahrlich genug.«

Der Sekt prickelte unwirklich auf Annis Zunge und erfüllte sie mit neuer Entschlossenheit. Sie hatte nicht das Bedürfnis, sich auszuruhen. Clara hingegen war todmüde. Anni brachte ihre Tochter ins Bett, und auch Adam zog sich zurück.

Als sie kurz darauf wieder ins Wohnzimmer kam, saß Contzen in einem Sessel, der zu einer gediegenen Sitzgruppe aus der Biedermeierzeit gehörte – mit Blick auf die Fensterfront. Er hatte seinen hellen Reiseanzug gegen einen dunkleren getauscht und eine weitere Flasche öffnen lassen.

»Anni, Liebes, setz dich zu mir!«

Er schenkte ihr ein Glas ein. Anni nahm es entgegen, blieb aber stehen.

»Ich muss dich etwas fragen, Werner«, erklärte sie ernst. Contzen sah sie aufmerksam an. »In der Nacht der Bombardierung hat meine Mutter mir etwas gestanden. Sie sagte, der Tod meines Vaters sei ihre Schuld gewesen.«

Contzen erhob sich auf der Stelle. »Liebste Anni!« Er ging auf sie zu und fasste sie an den Armen. »Das hat sie nicht wirklich gesagt!«

»Doch.«

»Du musst dich getäuscht haben!«

Anni hielt seinem Blick stand.

»Sie sagte, sie habe gewollt, dass Adam verschwindet. Aber Vater sei so stur gewesen. Deshalb musste er sterben.« Anni merkte, dass ihre Stimme zitterte, und beherrschte sich mühsam. »Hat meine Mutter meinen Vater an die Gestapo verraten? Bitte, ich muss das wissen!«

»Ach, Anni.« Contzen ließ ihre Arme los und senkte den Blick.

»Hat sie?«

Contzen schloss die Augen. »Deine Mutter hat deinen Vater sehr geliebt. Genau wie euch auch. Und es stimmt: Seine Sturheit hat letztlich zu seinem Tod geführt.«

»Aber wieso ...«

»Es gab einen Deal mit Jedamzik«, unterbrach Contzen sie. Anni sah ihn fragend an. »Jedamzik?«

»Dem Dresdner Gestapo-Chef. Ich habe mich nach der Verhaftung deines Vaters sehr für ihn eingesetzt. Böttcher ebenfalls. Jedamzik hat uns versprochen, dass er ihn unbehelligt gehen lassen würde, wenn er alles gesteht.«

»Und genau das hat Papa nicht getan.«

Contzen schüttelte den Kopf.

Doch Anni ließ nicht locker. »Wie kam es denn überhaupt zu der Verhaftung?!«

»Deine Mutter hat in den falschen Kreisen eine falsche Bemerkung fallen lassen. Du ahnst nicht, wie viele Menschen einander im Krieg verraten haben.« Er sah Anni direkt an. »Sie hat es ganz sicher nicht gewollt.«

»Meine Mutter war kein Mensch, der unbedacht einen Fehler begeht.«

»Wir sind alle fehlbar, Anni. Vor allem dann, wenn wir andere zu schützen versuchen.«

Anni brummte der Schädel. So ganz bekam sie die neuen Erkenntnisse nicht zu fassen. Was Contzen sagte, klang plausibel, doch irgendwo in ihren Gedankenkreiseln gab es einen Widerhaken, wie ein Puzzleteil, das nicht passen wollte. Sie konnte es nur nicht benennen. Noch nicht.

»Störe ich?« Adam betrat zögerlich den Raum.

»Überhaupt nicht!«, erwiderte Contzen. Er wirkte fast erleichtert, als er sich Anni zuwandte und sagte: »Lassen wir die Vergangenheit ruhen, liebste Anni. Gegenwart und Zukunft sind aufregend genug.«

Damit ging er zu Adam hinüber und bot ihm ein Glas Sekt an. Adam sah aufmerksam zwischen Contzen und Anni hin und her, sagte aber nichts.

»Auf die Zukunft!«, sagte Contzen und stieß noch entschlossener mit ihnen an, als wolle er einen Punkt hinter das soeben geführte Gespräch setzen.

Beim Abendessen drehte sich das Gespräch ausschließlich um Gegenwärtiges. Contzen hatte »zur Feier des Tages« – vermutlich für ein Vermögen – auf dem Schwarzmarkt allerlei Lebensmittel ergattert. Darunter Eier, Rauchfisch und Wurstwaren. Er war erstaunlich gut informiert, und Anni wurde schwindelig von all den Kontakten, die er erwähnte. Doch ihre Zuversicht wuchs, dass der Tuchfabrikant ihnen tatsächlich helfen könnte, den Weg nach Tirol zu meistern. Der Wein floss in Strömen und ließ den Gedanken an den Widerhaken in Annis Kopf kleiner werden, bis er beinahe verschwunden war. Vielleicht hatte Contzen recht. Welchen Sinn hatte es, Geistern der Vergangenheit nachzujagen? Sie musste nach vorn schauen. So wie sie es in der Bombennacht getan hatte, als sie ihre Mutter am Piano sitzen ließ und mit Clara in den Luftschutzkeller lief.

Contzen stellte eine Flasche Cognac auf den Tisch, und Anni merkte schon nach dem ersten Glas, dass es an der Zeit war, sich zu verabschieden. Sie wollte nur noch schlafen. Als sie das Esszimmer verließ, sah sie aus dem Augenwinkel, wie Contzen Adam aus einem silbernen Etui eine Zigarette anbot, die dieser dankbar nahm. Vielleicht gut, dachte sie, dass die beiden eine Gelegenheit bekamen, in Ruhe über alles zu sprechen. Als Anni ihr Schlafzimmer erreichte, warf sie einen prüfenden Blick auf die schlafende Clara, die schon wieder ein Stückchen gewachsen zu sein schien. Dann legte sie sich vollständig bekleidet ins Bett und schlief auf der Stelle ein.

Und nun saß sie mit pochenden Schläfen auf dem Bett und verwünschte ihren Leichtsinn vom Vorabend. Clara wand sich auf ihrem Arm. Sie war ausgeruht und voller Tatendrang. Anni griff nach dem Wasserglas, das auf ihrem Nachttisch stand, und trank es gierig aus. Dann gab sie sich einen Ruck und wickelte Clara in frische Windeln, die das Dienstmädchen ihr hingelegt hatte. Während sie sich wusch und anzog, krabbelte Clara zu den Vorhängen und zog sich daran hoch. Anni hoffte, dass sie so stabil waren, wie sie aussahen. Als sie fertig war, spazierte sie mit Clara, das Kind an beiden Händen führend, langsam in Richtung Esszimmer. Eine Standuhr schlug zehn.

Contzen saß bereits am Tisch und frühstückte. Er war frisch rasiert, trug ein weißes Hemd mit heller Weste, eine gestreifte Seidenkrawatte und war glänzender Laune.

»Anni, Liebste! Guten Morgen!« Er erhob sich und gab ihr zwei Küsschen auf die Wangen. »Magst du etwas Weißwurst?«

Anni drehte sich der Magen um. Wo war Adam? »Danke, nur einen Tee, wenn es geht. Und vielleicht etwas Milch für Clara?«

»Ich habe Grießbrei machen lassen – das schmeckt ihr bestimmt.«

Tatsächlich schien Clara durchaus angetan von der nahrhaften Speise.

Anni nippte an ihrem Schwarztee. »Schläft Adam noch?«, wollte sie wissen.

»Oh nein, er war schon früh auf.« Contzen teilte die Weißwurst in zwei Hälften und zog gekonnt die Haut ab. Anni dachte daran, dass sie vor wenigen Tagen schon mit dieser Haut zufrieden gewesen wäre.

»Und wo ist er jetzt?«

»Unterwegs.«

»Unterwegs? Wohin?«

»Er sucht nach Angehörigen.«

»Hier in München?«

»Bei der zentralen Repatriierungsstelle.« Contzen schob sich ein Stück Weißwurst in den Mund. »Diese Sammelstellen sind eine tolle Sache. Da werden ganze Familien wieder vereint.« Er griff zum Bierglas und nahm einen großen Schluck.

»Aber ich dachte, er hätte keine Verwandten mehr in Deutschland?«

»Wer weiß«, erwiderte Contzen kauend. »Außerdem operiert das Rote Kreuz weltweit. Er sagte, seine Mutter lebt schon länger in den Staaten?«

Anni nickte. Sie hatte plötzlich einen Kloß im Hals. Hieß das, dass Adam seinen Entschluss, sie zu begleiten, geändert hatte?

»Anni, was ist los?«, erkundigte sich Contzen. »Du schaust besorgt aus?«

Anni winkte ab. Sie wusste nicht recht, was sie sagen sollte.

»Was hältst du davon, wenn wir mit der Kleinen in den Englischen Garten gehen?«, schlug Contzen vor. »Es ist Sonntag. Vor morgen kann ich wegen deiner Papiere ohnehin nichts Großes bewegen. Wir könnten zusammen picknicken und die Enten füttern. Was meinst du?«

Anni stellte ihre Tasse ab. Der Widerhaken war zurück. »Hat Adam gesagt, wann er wiederkommt?«

Contzen hob die Hände. »Bei diesen offiziellen Stellen muss man oft stundenlang anstehen. Ich fürchte, das kann sich hinziehen.« Er deutete auf die Fenster, die das gleißende Sonnenlicht hereinließen. »Es ist ein wunderschöner Tag. Lass uns ihn genießen.«

Wenig später spazierten sie durch das zerbombte Bogenhausen Richtung Park. Die Straßen wurden zwar freigeräumt, doch die meisten Häuser waren zerstört. Stellenweise konnte man in die Wohnungen hineinsehen wie in grotesk verwüstete Puppenhäuser. Aus einigen der verbliebenen Fenster hingen weiß-blaue Fähnchen, mit denen die Menschen sich demonstrativ als bayerische Patrioten zu erkennen gaben. Auf den Straßen lagen weggeworfene NSDAP-Devotionalien. Ein Konvoi amerikanischer Militärfahrzeuge fuhr vorbei. Sie waren mit Blumen geschmückt.

Anni sah Kolonnen von Frauen, die Steine von Hand zu Hand reichten und Schutt wegschaufelten. Unter ihnen hätte sie sich jetzt wohler gefühlt als an der Seite von Werner Contzen, der sie galant dazu gebracht hatte, sich bei ihm unterzuhaken. Ein Dienstmädchen folgte ihnen auf Schritt und Tritt und kümmerte sich rührend um Clara. Es war klar, dass sie einzig und allein zu diesem Zweck mitgenommen worden war.

Hin und wieder begegneten sie anderen gut gekleideten Münchnern, die Werner freundlich grüßte und denen er Anni als »meine liebe Freundin Anna-Isolde Angerer aus Dresden« vorstellte. Auch mit dem Offizier der amerikanischen

Patrouille, der sie am Eingang zum Park begegneten, schien er bekannt zu sein. Die beiden Männer begrüßten sich freundlich mit »*How'ya doin'?*«.

Die dicht belaubten Bäume verstellten den Blick auf die in Trümmern liegende Stadt, und als sie den See erreichten, empfing sie dort ein weiterer Hausangestellter Contzens, der eine karierte Stoffdecke ausbreitete und aus einem Picknickkorb Äpfel, Weißbrot, Käse und eine gekühlte Flasche Wein hervorzauberte. Werner Contzen hatte es schon während des Krieges verstanden, so zu leben, als fände dieser nicht statt. Hier im Münchner Nachkriegsgeschehen lebte er, als hätte es ihn nie gegeben.

»Ich weiß, du hast viel durchgemacht in den letzten Wochen«, sagte Contzen, als er Anni ein Glas Wein reichte. »Und ich werde alles dafür tun, herauszufinden, ob dein lieber Fritz sich irgendwo in russischer Gefangenschaft befindet. Wenn er lebt, holen wir ihn zurück. Aber in der Zwischenzeit ...« Er leerte sein Glas in einem Zug und nahm vorsichtig ihre Hand. »Eine Frau wie du gehört doch nicht auf die Straße – und auch nicht als unwillkommener Gast in irgendwelche Kammern. Ich bitte dich: Lass mich dir und deiner Kleinen eine Art ... Zuhause bieten. Ich bin es deinem Vater schuldig. Und deiner Mutter auch.«

Es waren gute Argumente, überzeugend vorgebracht – ein großzügiges Angebot. Doch die Vorstellung, bei Contzen in seiner verschwenderisch ausgestatteten Wohnung zu bleiben, fühlte sich für Anni so abwegig an wie ein Aufenthalt in einem Sanatorium.

Contzen hingegen schien restlos begeistert von seiner Idee. »Dann wäre das also geklärt«, schloss er zufrieden und schenkte sich Wein nach.

»Entschuldige, Werner, ich weiß dein Angebot wirklich zu schätzen, aber ...« Anni suchte nach Worten. »Adam hat versprochen, Clara und mich nach Tirol zu bringen.«

»Aber das ist doch Unsinn. Warum dieser lange Fußmarsch, der an sich schon lebensgefährlich ist – ganz zu schweigen davon, dass ihr die französische Besatzungszone durchqueren müsst. Im Ernst, Anni, bleib hier in München!«

»Und Adam?«

»Der wird seinen Weg schon machen. Seine Mutter wird Hurra rufen, wenn sie ihren Sohn in Ellis Island endlich wiedersieht.«

»Adams Verhältnis zu seiner Mutter ist schwierig«, wandte Anni ein.

»Ach, Kindchen«, erwiderte Contzen und übertünchte seine leichte Gereiztheit mit einem liebenswürdigen Lächeln. »Was ist in diesen Zeiten nicht schwierig? Ich werde ihm bei den Amis ein Visum besorgen. Wie gesagt – ich habe Beziehungen in die höchsten Ämter.«

Eine einfache Bemerkung. Und doch eine Bemerkung zu viel. Sie hatte diesen Satz schon häufig aus Contzens Mund gehört – allerdings in völlig anderem Zusammenhang. Damals war es nicht um die amerikanischen Besatzer gegangen, sondern um die Gestapo.

Plötzlich griff der Widerhaken in Annis Kopf. Die Puzzleteile passten zueinander.

»*Du* warst das«, sagte sie leise, selbst noch überrascht von ihrer Erkenntnis. »Mama hat dich damals gebeten, ihr zu helfen. Sie wollte, dass Adam verschwindet, aber Papa hat sich geweigert. Sie wollte ihn nicht denunzieren, sondern nur dazu bringen, dass er von sich aus redet. Und das ging nur mit deinen Kontakten zur Gestapo. Mit deinen ›Beziehungen in die höchsten Ämter‹, die du auch damals schon hattest!«

»Anni!« Contzen sah sie entsetzt an. »Wie kannst du so etwas sagen!«

Doch Anni war nicht mehr zu bremsen. »*Das* habt ihr am Tag des Konzerts besprochen!« Sie musste bitter auflachen – es war so offensichtlich. »Und ich dachte, ihr hättet eine Affäre! Ihr beide …« Sie musste kurz Luft holen. »Du und Mutter! Ihr beide habt meinen Vater verraten!«

Contzens Miene versteinerte. Er wirkte nun weder liebenswürdig noch zuvorkommend. Auf seiner Stirn zeigte sich eine steile Zornesfalte. »Pass auf, was du sagst, Kind!« Sein Ton war schneidend, doch das kümmerte Anni nicht. Es bestätigte sie nur in ihrer Vermutung.

»Ihr wolltet vielleicht nicht, dass er stirbt. Es ist aber passiert. Und das ist eure Schuld! Eure Schuld allein!«

Anni trank das Glas in einem Zug leer und stellte es dann vor sich auf die Picknickdecke. Angeekelt vom Nachgeschmack – und von sich selbst. Was zur Hölle tat sie hier?! Contzen schlug vielleicht niemandem direkt den Kopf ab wie die Herzkönigin bei *Alice im Wunderland,* wohl aber war er ein stattlicher Kreuzbube, der es mal wieder verstanden hatte, den letzten Stich zu machen.

Sie stand auf und nahm ihre Tochter auf den Arm, die sich dagegen zur Wehr setzte.

»Ich möchte jetzt gehen«, sagte sie entschlossen. »Und ich möchte, dass du mich zu Adam bringst.«

Contzen schüttelte den Kopf und lachte auf. Es klang mehr wie ein Schnauben.

»Das, meine Liebe«, erwiderte er kalt, »wird nicht möglich sein.« Er erhob sich, zog seine Weste glatt und rückte sich die Krawatte zurecht. »Lass uns nach Hause fahren. Ich denke, wir können beide ein bisschen Ruhe gebrauchen.«

23

Spätestens als er die Baracken sah, war Adam klar, dass er einen Fehler gemacht hatte. Das hier sah nicht gerade nach der von Werner Contzen so wortreich beschriebenen »Repatriierungsstelle« aus, wo man ihm »ganz sicher behilflich« sein werde. Adams Blick fiel auf eine Gruppe kahl geschorener und abgemagerter Männer, die mit ausdruckslosen Mienen um eine Feuerstelle hockten. Dabei schien an diesem Tag die Sonne. Ihre Häftlingskleidung ähnelte jener, die er an den Toten auf dem Lkw bei Bad Berneck gesehen hatte.

So ganz getraut hatte Adam dem Tuchfabrikanten nicht. Aber er wollte auch nicht stören, wenn Annis Ehemann von der Ostfront heimkehrte.

»Es kann sich nur noch um Tage handeln«, hatte Contzen ihm zugeraunt, als Anni sich zurückgezogen hatte. »Soweit ich weiß, ist der liebe Fritz schon auf dem Heimtransport.«

Adam starrte in sein Glas und fragte sich, warum er sich nicht so recht für Anni und Clara freuen konnte. Contzen tätschelte ihm das Knie.

»Die gute Nachricht für Sie ist«, fügte er hinzu, nachdem er vom Cognac nachgeschenkt hatte, »dass ich beste Beziehungen zu den Amerikanern pflege. Major Calvin erwartet Sie morgen früh, um über eine mögliche Ausreise in die Staaten zu sprechen. Ich bin mir sicher, mit Ihren Fähigkeiten rollt man Ihnen da drüben den roten Teppich aus.« Dann hatte er sein Glas erhoben: »Auf Ihre Zukunft!«

Ein roter Teppich war hier weit und breit nicht zu sehen. Und auch kein Major Calvin. Nur ein schlecht gelaunter Staff Sergeant, der in einer Baracke, die als *Office* gekennzeichnet war, nun Adams Personalien aufnahm.

»Levi?«, fragte er, während er an der Schreibmaschine herumfummelte, die dauernd zu haken schien.

»Loewe«, korrigierte Adam und versuchte, ihm auf Englisch sein Anliegen klarzumachen.

Der Sergeant hob gleichgültig die Schultern. Er sei nicht zuständig, und einen Major Calvin kenne er nicht.

Adam wurde von Panik erfasst. Er erklärte dem Sergeant, er habe Familie in den USA, und nannte Namen und Wohnort seiner Mutter.

»*Is she American?*«, fragte der Offizier.

»*Jewish*«, erwiderte Adam bedeutungsvoll.

Diese Information schien für den Amerikaner nur wenig Gewicht zu haben.

Adam begann hastig, die Umstände zu erläutern. Die überstürzte Ausreise seiner Mutter, sein Leben im Versteck, die Bombardierung Dresdens.

Der Sergeant klopfte ungeduldig mit seinem Bleistift auf den Schreibtisch. »*I've seen lots of Jewish Nazi victims*«, sagte er und wickelte gelangweilt einen Streifen Kaugummi aus einem Silberpapier. »*You don't look like one.*«

Und damit wies er Adam die Tür.

Wütend und gleichzeitig beschämt verließ Adam die Baracke und ging auf das mit Stacheldraht versehene Eingangstor zu, das von zwei Soldaten bewacht wurde.

»Ich möchte jetzt gehen!«, sagte er entschieden.

Die Männer schüttelten den Kopf.

In dieser Sekunde begriff er, wie dumm er gewesen war. Wie groß und unverzeihlich sein Fehler. Er hatte wirklich geglaubt, dass Contzen ihm helfen wolle. Der Fabrikant hatte es so aussehen lassen, als müsste Adam nur ein Gespräch mit einem Besatzungsoffizier führen und käme mit einer Lösung wieder heraus, die er Anni unterbreiten könnte, für den Fall, dass sie tatsächlich bald mit ihrem Mann wiedervereint wäre und gemeinsam mit diesem nach Tirol weiterreiste. Vielleicht hätte er doch darauf bestehen sollen, sich von ihr zu verabschieden, bevor er am Morgen in das Lager der Amerikaner fuhr. Wer wusste schon, was Contzen ihr erzählen würde. Wahrscheinlich hatte der fette Kriegsgewinnler gar keine Nachricht von ihrem Mann. Am Ende spekulierte er bloß darauf, Anni für sich zu gewinnen? Wie in dem Kaleidoskop, das Adam als Kind so geliebt hatte, fielen die Steinchen der Ereignisse plötzlich auf ganz andere Weise zusammen und ergaben ein völlig neues Bild. Ein sehr klares, aber leider auch sehr hässliches Bild.

Adams Wunsch, das Lager wieder zu verlassen, wurde zurückgewiesen. Die Amerikaner waren freundlich, aber bestimmt: Momentan herrsche *curfew* – eine Ausgangssperre. Sie hätten Anweisungen vom höchsten amerikanischen Militärkommando, und Adam konnte weder Papiere noch einen Wohnsitz vorweisen. Er nannte Werner Contzens Namen, bezeichnete ihn sogar als guten Freund. Nichts half. Irgendwann gegen Abend gab Adam auf und trottete ernüchtert zu seiner Baracke. Morgen würde er weitersehen.

Schlaf fand er keinen. In der Strohmatratze wimmelte es von Wanzen, die er anfangs totzuschlagen versuchte, doch es waren zu viele.

Der nächste Morgen wartete nicht mit großer Hoffnung

auf. Das Frühstück war dürftig. Wässriger Ersatzkaffee, trockenes Brot. Mittags gab es eine stark verdünnte Gemüsesuppe. Die anderen schlangen sie hinunter. Die meisten von ihnen sahen aus wie wandelnde Skelette. Ihre Gesichter waren hohlwangig und leer.

Adams einziger Lichtblick war sein Pritschennachbar. Wieczek stammte aus Krakau und hatte einen wachen, intelligenten Blick. Adam verschlug es den Atem, als er hörte, was Wieczek durchgemacht hatte. Deutsch sprach er mit starkem polnischem Akzent, aber fast fehlerfrei. Sein schwarzer Humor war ansteckend. Man hatte ihn und seinen jüngeren Bruder gemeinsam mit den Eltern zunächst ins Ghetto verfrachtet und dann ins KZ Płaszów verschleppt. Dort war sein Bruder an Typhus gestorben. Auch der Rest der Familie wurde krank. Die Eltern hatte man irgendwann nach Auschwitz-Birkenau deportiert. Durch einen Schreibfehler auf einer Liste landete Wieczek in einem anderen Transport, der nach Dachau ging, wo ihn ein jüdischer Arzt aufpäppelte.

»Das lag an meinem komischen Vornamen«, sagte Wieczek. »Als Kind wurde ich deshalb ausgelacht. Am Ende hat er mir das Leben gerettet.«

Er hatte einen Todesmarsch Richtung Alpen überstanden. Bei Wolfratshausen waren sie den Amerikanern in die Arme gelaufen.

In Krakau war Wieczek Goldschmiedelehrling gewesen und hatte bei seinen jeweiligen Stationen in den unterschiedlichen Lagern immer wieder die Aufgabe gehabt, Edelsteine und Schmuck der Hinterbliebenen nach Wert zu sortieren.

»In Płaszów«, erzählte er, »waren es ganze Berge. Du kannst dir das nicht vorstellen, diese Haufen von Schmuck.

Manchmal habe ich mitgezählt. Allein zweitausend Eheringe.« Er sah ins Feuer. »Die haben sie natürlich sofort eingeschmolzen. Zweitausend Ehen verflüssigt. Innerhalb von Minuten.«

Adam musste wieder an die Leichen auf dem Lkw bei Bad Berneck denken. Seine Kehle war wie zugeschnürt. »Was glaubst du«, fragte er Wiecziek. »Wie viele haben überlebt?«

»Ich fürchte, fast keiner«, antwortete dieser leise.

Sie schwiegen und starrten ins Feuer.

»Wie ist denn dein komischer Vorname?«, fragte Adam.

»Onuphriusz Przemysław. Sogar für die SS zu kompliziert. Sie haben ihn abgekürzt. O.P. Dadurch bekam ich dann die Notfallbehandlung.« Er grinste und klopfte Adam auf die Schulter. »Merk dir einfach O.P. Wiecziek. Das bringt Glück.«

Wiecziek arbeitete in der Lagerküche und verschaffte Adam dort ebenfalls eine Aufgabe. Es war nicht gerade schön, Hunderte gebrauchte Teller abzuspülen, aber sie bekamen hin und wieder ein Stück Schokolade zugesteckt. Abends saßen sie am Lagerfeuer, weil sie ohnehin nicht schlafen konnten und auf den Pritschen die »dreckigen Biester« auf sie warteten, wie Wiecziek die Wanzen nannte.

In der zweiten Nacht erzählte Adam ihm seine Geschichte.

»Dann bist du ja eine richtige Berühmtheit«, sagte Wiecziek ehrfürchtig.

»Gewesen«, erwiderte Adam und warf ein paar trockene Äste ins Feuer.

Der Pole dachte lange nach, dann strahlte er Adam an. »Ich weiß, mit wem wir sprechen!«

»Wiecziek ...«

»Nein, wirklich! Überlass das nur mir. Ich bring dich hier raus.«

Er reichte ihm eine Zigarette, die er bei den GIs geschnorrt hatte. Adam zog heftig daran. Er wollte Wiecziek nur zu gern glauben.

Am nächsten Tag machte Wiecziek ihn mit einem Mann bekannt, den alle »den Geiger« nannten. Er lebte in einem anderen Teil des Lagers, in dem es deutlich sauberer war. Hier standen keine Baracken, sondern richtige Häuser. »Der Geiger« schien eine Legende zu sein. Man munkelte, er habe Auschwitz überlebt und stehe sogar mit General Eisenhower in Kontakt. Wiecziek durfte Adam nur bis zur Tür bringen.

Angespannt betrat er den Raum, der halb im Dunkeln lag. Ein schmaler, hochgewachsener Mann stand am Fenster und schaute hinaus. Als er sich umwandte, erkannte Adam ihn. Ein Schüler Jan Dahmens, wie er selbst – nur war die Karriere des anderen sehr viel früher beendet worden. Er hatte keinen Gottlieb Baumgartner gehabt, der ihn mit allen Mitteln unterstützt hatte und bereit gewesen war, für ihn in den Tod zu gehen.

»Adam Loewe«, sagte der Mann. »Der Jahrhundertgeiger.« Es klang eher spöttisch als anerkennend. »Was kann ich für dich tun?«

»Ich brauche Hilfe ...«, begann Adam.

Der Geiger lachte bitter auf. »Du?«

In wenigen Sätzen schilderte Adam seinen bisherigen Weg. Der Geiger hörte ausdruckslos zu und musterte ihn von oben bis unten.

»Weißt du eigentlich, was mit unserem Volk passiert ist?«

Adam senkte den Blick. »Ich habe eine Lkw-Kolonne gesehen, in der Nähe von Bayreuth ...«

»Eine Lkw-Kolonne?!« Der Geiger schnaubte. »In Birkenau haben sie die Menschen im Zehn-Minuten-Takt in die Gaskammern geschickt. Tausende. Von morgens bis abends. Die Öfen liefen auch nachts.«

Er machte einen Schritt auf Adam zu und tippte ihm mit dem Zeigefinger gegen die Brust. »Du weißt gar nichts!«

Adam schwieg. Was hätte er auch sagen sollen? Sich dafür entschuldigen, dass er am Leben war? Dass er Privilegien genossen und verdammtes Glück gehabt hatte? Hatte der Geiger das nicht auch?

»Wir nennen uns *She'erit HaPletah*«, fuhr sein Gegenüber etwas versöhnlicher fort. »Der Rest der Geretteten.«

Adam bot ihm eine der Zigaretten an, die Wiecziek ihm mitgegeben hatte. Sie rauchten sie gemeinsam.

»Morgen kommt ein amerikanischer General, ein Entsandter des Präsidenten«, erklärte der Geiger mit rauer Stimme. »Sein Name ist Harrison. Er hat den Auftrag, sich das Lager hier anzusehen.«

Die Zigarette war fast aufgeraucht. Er nahm einen letzten Zug und reichte sie Adam. »Ich werde ihn davon überzeugen, dass sich etwas ändern muss. Und du wirst mir dabei helfen. Danach helfe ich dir.«

Sie gaben sich die Hand.

Wiecziek lehnte am Nachbarhaus und wartete.

Adam ging auf ihn zu und umarmte ihn wie einen Bruder. »Danke«, sagte er. »Danke, Onuphriusz Przemysław.«

»Du hast dir den Namen tatsächlich gemerkt«, staunte Wiecziek.

»Natürlich«, erwiderte Adam lächelnd. »Das ist einer, den man nicht vergisst.«

24

Er wusste nur noch, dass er von Rosalie geträumt und sie ein Kind im Arm gehalten hatte. Oder waren es mehrere gewesen? Unmöglich, sich genau zu erinnern, die Bilder verflüchtigten sich augenblicklich, als ihn das Tageslicht und der quirlige Jeremy mit zwei Geschwistern im Schlepptau weckten.

»Tristan, Tristan, Sie haben Besuch! Es ist Mr FitzAllan!«

Der Junge war einfach ins Zimmer gestürmt und zog die Vorhänge auf. Die kleine Penelope und ihre sechsjährige Schwester Catherine folgten ihm.

»Möchten Sie Tee?«, fragte Catherine artig.

»Sehr gern, meine Liebe!«

»Gut, ich sage Mama Bescheid.«

Wie schön, so geweckt zu werden, dachte Tristan.

Als er die Treppe herunterkam, stand dort der Reverend.

»Mr FitzAllan wartet im Kaminzimmer.«

»Danke, Thomas«, sagte Tristan und wollte sich schon abwenden, als der andere ihn zurückhielt.

»Heute früh erreichte mich ein Telegramm von einer Miss Rosalie.«

Tristans Herz machte einen Sprung.

»Ich denke, diese Nachricht ist nur für Sie bestimmt.«

Er drückte ihm einen gefalteten Zettel in die Hand, den Tristan schnell überflog.

Lass dich nicht von Vater einwickeln. Ich liebe dich. Wir gehören zusammen! Für immer! R.

Tristan war so ergriffen, dass es ihm den Atem verschlug. Gleichzeitig versuchte er zu ergründen, was Rosalie mit »einwickeln« meinen könnte, und beschloss, auf der Hut zu sein.

»Die Wege des Herrn sind unergründlich«, sagte Thomas, als hätte er Tristans Gedanken gelesen.

Alistair FitzAllan schien das winzige Kaminzimmer auszufüllen mit seiner Präsenz, die für Hotelhallen gemacht war. Der hochgewachsene Schotte trug einen eleganten Sommeranzug und einen passenden Hut, den er nun abnahm. Sein rot-graues Haar war mit Pomade zurückgekämmt.

»Tristan«, sagte er freundlich und nannte ihn damit zum ersten Mal beim Vornamen. Sie reichten sich die Hände. Eliza brachte den Tee, assistiert von der kleinen Penelope. Das helle Porzellangeschirr war mit barocken Mustern verziert.

Tristan lächelte Eliza zu und verbeugte sich vor der Kleinen. »Vielen Dank, ihr Lieben, für den exzellenten Service!«

Penelope rannte kichernd davon.

»Nehmen Sie sich alle Zeit, die Sie brauchen«, sagte Eliza und ließ die beiden allein.

»Bitte«, sagte Alistair und bot Tristan den Sessel an, als wäre dies sein Zuhause.

Tristan blieb stehen. Ihm war klar, dass der Hotelier alles tun würde, um seinen Sohn zu schützen. Er dachte an Rosalies Warnung.

»Was mein Sohn getan hat«, sagte Alistair, »ist unverzeihlich. Und ich möchte mich bei Ihnen in aller Form dafür entschuldigen.«

Tristan nickte leicht. Er ahnte, dass es FitzAllan einiges gekostet haben musste, diesen Satz auszusprechen.

Rosalies Vater goss Tee in die Tassen und reichte eine davon Tristan.
»Bitte«, wiederholte er. »Setzen wir uns.«
Tristan tat ihm den Gefallen.
»Geht es Ihnen körperlich gut?«, fragte FitzAllan.
Tristan nahm einen Schluck Tee.
»Sie meinen die Schusswunde?« Er ließ das Wort absichtlich einen Moment im Raum stehen. »Nun, sie wurde fachgerecht versorgt.« Er stellte seine Tasse zurück auf den Untersetzer. Sie klimperte leicht. »Ich bin der Familie Montgomery wirklich sehr dankbar.«
»Ich auch«, sagte Alistair. »Aber Sie können hier nicht ewig bleiben. Und so gern ich Sie zurück zu uns ins Hotel holen würde, so klar ist auch, dass das nicht funktionieren würde.« Er leerte seine Teetasse in einem Zug und stellte sie ab. »Air Marshal Sir Albert Cunningham hat Ihrer vorzeitigen Entlassung zugestimmt. Als Entschädigung für die ... erlittenen Umstände.« Er sah Tristan direkt an. »Sie sind ab sofort ein freier Mann. Und ich bin bereit, Ihnen etwas Geld und das Ticket für die Schiffspassage nach Hamburg zur Verfügung zu stellen.«
Das also war der Plan. Tristan drehte die Porzellantasse in seiner Hand. Er stellte sie ab, steckte kurz die Hand in die Hosentasche und befühlte das zusammengefaltete Telegramm.
Wir gehören zusammen! Für immer!
»Und Rosalie?«, fragte er.
Alistair wirkte verärgert. »Was meinen Sie?«
»Ich kann sie ja schlecht mitnehmen.«
»Natürlich nicht. Völlig ausgeschlossen!«
»Gut«, sagte Tristan. »Dann bleibe ich auch hier.«

Alistair stand auf und ging zum Fenster. Er blickte auf den kleinen Apfelhain des Pfarrhauses, aus dessen Früchten Eliza im Herbst sicherlich fantastische Kuchen zaubern würde.

»Seien Sie doch vernünftig, Mann! Wissen Sie, wie viele Ihrer Kameraden alles dafür geben würden, endlich nach Hause zu kommen?«

»Die haben aber nicht die Liebe ihres Lebens hier getroffen!«, entgegnete Tristan trotzig.

Er konnte sehen, wie Alistair bei den Worten zusammenzuckte. Langsam wandte er sich zu Tristan um. »Wollen Sie nicht wissen, ob Ihre Schwester noch lebt?«

»Ich weiß, dass sie lebt«, erwiderte Tristan. »Und ich werde sie suchen und finden. Aber Anni würde nicht wollen, dass ich Rosalie hier zurücklasse.«

Alistair ging einen Schritt auf ihn zu. Der wuchtige Hotelbesitzer überragte ihn um einen halben Kopf. Doch Tristan ließ nicht locker. »Sie wissen genau: Wenn ich England jetzt verlasse, werden Rosalie und ich uns nie wiedersehen. Und darum geht es Ihnen, nicht wahr? Gut, dann sage ich Ihnen jetzt etwas: Ich liebe Ihre Tochter. Und sie liebt mich. Dass die Umstände gegen uns sind, wissen wir. Aber der Krieg ist vorbei. Ich weiß, dass Sie mich nicht hassen. Wäre ich ein Engländer, würden Sie mich vielleicht sogar mögen. Und ich weiß, dass Sie Ihre Tochter über alles lieben. Ich bitte Sie also, stehen Sie unserer Verbindung nicht im Weg. Es muss eine andere Lösung geben!«

Rosalies Vater schüttelte den Kopf. Er griff in die Innentasche seines Jacketts, zog einen Umschlag heraus und legte ihn auf den Tisch. »Das sind Ihr Entlassungsschreiben, die Schiffsfahrkarte und zwanzig Pfund in bar. Damit dürften Sie eine Zeitlang auskommen.«

Jetzt war es Tristan, der verärgert schnaubte. »Haben Sie mir nicht zugehört?«

»Sie haben *mir* nicht zugehört!«

Alistair war laut geworden. Er holte eine Schachtel Zigarillos aus seiner Hosentasche und bot Tristan einen an. Der lehnte ab. Scheinbar seelenruhig zündete Alistair sich sein Zigarillo an und paffte ein paar Züge. Tristan konnte sehen, wie angespannt er war.

»Noch einmal«, begann der Schotte in versöhnlicherem Ton. »Mir tut das, was zwischen Ihnen und meinem Sohn vorgefallen ist, wirklich sehr leid. Deshalb bin ich hier, deshalb habe ich auf Ihre Entlassung gedrängt und deshalb möchte ich Ihnen helfen, sicher nach Hause zu kommen. Denn so romantisch Ihre kleine Love-Story auch klingt: Sie ist nun zu Ende.«

»Aber wir ...«

»Gott im Himmel!«, rief Alistair FitzAllan aus. »Wie stur seid ihr Deutschen eigentlich?!« Er nahm einen tiefen Zug vom Zigarillo, blies den Rauch aus und nebelte den Raum damit endgültig ein. »Sie haben keine Arbeit, kein Geld und kein Aufenthaltsrecht! Auch wenn der Premierminister in absehbarer Zeit mit dem Gedanken spielen sollte, die rechtliche Situation anzupassen: Momentan ist jedwede Verbindung zwischen Ihnen und meiner Tochter ein ernsthaftes Vergehen. In der Konsequenz kommt eine solche Verbindung nicht infrage! Punkt!«

Diese Worte trafen Tristan härter als Edwards Kugel. Weil er wusste, dass Rosalies Vater recht hatte – und dass er von seiner Position nicht abrücken würde. Tristan hatte ihm nichts entgegenzusetzen.

Alistair drückte sein Zigarillo im Aschenbecher aus. »Übermorgen geht ein Schiff von Southampton. Ich schicke Ihnen meinen Fahrer, er kommt gegen zehn Uhr. Die Familie Montgomery wird Sie so lange beherbergen.«

Er griff nach seinem Hut und ging zur Tür, drehte sich dort jedoch noch einmal um. »Sie sind jung«, sagte er ruhig. »Sie werden sich wieder verlieben.«

Tristans Kehle war wie zugeschnürt. »Ich will mich von ihr verabschieden!«, presste er hervor.

Alistair zögerte einen Moment und nickte schließlich leicht. »Morgen. Aber ziehen Sie es nicht unnötig in die Länge.«

Fast eine halbe Stunde lang saß Tristan regungslos im Sessel und starrte auf den zerdrückten Zigarillostummel. Die Montgomerys hatten ihm neue Hoffnung gegeben – die nun erkaltete wie der verbrannte Tabak im Aschenbecher.

25

Den ganzen Weg nach Exton nestelte Rosalie auf der ledernen Rückbank des Jaguars nervös an ihren Handschuhen herum. Die heftige Auseinandersetzung mit ihrem Vater am Abend zuvor steckte ihr noch in den Knochen. Von ihm fühlte sie sich fast noch mehr verraten als von ihrem Bruder. Edward tat wenigstens nicht so, als wäre er auf ihrer Seite.

»Auch wenn es dir schwerfällt, das zu glauben«, hatte Alistair sie zu überzeugen versucht, »ich handele vor allem in deinem Interesse – weil ich nicht möchte, dass du dich ins Unglück stürzt. Es ist nämlich nicht wie in einem deiner Liebesromane. Es gibt hier kein *happily ever after*. Dein Tristan hat in England keine Zukunft.«

»Dann gehe ich mit ihm nach Deutschland!«, hatte sie trotzig entgegnet, woraufhin ihr Vater zunächst schallend lachte und dann sehr, sehr ernst wurde.

»Noch ein Wort mehr von diesem Unfug, und du kannst deinen Abschiedsbesuch morgen vergessen!«

Rosalie musste ihre ganze Selbstbeherrschung aufbieten, um nicht vor Wut in Tränen auszubrechen.

Anschließend hatte sie es bei ihrer Mutter versucht, die in vielen Belangen verständnisvoller war. In diesem Fall nicht.

»Rose, glaub mir, wenn ich einen Weg wüsste, dann würde ich dir helfen. Aber es gibt keinen.«

»Wir könnten ihn dabei unterstützen, eine neue Arbeit zu finden, wenn er schon nicht bei uns bleiben kann!«

Ihre Mutter hatte den Kopf geschüttelt. »Niemand in diesem Land nimmt freiwillig einen Deutschen.«

»Ach, aber sie als Zwangsarbeiter auszunutzen ist in Ordnung?!«

Ihre Mutter hatte eine Weile geschwiegen und dann geantwortet: »Ich fürchte, ja.«

Immerhin war sie ehrlich.

»Aber er ist ... der Mann, den ich liebe«, brachte Rosalie mühsam hervor – und fing dann doch an zu weinen.

»Meine arme Kleine.« Ihre Mutter nahm sie tröstend in den Arm.

Das war sehr liebevoll gewesen, aber geändert hatte es nichts.

»Sie sind also Rosalie.« Eliza Montgomery half ihr aus dem Auto. Die Frau des Priesters trug eine hellblaue Schürze und hatte ihr dunkles Haar hochgesteckt. »Mein Mann ist mit Tristan und den Kindern beim Gottesdienst«, erklärte Eliza. »Ich nutze die Zeit für den Hausputz. Möchten Sie Tee?«

»Nein, danke«, erwiderte Rosalie freundlich.

Eine halbe Stunde hatte ihr Vater ihr zugestanden. Der Fahrer würde so lange warten. Rosalie hatte das Gefühl, dass ihr die Sekunden unter den Fingern zerrannen.

»Ich würde ... auch gern in die Kirche gehen.«

»Natürlich.« Mit einem verständnisvollen Lächeln deutete Eliza auf den grauen Steinbau, der etwa zweihundert Meter vom Pfarrhaus entfernt lag.

Vorsichtig öffnete Rosalie die schwere Holztür und betrat die kleine, kühle Kirche, die erstaunlich gut besucht schien. Erleichtert stellte sie fest, dass Reverend Thomas beinahe beim Fürbittengebet angelangt war. Dann erblickte sie Tristan in der letzten Reihe. Ihr Herz setzte einen Schlag aus. Da saß er, der Mann, den sie liebte. Erschöpft, aber aufrecht. Er sah so ganz anders aus in der sauberen Zivilkleidung, die er offenbar von den Montgomerys erhalten hatte. Kein Soldat mehr, kein Zwangsarbeiter, kein Gefangener. Ein freier Mann, der eine schwere Entscheidung zu treffen hatte. Als er sie entdeckte, ging ein Strahlen über sein Gesicht, doch sie sah seinen Augen an, dass auch er kaum geschlafen hatte. Langsam ging sie zu ihm und setzte sich möglichst unauffällig neben ihn – in dem Wissen, dass sie ohnehin jeder gesehen hatte. Während der Fürbitte saßen sie stumm nebeneinander und hielten sich fest an den Händen.

Vor dem Schlusssegen erhob Montgomery noch einmal die Stimme, »in eigener Sache«, wie er sagte. Ein Raunen ging durch die Kirche. »Unter uns befindet sich heute ein junger Mann, der unsere Hilfe braucht.«

Kurz fasste Montgomery Tristans Geschichte zusammen und bat die Mitglieder der Gemeinde, zu überlegen, ob sie nicht Verwendung für einen günstigen Arbeiter hätten. »Einen tüchtigen jungen Mann, der mit wenig Geld zufrieden ist? Einen tapferen Christen, der hier bei uns neu anfangen und auf ehrliche Weise seinen Lebensunterhalt verdienen möchte?«

Viele Kirchgänger wandten sich zu Tristan um. Rosalie sah in ihre Gesichter, es waren mitleidige Blicke dabei, in einigen stand auch ein Anflug von Hohn.

»Sie haben ihn schon erkannt, liebe Gemeinde«, fing Reverend Thomas die Stimmung auf. »Das dort ist Tristan. Sprechen Sie ihn an. Lernen Sie ihn kennen. Sehen Sie ihn nicht als Deutschen, sondern als Menschen – als einen von uns.«

Das Raunen wurde lauter. Der Priester leitete den Schlusssegen ein und unterband damit das Getuschel. Für einen Geistlichen hatte er sich weit vorgewagt.

Als der Gottesdienst vorbei war, ging Rosalie mit Tristan als eine der Ersten nach draußen. Auf einen Wink des Reverend warteten sie in der Nähe der großen Eingangstür, wo sich auch der Priester in Position stellte – umgeben von seiner Kinderschar. Das Kleinste trug er auf dem Arm.

Rosalie ließ ihren Blick über die Menschen schweifen, die aus der Kirche strömten. Thomas Montgomery schien sämtliche Gemeindemitglieder von Exton zu kennen. Hier ein warmes Händeschütteln, dort ein persönliches Wort. Sie wirkten wie ganz normale Dorfbewohner, Bauern, Handwerker, Kaufleute, aber noch nie in ihrem Leben hatte Rosalie von Menschen in ihrem eigenen Land eine solche Ablehnung verspürt. Einer nach dem anderen ging an ihnen vorbei. Manche mit verschämter, viele mit feindseliger Miene. Keiner blieb stehen, keiner wagte es, ihr oder Tristan in die Augen zu sehen. Rosalie konnte es nicht fassen, dass die mutige Ansprache des Reverend so spurlos an ihnen vorbeigegangen war.

Schließlich verlangsamte ein rotgesichtiger Mann mit Bauchansatz seinen Schritt und spuckte Tristan vor die Füße. Das war zu viel für Rosalie.

Wütend stellte sie sich ihm in den Weg. »Und Sie geben vor, ein Christ zu sein?!«

»Geh zur Seite, Mädchen!«

Seine Stimme war rau.

»Nicht, bevor Sie sich entschuldigen!«

»Einen Teufel werde ich tun!«

Die Leute um sie herum blieben stehen.

»Und jetzt mach mir den Weg frei, Kraut-Schlampe!«

Er packte Rosalie an den Schultern und schubste sie. Rosalie strauchelte und fiel hin. Sofort war Tristan bei ihr und half ihr auf.

»Mr Foreman!«, ließ sich mahnend die Stimme von Reverend Montgomery vernehmen. »Lassen Sie die junge Lady in Ruhe!«

Der Mann fuhr herum und starrte den Priester an, der von seinen Kindern umringt wurde wie von einer Gruppe Jünger.

Foreman schien das nicht zu beeindrucken. »Sie müssen gerade reden, *Reverend!*«, entgegnete er verächtlich. »Uns einen Ex-Nazi mitten in den Gottesdienst zu setzen! Schämen sollten Sie sich!«

Unter den Umstehenden regte sich zustimmendes Gemurmel.

»Gottes Sohn hat uns gelehrt, dass wir unsere Feinde lieben sollen«, erwiderte der Priester ruhig und strich Jeremy über den Kopf. »Und stets denen die Hand reichen, die schwach und bedürftig sind.«

Foreman schnaubte verächtlich, erwiderte aber nichts mehr, sondern ging schimpfend davon. Nach und nach trollte sich auch der Rest der Gemeinde.

»Tut mir leid«, wandte Thomas sich an Rosalie und Tristan, nachdem er seinen Kleinsten an die älteste Tochter weitergereicht und die Sprösslinge allesamt zum Pfarrhaus geschickt hatte. »Ich hatte mir etwas mehr Verständnis erhofft.«

»Mir tut es leid«, erwiderte Tristan. »Ich hoffe, Sie geraten meinetwegen nicht in Schwierigkeiten.«

Montgomery winkte ab. »Foreman ist ein Schwätzer und nicht besonders beliebt im Dorf. Die anderen beruhigen sich schon wieder.«

Er wandte sich zur Kirche und schloss die hölzerne Eingangstür. Rosalie klopfte sich den Dreck vom Kleid. Sie sah in Richtung des Fahrers, der an die Motorhaube des Jaguars gelehnt eine Zigarette rauchte und auf sie wartete.

»Uns läuft die Zeit davon«, sagte sie und merkte, wie ihre Stimme wieder zu zittern begann. »Und ich will …« Sie stockte. Tränen flossen ihr über die Wangen. »Ich will mich nicht verabschieden.«

»Komm her.« Tristan öffnete die Arme und zog sie an sich. Sie vergrub ihr Gesicht im Stoff seines Leinenhemdes. Sanft strich er ihr über die Haare. »Wir haben alles versucht.«

»Haben wir das? Haben wir das wirklich?!« Rosalie sah Tristan an. Ihre Verzweiflung wandelte sich abermals in Wut. »Warum kämpfen wir nicht weiter?! Warum kämpfst *du* nicht weiter?!«

Tristan trat einen halben Schritt zurück. »Weil ich keine Chance habe! Du hast es doch gerade miterlebt!«

Rosalie straffte sich. »Gut, dann komme ich eben mit nach Deutschland!«

Tristan schüttelte traurig den Kopf. »Ich habe dort nichts, Rosalie. Du hast die Bilder von Dresden doch gesehen! Außerdem: Wie willst du das bei deinen Eltern durchsetzen?«

»Meine Eltern bestimmen nicht über mein Leben!«

»Vielleicht …«, unterbrach der Reverend den aufkommenden Streit. »Vielleicht gibt es eine letzte Möglichkeit. Sie erfordert allerdings – nun ja – tatsächlich eine Menge Kampfgeist.«

Rosalie wischte sich die Tränen weg und sah den Priester erwartungsvoll an.

»Kommt«, forderte er die beiden auf, »gehen wir ein paar Schritte.«

Sie wanderten den Hügel hinunter, weg vom Pfarrhaus und aus dem Sichtfeld des wartenden Fahrers. Vor ihnen breitete sich die bewaldete Landschaft der South Downs aus. Ein paar Möwen flogen kreischend über sie hinweg.

»Freunde von uns besitzen eine kleine Farm auf der Isle of Wight«, begann Montgomery. »An der Südküste der Insel. Ich habe dort mein Vikariat verbracht. Sie züchten Schafe, sind aber beide schon recht alt, weshalb ihnen die Farm langsam über den Kopf wächst.«

Rosalie spürte einen Anflug von Hoffnung. »Sie meinen ...«

»Ich möchte nichts voreilig versprechen. Ihr habt eben gesehen, wie schwer es ist, zu den Menschen durchzudringen. Aber die Primroses sind anständige Leute. Sehr christlich. Es wäre einen Versuch wert.«

Er sah Tristan von der Seite an.

»Ich kann dich ankündigen. Aber überzeugen musst *du* sie.«

»Das klingt doch nach einer Chance!« Rosalie ergriff Tristans Hand. »Die Isle of Wight liegt direkt vor Portsmouth. Die Fähren verkehren inzwischen wieder regelmäßig. Wir könnten uns ab und zu sehen! Bitte, Tristan, du musst es versuchen!«

Tristan blickte nachdenklich von ihr zum Reverend. Er schien sich zu fragen, wo der Haken war. »Haben die Primroses keine Kinder?«

»Doch, zwei Söhne, aber sie sind gefallen.«

Tristan sah ihn entsetzt an.

»Im letzten Krieg, nicht in diesem«, fügte Montgomery eilig hinzu.

»Macht das einen Unterschied?«

»Das gilt es herauszufinden. Der alte Colonel ist kein einfacher Mensch. Andererseits inzwischen schon über achtzig.«

»Dann ist er vielleicht schon altersmilde?«, fragte Rosalie hoffnungsvoll.

»Mit dem Altwerden ist es wie mit dem Bergwandern«, erwiderte der Reverend. »Je höher man steigt, desto mehr schwinden die Kräfte – aber desto weiter sieht man auch.«

Teil 2

Sommer 1945

Die vier Siegermächte teilen Deutschland entsprechend den Grenzen von 1937 in vier Besatzungszonen auf.

Nach dem Harrison-Report verbessert sich die Situation der sogenannten Displaced Persons *in den Lagern. Die meisten in Deutschland verbliebenen Menschen jüdischen Glaubens versuchen in die USA oder nach Palästina zu emigrieren.*

Österreich wird ebenfalls in vier Besatzungszonen unterteilt. Tirol fällt an Frankreich.

Schriftsteller, Künstler, Wissenschaftler und Lehrer gründen in Berlin den »Kulturbund zur demokratischen Erneuerung Deutschlands«.

Clement R. Attlee löst Churchill nach dem Wahlsieg der Labour Party als englischer Premierminister auf der Potsdamer Konferenz ab. Das mit Truman und Stalin geschlossene Potsdamer Abkommen regelt die künftige Politik der Alliierten für Deutschland.

Anfang August werfen die US-Streitkräfte Atombomben über Hiroshima und Nagasaki ab. Die verheerende Zerstörung wird noch Jahrzehnte weiterwirken. Sie zwingt Japan zur Kapitulation. Der Zweite Weltkrieg ist damit offiziell beendet.

Deutschland versinkt im Flüchtlingschaos. Millionen von Zivilisten suchen Zuflucht, Angehörige, eine neue Heimat.

Zwei junge Menschen versuchen, sich über die Sektorengrenze nach Österreich durchzuschlagen.

26

Was Tristan wohl sagen würde, wenn er sie so sehen könnte: erschöpft, aber erleichtert, mit wehenden Haaren, auf der Rückbank eines amerikanischen Militär-Jeeps? Schweigend saßen Anni und Adam nebeneinander, die kleine Clara und die Geige sicher auf dem Schoß – viel zu überwältigt, um sich darüber auszutauschen, was bemerkenswerter war: die enorme Häufung glücklicher Umstände, die sie wieder zusammengeführt hatte, oder die unermessliche Freude, die sie beide über ihr Wiedersehen empfanden.

Anni hatte nach der Auseinandersetzung im Englischen Garten gewusst, dass es nur einen Weg gab, Contzen zu entkommen: Sie musste ihn davon überzeugen, dass sie bleiben wollte.

»Es tut mir leid, Werner«, wandte sie ihre neue Taktik schon auf dem Rückweg an. »Ich hätte nicht wieder von der Vergangenheit anfangen sollen.« In das »Werner« legte sie eine besondere Betonung. Vertraut und zärtlich.

Er sprang gleich darauf an. »Schon gut, meine Liebe. Ich verstehe ja, dass die Geschichte dich aufwühlt. Aber lass uns doch bitte nach vorn sehen.«

»Du hast vollkommen recht«, sagte Anni und entlockte ihm damit abermals ein Lächeln. Bei allen negativen Eigenschaften, die er wohl hatte – der Tuchfabrikant war nicht nachtragend.

Clara war von dem Tag im Park glücklicherweise so erschöpft, dass sie nach einem raschen Abendessen schnell einschlief. Wieder einmal fiel Anni auf, wie ernst Claras Gesichtchen im Schlaf inzwischen wirkte. Bald würde sie ein Jahr alt werden. Kein Säugling mehr, sondern schon ein kleines Mädchen, eine kleine Persönlichkeit. Die unbedingte Entschlossenheit, ihr Kind zu beschützen, gab Anni auch jetzt ausreichend Mut für ihren nächsten Schritt.

Sie hatte von Gesine einen nur wenig gebrauchten Lippenstift erhalten, den sie in ihrem Zimmer dick auftrug. Dann ging sie zu Contzen in den Salon, setzte sich dicht neben ihn, ergriff seine Hand und erklärte: »Ich habe nachgedacht.«

Sie »gestand« Contzen, dass sie nicht mehr recht an Fritz' Rückkehr glaube und zudem mittlerweile überzeugt sei, Adams Zukunft liege in den USA. Ihre hingegen: Nun ja, man müsse sehen. Daher sei sein Vorschlag, dass sie zunächst bei ihm in München bleiben könne, eigentlich brillant. Sie sei am Nachmittag nur zu überrumpelt und aufgewühlt gewesen, um sein Angebot wirklich würdigen zu können.

Anni beobachtete, welche Wirkung ihre Worte bei Contzen auslösten. Er errötete leicht, schien plötzlich um Jahre verjüngt und tanzte fast zum Schrank, um die Cognacflasche zu holen, mit der er das Vorhaben begießen wollte. Mit jedem weiteren Glas, das er trank, rückte er noch näher an sie heran. Anni achtete darauf, ihm ihrerseits erwachende Zuneigung zu signalisieren, ohne es ihm allzu leicht zu machen. Doch es dauerte lange, bis der Cognac Contzen müde machte, und Anni kam nicht darum herum, einen Weinkrampf vorzutäuschen, als er sie zu küssen versuchte. »Tut mir leid«, schniefte sie. »Es ist nur … Fritz, weißt du?«

»Natürlich, meine Liebe! Bitte entschuldige!«

Contzens Gesicht färbte sich zwei Nuancen dunkler, bevor er seine Scham in einem weiteren Glas Cognac ertränkte.

Irgendwann zog es ihn aufs Sofa, wo er bald eindöste. Doch erst als ein tiefes, zufriedenes Schnarchen zu hören war, wagte Anni es, vorsichtig die Schlüssel für die verriegelte Eingangstür aus der Innentasche seiner Weste zu ziehen. Dann holte sie die schlafende Clara, die sich zum Glück mit ihren kleinen Ärmchen an ihr festhielt, ohne dabei ganz aufzuwachen, und schlich vorsichtig mit ihr, der Geige und den wenigen Habseligkeiten, die ihr geblieben waren, aus der Wohnung.

Als die schwere Haustür hinter ihr ins Schloss fiel, atmete Anni kurz durch und entfernte sich dann im Laufschritt von dem imposanten Jugendstil-Gebäude – eines der wenigen, die von den Bomben verschont geblieben waren.

Der Abend, der hinter ihr lag, ließ sie mit gemischten Gefühlen zurück. In gewisser Weise hatte sie ein schlechtes Gewissen, Contzens Schwäche für sie so gezielt ausgenutzt zu haben. Hauptsächlich aber war sie heilfroh, dass es funktioniert hatte, und auch immer noch ein wenig erstaunt darüber, wie leicht es gewesen war. Noch nie zuvor hatte Anni einem Mann in voller Absicht körperliche Zuneigung vorgetäuscht. Wer ist diese Frau, hatte sie sich mehrfach gefragt, während sie auf Contzens Schoß gesessen und ihm neckisch alles versprochen hatte, was er hören wollte. Und wozu ist sie fähig?

Der Morgen dämmerte schon herauf, aber es waren noch genug zwielichtige Gestalten unterwegs. Der ersten Gruppe wich sie einfach aus, die Männer waren glücklicherweise stark betrunken. Doch dann kam ihr ein unangenehmer Bursche mit Zigarette im Mundwinkel entgegen, der seine Schirmmütze in den Nacken geschoben hatte. Er hatte offenbar noch einiges vor.

»Wohin denn so eilig, gnä' Frau?«

»Ich bin auf dem Weg nach Hause«, erwiderte Anni. Ihre Fähigkeiten im Lügen wuchsen mit jeder Stunde.

»Aha – und wer erwartet Sie da?«

»Mein Mann.«

»Soso ...«

Anni wollte an ihm vorbei, doch er versetzte ihr einen Schubser.

»Vorsicht«, zischte Anni empört. Ihr Herz klopfte bis zum Hals. »Meine Tochter schläft, wie Sie sehen.«

»Fei süß, die Kleine!« Er grinste und entblößte ein paar ungepflegte Zähne. »Dann schau'n wir mal, dass sie ned wach wird, oder?«

Er fasste Anni am Arm und drückte sie gegen die Hauswand, mit der anderen Hand griff er ihr in den Schritt. Sie schrie, so laut sie konnte. Dass Clara davon aufwachte, war ihr egal. Allein der Gedanke, nach der gelungenen Flucht vor Contzen von einem stinkenden Stadtstreicher vergewaltigt zu werden, sprengte das Maß des Erträglichen. Inzwischen schrie auch Clara. Anni versuchte verzweifelt, mit der einen Hand ihr Kind zu schützen, während sie mit der anderen den widerlichen Kerl abwehrte. Glücklicherweise bog in diesem Moment eine amerikanische Patrouille um die Ecke.

»*Do you need help, lady?*«

»*Yes!*«, rief Anni. »*Please help!*«

Es dauerte keine dreißig Sekunden, dann war der Stadtstreicher überwältigt und abgeführt. Anni ließ sich auf den Boden sinken und versuchte, ihr weinendes Kind zu beruhigen.

Ganz schön knapp, dachte sie. Mal wieder.

Die Amerikaner waren zuvorkommend und halfen ihr ins Auto. Wenig später saß Anni in einem ehemaligen NS-Parteigebäude, das kurzfristig zum *Field Office* der US-Militärverwaltung umfunktioniert worden war. Ihr gegenüber nahm ein freundlicher Offizier Platz, der sich als Major Malone vorstellte und ihre Aussage zum tätlichen Übergriff zu Protokoll nahm. Malones Haut war dunkel, wenn auch nicht tiefschwarz, so wie bei einigen der amerikanischen Jazzmusiker, mit denen Anni über ihre Eltern in Kontakt gekommen war. Dennoch konnte sie nicht anders, als ihn fasziniert anzusehen, während er sie nach ihrer Adresse in München fragte. Anni dachte schaudernd an Contzens Wohnung zurück und erzählte dann wahrheitsgemäß, gerade erst in der Stadt angekommen – und auf der Suche nach Adam Loewe zu sein.

»Ihr Ehemann?«, fragte Malone.

Anni schüttelte den Kopf und erwiderte dann, einem Impuls folgend: »Mein Bruder ... also, mein Halbbruder.«

Dann skizzierte sie, so gut es ging, Adams und ihre Geschichte in wenigen Sätzen.

Der Major nickte beeindruckt. »Wir wollen sehen, was ich für Sie tun kann.« Damit stand er auf, bat sie, auf einer Wartebank Platz zu nehmen, und verschwand. Anni hätte Clara gern neben sich abgelegt, doch jedes Mal, wenn sie es versuchte, wachte die Kleine auf und klammerte sich an ihr fest. Schließlich ergab Anni sich in ihr Schicksal und wiegte sie einfach in den Armen. Dabei fielen ihr mehrfach selbst die Augen zu.

Als der Major zurückkam, war es bereits helllichter Tag.

»Gute Neuigkeiten!«, sagte er und lächelte sie an. Malone trat zur Seite, und Anni bemerkte Adam, der hinter ihm gestanden hatte. Er wirkte mitgenommen, sein Hemd war schmutzig, seine Haare standen wirr vom Kopf ab. Aber er war es, und er lebte, kein Zweifel. Sie hatten sich tatsächlich wiedergefunden. Einen Moment lang standen sie fassungslos voreinander und starrten sich an. Dann fielen sie sich erleichtert in die Arme. Die Szene war so rührend, dass einige der GIs auf dem Flur spontan applaudierten.

»Ich dachte, du wolltest zu deiner Mutter?«
»Ich dachte, du wartest auf Fritz?«
Anni atmete kopfschüttelnd aus. »Contzen«, sagte sie leise. »Dieses Schwein.«
»Wie hast du ...«
»Wie bist du ...«
Sie mussten beide lachen.
»Du zuerst«, sagte Adam.
Während Anni erzählte, spürte sie, dass sich etwas zwischen ihnen verändert hatte. Die kurzzeitige Angst, einander verloren zu haben, hatte ihre Beziehung noch einmal intensiviert. Aus der spontanen Kameradschaft, die sie in Dresden geschlossen hatten, war ein starkes Band erwachsen, das Anni für sich noch gar nicht recht benennen konnte. Freundschaft traf es nicht. Es war mehr. Aber was, vermochte sie nicht zu sagen. Eine Vertrautheit, auf die sie sich verlassen konnten. Als wären sie Geschwister. Oder lag noch etwas anderes darunter?

Anni merkte, dass Adam den Zauber ihres Wiedersehens ebenso wenig in Worte fassen wollte oder konnte wie sie. Also wandten sie sich den drängenden Formalitäten zu. Adam hatte über den »Geiger« eine Behelfs-Kennkarte erhalten, und Anni besaß nach wie vor ihren Reisepass. Hinsichtlich der Papiere für die Einreise ins ehemalige Österreich musste

Malone sie dann allerdings enttäuschen. Tirol war tatsächlich an die Franzosen gefallen. Was dazu geführt hatte, dass sich – wie Malone es ausdrückte – »sämtliche Nazi-Größen« über Nacht auf den Weg ins Salzburger Land gemacht hatten, das unter amerikanischem Befehl stand. Anscheinend erhofften sie sich von den US-Truppen größere Milde. In der Folge, so berichtete er nach einem Telefonat mit seinem Vorgesetzten, waren die Kontrollen an der Sektorengrenze verschärft worden, und jeder, der auf einer der Straßen nach Süden unterwegs war, wurde doppelt und dreifach überprüft. Das Visum, das sie gebraucht hätten, um ungehindert passieren zu können, konnte auch Malone ihnen nicht besorgen.

»Sie könnten es höchstens zu Fuß versuchen«, schlug er mitfühlend vor, als er ihre enttäuschten Gesichter sah – und fügte dann leiser hinzu: »Ich muss morgen zum Grenzposten nach Wildbad Kreuth. Ich könnte Sie ein Stück mitnehmen, wenn Sie wollen.«

Anni ging den Weg im Geiste durch – und sah die Lösung plötzlich vor sich: zu Fuß von Kreuth über die Grenze in Richtung Achensee nach Tirol – das war in zwei Tagen machbar. Und die Grenzposten würden kaum Zeit haben, Wanderwege zu kontrollieren. Außerdem kannte Anni die Gegend ein bisschen. Sie war die Überschreitung zum Achensee schon einmal gegangen, im Alter von vierzehn Jahren, an der Seite ihres Vaters, der es romantisch gefunden hatte, sich seiner Heimat »einmal wie ein echter Wandersmann« zu nähern. Es waren unwirkliche Erinnerungen an eine längst vergangene Zeit. Und schmerzhafte, weil Anni damals die Tage mit ihrem Vater in den Bergen sehr genossen hatte. Den Weg würde sie wiederfinden, daran hatte sie keinen Zweifel. Anni verfügte über einen exzellenten Orientierungssinn.

Adam schaute ein wenig skeptisch, als Anni ihre Gedanken mit ihm teilte, doch zu ihrer Überraschung nickte er zustimmend. »Wenn wir eine Chance haben«, konstatierte er mit dankbarem Blick zum Major, »dann vermutlich diese.«

Malone ließ sich nicht lumpen. Er organisierte ihnen einen Schlafplatz für die Nacht, zeigte ihnen, wo sie sich waschen konnten, und schenkte ihnen zwei ausgediente Armeerucksäcke. Gemeinsam kamen sie auf die Idee, die Seitentaschen des einen so abzutrennen, dass zwei große Löcher entstanden, durch die sie Claras Beine steckten, als sie die Kleine hineinsetzten. Sie schien es recht bequem zu haben. Frisch gewaschen, versorgt mit Schokoriegeln, Kondensmilch und einer Tüte altbackener Brötchen von den sympathischen GIs, stiegen sie am nächsten Morgen in den Jeep.

»Startklar?«, grinste Malone. Dann gab er Gas.

Als kurz hinter München am Horizont die Berge auftauchten, fühlte Anni sich wie befreit. Adam lächelte. Rasiert und mit gewaschenem Hemd wirkte er deutlich munterer als am Vortag.

»Schau dir das an«, rief sie, als vor ihnen der glitzernde Tegernsee auftauchte.

»Wahnsinn«, sagte Adam.

»So wie dieser ganze Krieg«, brummte Malone leise.

Adam und Anni nickten schweigend.

Sie erreichten Wildbad Kreuth gegen Mittag. Der Major drückte ihnen zum Abschied die Hand. »Hoffe, ihr könnt ein wenig Französisch?«

»Besser als Englisch«, erwiderte Anni und umarmte ihn kurz. »Danke für alles!«

Er schenkte ihr ein letztes strahlendes Lächeln.

Sie nahmen einen Forstweg, der an einem Bachlauf entlang bergan führte. Als die Bäume sich lichteten, blieb Adam stehen und blickte nun doch etwas sorgenvoll zu den ersten Berggipfeln hinauf, deren Spitzen im Sommerlicht silbergrau schimmerten.

»Es ist nicht weit«, versuchte Anni ihn aufzumuntern. Sie trug Clara auf ihrem Rücken, Adam schleppte die Geige und seinen Rucksack, der mit dem Proviant vollgestopft war.

»Weit vielleicht nicht«, erwiderte Adam mit Blick auf die felsigen Gipfel. »Aber hoch.«

Das Wetter war zum Glück beständig. Sie wanderten durch den Wald in Richtung Königsalm und dann stetig aufwärts über die weiche Flanke zum Graseck. Clara schlief zufrieden auf Annis Rücken. Vielleicht, dachte Anni, war das die weitaus bessere Methode, kleine Kinder zu transportieren. Sie nicht auf Armeslänge entfernt in einem Wagen vor sich herzuschieben, sondern ganz nah bei sich zu haben, wie die Tiere ihre Kleinen auch.

Die Sicht war atemberaubend. Klarblauer Himmel, kaum Wolken und um sie herum die Gipfelwelt des Mangfallgebirges. Immer wieder blieb Anni stehen und schaute auf die vertraute Bergwelt, die so unbeschadet, so unversehrt von all der schrecklichen Zerstörung schien, welche die letzten fünf Jahre um sie herum gewütet hatte. So ist das, dachte Anni. Wir Menschen führen Kriege, bringen uns gegenseitig um – und die Berge schauen zu, verlieren hier und da ein Steinchen und warten auf das nächste, hoffentlich friedvollere Jahrhundert.

Ihre Gedanken schweiften zu jenem unvergesslichen ersten Sommer im Sellraintal. Zu Oma Traudl, Vickerl – und zu Fritz, ihrem Mann. Und wieder empfand sie ein diffuses Gefühl von Schuld, weil sie ihn nicht drängender, nicht glühender vermisste. Aber da waren nun einmal Poldis düstere Mutmaßungen. Und sie war einfach schon so lange daran gewöhnt, für sich allein zu kämpfen – beziehungsweise gemeinsam mit Adam. Sie fühlte sich so sicher, so geborgen in seiner Nähe – und gleichzeitig von ihm wahrgenommen. Als ebenbürtige Partnerin, als starke Frau. Würde Fritz, der sie vor allem als junge Musikerin mit panischer Bühnenangst kannte, diese Frau, die sie inzwischen war, überhaupt zurückhaben wollen? Und was wollte sie, diese neue Anni, eigentlich, wenn all das hier überstanden war?

In Gedanken versunken übersah Anni einen größeren Stein, stolperte und verlor für einen Moment das Gleichgewicht. Zum Glück fing sie sich sofort wieder und schaffte es, den Rucksack mit Clara auszubalancieren.

»Alles in Ordnung?«, fragte Adam besorgt. Er war sofort neben ihr und reichte ihr die Hand.

Anni nickte und atmete tief durch. Hör auf zu grübeln und konzentrier dich, ermahnte sie sich selbst. Noch seid ihr nicht einmal ansatzweise in Sicherheit!

Der Weg stieg an, wurde schmaler und steiniger, der Wind frischte auf. Die Tiefblicke ins Tal wurden schwindelerregender, die Passagen ausgesetzter und Adam merklich blasser im Gesicht. Anni legte ihm die Hand auf die Schulter. »Die Höhenangst vergeht.«

»Das sagtest du schon.« Adam sah sie schief an. »Ich frag mich nur, wann.«

Sie überschritten das Joch unterhalb des Schildensteins und blickten nun geradewegs nach Süden. Der kalte Wind blies ihnen ins Gesicht. In der Ferne sah man die schneebedeckten

Gipfel des Rofan- und Karwendelgebirges – und in der Ferne glitzerte bereits der Achensee.

»Da drüben«, sagte Anni, »liegt Tirol. Meine wahre Heimat.«

Adam deutete mit einem Kopfnicken auf die französische Flagge, die ein ganzes Stück weiter unten am Berghang auf dem Dach einer Hütte wehte.

»Na, dann herzlich willkommen«, sagte er. »Oder vielmehr: *Bienvenue!*«

In der nächsten Sekunde ertönte ein ohrenbetäubender Knall, und Anni vernahm ein Pfeifen an ihrem rechten Ohr.

»Verdammt!«, rief Adam. »Die schießen auf uns!«

Ohne ein weiteres Wort riss er Anni und Clara mit sich hinter einem der bauchigen Nadelsträucher zu Boden, die wie dunkelgrüne Riesenigel den Abhang säumten. Clara fing an zu weinen. Anni nahm eilig den Rucksack ab und drückte die Kleine an sich. Eine weitere Kugel pfiff durch die Luft.

»*Ne tirez pas!*«, schrie Anni.

»Die können uns nicht hören«, keuchte Adam. »Hast du was Weißes?«

Anni blickte an sich herunter. Entschlossen raffte sie Gesines hellblaues Kleid hoch und riss einen Teil des eingenähten Unterrocks heraus – er war schneeweiß. Adam band ihn an einen Zweig, den er von dem Nadelstrauch abbrach, und schwenkte ihn über seinem Kopf.

Eine Weile lang blieb es still. Anni streichelte die wimmernde Clara. In einiger Entfernung waren Rufe zu hören. Sie sahen eine Gruppe blau uniformierter Soldaten den Berg heraufhasten.

»Hoffen wir«, sagte Adam leise, »dass die Franzosen zumindest halb so anständig sind wie die Amerikaner.«

27

Während der Überfahrt stand Tristan an der Reling der MS Southampton, die ihn von Portsmouth auf die Isle of Wight brachte. Es waren nicht viele Fahrgäste an Bord. Der Wind fegte über den Solent und wirbelte seine Haare durcheinander, die seit mehr als einem Jahr nicht mehr geschnitten worden waren. In der Kleidung, die die Montgomerys ihm geschenkt hatten, wurde er zwar nicht mehr angestarrt, aber wirklich zugehörig zu den wenigen anderen Passagieren, die mit ihm an Deck standen, fühlte er sich nicht. Und der Gedanke an den vor ihm liegenden Antrittsbesuch bei einem alten britischen Colonel, den schon der letzte Krieg beide Söhne gekostet hatte, jagte ihm kalte Schauer über den Rücken. Lediglich die Vorstellung, stattdessen an Deck einer der großen Fähren zu stehen, die weiter östlich nach Calais, Rotterdam und Hamburg fuhren, und Rosalie für immer Lebewohl sagen zu müssen, war noch schauriger.

Er hatte sie nur noch einmal kurz sehen dürfen. Am Hafen. Alistair war nicht von ihrer Seite gewichen. Rosalies Vater hatte keinen Hehl aus seinem Unmut über den Vorschlag von Reverend Thomas gemacht. In seinen Augen gehörte Tristan zurück auf den Kontinent und seine Tochter in den Schoß der Familie und am besten irgendwann an die Seite eines passenden jungen britischen Gentleman. Das besagte jede seiner Gesten und Blicke. Er schien darauf zu spekulieren, dass der alte Colonel den Deutschen hochkant von der Insel jagen würde – was Tristan ebenfalls für nicht ganz unwahrscheinlich hielt. Er war sich nicht sicher, ob er den Mut zu diesem Neuanfang gehabt hätte, wäre da nicht Rosalies unerschütterlicher Optimismus gewesen. Eingehüllt in einen karierten Wollponcho hatte sie dagestanden, ihn mit ihren Smaragdaugen angestrahlt und dann ganz plötzlich so heftig umarmt, als wolle sie ihn nie wieder loslassen. So hielten sie sich mehrere Minuten aneinander fest, bis Alistairs energisches Räuspern und das Tuten des Schiffshorns sie auseinanderrissen.

»Du schaffst das!«, hatte sie ihm hinterhergerufen, als er an Bord ging. »Du schaffst das, ich weiß es!«

Sie winkte mit strahlenden Augen und einem Handschuh, den sie sich rasch von den Fingern gezogen hatte. Er liebte sie so sehr, dass es wehtat.

Auch an Anni dachte er. Sie hätte Rosalie und ihn ermutigt, da war er sich sicher. Und er nahm sich vor, ihr von jetzt an jeden Tag zu schreiben. Er würde Briefe an alle noch übrigen Verwandten senden, an alle Freunde, die ihm einfielen. Irgendwo musste sie doch zu finden sein. In den Zeitungen, die er bei den Montgomerys gelesen hatte, war die Rede von einem dramatischen Flüchtlingschaos, das beinahe den halben Kontinent überzog. Ob sie es geschafft hatte, sich und ihr Kind irgendwo in Sicherheit zu bringen? Tristan hielt an dem Glauben fest, dass er sie eines Tages wiedersehen würde.

Eine knappe Stunde später legten sie in Ryde an, einem kleinen Hafenort, der ihn an die Nordseedörfer seiner Heimat erinnerte. Der Wind zerrte an Tristan, als er mit seinem kleinen Rucksack den hölzernen Kai entlangschritt.

Ein betagter Fahrer mit Schirmmütze, Matrosenjacke und

einem grauen, vom Pfeifenrauch gelblich verfärbten Bart wartete auf ihn. Er reichte Tristan seine raue Hand und stellte sich knapp als Callaghan vor. Die Primroses hätten ihn geschickt. Tristan kletterte in den klapprigen Geländewagen und hielt sich fest, als Callaghan mit einem Ruck anfuhr. Er versuchte, eine Unterhaltung in Gang zu bringen, doch der Alte antwortete so einsilbig, dass er bald aufgab.

Sie fuhren schweigend über die Insel. Tristan konzentrierte sich darauf, seine neue Umgebung in sich aufzunehmen: weite Felder und Wiesen, Dünen, Wälder, kleine Cottages und Bauernhöfe, und immer wieder der Blick aufs Meer. Alles wirkte lieblich und unberührt, obwohl Tristan wusste, dass die Insel durch ihre geografische Lage einiges an deutschen Bomben abbekommen hatte. Sie passierten das etwas größere Örtchen Shanklin, wo ein reetgedecktes verwunschenes Häuschen neben dem anderen stand und es außer einer verwitterten Kirche auch einen gemütlich wirkenden Pub gab, der *The King's Inn* hieß und im Fachwerk die große Inschrift *1516* trug. Die meisten Häuser schienen jahrhundertealt zu sein. Der Gedanke daran, wie lange diese Gebäude hier schon standen, wie viele Menschenleben sie hatten kommen und gehen sehen, wie viele Kriege sie überstanden hatten, gab ihm Kraft.

Primrose Cottage war ebenfalls mindestens hundert Jahre alt. Es lag im Süden der Insel, auf der sanft zum Meer abfallenden Seite eines bewaldeten Hügels zwischen Bonchurch und Luccombe – zwei Orte, für deren korrekte Aussprache er vermutlich Wochen brauchen würde. Das Haupthaus war ein hübscher, ebenfalls reetgedeckter Sandsteinbau mit gezackten Giebeln und zwei Schornsteinen, umgeben von einem

Stallgebäude und heckenumsäumten Weiden, auf denen unzählige Schafe grasten.

Callaghan hielt so ruckartig am Straßenrand, wie er angefahren war, und deutete stumm auf einen schmalen Kiesweg, der von der Straße abzweigte. Tristan bedankte sich und reichte dem Chauffeur die Hand. Der Alte nahm sie zögernd.

Als er die Straße überquert hatte, wandte Tristan sich noch einmal um. Der Geländewagen stand mit laufendem Motor da. Callaghan hatte sich eine Pfeife angezündet. Tristan meinte zu sehen, dass er den Kopf schüttelte, bevor er Gas gab und davonfuhr.

Mit mulmigem Gefühl schritt er über den knirschenden Kiesweg auf das Cottage zu. Links und rechts hörte er die Schafe blöken. Sie waren beigeweiß und hatten allesamt Hörner, auch die Weibchen. In ihrer Mitte stand ein beachtlich großer Widder, etwa so groß und kräftig wie ein Kalb. Er hatte den Kopf gehoben und sah mit seinen eindrucksvoll geschwungenen Hörnern fast aus wie ein Steinbock. Tristan blickte respektvoll zu ihm hinüber. Montgomery hatte ihm erzählt, dass es allein in Südengland über vierzig verschiedene Schafsrassen gebe. Aber, versuchte er sich selbst zu ermutigen, du hast in den letzten Monaten so viel gesehen, erlebt und gelernt – wie schwer kann es sein, ein Schaf zu scheren?

Als er das Tor zu dem weitläufigen Grundstück erreichte, hielt er inne. Das Haus war zwar alt, aber sehr gepflegt. Efeu rankte sich an den Wänden hoch, und rechts und links von der Zufahrt standen zwei imposante Kastanien. Der Blick fiel frei nach Süden, hinaus auf das offene Meer. Am Fuße weißgrauer Klippen schäumten die Wellen in greifbarer Nähe. Die Luft schmeckte nach Salz. Tristan sah zögerlich zur Eingangstür, die sich soeben geöffnet hatte. Eine alte Frau winkte ihm, er möge näher kommen. Er fasste sich ein Herz und klinkte die Pforte auf.

»Vielen Dank, dass Sie mich eingeladen haben«, sagte Tristan etwas steif, als die Frau ihm an der Haustür die Hand reichte. Sie war klein und recht stämmig, trug ein verwaschenes altrosa Kleid und eine dunkelblaue Schürze mit weißen Stickereien.

»Ach was! Wir freuen uns, Sie kennenzulernen!«

Ihre Herzlichkeit schien so echt und offen, dass Tristan hinzuzufügen wagte: »Es ist alles andere als selbstverständlich.«

»*Oh dear*«, sagte sie lächelnd. »*Oh dear.*« Und dann: »Ich bin Erica Primrose. Kommen Sie herein.«

Sie zog ihn etwas näher zu sich heran und flüsterte: »Mein Mann ist, wie soll ich sagen, ein wenig schwerfällig in manchen Dingen. Er hat nur in unser Treffen eingewilligt, weil er vorige Woche im Stall von der Leiter gefallen ist und sich das Bein gebrochen hat. Seien Sie nachsichtig mit ihm. Und lassen Sie sich vor allem nicht einschüchtern.«

Tristan schluckte. Wenn die Primroses ihn nicht aufnahmen, würde er England endgültig verlassen müssen. Die Chancen, dass er Rosalie dann jemals wiedersah, waren verschwindend gering.

Der Hausherr erwartete ihn im Wohnzimmer, das Tristan an eine alte Bibliothek erinnerte. An allen Wänden des Raumes befanden sich Bücherregale, die bis zu den Decken reichten. In einer Ecke tickte eine riesige Standuhr, die man allerdings kaum hörte, weil die übereinandergeschichteten Orientteppiche und die unzähligen Bücher jedes Geräusch schluckten. Colonel Primrose saß, nein, thronte mit seinem Gipsbein im Sessel. Er war sehr förmlich gekleidet. Anzug, Hemd, Krawatte. Außerdem trug er einen kleinen Orden am Revers; an seinem rechten Ringfinger prangte ein Siegelring. Das weiße, für sein Alter erstaunlich volle Haar trug er zurückgekämmt, und sein Blick war wach und stechend. Er wirkte wie ein ehrwürdiger, angeschlagener Kriegsherr, der vor der Schlacht einen nicht ganz vertrauenswürdigen Soldaten empfängt.

»Aus Dresden also?«

Es war weniger eine Frage als eine Feststellung. Seine Stimme war heiser und hoch, aber kraftvoll. Er hatte ein dickes Buch auf dem Schoß liegen, das er wirkungsvoll zusammenklappte, womit er einen Knall wie ein Ausrufezeichen durch den Raum sandte.

»Wie war noch mal Ihr Name?«

»Baumgartner. Tristan Baumgartner.«

»Baumgartner«, wiederholte der Colonel langsam. Es klang wie »*gardener*«.

»Haben Ihre Eltern mit Pflanzen zu tun?«

»Nein«, antwortete Tristan. »Sie sind Musiker.«

»Oh, wie zauberhaft«, rief Erica, die mit einem Tablett hereinkam. Tee und Plätzchen. Während sie einschenkte, herrschte lastende Stille. Tristan hatte noch nie einen Tee so laut plätschern hören.

»Meine Großeltern väterlicherseits sind Bauern«, durchbrach er schließlich das unerträgliche Schweigen. »Bergbauern.« Er versuchte ein Lächeln. »Vielleicht steckt mir die Arbeit ja in den Genen.«

Der Colonel blickte auf. Er schien ihn zum ersten Mal wirklich wahrzunehmen.

»Wo?«, fragte er.

»Bitte?«

»Wo leben Ihre Großeltern?«

»St. Sigmund im Sellrain. Das liegt in Tirol, ganz in der Nähe von ...«

»Innsbruck«, unterbrach ihn Primrose. »Und dem Stubaier Gletscher.«

Tristan war ehrlich erstaunt.

»Ich bin Mitglied im Alpine Club London«, erklärte der Colonel. »Haben Ihre Großeltern Schafe?«

»Ziegen«, erwiderte Tristan.

»Nun, das ist etwas völlig anderes.« Er nahm einen Schluck Tee. »Kennen Sie das Wiltshire Horn?«

»Eine Gegend?«, vermutete Tristan.

»Die Rasse unserer Schafe, Sie Dummkopf!«

Es lief nicht gut.

»Nehmt doch ein Plätzchen«, bat Erica, aber ihr Mann wedelte nur ungeduldig mit der Hand.

»Luftwaffe, ja? Ein Leutnant? Wie alt sind Sie?«

»Zweiundzwanzig.«

Der Colonel prustete in seinen Tee. »Meine Güte! Navigator oder Schütze?«

»Pilot«, antwortete Tristan leise. Er fühlte wieder die Schuld, die sich wie eine bleierne Schwere auf seine Schultern legte.

Der Colonel lachte auf. »Kein Wunder!«, rief er aus. »Kein Wunder!«

Etwas Tee schwappte auf seine Untertasse. Tristan war sich nicht sicher, ob Primrose auf den desaströsen letzten deutschen Luftangriff gegen Großbritannien abzielte oder auf seinen Absturz.

»Wollen wir die Kriegsthemen nicht beiseitelassen?«, versuchte Erica das Gespräch zu wenden.

Der Colonel brummte unwillig.

In diesem Moment war von draußen Hufschlag zu hören. Erica sprang auf.

»Um Himmels willen!«, rief der Colonel und versuchte sich aus seinem Sessel zu stemmen. Tristan half ihm auf und folgte dann Erica, die bereits auf dem Weg nach draußen war. Kaum hatte er die Eingangstür erreicht, sah er zwei junge Schafe über den Kiesweg galoppieren, gefolgt von mehreren größeren, unter anderem dem beeindruckenden Widder.

»Nein, nein, nein!«, schrie Erica. »Sie müssen es durch den Zaun geschafft haben. Wenn sie zu den Klippen laufen … Wir müssen sie einfangen!«

Tristan rannte los. Er war zwar durch seine Beinverletzungen nicht mehr ganz so flott wie früher, aber doch deutlich schneller als Erica.

»Sie müssen Henry erwischen!«, rief sie ihm nach. »Den Widder! Aber seien Sie vorsichtig!«

Tristan hastete den entflohenen Schafen nach, die so eilig Richtung Meer rannten, als würde dort ein Schiff auf sie warten. Nach wenigen Hundert Metern war er bereits völlig außer Atem. Glücklicherweise wurden auch die Schafe langsamer. Sie schienen nicht so sehr das Meer selbst als Ziel auserkoren zu haben als vielmehr die saftigen Wiesen auf dem Rücken der Klippen. Einige von ihnen begannen bereits zu grasen.

Tristan lief etwas langsamer und konzentrierte sich auf die Verfolgung des Widders, der wiederum die beiden Mutterschafe im Auge behielt, die ihren Lämmern folgten. Irgendwann blieben die Tiere stehen. Allerdings war auch der Abgrund nicht mehr weit. Langsam ging Tristan auf den Widder zu, der ihn aus seinen weit auseinanderliegenden dunklen Augen zu taxieren schien. Er schnaubte und wiegte sein Gehörn.

»So, mein Lieber«, verkündete Tristan bemüht selbstbewusst. »Wir gehen jetzt nach Hause.«

Der Widder scharrte mit dem Huf und senkte die Hörner. Tristan dachte an Foreman, der vor ihm ausgespuckt hatte. An Palfrey. An Edward, der ihn angeschossen hatte. An Alistair und seine vermeintlich wohltätige Geste. An all die Menschen in Montgomerys Gemeinde, die ihn mit ihren Blicken durchbohrt hatten. Der Widder war bloß ein weiterer Brite, der ihm seine Verachtung entgegenbrachte.

»Weißt du was?!«, schrie Tristan gegen den Wind an. »Du kannst mich mal! Ja, Herrgott, ich war Jagdflieger. Und es tut mir leid. Aber der Scheißkrieg ist endlich vorbei. Ihr habt gewonnen! Und ihr habt Dresden zerbombt! Findest du nicht auch, dass es langsam reicht?!«

Der Widder schaute ihn etwas verwundert an. Er wirkte nicht mehr ganz so angriffslustig.

»Generaloberst Jodl hat die bedingungslose Kapitulation unterzeichnet!«, fuhr Tristan aufgebracht fort. »Hitler ist tot! Kapierst du das?! Mein Bruder ist übrigens auch tot! Meine Eltern und meine Schwester vielleicht auch! Es kann sein, dass ich niemanden mehr habe! Außer dieser Frau, die ich liebe! Also, kannst du mir jetzt bitte, bitte eine verdammte Chance geben, du aufgeblasener Häuptling?!«

Ihm war es inzwischen egal, ob der Widder ihn hörte. Er war allein mit sich und seinem Schmerz und all der Angst und Schuld und Verzweiflung, die seine letzten Monate erfüllt hatten.

Erschöpft ließ er sich ins Gras sinken. Und etwas Unglaubliches geschah: Henry kam auf ihn zu, senkte den Kopf und stupste ihn an. Tristan richtete sich langsam auf und wischte sich über das Gesicht.

»Lass uns nach Hause gehen«, sagte er, fasste den Widder am linken Horn und führte ihn langsam zurück zum Cottage. Henry folgte ihm, als hätte er nie etwas anderes getan. Und die anderen Schafe folgten Henry.

Als die Prozession das Cottage erreichte, wurden sie schon erwartet. Erica stand an der Pforte, neben dem notdürftig reparierten Stück Zaun, und der Colonel, auf Krücken gestützt, stand vor der Eingangstür. Tristan führte den Widder und die anderen Schafe zurück auf die Weide. Dann schlossen Erica und er das Gatter und überprüften den Zaun.

»Alles morsch«, stellte Tristan fest. »Kein Wunder, dass die Jungtiere dort hindurch sind.«

»Nun«, tönte die heisere Stimme des Colonels von hinten. Er hinkte auf seinen Krücken näher und musterte Tristan anerkennend von oben bis unten. »Dann hast du wohl morgen deine erste große Aufgabe, Leutnant Baumgartner.«

28

»La guerre, c'est une misère qui demeure.«
Der Krieg ist ein Elend, das bleibt. Das hatte Capitaine Lagardes Vater gesagt, der 1916 in Verdun ein Bein verloren hatte. So zumindest hatte Anni es verstanden, als sie in der zum Grenzposten umfunktionierten Berghütte saßen und sich bei einer Tasse Zichorienkaffee aufwärmten, der Lagarde ebenso wenig zu schmecken schien wie die meisten anderen Getränke und Speisen in diesem entlegenen alpinen Landeszipfel, in den er seit Kriegsende abkommandiert worden war. Die Landschaft – nun gut, *très dramatique, la montagne*, aber der Wein? Er schüttelte sich.

Capitaine Lagarde war ein sehr gepflegter Mann um die vierzig. Er hatte ein sympathisches, gebräuntes Gesicht und türkisfarbene, freundlich blickende Augen. In sein dunkles Haar mischten sich erste graue Strähnen. Der Kommandant des französischen Grenzbataillons Achenkirch wirkte erfahren – und auf angenehme Weise kriegsmüde. Er entschuldigte sich für die Schüsse. Der Fußweg über die Alpen sei insbesondere bei ehemaligen Parteifunktionären und SS-Offizieren als Fluchtroute sehr beliebt. Erst zwei Tage zuvor hatte Lagardes Einheit einen als Flüchtling getarnten Obersturmbannführer gestellt und dem zuständigen Militärgericht übergeben.

»Les rats sont en fuite«, sagte der Capitaine und stürzte den letzten Schluck Kaffeeersatz hinunter wie eine bittere Medi-

zin. Die Ratten sind auf der Flucht. Der Gedanke, dass sie einem oder mehreren dieser Männer hätten begegnen können, ließ Anni erschauern. Umso dankbarer waren Adam und sie für den freundlichen Empfang, nachdem sie den ersten Schreck verdaut hatten. Von Lagarde schien keine Gefahr auszugehen. Die Verteidigung Nordtirols und die Überwachung der Grenzen des französischen Sektors gehörten zu seiner Aufgabe. Sein Hauptinteresse bestand aber offenbar darin, flüchtige Nazi-Verbrecher zu fassen.

Um ihm glaubhaft zu versichern, dass sie keine waren, reichten ihre Sprachkenntnisse und Adams Stern zum Glück aus. Lagarde schien sie tatsächlich für eine halbjüdische Flüchtlingsfamilie zu halten, ein Paar, das im sogenannten *régime nazi* keines hatte sein dürfen. Er zeigte sich sehr angetan von der kleinen Clara. Und trotzdem schien er nicht gewillt, sie einfach so weitergehen zu lassen.

»Sie haben kein gültiges Visum«, stellte er trocken fest, nachdem er einen Blick in Annis Reisepass und auf Adams Behelfskennkarte geworfen hatte. »*Je suis désolé!*«

Er reichte ihnen die Dokumente zurück.

»*Mon Capitaine*«, hob Anni vorsichtig an und schenkte ihm ihr besonderes Lächeln, das sie auch schon bei Contzen weitergebracht hatte. »Wir müssen dringend zu meiner Familie nach Tirol. Nur dort sind wir sicher. Bitte, können *Sie* uns das Visum nicht ausstellen?«

Lagardes Blick wanderte von Anni zu Adam, zu Clara und wieder zurück zu Anni.

»Nun ja ...«, sagte er langsam und lehnte sich in seinem Stuhl zurück. Er griff nach einem hübsch verzierten Korkenzieher, der auf seinem Schreibtisch lag, und drehte ihn nachdenklich in der Hand. »Ich mache Ihnen einen Vorschlag.

Was halten Sie von einem guten Abendessen unten in unserem Hauptquartier? Sie sind doch sicher hungrig, und wir haben selten so angenehme, kultivierte Gäste, die sogar ...«, er zeigte bedeutungsvoll auf den Instrumentenkoffer, der auf Adams Schoß lag, »... eine Geige mit sich über die Alpen tragen. Sie sind Musiker, nehme ich an?«

Adam zögerte, nickte dann aber.

»Wunderbar!« Lagarde ließ den Korkenzieher zwischen seinen Zeigefingern kreiseln. »Spielen Sie uns ein paar schöne Stücke auf Ihrem Instrument, ich öffne einen Cru Bourgeois, Sie übernachten bei uns in der Kaserne, und morgen früh setze ich Ihnen zwei hübsche Stempel in Ihre Dokumente. *Voilá tout.*«

Anni und Adam sahen sich verunsichert an. Konnte man Lagarde trauen? Andererseits klang es nach einem verlockenden Angebot. Und sie hatten im Grunde genommen keine Wahl.

»Ein kleines Hauskonzert für zwei Stempel?«, wiederholte Adam.

»Ganz genau, Monsieur«, erwiderte Lagarde. »Was sagen Sie?«

Anni nickte Adam unmerklich zu. Ein Blickwechsel reichte, dann stand die Entscheidung.

»Es wäre uns eine Ehre«, bestätigte Adam.

»*A la bonne heure!*«, freute sich der Capitaine. »Kommen Sie, es sind nur zwanzig Minuten zu Fuß!«

Das Hauptquartier der französischen Besatzungsoffiziere befand sich im Rathaus von Achenkirch, einem gelb gestrichenen Gebäude aus dem 18. Jahrhundert, dessen Eingangsportal nun die französische Flagge schmückte. Lagardes Adjutant Devigny empfing sie im Foyer. Er war deutlich jünger als der

Capitaine, hatte kurzes blondes Haar und schien ihm auf schweigsame Art treu ergeben. Er wies ihnen ein Zimmer zu, das Anni und Adam riesig erschien. Auch der Raum mit dem großen Tisch, in dem sie speisten, früher Sitzungssaal des Gemeinderats, wirkte feudal.

Lagarde entschuldigte sich für das »karge Abendessen« bestehend aus Gerstensuppe, Käse und Brot – für hungrige Menschen ein Festmahl. Der Capitaine hielt Wort und öffnete eine Flasche Rotwein, der wirklich fantastisch schmeckte. Anni und Adam begannen sich zu entspannen. Die Franzosen schienen den Amerikanern in nichts nachzustehen.

Lagarde gestand, ein wenig frustriert darüber zu sein, dass es ihm trotz des Kriegsendes nicht vergönnt war, in sein geliebtes Périgord zurückzukehren, wo er auf dem elterlichen Hof bei der bevorstehenden Weinlese dringend gebraucht wurde. Die Kriegsverletzung seines Vaters hatte diesen untauglich für die Landwirtschaft gemacht. Seit über zwanzig Jahren bestellte Lagarde den kleinen Weinberg gemeinsam mit seinem jüngeren Bruder – doch nun war »*mon cher René*« gefallen. Der Capitaine wischte sich über die Augen. Dann straffte er sich, klopfte Devigny auf die Schulter und nannte ihn »*mon frère de guerre*« – seinen Kriegsbruder. Die beiden prosteten sich zu. Annis Gedanken schweiften zu Sigi und Tristan, doch das behielt sie für sich. Lagardes Sympathie galt ihnen als Zivilisten. Sie wollte sich nicht in Gefahr bringen, indem sie ihre familiäre Zugehörigkeit zu zwei hochrangigen Wehrmachtssoldaten verriet. Kriegsende hin oder her.

Die Weinflasche leerte sich schnell, da sowohl der Capitaine als auch sein Adjutant gut zulangten. Lagarde fackelte nicht lange und schickte Devigny los, eine weitere zu besorgen. Anni brachte Clara ins Bett, die in ihren Armen bereits eingeschlafen war. Als sie wieder herunterkam, entkorkte Lagarde gerade die neue Flasche. Beide Offiziere hatten ihre Uniformjacken ausgezogen und die Krawatten gelockert. Adam war dabei, die Geige zu stimmen.

»Ah, Madame, Sie sind zurück, wie schön!«, sagte der Capitaine. »*Le violiniste* macht sich gerade bereit.«

Adam warf Anni ein Lächeln zu und begann zu spielen.

Er wählte ausschließlich französische Stücke. Zunächst den *Boléro* von Ravel, dann ein paar bekannte Auszüge aus der *Carmen Suite* und zum Abschluss das wunderschöne Andante aus dem *Violinkonzert No. 3* von Camille Saint-Saëns. Wie immer raubte es Anni ein wenig den Atem, ihm zuzuhören. Die gefühlvolle Intensität, mit der er den Bogen führte, die Perfektion, mit der er jede einzelne Saite streichelte und zum Singen brachte – auch die beiden Franzosen schienen genug von Musik zu verstehen, um zu begreifen, dass sie es hier mit einem echten Virtuosen zu tun hatten. Ihr Applaus wurde mit jedem Stück kräftiger.

Als Adam dann noch ein paar Pariser Chansons zum Besten gab, gerieten die beiden völlig aus dem Häuschen, lagen sich in den Armen und sangen lauthals mit. Nach einer letzten Wiederholung von *Mon Légionnaire* nahm Adam das Instrument herunter, trank seinen Wein aus und sagte: »Nun ist die Geige müde.«

»Und ich auch, furchtbar müde sogar«, sprang Anni ihm bei – mit einem deutlichen Seitenblick auf die beiden angetrunkenen Männer. »Merci, Messieurs, für das wundervolle Diner.«

»Aber Madame!«, widersprach Lagarde. »Der Abend fängt doch erst an!«

Die Stimmung im Raum bekam plötzlich etwas Angespanntes. Anni sah zu Adam, der ebenfalls nicht recht zu wissen schien, wie er mit der Situation umgehen sollte.

»Monsieur, ich bitte Sie …«, begann er und wurde rigoros von Lagarde unterbrochen.

»Ich habe eine Idee!«, trumpfte dieser auf. »Sie wollen doch sicher morgen in aller Herrgottsfrühe aufbrechen, nicht wahr? Devigny, Sie gehen mit unserem begnadeten Musiker ins Büro hinüber und händigen ihm die Papiere für die Weiterreise aus, während Madame und ich noch ein letztes Glas trinken. *C'est bon*?«

Anni sah zu Adam. Sie konnte sehen, wie sehr ihm der Vorschlag missfiel.

»Sie müssen mir noch erzählen, wo Sie so gut Französisch gelernt haben, Madame!«, flötete Lagarde.

Anni schaute von Adam zum Capitaine, dessen Augen weit klarer wirkten als die von Devigny. »Also gut«, willigte sie ein. »Ein letztes Glas.«

Adam, der inzwischen die Geige weggepackt hatte, zögerte sichtlich. Anni signalisierte ihm ein stummes »Ich schaffe das schon«.

Schließlich gab er nach und folgte Devigny.

»Wissen Sie was?!«, verkündete Lagarde, als die beiden gegangen waren. »Ich werde versuchen, das alte Grammofon des Bürgermeisters zum Laufen zu bringen!«

Anni zwang sich innerlich zur Ruhe, während Lagarde zu einem der Schränke ging, ihn öffnete und auf einem kleinen Rollentisch ein verstaubtes Abspielgerät hervorzog. Kurz darauf kratzte die Nadel über eine Schellack-Platte und ein munterer Walzer ertönte.

Lagarde reichte ihr seine Hand: »Madame?«

Es war keine Frage, das wusste Anni. Aber vielleicht war ein Tanz mit dem Capitaine ja halb so wild. Vermutlich würde ihn die Bewegung zur Musik mehr entspannen als ein weiteres Glas Wein. Also gab sie ein etwas gezwungenes »*Bien sûr*« von sich und nahm seine Hand.

Gleich darauf wirbelten sie über das Parkett des Gemeindesaals. Hoffentlich braucht Adam nicht so lange, dachte Anni.

Lagarde war ein guter Tänzer. Er hatte Taktgefühl und konnte führen. Zum Glück. Sonst wäre auch aufgefallen, wie wenig Anni mit dem Herzen dabei war. Immer wieder sah sie verstohlen Richtung Tür und hoffte auf Erlösung. Doch die kam nicht. Das nächste Stück auf der Platte war langsamer, getragener. Und Anni ahnte plötzlich, dass dies hier kein Zufall sein konnte. Anders als bei Contzen hatte sie in dieser Situation überhaupt nicht das Gefühl, Herrin der Lage zu sein. Ihr Puls beschleunigte sich, als Lagarde ihre Taille fester umfasste und sie an sich zog.

»*Une étoile dansante*«, sagte er. »Manchmal beschert einem das Schicksal inmitten von Pflicht und Entbehrung plötzlich einen tanzenden Stern.«

Sie spürte seine Wange an ihrer. Er roch nach Rasierwasser. Ihr wurde schlecht.

»Und manchmal leuchtet ein Stern nur für eine Nacht – nur für einen Augenblick«, fügte er leise hinzu.

Dann küsste er sie.

Anni spürte Lagardes fordernde Zunge in ihrem Mund und begriff, dass die Situation jetzt völlig außer Kontrolle geraten war. Er umfasste ihre Handgelenke, drückte sie gegen die Wand und begann ihr das Kleid auszuziehen.

»Monsieur, nicht ...«, widersprach Anni, was ihn noch ein wenig gröber werden ließ. »Bitte, hören Sie auf!«

Lagarde hielt sie fest wie ein Schraubstock. Er war ein völlig anderer Gegner als der Stadtstreicher in München.

»Vertrauen Sie mir, Madame. Ich weiß, was ich tue.«

Sein Blick war wild. Er öffnete seine Gürtelschnalle, griff ihr unter das Kleid und drang mit zwei Fingern in sie ein. Es tat höllisch weh.

Anni schrie auf.

»*Arrêtez!*«, ertönte es in diesem Moment von der Tür. Dort stand Adam, ganz außer Atem.

»Lassen Sie meine Frau in Ruhe! Sofort!«

Lagarde stöhnte auf. Er zwang sich zu einem Lächeln. »Aber mein Lieber! Wir hatten nur ein wenig Spaß! Sie haben doch sicher nichts dagegen.«

Adam schritt energisch zu ihnen hinüber, drängte sich zwischen sie und deutete auf Annis angstverzerrtes Gesicht. »Sieht das nach Spaß aus?!«

Und dann ging alles ganz schnell.

Lagarde schubste Anni zur Seite, drückte Adam an die Wand und zog ein Messer, das er ihm an den Hals hielt. »Jetzt pass mal auf, du *crétin*!«

Anni wollte Adam zur Hilfe kommen, doch jemand griff sie von hinten und hielt sie fest. Devigny.

»Meinen Rotwein könnt ihr saufen«, höhnte Lagarde. »Und die Stempel für eure Weiterreise soll ich euch auch geben. Aber wenn ich dafür eine kleine Gegenleistung verlange, stellt ihr euch plötzlich stur, ja?«

»Bitte, Monsieur«, flehte Anni. »Bitte tun Sie ihm nichts! Er ist alles, was ich habe. Bitte!«

Devigny packte Anni fester. Die nackte Panik ließ sie weitersprechen. »Ich gebe Ihnen, was Sie wollen! Jetzt und hier! Aber lassen Sie meinen Mann in Ruhe!«

Lagarde spuckte aus und ließ tatsächlich von Adam ab. »Verklemmte Drecksjuden!«, fluchte er und stieß Adam zu Boden. Dann baute er sich vor Anni auf und sagte: »Ich dachte, Sie wären eine Dame! Aber Sie sind noch ein Kind! Ein ungezogenes kleines Mädchen!«

Er schlug ihr hart mit dem Handrücken ins Gesicht. Ganz offenkundig war ihm die Lust vergangen. Im Stechschritt stürzte er aus dem Raum und knallte die Tür zu. Devigny ließ Anni los und folgte ihm. Anni kniete sich zu Adam. Das Messer hatte seinen Hals angeritzt. Die Wunde blutete, es schien aber keinen größeren Schaden angerichtet zu haben.

»Nichts wie weg hier«, stöhnte er und rappelte sich langsam auf. Voller Sorge und Schuldgefühl sah er sie an. »Ich hätte dich niemals mit ihm allein lassen dürfen!«

Anni winkte ab. »Wir müssen deine Wunde verbinden!«

Sie riss sich eine weitere Lage ihres weißen Unterrocks heraus, wickelte sie eng um seinen Hals und knotete den Stoff vorn über der Schnittwunde zusammen. Der Verband verfärbte sich rot, schien die Blutung dann aber zu stillen. Sie atmeten kurz durch.

»Hast du die Papiere?«, fragte Anni tonlos.

Adam nickte und sagte dann heiser: »Lass uns abhauen. Bevor sie uns noch standrechtlich erschießen.«

29

Es hatte sich schon falsch angefühlt, den Raum überhaupt zu verlassen. Und sein ungutes Gefühl wuchs mit jedem Schritt, den er Devigny durch die Korridore des Hauptquartiers folgte. Sie passierten unzählige Türen, bis sie endlich in dem Raum ankamen, wo offenbar die Dokumente verwaltet wurden. Adam blieb skeptisch. Und spätestens als der französische Adjutant eine halbe Ewigkeit nach den Stempeln suchte und sich dabei in aller Ruhe einen Schluck Cognac aus einer Feldflasche gönnte, die in einer der Schubladen lag, stand für Adam fest, dass hier ein abgekartetes Spiel gespielt wurde.

»Bitte, Monsieur …!«, insistierte er.

»*Mon Lieutenant!*«, korrigierte Devigny ihn scharf.

Der stattliche blonde Offizier schien trotz Wein und Cognac plötzlich stocknüchtern zu sein. Als Adam ihm die Papiere reichte, nahm er diese quälende Minuten lang genau in Augenschein. Adam begann unruhig im Raum auf und ab zu gehen.

»*Asseyez-vous!*«, kommandierte Devigny. »Setzen Sie sich!«

Nachdem Adam gehorcht hatte, musterte Devigny ihn scharf aus seinen blauen Augen. »Sie wissen hoffentlich, welch großen Gefallen der Capitaine Ihnen tut.«

Adam begriff, dass er sich dem Spiel fügen musste, zumindest bis Devigny endlich die Papiere gestempelt hatte. »Das wissen wir!«, versicherte er und versuchte, die Ungeduld in seiner Stimme zu bezähmen. »Und wir sind Ihnen von Herzen dankbar.«

»Das will ich hoffen, Monsieur.«

Ein letzter mahnender Blick, dann drückte Devigny den Stempel auf das Kissen und anschließend auf die Dokumente. Nachdem er sie ihm zurückgereicht hatte, sprang Adam vom Stuhl auf und wollte schnellen Schrittes den Raum verlassen.

»Langsam, mein Lieber«, Devigny packte ihn am Arm. »Wir gehen jetzt in aller Ruhe zurück, verstanden?«

Adam gab sich Mühe, dem Befehl Folge zu leisten. Doch als im Flur Annis Schreie zu hören waren, hielt ihn nichts mehr.

Nun liefen sie schweigend am Ufer des Achensees entlang, rechts und links die hohen Bergwände, während der Morgen heraufdämmerte. Adam hatte nicht den Hauch einer Ahnung, wie er mit Anni über das Geschehene sprechen sollte. Er war vielleicht noch gerade rechtzeitig gekommen, aber wenn er ehrlich war, hatte letztlich nicht er Anni gerettet, sondern das abflauende Interesse ihres potenziellen Vergewaltigers. Hätte Lagarde gewollt, diese Tatsache hämmerte sich Adam immer wieder in seinen Kopf, dann hätte er sie sich genommen – und ihn am Ende vielleicht noch zusehen lassen. Oder einfach erschossen. Während sie eilig nebeneinanderher stapften, wurde ihm klar, dass er Anni offenbar doch nicht so vor drohenden Gefahren beschützen konnte, wie er es sich geschworen hatte.

Da sie Angst davor hatten, dass der verkaterte und wütende Lagarde ihnen folgen könnte, wählten sie die abgelegenere Route auf der westlichen Seite des Achensees. Beide blieben wortkarg und doch eingespielt in den Routinen ihrer Reise. Was die Wegführung anbetraf, vertraute er ihr vollkommen.

Dennoch: Es war ein schmaler Pfad, der direkt an einer steilen Felswand entlangführte und immer wieder Blicke tief unten auf den See gewährte. Adam versuchte, nicht nach unten zu sehen auf die blauschwarze Wasserfläche. Seine Gedankenkreisel ließen sich davon jedoch nicht beeindrucken. Nie würde er diesen Moment vergessen können, wie er dort stand, vollkommen ausgeliefert, das Messer an seinem Hals – und Anni bot dem fremden Mann ihren Körper an im Austausch gegen sein Leben. Adam hatte Schuld abtragen wollen, indem er sie begleitete. Nicht weitere anhäufen.

Nie gekannte Selbstzweifel überkamen ihn, die seinen Blick wie magisch immer wieder in die Tiefe sogen, bis Anni ihn plötzlich sanft am Arm fasste. »Alles in Ordnung?«

Was für eine absurde Frage. Doch da stand sie, diese starke Frau mit ihrem schlafenden Kind auf dem Rücken, die im Morgennebel tapfer einen steilen Berghang entlangmarschierte, als hätte es den vergangenen Abend, die vergangenen Wochen nicht gegeben.

»Anni, ich …« Adam hielt sich eigentlich nicht für einen Menschen, der um Worte verlegen war. Aber vielleicht hatten die Ereignisse der letzten Jahre ihn so verändert, dass er die richtigen Worte nun nicht mehr fand. Oder dass es Momente gab, in denen das Erlebte schier unaussprechlich wurde.

»Gestern Abend …«, setzte er neu an und fuhr sich mit der Hand über das Gesicht. »Ich mache mir entsetzliche Vorwürfe!«

Anni warf ihm einen warmen Blick aus ihren großen Augen zu und schüttelte langsam den Kopf. »Ach, Adam …« Nun schien auch sie nach Worten zu suchen. »Wenn sich jemand Vorwürfe machen muss, dann ja wohl ich. Ich war wirklich so naiv zu denken, ich hätte Lagarde in Griff.« Sie gab ein leises Schnauben von sich, das ihm zeigte, dass auch sie mit Selbstzweifeln zu kämpfen hatte.

»Unsinn!«, widersprach er energisch. »Wir waren in einer Notlage, und dieser Mann hat uns verdammt geschickt eingewickelt. Der entscheidende Punkt ist: Ich hätte dich niemals mit ihm allein lassen dürfen.«

»Was hättest du denn sonst tun wollen?!«

»Dich beschützen!«

»Adam, das waren zwei bewaffnete Offiziere. Wir waren denen ausgeliefert. So oder so.« Sie legte die Hand auf seine Schulter und berührte dann leicht den Verband an seinem Hals. »Wir haben großes Glück gehabt.«

Der Wind frischte auf und strich ihnen kühl über die Wangen.

»Komm«, sagte Anni. »Lass uns weitergehen. Wir können dahinten im Wald rasten.«

Schweigend setzten sie ihren Weg fort. Adam wusste Annis Worte zu schätzen, doch sein Gedankenkarussell konnten sie nicht zum Stillstand bringen. Er spürte, dass unter allem, was sie besprachen, noch eine ganz andere Frage lag. Eine Frage, die ihm so viel Respekt einflößte, dass er sie nicht einmal in Gedanken zu formulieren wagte.

Die Sonne kroch langsam hinter den Hängen hervor und wärmte ihre Körper. Im zauberhaften Morgenlicht wirkten die Berge plötzlich weit weniger bedrohlich. Adam musste sich eingestehen, dass sie in ihrer Massivität einen gewissen Zauber ausübten, der sich wie ein Schleier der Ruhe auf ihn legte und ihn die quälenden Selbstzweifel für einen Moment vergessen ließ. Clara erwachte von den Sonnenstrahlen und begann unruhig zu werden.

Sie hatten mittlerweile die steilen Felswände hinter sich gelassen und der Weg war etwas breiter geworden.

»Schau«, sagte Anni, als sie ein Stück Tannenwald durchquerten. »Da vorn gibt es einen Unterstand, lass uns dort rasten.«

Jetzt sah Adam ihn auch. Es war eine kleine, verfallene Holzhütte, die etwas abseits vom Weg zwischen hohen Fichten lag. Dahinter rauschte ein kleiner Wasserfall die Felsen hinunter.

»Das Wasser können wir bedenkenlos trinken«, erklärte Anni erleichtert. Adam half ihr, den Rucksack mit der inzwischen deutlich unzufriedenen Clara vom Rücken zu nehmen.

»Sie hat Hunger«, erklärte Anni.

Gemeinsam besahen sie den Rest der Vorräte. Noch zwei Dosen Kondensmilch, drei Brötchen und zwei amerikanische Schokoriegel – ihre Notration. Anni verdünnte den Inhalt einer der Milchdosen wie gewohnt mit dem Quellwasser und ließ das meiste davon Clara aus einem kleinen Becher trinken, während Adam ein trockenes Brötchen in dem Rest der Milch einweichte, sodass die Kleine es besser essen konnte. Anschließend wusch Anni die Windel aus und hängte sie auf einigen Zweigen zum Trocknen in die Sonne, während Clara sich an Adams Händen hochzog und wieder hinplumpsen ließ. Ein Spiel, das ihr großen Spaß zu machen schien.

Adam fiel auf, wie geübt sie drei in diesen Ritualen schon waren.

Anni schlenderte zu ihnen herüber und lächelte ihn an, als sie sich erschöpft neben ihn ins Gras fallen ließ. Clara krabbelte zu den Fichten, um die großen, weichen Tannenzapfen in Augenschein zu nehmen, die auf dem Boden verstreut lagen. Adam musterte Anni von der Seite, ihr vertrautes ernstes und müdes Gesicht – und die Frage platzte einfach aus ihm heraus. »Hättest du es wirklich getan?«

Anni sah ihn überrascht an. »Was? Du meinst gestern Abend?«

Er nickte.

Anni schloss kurz die Augen. »Adam, er hat dir ein Messer an die Kehle gehalten!«

»Ich weiß, ich … Entschuldige. Es ist eine dumme und völlig anmaßende Frage.«

Sie schwiegen einen Moment.

»Anmaßend ja«, räumte Anni ein. »Dumm nicht.« Sie rupfte einen Grashalm ab und wickelte ihn sich um den Finger. »Als ich sagte, du seist alles, was ich habe …«

Adam hielt den Atem an.

»Es ist wahr«, fuhr sie aufgewühlt fort. »Ohne dich wäre ich nicht hier.«

»Umgekehrt doch genauso«, wandte Adam leise ein. Er bereute jetzt schon, das Thema überhaupt angeschnitten zu haben.

»Es ist mir leichtgefallen, dich meinen Mann zu nennen«, fügte Anni hinzu. »Weil ich meinen nicht so vermisse, wie ich es sollte.«

Adam sah, dass in ihren Augen Tränen glänzten.

»Ach, Anni …« Vorsichtig legte er einen Arm um sie. »Das ist doch verständlich. Bei allem, was du in den letzten Monaten durchgemacht hast.«

»Trotzdem!«, schluchzte sie. »Ich müsste in Gedanken dauernd bei ihm sein. Aber stattdessen denke ich die ganze Zeit an meinen Bruder. Und an dich und mich und Clara. Immer mehr Menschen sehen uns als kleine Familie, was überhaupt nicht verwunderlich ist, weil es sich auch genauso anfühlt. Dabei kennen wir uns gerade erst – drei Monate?«

»Zwölf Wochen und sechs Tage«, erwiderte Adam ruhig. Er hatte jeden einzelnen von ihnen gezählt. Anni schien das nicht zu überraschen. Sie lächelte unter Tränen.

»Uns bleibt nur die Gegenwart«, sprach sie leise. »Das hat mein Vater immer gesagt. Die Vergangenheit ist vergangen, die Zukunft ungewiss. Also nutzen wir den heutigen Tag, was bleibt uns anderes übrig.«

Adam schluckte schwer. Erinnerungen an Gottlieb Baumgartner waren schon für ihn kaum zu ertragen – wie musste es Anni da erst gehen.

»Komm«, sagte sie. Sie wischte sich die Tränen vom Gesicht, stand auf und reichte ihm die Hand. »Wir können es heute noch bis Jenbach schaffen. Vielleicht fährt von dort ein Zug nach Innsbruck. Wenn wir die Stadt erst einmal erreicht haben, ist es nicht mehr weit.«

Nicht mehr weit. Abermals fiel Adam auf, dass er seinen Plan nicht zu Ende gedacht hatte. Anni möglichst sicher zu ihren Schwiegereltern zu bringen – das war das eine. Doch was dann? Für Annis Familie – und noch mehr für die ihres Mannes – war er ein Fremder. Ein junger Mann an ihrer Seite, der als Gefährte wohl ihre Dankbarkeit verdient hatte. Aber konnte er sich deshalb in Tirol niederlassen? Anni würde auf Fritz warten. Ob sie ihn nun liebte, wie sie sollte, oder nicht. Und Adam würde weiterziehen müssen. Nur hatte er keine Ahnung, wohin. Und der Gedanke, ohne sie weiterzugehen, fühlte sich grausam an. Also beschloss er, ihn vorerst zu verdrängen. Was sollte er auch sonst tun?

Anni wickelte Clara in die getrocknete Windel, und Adam half ihr beim »Aufsatteln«, wie sie es inzwischen nannten.

Zum Glück schien Clara den Rucksack noch immer zu mögen und strampelte vergnügt mit den Beinchen.

Dann setzten sie ihren Weg fort. Adam ging diesmal voran, weil er seine Höhenangst dadurch stärker spürte und ihm das in diesem Moment ganz recht war. Ein Dämon, der den anderen besiegte: Die Höhenangst hielt die Sorge in Schach, Anni bald Lebewohl sagen zu müssen.

30

Sie sah Tristan sofort. Er stand ganz vorn am Pier und strahlte über das ganze Gesicht. Das alte Fahrrad hielt er stolz neben sich, als wäre es ein prachtvoller Hengst. Seine Haare waren noch länger geworden und wehten in der Meeresbrise wild um seinen Kopf. Er trug ein weißes Hemd mit hochgekrempelten Ärmeln, das er offenbar frisch gewaschen hatte, graue Hosen und einen Rucksack auf dem Rücken.

Rosalie winkte, er winkte zurück, fröhlich wie ein Kind. Eine ältere Dame neben ihr hatte es bemerkt und lächelte. »Da scheint Sie jemand sehnlich zu erwarten, *young lady*.«
Ihre Stimme war voller Wärme. Und in diesem einen winzigen Moment gelang es Rosalie, nur das in Tristan zu sehen, was die fremde ältere Dame sah: einen jungen Mann, der eine junge Frau erwartete, die er liebte.

Die letzten vier Wochen waren hart gewesen. Ihr Vater war mürrisch und unnahbar, Edward sprach kaum ein Wort mit ihr, und wann immer sie Tristans Namen erwähnte, knallten die Türen. Rosalie wandte sich in ihrer Verzweiflung mehrfach an ihre Mutter, die ihr zur Geduld riet. Man müsse doch erst einmal sehen, ob Tristan wirklich langfristig bei den Primroses bleibe. Was passieren würde, wenn dem nicht so war, ließ ihre Mutter offen. Vermutlich hatte sie davon selbst keine Vorstellung. Immerhin konnten Tristan und Rosalie ab und zu telefonieren. Sie lernte, den richtigen Moment abzupassen. Trotz des Rauschens in der Leitung waren es schöne, atemlose Minuten mit der Stimme des anderen im Ohr, aber kein Vergleich zu einem richtigen Wiedersehen, das Rosalie sich sehnsüchtig herbeiwünschte.

Sie hatte versucht, sich mit Arbeit abzulenken. Zu tun gab es mehr als genug: Sie half an der Rezeption und im Service, und wenn eines der Zimmermädchen ausfiel, machte sie die Betten. Das Hotel war gut ausgebucht. Große Teile der Londoner High Society wollten offenbar die ersten Sommerferien nach dem *Victory in Europe* am Meer verbringen. Und alle waren ausgelassen wie noch nie. Bis in die frühen Morgenstunden wurde gelacht, geredet, gefeiert. Man zahlte die hohen Schwarzmarktpreise für schwer beschaffbare Waren wie Schokolade, Zigarren und Kaffee. Und für Alkohol erst recht. Eine Flasche Whisky kostete fünf Pfund. Rosalies Mutter verkaufte die »Hausmarke« – Onkel Grahams Ausschussware – für die Hälfte. Das Fass war innerhalb von drei Wochen leer.

Rosalie hätte sich gern von der euphorischen Stimmung mitreißen lassen. Aber auch wenn Deutschland besiegt war und die Kampfhandlungen ein Ende hatten – die Folgen des Krieges waren weiterhin zu spüren. Die Zeitungen und Radionachrichten berichteten fast täglich von dem großen Flüchtlingschaos auf dem Kontinent und den Gräueltaten der Deutschen, von denen mehr und mehr ans Licht kamen. Regelmäßig legte ihr Bruder ihr beim Frühstück triumphierend die Tageszeitungen mit Fotos und Schlagzeilen über die Nazi-Verbrechen vor die Nase. Die Krematorien von Auschwitz-Birkenau, die Menschenversuche im KZ Buchenwald, die systematische Liquidierung eines ganzen Volkes. Es wurde nicht leichter, einen Deutschen zu lieben.

Am Donnerstag der vergangenen Woche hatte Rosalie zum ersten Mal wieder Tennis gespielt. Mit Emma, ihrer engsten und ältesten Freundin. Sie kannten sich seit der *Preschool*, waren all die Jahre miteinander durch dick und dünn gegangen. Rosalie hatte gehofft, dass sie sich Emma anvertrauen könnte. Dass die Freundschaft tief genug sei, um auch in einer schwierigen Situation wie dieser Bestand zu haben. Sie hatte sich geirrt.

Es war ein strahlender Sommertag im Southsea Tennis Club, sie spielten zwei Sätze. Emma gewann den ersten knapp, Rosalie den zweiten souverän. Es war befreiend, für einen Moment nichts anderes im Kopf zu haben als den kleinen weißen Ball. Auf dem Centre-Court war alles klar. Linien. Regeln. Technik. So anders als die Welt um sie herum.

Nach dem Spiel saßen sie erschöpft auf der Bank, tranken Zitronenlimonade, strichen sich die Röckchen glatt und redeten wie früher. Bis Emma ihre Scheu verlor und die Frage stellte, auf die Rosalie die ganze Zeit gewartet hatte.
»Also. Ist es wahr? Du hast was mit einem Kraut?«
Rosalie fühlte, wie sich ihr Körper verkrampfte.
»Mit einem Deutschen«, korrigierte sie gepresst, aber kämpferisch. »Und ich habe nichts mit ihm. Ich liebe ihn.«
Emma sagte eine Weile gar nichts, wirkte plötzlich tief in Gedanken versunken. Dann wischte sie sich mit dem Handtuch übers Gesicht und starrte in Richtung Clubhouse.
»Jesus Maria«, brachte sie schließlich hervor.
Das war alles.

»Emma, bitte ... Ich verstehe, wie seltsam das wirkt. Aber ich muss mit irgendjemandem reden. Und ich will dich nicht anlügen.«

»Das ist nobel von dir«, erwiderte Emma kühl.

Es fühlte sich an wie ein Schlag ins Gesicht.

»Trinken wir noch etwas im Clubhouse?«, machte Rosalie einen letzten Versuch. »Ich kann da anschreiben lassen. Mein Vater verrechnet das. Vielleicht ein Tonic?«

Emma schüttelte den Kopf und packte ihren Schläger in die Tasche. »Ich muss los.«

»Und nächsten Donnerstag?«, bat Rosalie.

»Ich weiß noch nicht.« Emma wich ihrem Blick aus. »Ich ruf dich an. Euer Telefon geht doch wieder?«

In den kommenden Tagen wartete Rosalie vergeblich auf Emmas Anruf.

Dass ihre engste Freundin sich von ihr abwandte, machte Rosalie mehr zu schaffen als die ständigen spitzen Bemerkungen ihres Bruders. Tagelang war sie so geknickt, dass ihr Vater ihr irgendwann am Frühstückstisch wortlos die Tickets für die Schiffspassage zur Isle of Wight neben den Teller legte.

»Ist ja nicht mehr mitanzusehen«, murmelte er und tauschte einen vielsagenden Blick mit Rosalies Mutter. Die beiden hatten sich offenbar abgesprochen.

Langsam schob sie ihr Rad die Landungsbrücke hinunter auf Tristan zu. Sie wollte diesen Moment festhalten, ihn ganz und gar in sich aufsaugen. Vier Wochen hatten sie sich nicht gesehen – eine lange Zeit, die quälende Zweifel in Rosalies Gedanken hatte schleichen lassen. Was, wenn es niemals besser wurde? Wenn Tristan ein Feind blieb, der von der Gesellschaft nicht akzeptiert würde? Hatte sie wirklich die Kraft, das dauerhaft durchzustehen? Sie war mit gemischten Gefühlen aufs Schiff gestiegen. Doch die Zweifel waren wie weggewischt, als sie sich gegenüberstanden.

Beide ließen die Fahrräder fallen und schlossen einander in die Arme. Rosalie vergrub ihre Finger in seinem Hemd, presste ihr Gesicht an seines, atmete ihn ein, diesen ganz besonderen Geruch, der nur Tristan gehörte. Und ihr. Passanten und Hafenarbeiter gingen vorbei, pfiffen und riefen Kommentare. Sie nahm es kaum wahr. Die Welt um sie herum verblasste, wurde unwichtig. Sie hatten sich wieder.

Als sie sich endlich voneinander lösten, waren alle anderen Passagiere verschwunden. Sie stiegen auf die Räder und fuhren los. Knapp zwanzig Meilen, eine ordentliche Strecke. Sie würden den halben Tag brauchen, aber das machte ihnen nichts aus. Tristan hatte Proviant in seinem Rucksack – und in seinem neuen Zuhause würden sie ohnehin nur den ständigen Blicken der Primroses ausgesetzt sein. Sie ließen sich Zeit, radelten die holprige Küstenstraße entlang, durch unzählige Dörfer, fuhren kleine Rennen bergauf und bergab und manchmal einfach nur händchenhaltend nebeneinander.

In Shanklin bog Tristan an einem der putzigen Tudor-Häuser, die Rosalie wie einer Märchenwelt entsprungen schienen, links ab. Sie fuhren hinunter zum Strand und warfen die Räder in den Sand. Dann gab es kein Halten mehr. Wie übermütige Kinder rannten sie hinunter zum Meer, bespritzten sich gegenseitig mit Wasser, sprangen durch die Brandung und küssten sich. Es war ein windiger Tag mit hohen Wellen, der Strand weitgehend verlassen. Tristan zog Rosalie mit sich zu den beigefarbenen Klippen, die die Bucht umgaben. Hier gab es eine kleine, nicht besonders tiefe, aber trockene Höhle, die vom Strand aus nicht einsehbar war. Sie hätten sich zur Not wohl im Sand geliebt. Alle Bedenken und Sorgen verwehten in den salzigen Böen, wurden verwirbelt wie der Sand unter dem Schaum der hereinbrechenden Wellen.

Später zogen sie sich wieder an, taumelten aus der Höhle und legten sich in die Sonne. Rosalie, die in der Nacht zuvor kaum geschlafen hatte, ließ sich auf die von Tristan ausgebreitete Decke fallen und nickte kurz ein. Als sie aufwachte, hatte er ein kleines Picknick vorbereitet. Rosalie merkte, wie hungrig sie war. Tristan wirkte ruhig und mit sich im Reinen. Die Wochen bei den Primroses hatten ihm gutgetan, vor allem Ericas reichhaltige Küche. Sein Gesicht und sein Oberkörper wirkten weniger ausgezehrt. Er säuberte mit den Fingern ein paar Muschelschalen und fragte schließlich: »Wie ist es dir ergangen?«

Rosalie schluckte. Sie wollte ihm nichts von Emma erzählen, nichts von den Zeitungsartikeln, nichts von ihren lähmenden Zweifeln. Sie wollte den Moment genießen. Und sie hatte nicht die geringste Ahnung, wie sie ihm das sagen sollte, was sie neben alldem am meisten beschäftigte: Sie war seit zwei Wochen überfällig.

31

»Zuerst du!« Der Tonfall, in dem Rosalie die Frage an ihn zurückgab, klang unbekümmert. Wäre Tristan nicht so rettungslos verliebt gewesen und so überwältigt von ihrem Wiedersehen, hätte er vielleicht gemerkt, dass sie ihm auswich. Doch so dachte er sich nichts dabei.

»Mrs Primrose gibt sich wirklich Mühe«, begann er zu erzählen. »Der Colonel ... na ja. Ich denke, er hat mich so weit akzeptiert. Friedliche Koexistenz.«

»Musst du viel arbeiten?«

»Schon, aber es macht Spaß. Ich mag die Schafe. Es gibt natürlich noch vieles, was ich lernen muss.« Er deutete auf einen Verband an seinem Unterarm, den sie bisher gar nicht richtig wahrgenommen hatte.

»Schermaschine?«, fragte Rosalie.

Tristan schüttelte den Kopf. »Die Wiltshire Horn verlieren ihr Fell von allein. Das hier war mein erster Versuch mit der Heckenschere.«

Als sie seine Wunde befühlen wollte, zog er den Arm zurück.

»Nicht schlimm«, winkte er ab.

Eine glatte Lüge. Ihr liebevoll-besorgter Blick verriet ihm, dass sie das wusste. Behutsam legte Rosalie ihre Hand an seine Wange. Tristan hätte ewig so sitzen mögen. Aber Erica hatte sie beide ausdrücklich zum Nachmittagstee eingeladen, und Tristan war so froh über die freundliche Geste, dass er nicht zu spät kommen wollte.

»Komm. Ich stelle dir die beiden vor.«

Er sprang auf und bot Rosalie seine Hand.

»Sie beißen nicht«, fügte er bemüht locker hinzu, obwohl er sich beim Colonel da nicht so sicher war.

»Nur ihre Hecken«, erwiderte Rosalie lächelnd.

Als sie auf ihr Fahrrad stieg, sah Tristan, dass ihre Hände ganz leicht zitterten.

Sie fuhren auch die letzten drei Meilen, ohne viel zu sprechen. An der Stelle, wo der Kiesweg zum Cottage und weiter zu den Klippen führte, hielt Rosalie kurz an und blickte nach Westen, wo die Sonne gen Meer zu sinken begann.

»Meine Güte«, entfuhr es ihr leise. »Das ist ja traumhaft schön!«

Ihre Smaragdaugen leuchteten noch eine Nuance dunkler als sonst. Wie gut sie hierherpasst, dachte Tristan.

Das schien auch Mrs Primrose zu finden, die Rosalie so herzlich begrüßte, als würde sie zur Familie gehören. Anscheinend war der Colonel nicht allzu gut gelaunt, und Erica sah es wie so oft als ihre Pflicht an, seine abweisende Art durch überschwängliche Herzlichkeit auszugleichen. Sie kredenzte frisch gebackene Scones mit Sahnebutter und Marmelade zum Tee. »Ich hoffe, die Radtour war nicht zu beschwerlich?«, fragte sie freundlich.

»Ganz und gar nicht«, beteuerte Rosalie.

»Das würde mich auch wundern!«, tönte es von der Tür. Alle wandten sich um.

Der Colonel hinkte herein. »Immerhin sind die beiden jung und gesund. Nicht wahr, Miss ...«

Tristan stand auf. »Darf ich Ihnen Rosalie vorstellen, Colonel.«

»Hast du auch einen Nachnamen, Mädchen?«

Rosalie stellte sich artig mit vollem Namen vor und knickste. Das hatte Tristan bei ihr noch nie gesehen.

»FitzAllan? Sind Sie verwandt mit Alistair FitzAllan?«

»Das ist mein Vater.«

»Das *Seaside Hotel*, richtig?«

Rosalie nickte.

»Und, wie laufen die Geschäfte?«

»Nicht schlecht«, Rosalie strich ihr Kleid glatt.

Jetzt erst fiel Tristan auf, dass es mit unzähligen Blümchen bedruckt war.

»Wir sind seit Langem wieder ausgebucht.«

»Kundschaft des Friedens«, sagte der Colonel.

Er hustete und setzte sich. Mit einem unwirschen Handwedeln wies er sie an, es ihm gleichzutun.

Erica schenkte Tee ein. Rosalie ging ihr geschickt zur Hand.

»So, und jetzt mal das Geplänkel beiseite«, sagte Colonel Primrose und goss sich etwas Brandy in den Tee. »Wie stellt ihr zwei euch das eigentlich vor?« Er nahm einen großen Schluck. »Ich meine, heiraten könnt ihr schon mal nicht.«

Tristan sah zu Rosalie, die mit einem leisen Klappern ihre Tasse auf die Untertasse stellte.

»Beziehungen zwischen britischen Soldaten und deutschen Frauen werden inzwischen geduldet«, entgegnete sie tapfer. »Daher hoffe ich, dass die Gesetzeslage sich auch für uns bald ändert.«

»Mag sein«, erwiderte Primrose. »Aber das kann dauern. Und gesellschaftlich akzeptiert ist eine solche Verbindung dann noch lange nicht.«

Tristan räusperte sich. »Vielleicht braucht es einfach ein bisschen Zeit. Und Geduld. Ihr Freund Thomas Montgomery sagt, die wahren Sieger lernen, ihre Feinde ...«

»Ach, komm mir nicht mit diesen hochgeistlichen Parolen!«, unterbrach der Colonel ihn heftig. »Montgomery hat gut reden! Der hat nie selbst an der Front gestanden oder eines seiner Kinder zu Grabe getragen!«

Er begann zu husten und fasste sich ans Herz.

»Jonathan, bitte!«, mahnte Erica.

»Einer muss den beiden doch mal reinen Wein einschenken. Sonst rennen sie mit wehenden Fahnen in ihr ...«

Weiter kam er nicht. Ein heftiges Stöhnen entfuhr ihm und er sackte im Sessel zusammen. Die Teetasse entglitt seiner Hand und fiel zu Boden.

»Jonathan!«, rief Mrs Primrose entsetzt.

Rosalie sprang auf.

»Lassen Sie mich, ich bin Krankenschwester!«

Schon war sie beim Colonel und tätschelte ihm die Wange. »Mr Primrose?! Können Sie mich hören?!«

Als Antwort kam nur ein Schnaufen. Sie lockerte seine Krawatte, öffnete seinen Kragen und fühlte seinen Puls.

»Schwach, aber regelmäßig«, sagte sie zu Erica. »Rufen Sie einen Rettungswagen!«

Erica nickte verstört und eilte zum Telefon. Das ließ die Lebensgeister des Colonel wieder erwachen. »Nicht ins Krankenhaus!«, rief er und versuchte, sich aufzurichten.

Erica stand hilflos mit dem Hörer in der Hand im Flur.

»Colonel Primrose«, sagte Rosalie streng. »Sie hatten mit großer Wahrscheinlichkeit gerade einen Herzinfarkt. Sie müssen ins Krankenhaus!«

»Niemals!«, presste er hervor. »Eher verrecke ich.«

»Er meint das so, wie er es sagt«, seufzte Erica. »Nach dem

Beinbruch hat er sich direkt selbst entlassen.« Sie schüttelte resigniert den Kopf.

»Haben Sie einen Hausarzt?«, fragte Rosalie.

»Ja, Dr. Fennyman. Er wohnt in Shanklin.«

»Dann rufen Sie ihn an. Und lassen Sie mich mit ihm sprechen.«

Während sie auf die Ankunft von Dr. Fennyman warteten, erholte der Colonel sich mithilfe eines weiteren Tees mit Brandy zumindest halbwegs.

»Das ist nur der ablandige Wind«, erklärte er Rosalie, die beständig damit beschäftigt war, seinen Brustkorb abzuhören und den Puls zu fühlen. »Der schlägt mir auf die Kondition.«

Rosalie tauschte einen vielsagenden Blick mit dem Arzt, der in diesem Moment hinter der aufgewühlten Erica das Wohnzimmer betrat.

Dr. Fennyman war ein kleiner, untersetzter Mann um die sechzig. Als er den Hut ablegte, sah man, dass sein Kopf fast kahl war.

»Ich habe kein Stethoskop«, erklärte Rosalie dem Arzt. »Aber ich meine, Extrasystolen zu hören. Sein Blutdruck ist im Keller. Plötzlich auftretender starker Schmerz im Thoraxbereich, ausstrahlend in den linken Arm. Der Patient war nicht bewusstlos, aber etwa dreißig Sekunden im leichten Delir.«

»Die junge Frau vom Telefon«, stellte Fennyman fest. »Sind Sie eine Kollegin?«

»Spielt sich jedenfalls auf wie eine«, merkte der Colonel an.

»Ich bin zertifizierte OP-Schwester des Queen Alexandra's Imperial Military Nursing Service«, erklärte Rosalie.

Fennyman nickte, packte sein Stethoskop aus und hörte den Colonel ab.

»Extrasystolen, in der Tat«, sagte er und nickte Rosalie anerkennend zu. »Glücklicherweise remittierend. Ich nehme an, das Krankenhaus kommt nicht infrage?«

»Du kennst mich!«, brummte der Colonel.

»Nun gut«, seufzte Fennyman. »Ohne EKG bleibt mir nur die Verdachtsdiagnose. Wahrscheinlich ein kleines Gerinnsel. Ich spritze dir zur Sicherheit etwas Heparin.« Während er in seinem Arztkoffer kramte, wandte er sich an Rosalie. »Würden Sie netterweise assistieren?«

Früher hatte Tristan keine Spritzen sehen können. Während seines langen Aufenthalts in O'Malleys und Rosalies Obhut waren sie zur Normalität geworden. Erica schien das anders zu gehen.

»Kommen Sie«, sagte Tristan und legte seinen Arm um Erica. »Wir warten draußen.«

Als sie die Tür zum Flur erreichten, sah er, dass sie weinte.

»Seit Monaten rede ich mir den Mund fusselig«, schniefte sie. »Aber er weigert sich standhaft, sich ordentlich untersuchen zu lassen. Störrischer alter Esel!«

»Alter Widder trifft es wohl eher«, sagte Tristan und reichte ihr ein Taschentuch. »Mit imposanten Hörnern. Wie unser Henry.«

Erica musste unter Tränen lachen.

Willenskraft war unbenommen eine der großen Stärken von Colonel Primrose. Nachdem Dr. Fennyman gegangen war, schickte er »das junge Gemüse« runter an den Strand.

»Sollten wir nicht lieber hierbleiben?«, zögerte Rosalie.

»Nichts da, du kleine dahergelaufene Kriegs-Krankenschwester. Ab nach draußen mit euch! Der alte Mann braucht Ruhe!«

»Er mag dich«, sagte Tristan, als sie den Strand erreichten.

Die Sonne war schon fast ganz untergegangen. Der Wind schien aus allen Richtungen gleichzeitig zu kommen. Rosalie zitterte leicht. Tristan zog seine Jacke aus und legte sie ihr um die Schultern. Doch es half nichts. Tristan begriff, dass sie nicht vor Kälte zitterte, sondern weil sie aufgewühlt war. »Du hast doch alles richtig gemacht, Rosalie! Es ist sein Problem, wenn er sich weigert, ins Krankenhaus zu gehen!«

Sie schwieg, nahm einen Stein auf und warf ihn ins Meer. »Er ist nicht der Einzige unter uns«, sagte sie dann leise, »der sich weigert, den Tatsachen ins Auge zu blicken.«

Eine unheilvolle Ahnung beschlich Tristan.

Sie musste es zweimal sagen. Er hatte das Wort noch nie gehört, auch wenn er an ihrer Miene ablas, was es bedeutete.

Pregnant.

Ganz sicher, dass er sie richtig verstanden hatte, war er erst, als sie hinzufügte: »Wir bekommen ein Baby, Tristan.«

Und plötzlich war es sein Herz, das für einen Moment aussetzte.

32

»Ferdl? Bist du das?!«

Auf dem Kutschbock des mit Futtersäcken beladenen Leiterwagens, den zwei kräftige Haflinger zogen, saß ein junger Mann, dem der rechte Arm fehlte. Anni erkannte ihren Cousin erst auf den zweiten Blick. Seine Wangen waren eingefallen und er hatte die jugendliche Energie von früher eingebüßt. Aber der Schopf wilder blonder Locken war ihm geblieben. Er zügelte die Pferde, blinzelte und fing dann an zu strahlen. »Des gibt's ja net! Anni!«

Auch er hatte einen Moment gebraucht. Kein Wunder, dachte Anni. So ermattet und verdreckt, wie sie alle waren. Der Weg vom Achensee bis Innsbruck hatte sich quälend in die Länge gezogen. Die Bahn fuhr nicht wie erhofft von Jenbach, weil dort die Gleise gerade neu verlegt wurden, weshalb sie den gesamten Weg nach Innsbruck zu Fuß zurücklegen mussten. Sie hatten zwei harte Tagesmärsche und eine eisige Nacht im Freien hinter sich.

Ferdl kletterte vom Kutschbock, umarmte Anni herzlich mit seinem gesunden Arm und strich dann vorsichtig der quengelnden Clara über die Wange, die für einen Moment Ruhe gab. »Herzig ist sie, deine Kleine«, sagte er gerührt. Dann sah er fragend zu Adam.

»Adam, mein Reisegefährte und Lebensretter«, stellte Anni vor. »Ferdinand, mein Cousin.«

»Ferdl tut's auch«, sagte Ferdl.

»Freut mich sehr«, erwiderte Adam höflich.

Die beiden schüttelten sich die Hände. Anni strich über Ferdls hochgesteckten Hemdsärmel.

»Was ist passiert?«

»Kesselschlacht bei Kamenez-Podolski«, sagte Ferdl. »Sechsundfünfzig Tiger hatten wir am Anfang, sieben kamen raus. Ich war im letzten.«

Anni blickte in seine Augen. Viel war nicht mehr übrig von dem Schalk, der ihm früher stets aus den Augen geblitzt hatte. »Ferdl, bist du ... hast du Nachrichten von Fritz?«

Ferdl schüttelte den Kopf. »Tut mir leid.«

Einen Moment standen die drei sich schweigend gegenüber.

»Kommt's«, schlug Ferdl vor. »Jetzt fahr'n mer erst mal auffi. Ihr drei seht's aus, als könntet ihr was zu essen gebrauchen.«

»Das könnten wir in der Tat«, bestätigte Adam.

Erleichtert bestiegen sie die Kutsche.

»Seid's ihr all den Weg zu Fuß von Dresden gekommen?«, fragte Ferdl, als sie langsam den Schotterweg ins Sellraintal hinaufzuckelten.

Anni saß auf Adams Wunsch mit Clara neben Ferdl auf dem Kutschbock, während er es sich hinten auf den Säcken gemütlich gemacht hatte.

»Mehr oder weniger«, erwiderte Anni. »Ist eine lange Geschichte, Ferdl.« Sie warf einen Blick auf Adam, der zu dösen schien.

Ferdl musterte Anni von der Seite. »Und deine Eltern?«

Anni schüttelte den Kopf.

»Mei, Anni«, sagte Ferdl, und sein Blick drückte so viel ehrliches Mitgefühl aus, dass ihr das Herz aufging.

»Es ist schön, dich zu sehen, Ferdl«, erwiderte sie mit belegter Stimme.

Clara schien die Kutschfahrt besser zu gefallen als der Rucksack, den sie in den vergangenen Tagen kaum hatte verlassen dürfen. Sie saß fröhlich glucksend auf Annis Schoß.

Schmal schlängelte sich der Weg am Ufer des tosenden Sellrain-Flusses entlang, während sich links und rechts von ihnen die steilen, tannenbewaldeten Hänge erhoben, die erst im Himmel zu enden schienen. Sie dachte an jenen längst vergangenen Sommer zurück, als sie diese Strecke zum ersten Mal zurückgelegt hatte. Auf einem ähnlichen Kutschbock, neben Oma Traudl. »Sag, wie geht's der Oma?«, fragte sie Ferdl. Schon an seinem Gesichtsausdruck konnte sie die Antwort ablesen.

»Tut mir leid, Anni. Wirklich.«

Anni fuhr der Schmerz bis in die Knochen. »Aber, das kann doch nicht … Wann …?«

»Letzten Winter. Es war brutal kalt und … sie hat drauf bestanden, alles allein zu schaffen. Du kanntest sie ja.« Er atmete tief durch. »Die Kräuter-Resi hat sie morgens gefunden. In ihrem Bett. Auf der Decke lag eine Eisschicht.«

Anni biss sich auf die Lippe, um nicht loszuweinen. Sie spürte Adams Hand an ihrem Arm. Er hatte das Gespräch anscheinend mitangehört.

»Erfrieren ist ein friedlicher Tod«, sagte er leise.

Anni nickte stumm. Alles um sie herum schien sich zu drehen. Oma Traudl war ihr Zufluchtsort gewesen, ihr Anker. St. Sigmund ohne sie war für Anni so gut wie unvorstellbar.

»Was ist mit dem Hof?«, fragte sie mit zitternder Stimme.

»Das Vieh hab ich übernommen«, sagte Ferdl. »Und nach dem Haus schau ich auch ab und zu, aber … Es ist viel, und ich kann net so wie früher, weißt?« Er hob den gesunden Arm, mit dem er die Leinen hielt.

Anni nickte. Und fragte sich, ob ihr Plan, sich mit Clara und

Adam den Winter über in Sellrain niederzulassen, tatsächlich umsetzbar war.

Ferdls Hof lag ein Stück vor dem Dorfeingang, rechts auf einer Anhöhe. Es war ein einfaches Fachwerkgebäude mit einem kleinen Kuhstall, Weiden und einigen Hühnern, die frei herumliefen. Seit sein Vater gestorben war, lebte Ferdl dort allein. Seine älteren Schwestern hatten auf Höfe im Umkreis geheiratet und warteten ebenfalls auf die Rückkehr ihrer Männer, wie er erzählte.

Anni und Adam halfen ihm, die Futtersäcke abzuladen und die Pferde auszuspannen. Dann setzten sie sich alle drei in den Schatten, aßen etwas Speck mit Brot und Käse und tranken ein Bier aus Ferdls Keller, das angenehm kühl war. Clara krabbelte durchs Gras und versuchte Schmetterlinge zu fangen.

»Dann erzählt's doch mal«, sagte Ferdl und lehnte sich mit seinem Bierkrug zurück.

Anni sah Adam an, der unmerklich nickte. Er schien ihrem Cousin zu vertrauen.

»Es fing alles im Luftschutzkeller an ...«, begann Anni.

Als sie zum Ende kamen, waren die Bierkrüge geleert, und Ferdl hatte sich eine Zigarette angesteckt.

»Mei«, sagte er und fuhr sich durch die wirren blonden Haare. »Und ich dacht', ich hätt' viel erlebt.«

Anni sah zu Adam, der während des Berichts recht schweigsam gewesen war. Er hatte seinen Blick auf das kleine Dorf mit dem hübschen Kirchturm gerichtet und massierte nachdenklich sein Kinn zwischen Zeigefinger und Daumen. Für sie war St. Sigmund ein Stück Heimat. Für ihn nicht.

»Anni, ich denk, die Schwiegereltern täten sich freu'n, wenn du bei ihnen vorbeischaust«, sagte Ferdl.

»Ich weiß«, seufzte Anni und wandte ihren Blick erneut zu Adam, der immer noch zum Dorf starrte. »Ferdl«, bat sie ihren Cousin. »Würdest du uns kurz allein lassen?«

Ferdl nickte, stand auf und reichte Adam seine halb gerauchte Zigarette. Adam blickte ihn dankbar an und nahm einen tiefen Zug, während Ferdl zum Haus hinüberging.

Anni betrachtete Adam von der Seite. Und wieder einmal fiel ihr auf, wie vertraut er ihr geworden war. Seine hohe Stirn, das dichte Haar, der gütige Blick, mit dem er sie jetzt ansah. Und das tiefe Timbre seiner Stimme, als er leise sagte: »Anni, ich denke, hier endet unsere Reise.«

Anni brauchte einen Moment, um den Inhalt dieser Worte zu verstehen. Ihr wurde flau.

»Was redest du denn da?!«, fuhr sie auf. »Wir gehen jetzt zu meinen Schwiegereltern, die dich herzlich aufnehmen werden, genauso wie mein Cousin, und dann ...«

»Anni«, unterbrach er sie. »Dein Cousin ist ein netter Kerl. Er hat das Herz am rechten Fleck. Aber niemand, wirklich niemand in dieser Dorfgemeinschaft wird mich herzlich aufnehmen. Schon gar nicht deine Schwiegereltern.«

Anni wollte etwas einwenden, doch er unterbrach sie mit einer Armbewegung, die das ganze Tal umfasste. »All diese Menschen hier kennen dich als die Ehefrau von Fritz. Auf dessen Rückkehr sie hoffen. Einmal ganz abgesehen davon, was sie von Menschen halten mögen, die meiner Religion angehören.« Er zog noch einmal an der Zigarette. »Ich habe mir geschworen, dich heil hierherzubringen. In Sicherheit. Aber ich habe hier keinen Platz.«

Die Gedanken in Annis Kopf rasten. Seiner Argumentation konnte sie kaum etwas entgegensetzen. Aber eine innere

Stimme schrie ihr zu, dass sie ihn nicht gehen lassen durfte. »Lass uns das doch entscheiden«, brachte sie mühsam hervor, »wenn wir bei meinen Schwiegereltern waren und mit ihnen gesprochen haben.«

»Anni ...«

»Bitte!« Sie sah ihn flehend an.

Adam schien etwas erwidern zu wollen, entschied sich dann aber um. »Also gut«, sagte er, stand auf und drückte die Zigarette aus. »Gehen wir.«

Es waren etwa zwanzig Minuten Fußmarsch quer durchs Dorf, der sich zusätzlich hinzog, weil Anni an jeder Ecke erkannt wurde und immer wieder von Bekannten und mehr oder weniger entfernten Verwandten in ein Gespräch gezogen wurde. Sie achtete darauf, Adam jedes einzelne Mal als ihren Gefährten und Lebensretter vorzustellen. Die meisten nahmen kaum Notiz von ihm.

Als sie dann ihren Schwiegereltern gegenüberstanden, wurde Anni bewusst, wie sehr Adam recht gehabt hatte mit seiner Befürchtung. Agnes und Alois Angerer waren beide hager, grauhaarig und hatten die Gesichter und Hände von Menschen, die ihr Leben lang im Freien gearbeitet hatten. Sie begrüßten Anni nicht überschwänglich, aber durchaus herzlich und baten sie in die Stube ihres sehr sauber gehaltenen Hofes. Sie hatten sich nie besonders nahegestanden, angesichts der Umstände schienen sie aber doch heilfroh, ihre Schwiegertochter samt Enkelkind lebendig vor sich zu sehen. Adam hingegen gaben sie die Hand wie einem Aussätzigen.

Am blank gescheuerten Holztisch in der Hofküche tauschten sie sich über die Ereignisse der letzten Jahre aus. Anni erfuhr, dass ihr Schwager Karl, der ältere Sohn, in Frankreich gefallen war. Mit zitternden Händen zeigte Agnes Anni die Erkennungsmarke, die sie zusammen mit dem Wehrmachtsbrief erhalten hatten. Von Fritz hatten auch sie keine Nachricht.

Dann begannen sie, Anni Fragen zu stellen. Adam wurde mehr oder weniger ignoriert. Anni fasste ihre Geschichte noch einmal zusammen, merkte aber, wie die Gesichter ihrer Schwiegereltern sich mit jedem Satz mehr verschlossen.

Irgendwann fasste Adam sie an der Schulter und unterbrach ihren Redeschwall. »Es ist gut, Anni.« Er stand auf. »Kommst du kurz mit nach draußen?«

Anni kam es vor, als ob der Boden sich unter ihr auftäte.

»Bitte, Adam, wir hatten doch gesagt …«

»Ich denke nicht«, unterbrach Adam sie und deutete mit einem Kopfnicken auf die Mienen ihrer Schwiegereltern, »dass ich hier willkommen bin.«

Agnes und Alois widersprachen nicht.

Anni sah sie verzweifelt an. »Jetzt sagt doch auch mal was!«, flehte sie. »Er hat mir das Leben gerettet! Mehrfach!«

»Ja, dann«, überwand sich ihr Schwiegervater schließlich und hob müde sein Glas. »Danke Ihnen!«

Adam nickte ihm zu, ergriff seinen Rucksack und verließ mit einem leisen »Leben Sie wohl« die Stube.

Anni brauchte nur einen Moment, dann sprang sie auf, setzte die quengelnde Clara ihrer Schwiegermutter auf den Schoß und hastete Adam hinterher.

Als sie ihn kurz vor der Gartenpforte erreichte, hörte sie drinnen ihr Kind weinen. Sie versuchte es zu ignorieren. »Adam, warte!«, rief sie.

Er blieb stehen und wandte sich um. Sein Gesichtsausdruck verriet, wie schwer ihm das hier fiel. »Anni, es ist besser so, glaub mir.« Er fuhr sich mit den Händen durchs Haar.

»Dieser Abschied fällt mir mindestens so schwer wie dir. Aber genau aus diesem Grund: Lass ihn uns nicht unnötig in die Länge ziehen.«

»Aber wo willst du denn hin?!«

»Das wird sich schon ergeben«, erwiderte Adam bemüht fest.

Während Anni händeringend nach den richtigen Worten suchte, tauchte ihre Schwiegermutter im Türrahmen auf und hob ihre Tochter in die Höhe, die jetzt heftig weinte. Anni nahm das Kind entgegen, und Agnes verschwand eilig wieder. Anni wiegte Clara, in der Hoffnung, ein wenig Zeit zu gewinnen.

Tatsächlich war Adam unschlüssig neben der Pforte stehen geblieben.

»Wir haben es doch noch gar nicht versucht«, beharrte Anni.

»Doch«, widersprach Adam. »Das haben wir. Und zwar eben gerade. Du bist hier in Sicherheit. Und du weißt so gut wie ich, dass ich nicht bleiben kann.«

Er schloss die beiden in seine Arme und drückte sie kurz an sich. »Es war mir eine Ehre, mit dir zu reisen, Anni Angerer!« Dann straffte er sich. »Aber man muss wissen, wann es an der Zeit ist zu gehen.«

Er gab ihr einen Kuss auf die Wange und Clara einen auf die Stirn. Die Kleine streckte ihre Arme nach ihm aus. Adam berührte noch einmal flüchtig ihre kleine Hand, dann riss er sich los und schritt entschlossen den Schotterweg ins Tal hinunter, den sie mit der Kutsche heraufgekommen waren.

Wie erstarrt schaute Anni seiner Silhouette nach, die im Nachmittagslicht allmählich kleiner wurde.

33

»Man muss wissen, wann es Zeit ist zu gehen.«

Als seine Mutter diesen Satz zu ihm gesagt hatte, hatte Adam sie dafür gehasst. Die zierliche Danaë Loewe, geborene Roth, die ihm ihr beeindruckendes musikalisches Talent vererbt hatte.

Sie war immer eine zurückhaltende Frau gewesen, fast ein bisschen schüchtern. Wenige Worte, eine sanfte Stimme. Ausdrucksvoll nur am Piano. In ihrem Spiel, ihrem Gefühl für die Musik schien sich die ganze Kraft ihrer Seele Bahn zu brechen. Eine Kraft, die große Konzertsäle ausfüllte und so mächtig mit dem letzten Ton im Raum verhallte, dass man das Gefühl hatte, sie in sich aufsaugen zu können. Dann, nachdem sie mit einer scheuen Verbeugung den meist tosenden Applaus entgegengenommen hatte, wurde sie wieder zur schüchternen Danaë, die mit hastigen Schritten von der Bühne tänzelte, als wäre sie dort fehl am Platz.

Adam schüttelte sich. Es tat weh, an seine Mutter zu denken. Nach all den Jahren noch. Aber es war ein bekannter, fast vertrauter Schmerz, der dabei half, den akuten zurückzudrängen. Nun war der verhasste Abschiedssatz seiner Mutter, der sich so in sein Gehirn eingebrannt hatte, für ihn selbst zur bitteren Wahrheit geworden. Er hatte es ja längst kommen sehen – und am Ende war es tatsächlich besser so. Die offene Ablehnung von Annis Schwiegereltern hatten ein allzu langes Zögern und Hadern überflüssig gemacht. Das Pflaster war mit einem Ruck von der Wunde gerissen worden, nun konnte der Heilungsprozess beginnen.

Doch mit jedem Schritt, den er ohne Ziel ins Tal hinunterstapfte, schien ein neues Bild von ihr vor seinem inneren Auge aufzutauchen. Wie bei einem Film, der auf einem defekten Projektor lief und immer wieder stockte. Anni im Luftschutzkeller. Anni und Clara auf der Kutsche im Böhmerland. Anni im Sommerkleid im Garten der braunen Witwe. Anni im Field Office der US-Army. Anni in den Bergen, mit verträumtem Blick. Jedes Bild jagte ihm einen Stich ins Herz, der so sehr schmerzte, dass er an einer Wegbiegung schließlich stehen blieb. Um ihn herum türmten sich Tannenwälder und Gipfel – neben ihm tobten die wilden Wassermassen des Sellrain ins Tal.

»Man muss wissen, wann es Zeit ist zu gehen.«

Es war ein schrecklicher Moment gewesen, als seine Mutter von ihm Abschied nahm. Im Flur, überraschend, mitten in der Nacht. »Und manchmal muss man diejenigen verlassen, die man am meisten liebt. Auch wenn es wehtut.«

Sie hatte ihm einen Kuss geben wollen, er jedoch hatte sein Gesicht abgewandt. Aus Stolz und aus Trotz hatte er sich dem letzten Kuss seiner Mutter, von der er nicht wusste, ob er sie je wiedersehen würde, verweigert. Und nun stand er hier, rang nach Luft und hielt sich die schmerzende Brust, weil er die Frau zurückgelassen hatte, die er liebte. Aber es half nichts. Sie gehörte einem anderen.

Mehr stolpernd als gehend setzte er seinen Abstieg fort. Als ihm die Tränen kamen, schlug er sich mit der flachen Hand ins Gesicht. Dann nahm er fluchend einen Stein vom Boden auf und warf ihn in den tosenden Fluss. Überlegte, hinterherzuspringen. Ließ es bleiben, weil das nach allem, was er erlebt hatte, die größte Niederlage gewesen wäre.

Als er nach etwa zwei Stunden Fußmarsch die ersten Häuser von Kematen vor sich auftauchen sah, hörte er eine Kutsche hinter sich und trat instinktiv zur Seite. Dann wandte er den Kopf und erstarrte. Zu dritt saßen sie auf dem Bock. Ferdl, Anni und die kleine Clara.

»Adam!«, hörte er Annis helle Stimme und schalt sich selbst, weil sein Herz zu klopfen begann. Die Haflinger parierten neben ihm durch und blieben schnaubend stehen. Anni übergab Clara an Ferdl, sprang vom Kutschbock und lief auf ihn zu. Sie sah verändert aus, tief erschüttert, aber auch sicher in dem, was sie tat. »Bitte, wir ... Es gibt etwas, das du wissen solltest!«

Sie setzten sich auf die leere Ladefläche des Leiterwagens und ließen die Haflinger am Wegesrand grasen. Ferdl reichte Adam eine Zigarette, die er dankend annahm.

»Ich habe euch vorhin nicht die ganze Geschichte erzählt«, begann Ferdl, nachdem er zwei tiefe Züge genommen hatte. »Kamenez-Podolski. Wir waren zusammen dort. Fritz und ich. Erste Panzerarmee unter Hube. Eingekesselt von der ersten Ukrainischen Front. Es ging nicht vor und nicht zurück. Fritz und ich waren in der Einheit, die prüfen sollte, ob ein Vorstoß nach Süden möglich wäre. Dabei sind wir direkt ins Granatenfeuer gelaufen. Verdammtes Selbstmordkommando.« Er spuckte über die Wand des Wagens auf die Straße. »Mir hat's den rechten Arm weggefetzt. Aber der Fritzl ...«

Er schluckte. Adam sah zu Anni. Ihre Augen waren gerötet, aber ihr Blick seltsam klar.

Ich liebe ihn nicht so, wie ich es sollte.

Ferdl hustete ein paarmal. Dann sprach er es aus: »Der Fritz hat's net geschafft.«

Adam sah irritiert von Ferdl zu Anni, dann wieder zu Ferdl. »Aber ... seine Eltern ... Ich dachte ...«

»Ich hab's noch nicht fertiggebracht, es ihnen zu sagen. Sie werden's irgendwann erfahren. Ihr Ältester ist doch schon in Frankreich gefallen, jetzt noch der zweite Bub ...« Er hob die gesunde Hand und ließ sie wieder fallen, wie etwas Schweres, das er nicht mehr halten konnte. »Aber als ich euch zwei gesehen hab ...« Er suchte nach Worten. »Ich hab einfach gedacht, es ist gut, wenn die Anni es weiß.«

Adam fragte sich, was genau Ferdl ihnen angesehen hatte. Offenbar strahlten sie zusammen etwas aus, von dem sie selbst nichts ahnten. Er nickte Ferdl zu. Dann streckte er die Hand aus und berührte Anni sanft am Arm. »Mein tiefes Beileid«, sagte er. »Wirklich, Anni.«

Sie nickte. Senkte ihren Blick kurz und sah ihn dann an. »Bitte geh nicht!«

Adam atmete tief durch. »Anni ...«

»Hör zu, Adam, wir haben lange geredet. Der Ferdl würde uns seine Almhütte geben. Sie liegt ganz einsam, oben am Berg. Wir könnten uns dort eine Weile ausruhen. Zu Kräften kommen.«

»Aber ... deine Schwiegereltern ...«

»Bei denen möchte ich nicht bleiben«, sagte Anni entschieden.

»Bisschen verfallen ist die Hütte schon«, warf Ferdl ein. »War lang net droben. Mir wär's eine Hilfe, wenn dort mal einer nach dem Rechten schaut.«

Adam fielen tausend Gründe ein, die dagegensprachen.

Aber er sah in Annis glänzende Augen, er sah zu Clara, die ihre Händchen nach ihm ausstreckte, und er blendete alle Vernunft aus. »Zusammen oder gar nicht?«, fragte er.

Ein Strahlen ging über Annis Gesicht. »Zusammen oder gar nicht!«

Sie klammerten sich beide an den Schwur, den sie geleistet hatten, im Wissen, dass es um sie herum sonst nichts mehr gab, auf das zu schwören sich lohnte.

Während Ferdl die Kutsche wendete, tastete Anni nach Adams Hand. Er nahm sie und drückte sie. Manchmal musste man wissen, wann es Zeit war zu bleiben.

34

Die Almhütte war klein und sah auf den ersten Blick nicht gerade sturmfest aus. Anni stemmte die Hände in die Hüften und wartete, bis ihr Atem ruhiger ging. Der Anstieg war mühsam gewesen. Steil und steinig die kleinen Pfade – mehrfach hatten sie im Wald den Weg suchen und sich teilweise auch durchs Gestrüpp bahnen müssen. Die Sonne stand mittlerweile recht tief, es war schon fast Abend. Adam, der Clara die meiste Zeit getragen hatte, setzte sie behutsam ab und ließ sich mit einem erleichterten »Halleluja!« neben sie ins Gras fallen.

Anni musterte die Almhütte. Ferdl hatte, was den Zustand anging, nicht untertrieben. Das Holzdach war eingefallen, die Fenster teilweise zerbrochen, die Steinmauern verwittert. Einzig der steile Anstieg und die Lage hoch oben am Berg, auf einer größeren Lichtung, von der aus man das ganze Tal überblicken konnte, vermittelten Anni ein Gefühl von Sicherheit. Und die sechs Ziegen, die Ferdl ihnen mitgegeben hatte. Ihre Halsglöckchen bimmelten leise.
»Aner Goaß«, hatte Oma Traudl immer gesagt, »kannscht dei Leb'n anvertraun. Sie wird dir Milch geb'n, a guat'n Käse mochscht draus – und sollt der Tag kimma, da schenkt sie dir am End an g'scheiten Bratn.«

Sechs Ziegen. Sie würden nicht verhungern, so viel stand fest. Was Anni zudem beruhigte, war die Quelle, deren reines

Bergwasser etwa fünfzig Meter oberhalb der Hütte in einen massiven Holztrog floss. Genug zu trinken hatten sie also, zumindest bis zum Winter, an den Anni noch gar nicht denken wollte – und es doch tat. Sie warf einen Blick zu Adam, der Clara half, durch das hohe Gras zu stapfen und die verschiedenen Blumenarten zu erforschen. Es war ein rührendes Bild, wie Clara davonwackelte, eine Blüte pflückte und sie Adam feierlich übergab, um erneut auf die Pirsch zu gehen.

Anni riss sich mühsam los und machte sich ihrerseits auf Erkundungstour. Mit wachem Blick ging sie um die Hütte herum und fand unter einem Verschlag fein säuberlich aufgestapelt ungefähr zwanzig Klafter trockenes Holz. Für den Anfang nicht schlecht. Doch als sie die morsche Tür aufstieß und die Hütte betrat, erstarrte sie. Ein widerlich beißender Geruch nach Ruß und Verwesung schlug ihr entgegen. Dann sah sie den Fuchs, durch dessen halb zersetzten Leib Hunderte von Maden krochen. Der Anblick war so widerlich, dass Anni zurücktaumelte und sich neben der Holzterrasse übergeben musste. Anschließend wurde ihr schwarz vor Augen.

»Oje«, hörte sie Adam sagen.

Verschwommen sah sie, wie er zur Quelle lief, seinen Verband abnahm und in den Trog tauchte, dann fühlte sie das kühle Nass, als er ihn ihr in den Nacken legte.

Nachdem sie den Fuchskadaver beseitigt und alle Fenster aufgerissen hatten, setzten sie sich auf die morsche Terrasse und sahen den Ziegen beim Grasen zu. Anni strich der dösenden Clara über den Kopf, löste ihr einen Strauß mit zerknickten Wiesenblumen aus den Fingern und sah Adam von der Seite an. Er blickte in die Ferne.

»Ich weiß nicht«, gab sie ehrlich zu, »ob das hier eine gute Idee ist.«

»Das werden wir herausfinden«, erwiderte Adam, der nach wie vor wie gebannt das Bergpanorama in sich aufzunehmen schien. »Die Aussicht ist jedenfalls fantastisch.«

Sie ließ ihren Kopf an seine Schulter sinken. Lange Zeit saßen sie beide so da, aneinandergelehnt, schweigend, das Kind in den Armen – und schauten auf die gigantischen blaugrauen Berge, die sie umgaben.

Es war spät geworden. Die Sonne war verschwunden, am Horizont zogen dichte Wolken auf.

»Schon mal Holz gehackt?«, fragte Anni, ohne sich von seiner Schulter wegzubewegen.

»Ich bin Violinist«, erwiderte Adam. »Aber es gibt nichts, was ich nicht probieren würde, um das hier mit dir durchzustehen.«

Ein ferner Donner ließ sie zusammenzucken und gleichzeitig gewahr werden, in welch vertrauter körperlicher Nähe sie sich befanden. Sie fuhren auseinander, und Anni bedauerte, so abrupt aufgeschreckt worden zu sein. Binnen Sekunden folgte ein Blitz, gar nicht so fern, der den dunklen Himmel taghell erleuchtete.

»Los, in die Hütte!«, rief Anni, der die Wetterverhältnisse hier oben nicht fremd waren.

»Aber da stinkt es schlimmer als beim Abdecker!«

»Wir machen ein Feuer an!«

Ein weiterer gewaltiger Donnerschlag sowie heftige Windböen, die dicke, schwere Regentropfen vor sich herpeitschten, trieben sie zur Eile. Die Ziegen sammelten sich so verzweifelt meckernd am Eingang, dass Adam sich erbarmte und sie in den Vorraum einließ. Schlimmer konnte der Gestank nicht mehr werden. In der Stube hatte Anni große Mühe, das Feuer anzubekommen, und sie atmeten alle viel Rauch ein, was aber immer noch besser war, als sich draußen den Naturgewalten zu ergeben.

Das Gewitter schien überall um sie herum zu toben. Im Sekundentakt sandte der Himmel Donner und Blitze herab, die zum Teil in den umliegenden Tannenwald einschlugen. Gemeinsam wickelten sie Clara in Adams Mantel und hielten und wiegten sie, bis sie wieder eingeschlafen war. Adam hatte in einem wackeligen Schrank ein paar Ziegenfelle gefunden und baute ihnen daraus ein Schlaflager. Er stellte einen Topf unter die Stelle, wo es durch das undichte Dach tropfte, legte noch einmal Holz ins Feuer, das nun endlich brannte, wünschte Anni eine gute Nacht und legte sich dann – wie es seine Art war – einfach hin und bedeckte sein Gesicht mit seinem linken Unterarm. Wenige Minuten später waren ruhige Atemzüge zu hören.

Anni war nicht müde, sie konnte kein Auge zumachen. Aber sie war dankbar, Clara neben den schlafenden Adam legen zu können. Instinktiv kuschelte die Kleine sich an ihn, und Anni wurde noch einmal bewusst, wie vertraut die beiden miteinander geworden waren.

Sie suchte nach einem Platz für den Geigenkoffer, an dem dieser nicht nass würde, und stellte ihn in den Schrank. Dann zog sie, einem Impuls folgend, das alte Kinderbuch hervor. *Peterchens Mondfahrt*. Sie hatte es dort stecken lassen, in dem Fach für die Notenblätter, und selbst Adam nichts davon erzählt. Vielleicht, weil es ihr ein wenig peinlich war, das Buch all die Wochen mitgeschleppt zu haben. Sie hatte sich nicht davon trennen können. Weil es sie so sehr mit Tristan verband. Und weil sie bald anfangen konnte, Clara daraus vorzulesen. Bis tief in die Nacht saß Anni am Fenster, blätterte in dem Buch, das sie beinahe auswendig konnte, lauschte dem sich langsam entfernenden Donner und sah den nachlassenden Blitzen zu.

Plötzlich hockte Adam sich neben sie. Sie hatte ihn gar nicht kommen hören.

»Ich dachte, du schläfst?«

»Hab ich auch.« Er sah sie von der Seite an. »Aber du nicht.«

Anni legte das Buch zur Seite und massierte ihre Schläfen mit den Fingerspitzen. Die Ziegen schnauften leise im Schlaf. Langsam dämmerte der Morgen herauf.

»Noch ist Sommer«, erwiderte Anni und deutete sorgenvoll auf die undichte Stelle im Dach, durch die es weiterhin beständig tropfte. »Das hier ist erst der Anfang.«

Adam nahm das Buch in die Hand und strich andächtig darüber. »Nein«, erwiderte er ruhig. »Dresden war der Anfang. Wir sind schon mittendrin, liebe Anneliese.«

Er lehnte seine Schulter ganz leicht gegen ihre und nahm so den Moment der Nähe vom Nachmittag wieder auf. »*Mutter Erde, wir rufen dich an …*«, begann er leise. »*Fern dir führte uns unsere Bahn.*«

Und Anni fiel lächelnd ein: »*Höre uns, unsere Not war groß, nimm uns wieder in deinen Schoß.* Du kennst es!«

»Wer kennt es nicht?«, erwiderte Adam.

Noch einmal erhellte ein ferner Blitz die Nacht. Dann folgte ein leise grummelnder Donner. Das Gewitter zog endgültig ab.

Er musterte Anni von der Seite. »Darf ich dich etwas fragen?«

Anni schwieg, verneinte aber nicht.
»Warum spielst du nie?«
Sie sah ihn fragend an.
»Die Geige. Du rührst sie nicht an. Bei Poldi schon nicht, im Zug, bei Lagarde ... Du bittest immer *mich* darum.«
»Weil du besser spielst!«
»Das ist kein Argument.«
»Doch!«
»Du bist Hochschulstudentin! Dein Vater hat dich immer in den höchsten Tönen gelobt.«
Anni lachte bitter auf. »Mein Vater.« Sie sah Adam aufgewühlt an. »Mein Vater hat nichts begriffen.«
Adam ergriff behutsam ihre Hand. »Aber vielleicht begreife *ich* es.«
Anni schüttelte den Kopf, zog aber ihre Hand nicht weg, weil es zu schön war, von ihm berührt zu werden. »Du bist das Wunderkind, das als Erwachsener zur Berühmtheit wurde«, erklärte sie schlicht. »Ich bin das Wunderkind, das erwachsen wurde und versagt hat.« Und dann begann sie doch zu erzählen. Wie sie sich als Kind über das breite Lächeln ihres Vaters gefreut hatte. Wie der Druck dann schnell zunahm – Aufnahme ins Jugendorchester der Staatskapelle, dort Konzertmeisterin mit zwölf. Sie bekam zweimal die Woche Privatunterricht am Konservatorium und übte, bis ihre linke Schulter so schmerzte, dass sie kaum noch schlafen konnte. Die Sommerferien bei Oma Traudl – früher immer eine willkommene Atempause – wurden mit einem strikten Übungsplan versehen. Während die anderen bei herrlichstem Sonnenschein auf den Wiesen herumtollten, stand sie – mitleidig beäugt von Tristan – vier bis fünf Stunden am Tag in ihrem Dachzimmer und paukte schwierigste Passagen.

»Irgendwann hab ich es nicht mehr ausgehalten«, schloss Anni.

»Und da kam Fritz, richtig?«

Anni errötete leicht. »Er war immer schon Teil meines Lebens. Ich kenne ihn – kannte ihn, seit ich fünf Jahre alt war.« Es fiel ihr schwer, über Fritz zu sprechen.

Adam fragte nicht weiter. »Du hast nicht versagt«, stellte er stattdessen fest. »Man hat dich nicht richtig unterstützt.«

Anni sah ihn verwundert an. So hatte sie das noch nie gesehen.

»Jedes Ausnahmetalent hat Schwächen. An denen muss man arbeiten. Und manchmal muss man auch Leichtigkeit neu erlernen.« Er hob die Hände. »Glaub mir, ich weiß, wovon ich spreche.«

»Aber du spielst perfekt!«

»Perfekt gibt es nicht, Anni. Und im Übrigen bin ich auch keine Berühmtheit.«

»Aber du wärst eine geworden, wenn die Nazis nicht gewesen wären«, insistierte sie. »Du wirst eine werden! Ganz sicher!«

Adam lächelte kopfschüttelnd. »Das ist jetzt nicht wichtig, Anni. Wichtig ist, dass wir zusammen sind. Hier und heute.« Er legte seinen Arm um sie. »Was morgen passiert, werden wir früh genug erfahren.«

Anni wollte, dass der Moment nie zu Ende ging.

»Schau mal«, sagte sie leise und deutete auf einen Lichtglanz, der plötzlich zwischen den aufgerissenen Wolken erschien und die Rückenlinie der gegenüberliegenden Bergkette nachzeichnete. Minutenlang schauten sie zu, wie der Streifen kräftiger wurde – wie ein Versprechen. Es könnte jetzt und hier zu Ende sein, dachte Anni – und ich wäre glücklich.

Sie nahm Adams schmales Gesicht in beide Hände, fühlte seine hohen Wangenknochen, beugte sich zu ihm und küsste ihn. Erst auf die Augen, dann auf den Mund.

»Anni ...«, er wich leicht zurück. »Wir sollten das nicht tun.«

»Nein«, bestätigte sie leise. »Das sollten wir nicht.«

Dann küssten sie sich erneut.

Herbst 1945

Das Deutsche Theater in Berlin wird wiedereröffnet – mit dem während der NS-Zeit verbotenen Drama Nathan der Weise *von Gotthold Ephraim Lessing.*

Die evangelische Kirche veröffentlicht das sogenannte Stuttgarter Schuldbekenntnis. Darin heißt es: »... wir klagen uns an, dass wir nicht mutiger bekannt, nicht treuer gebetet [...], nicht brennender geliebt haben.«

Die USA schlagen mit dem Byrnes-Plan *einen Viermächtevertrag über die Entmilitarisierung Deutschlands für 25 Jahre vor.*

Der Nordwestdeutsche Rundfunk (NWDR) nimmt den Sendebetrieb auf. In Berlin erscheint die erste Ausgabe des Tagesspiegel. *In München wird die* Süddeutsche Zeitung *lizenziert.*

Das Deutsche Rote Kreuz richtet einen Suchdienst zur Auffindung vermisster Personen ein. Millionen von Menschen werden auf Karteikarten erfasst, darunter viele Kinder, die von ihren Eltern getrennt wurden.

In Berlin wird der Internationale Militärgerichtshof eingerichtet. Ab dem 20. November 1945 findet der Prozess gegen die Hauptkriegsverbrecher in Nürnberg statt.

In Österreich werden die ersten Parlamentswahlen der Nachkriegszeit durchgeführt.

In England stirbt ein Kriegsveteran.

35

Colonel Jonathan Andrew Alexander Primrose schien zu ahnen, dass sein Ende nahte. Dr. Fennyman war in den vergangenen Wochen regelmäßig vorbeigekommen und hatte dem Colonel starke Tabletten verschrieben. Immer wieder hatte der Arzt seinen Patienten zu überreden versucht, sich ins Krankenhaus bringen zu lassen, doch Primrose weigerte sich mit der gleichen herrischen Bestimmtheit, mit der er früher seine Truppen befehligt haben musste. Dagegen kam selbst Fennyman nicht an. So blieb der alte Kriegsveteran in seinem Cottage, an dem Ort, der für ihn das letzte bisschen Seelenfrieden bedeutete. Er trank zu viel Brandy, aß zu viel Gebäck und schien fest entschlossen, die ihm verbleibende Zeit zu genießen.

Nach Rosalies beherztem Eingreifen bei ihrem letzten Besuch hatte er angefangen, lange Telefonate zu führen.

»Sprich ihn bloß nicht darauf an«, flüsterte Erica Tristan insgeheim zu. »Aber ich glaube, er setzt sich für euch ein.«

Tristan tat, wie Erica ihm geheißen, und wartete ab, auch wenn es ihm schwerfiel. Noch wusste niemand von der Schwangerschaft. Aber sowohl Rosalie als auch Tristan war klar, dass dieses »noch« ein unaufhaltsam kleiner werdendes Zeitfenster darstellte. Er freute sich inzwischen wie ein Schneekönig auf das Kind, versuchte aber seine Euphorie zu bändigen, weil er wusste, in welch enormem Gewissenskonflikt Rosalie sich befand.

»Ich muss es Mutter sagen«, erklärte sie ihm, als sie wie gewohnt um die Mittagszeit telefonierten. »Ich kann es ihr nicht länger verheimlichen.«

Ihre Stimme klang seltsam mutlos. Tristan spürte, dass ihm die Zeit davonlief. Er musste etwas unternehmen.

»Ich brauche bitte einen freien Tag, besser noch zwei«, platzte er während des Abendessens heraus.

Erica hielt den Atem an und sah erwartungsvoll zu ihrem Mann. Der Colonel tupfte sich den Mund ab und legte in aller Ruhe seine Serviette neben den Teller. »Du willst nach Portsmouth?«

Tristan nickte.

»Und bei ihrem Vater um ihre Hand anhalten, nehme ich an?«

»Ja«, erwiderte Tristan leise und fing einen ermutigenden Blick von Erica auf. »Was soll ich denn sonst tun?«

Erica öffnete den Mund, um etwas zu sagen, schloss ihn dann aber wieder.

Der Colonel schüttelte den Kopf. »Ich würde noch ein wenig warten.« Er zündete seine Pfeife an. »Ihr befindet euch juristisch in einer Grauzone. Du bist zwar auf dem Papier kein Kriegsgefangener mehr, aber immer noch ehemaliger Offizier der Wehrmacht. Für eure Situation gibt es keine Regelung. Wenn ihr einen Richter findet, der euch gewogen ist, könnte es sogar sein, dass ihr die Erlaubnis erhaltet, euch standesamtlich trauen zu lassen. Das Problem ist nur: Ihre Familie wird dem nicht zustimmen.«

»Rosalie ist volljährig!«, begehrte Tristan auf.

Der Colonel machte ein Geräusch, von dem man nicht genau sagen konnte, ob es ein Lachen oder ein Husten war. »Das mag sein. Aber deine liebe Rose Elizabeth ist eine FitzAllan. Sie wird sich nicht gegen ihre Familie stellen.«

»Wie können Sie da so sicher sein?«

»Weil ich ihresgleichen kenne.« Er blies eine größere Rauchwolke über den Tisch. »Du kannst dir nächstes Wochenende freinehmen. Fahr hin, versuch dein Glück.« Er trank einen Schluck Brandy. »Aber sag nicht, ich hätte dich nicht gewarnt.«

Die nächsten Tage verbrachte Tristan damit, seinen Besuch gedanklich vorzubereiten und sich den Kopf darüber zu zerbrechen, wie er Alistair FitzAllan überzeugen könnte. Er kündigte Rosalie seinen Besuch an und bat sie, ihren Eltern noch nichts von der Schwangerschaft zu sagen, er habe eine Überraschung für sie.

»Tristan ... ich weiß nicht. Der Zeitpunkt ist nicht gerade günstig, das Haus ist voll ...«

»Bitte, Rosie! Vertrau mir!«

Er hörte sie am anderen Ende des Telefons atmen.

»Rosie? So hat mich noch keiner genannt.«

»Gefällt es dir?«

Sie schwieg. »Ja«, sagte sie dann langsam. »Ich glaube schon.«

Er hätte ihr so gern in die Augen gesehen.

Am nächsten Morgen weckte Erica ihn früh mit einer starken Tasse Breakfast Tea. »Jonathan war sehr unruhig heute Nacht. Er bittet dich, ihm Matthews Tagebücher aus dem Schuppen zu holen.« Sie blickte sorgenvoll aus dem Fenster. »Fast dreißig Jahre hat er sie nicht angerührt.«

Matthew war der jüngere der beiden Primrose-Söhne. Der, auf den sich nach dem Tod des Älteren alle Hoffnungen konzentriert hatten. Erica sprach von ihm zärtlich als ihrem *little sunshine*, woraufhin der Colonel immer traurig den Kopf schüttelte und leise hinzubrummte: »Gänzlich ungeeignet für den Krieg.«

Matthew war 1917 bei der Dritten Flandernschlacht gefallen, wie so viele seiner Kameraden. Zwei Jahre nach dem Tod seines älteren Bruders.

Die Sonne ging gerade auf und brachte den von Tau bedeckten Rasen zum Glitzern. Die Kastanien verloren ihre letzten Früchte. Tristan sammelte einige auf, während er zum Schuppen ging. Unten in der Bucht warf die kalte Nordsee ihre schäumenden Wellen gegen die Klippen.

Er musste ein paar Klafter Holz aus dem Weg räumen, bis er schließlich den verstaubten Karton mit der Aufschrift *Matthew's books* fand. Er roch nach Moder, aber die Bücher darin waren noch gut erhalten. Es waren zerfledderte Ausgaben von Arthur Conan Doyles *Sherlock Holmes* darunter, mehrere Werke von Charles Dickens, aber vor allem Kinderbücher. Er musste eine Weile wühlen, bis er die Tagebücher fand. Dabei entdeckte er auch ein Buch mit vielen Illustrationen, auf dessen Titel sich ein Junge in einem grünen Gewand und ein Mädchen im Nachthemd an der Hand hielten. Sie hatte flammend rotes Haar. Das Buch hieß *Peter und Wendy*, aber in seiner Wahrnehmung hätte es auch Tristan und Rosie heißen können.

Gerade hatte er sich die Tagebücher unter den Arm geklemmt, als er Ericas Schrei hörte. Eigentlich war es gar kein Schrei, sondern eher ein lang gezogener Klagelaut, der das ganze Haus zu erschüttern schien. Sofort ließ er die Bücher fallen und eilte zurück. Erica kniete im Schlafzimmer vor dem Bett, ihr Gesicht an die blasse Hand ihres Mannes gedrückt.

Tristan befühlte den Hals des Kranken auf der Suche nach

dessen Puls, so wie Rosalie es ihm gezeigt hatte. Nichts. Kein Zweifel, der Colonel war tot.

Die nächsten Tage vergingen in einem meist stummen, seltsam nüchternen Rhythmus der Betriebsamkeit. Nach Portsmouth konnte Tristan nun nicht fahren. Unzählige Dinge mussten organisiert werden. Erst kam ein Amtsarzt, dann ein Bestattungsunternehmer, schließlich der Notar. Erica Primrose blieb stark wie ein unverwüstliches Gras, das dem Sturmwind trotzt, und Tristan versuchte, ein möglichst stabiler Boden zu sein, in dem sie Halt finden konnte. »Es tut mir so leid«, sagte er zu Rosalie am Telefon. »Ich wollte …«

»Es ist alles gut, Tristan«, sagte sie. »Dein Platz ist dort, an ihrer Seite. Richte bitte Erica unser tiefstes Beileid aus. Wir kommen am Samstag zur Beerdigung.«

Hatte sie distanziert geklungen? Kühl? Oder einfach nur traurig?

Der Morgen der Beerdigung war regenverhangen, feucht und kalt. Erica hatte Tristan am Abend zuvor einen schwarzen Anzug des Colonels aufs Bett gelegt. Die Hose war ein wenig zu weit, aber mit einem Gürtel ging es. Als er die Küche betrat, musterte Erica ihn von Kopf bis Fuß und nickte wohlwollend. Sie selbst sah sehr nobel aus mit ihrem schwarzen Hut und dem Pelzmantel. Im Stehen tranken sie eine Tasse Tee.

»Ich wünschte, du könntest im Wagen mitfahren«, sagte Erica entschuldigend.

Tristan winkte ab. Es gab schon genug Gerede im Dorf, seit die Primroses ihn aufgenommen hatten.

»Ich fahre gern mit dem Rad«, erklärte er schlicht.

Sein Herz klopfte wie wild, als er die Kirche betrat. Er war einer der letzten Trauergäste. Der Wind hatte ihm den ganzen Weg über den Regen ins Gesicht gepeitscht, und sein Filzhut war so durchnässt, dass das Wasser von der Krempe auf den blank polierten Steinboden der Kirche tropfte.

Die FitzAllans standen weit vorn, ganz in Ericas Nähe. Tristan versuchte, sich unauffällig in eine der hinteren Reihen zu schieben. Doch er war längst bemerkt worden. Und da die halbe Dorfgemeinschaft sich zu ihm umwandte, taten es auch Alistair, Helen und Rosalie. Edward war nicht mitgekommen. Vermutlich seinetwegen nicht. Rosalie sah ihn mit einer Mischung aus Wiedersehensfreude und trauriger Verzweiflung an – Alistairs Blick war eisig.

Er weiß, dass sie ein Kind bekommt, durchfuhr es Tristan. *Sie hat es ihnen gesagt.*

»Verehrte Gemeinde«, ergriff der Priester das Wort. »Wir sind heute hier zusammengekommen, an diesem nasskalten Tag, um Abschied zu nehmen von einem Mann, der unsere Gemeinschaft bereichert hat.«

Tristan versuchte, sich auf die Worte zu konzentrieren, doch seine Gedanken schweiften immer wieder ab, so wie sein Blick, den er eigentlich auf den Altar richten wollte, der sich jedoch ständig an Rosalies Hutkrempe festheftete. Einmal wandte sie sich zu ihm um. Tristan sah, dass sie weinte. Und er wusste, dass sie es nicht aus Trauer tat, sondern aus Verzweiflung.

Vielleicht, dachte er plötzlich, hätte er den alten Colonel doch in die Schwangerschaft einweihen und um Rat fragen sollen, solange er das noch hätte tun können. Nun war es zu spät.

»Möge sich die Seele von Jonathan Andrew Alexander Primrose mit der seiner Kinder vereinen«, schloss der Priester. »Mögen sie gemeinsam Frieden finden im Angesicht des Herrn.«

Die Orgel spielte, die Gemeinde sang »*In life, in death, oh Lord, abide with me*«, während sechs Männer, einer von ihnen Alistair FitzAllan, den Sarg nach draußen trugen.

Nachdem sie dem Colonel die letzte Ehre erwiesen und jeder ein Schippchen Erde ins Grab hatte fallen lassen, nahm Erica die Kondolenz entgegen. Tristan, der in ihrer Nähe stand, spürte die vielen Blicke und war fast ein wenig dankbar, als Alistair ihn schließlich am Arm fasste.

»Wir müssen reden«, raunte er ihm zu. »Jetzt.«

Tristan sah zu Rosalie hinüber, die, Gesicht und Haar von einem breitkrempigen schwarzen Hut bedeckt, dicht neben ihrer Mutter stand. Er hätte sie so gern in den Arm genommen.

Alistair schob ihn vor sich her, bis zu einer etwas abgelegenen Stelle des Friedhofs, die den Blick auf die Küste freigab. Der Wind kam vom Meer und schmeckte nach Salz.

»Ich habe meinem Sohn verboten, mitzukommen«, begann Alistair. Er sah Tristan nicht an. »Edward hätte dir die Zähne ausgeschlagen. Und weiß Gott, ich hätte auch große Lust, das zu tun.«

Tristan blickte wieder zu Rosalie, die sich ihren Mantel fester um den Körper zog. Der Wind war aufgefrischt und hatte den Regen vertrieben. Er nahm all seinen Mut zusammen.

»Hören Sie, Alistair, ich weiß, die Situation ist schwierig. Aber ich liebe Ihre Tochter, das wissen Sie. Ich werde für Rosalie und das Kind sorgen. Das verspreche ich Ihnen.«

Alistair verzog keine Miene. »Du solltest nichts versprechen, was du nicht halten kannst«, erwiderte er kalt. »Ich habe mit einem befreundeten Arzt gesprochen. Es wird kein Kind geben.«

Alistairs Worte trafen ihn wie ein Schlag ins Gesicht. Vor allem, weil Tristan spürte, dass sie endgültig waren.

»Bitte, tun Sie uns das nicht an!«, stieß er mühsam hervor.

Alistair richtete den Blick auf die Trauergemeinde, als würde er damit die Unumstößlichkeit seines Entschlusses manifestieren wollen.

Tristan stellte sich direkt vor ihn, sodass Rosalies Vater ihn schließlich doch anschauen musste. »Geben Sie mir etwas Zeit! Ich finde eine Lösung!«

Der Hotelier zog eines seiner Zigarillos aus der Tasche und steckte es sich an. »Ich fürchte, es ist genau die Zeit«, erwiderte er, »die uns davonläuft.«

Er nahm einen tiefen Zug und blies den Rauch aus, der nach Nelken roch. »Die Entscheidung ist gefallen, Tristan.«

Tristan fühlte sich ohnmächtiger denn je. Er drückte sich den immer noch feuchten Filzhut tiefer in die Stirn und entgegnete heiser: »Das können Sie nicht machen! Sie können nicht gegen Rosalies Willen ...«

»Es ist auch ihr Wunsch.«

Mit diesem Satz zog Alistair Tristan endgültig den Boden unter den Füßen weg.

Sie wird sich nicht gegen ihre Familie stellen.

Entschlossen lief er los, quer über den Friedhof, und tat das, wonach er sich seit Tagen gesehnt hatte. Er schloss sie in die

Arme. Wie durch einen Nebel hörte er die Trauergemeinde raunen. Es war ihm egal. Rosalie weinte lautlos.

»Mir bleibt keine Wahl«, schluchzte sie schließlich. »Uns bleibt keine Wahl.«

»Doch, natürlich bleibt dir eine Wahl«, entgegnete Tristan aufgebracht. »Du bist erwachsen. Du kannst selbst entscheiden. Der Colonel meinte, wir könnten einen Gerichtsbeschluss erwirken. Wir müssen es doch wenigstens versuchen, Rosie!« Er fasste sie an den Schultern und versuchte, ihr in die Augen zu sehen. »Bitte, heirate mich! Lass uns eine Familie sein!«

Als sie ihren Blick schließlich hob, war er seltsam leer.

»Rosie?«

Jemand drückte fest seinen Arm. Ihre Mutter Helen. »Lassen Sie es gut sein, Tristan. Sie hat sich entschieden.«

Tristan rückte ein Stück von Rosalie ab. »Stimmt das?«, brachte er leise hervor.

Sie nickte nur ganz leicht.

Er lief den Hügel hinunter, schwang sich aufs Fahrrad und fuhr in halsbrecherischem Tempo durch das Dorf auf die Landstraße. Zwei Autos überholten ihn hupend. Er nahm sie kaum wahr. Viel zu schnell nahm er die Kurve zum Schotterweg. Das Rad rutschte weg, er fiel hin, rappelte sich wieder auf und fuhr weiter, bis hinunter zum Strand, wo er sich in den grobkörnigen Sand fallen ließ. Später warf er schreiend Steine in Richtung Meer. So lange, bis die Wut verebbt war und nichts zurückblieb als eine unendliche Leere.

36

Sie lagen ineinander verschlungen im Gras, als es geschah. Ein Knacken im Unterholz, dann das Geräusch von Schritten, die sich eilig entfernten. Adam richtete sich ruckartig auf.

»Da war jemand!«

»Ach was«, winkte Anni ab. »Ein Reh vielleicht.«

Sie wollte wieder zurücksinken in das weiche Bett aus Herbstmoos. Ihn noch ein wenig genießen, den ruhigen Moment der Zweisamkeit, das wohlige Abflauen der Leidenschaft. Die Stille, die warme Oktobersonne auf ihren Körpern. Clara schlief in der Hütte – wie so oft um die Mittagszeit. Zwei Stunden, die nur ihnen beiden gehörten. Doch Adam war alarmiert. Er zog sich sein Hemd über. »Das war kein Reh!«

»Dann vielleicht ein Fuchs. Oder eine Gams?« Anni setzte sich nun ebenfalls auf und griff nach ihrem Kleid.

Adam hatte sich bereits die Hose angezogen und rannte zum Waldrand, von wo das Geräusch gekommen war. Zehn Minuten später kehrte er unverrichteter Dinge wieder zurück. »Nichts«, sagte er, aber sein Blick verriet, dass er beunruhigt war.

Clara war mittlerweile aufgewacht und hatte Hunger. Anni gab ihr Ziegenmilch, von der sie immer reichlich hatten – und die Clara erstaunlich gut vertrug.

»Wir haben uns sicher getäuscht«, versuchte sie Adam und sich selbst zu beruhigen.

»Hoffentlich.«

Adam wirkte nicht überzeugt. Schweigend ging er dazu über, die Ziegen zu melken. Morgen würden sie sich mit vier gut gefüllten Kannen Milch auf den Weg ins Tal machen, um Ferdl seine »Miete« zu bringen.

Das taten sie jeden Sonntag, immer dann, wenn das halbe Dorf sich in der Kirche versammelt hatte und sie kaum jemandem über den Weg liefen. Ihr Treffpunkt war oberhalb von Ferdls Wiesen an einer alten Eiche. Meistens erhielten sie dann von Ferdl einen Laib Brot, ein paar Eier – und, wenn es gut lief, auch etwas Speck. Anni hatte begonnen, aus der Ziegenmilch unter Zuhilfenahme diverser Kräuter einen recht schmackhaften Käse herzustellen. Sie sorgte sich trotzdem wegen des nahenden Winters.

Beide schliefen schlecht in dieser Nacht und erwachten früh. Sie liebten sich noch einmal, vorsichtiger und leiser diesmal, weil sie Clara nicht aufwecken wollten. Für einen Moment gelang es Anni, alles um sich herum zu vergessen und einfach aufzugehen in der tiefen Verbindung, die sie zu diesem Mann spürte. Der ihren ganzen Körper zum Erschauern brachte, wenn er nur ihre Hand nahm, und sie leise aufstöhnen ließ, wenn er sie küsste.

Dann ging die Sonne auf und strahlte so kräftig und warm vom Himmel, dass Anni nicht weiter über die Geräusche am Waldrand oder den nahenden Winter nachdachte. Sie setzten Clara in ihren Tragerucksack, nahmen die Milchkannen und machten sich auf den Weg. Es war eine kalte Nacht gewesen, die Wiesen waren mit glitzerndem Raureif bedeckt, es knirschte unter ihren Schuhen. Beim Ausatmen bildeten sich kleine Wölkchen, und die Berggipfel um sie herum hatten weiße Puderzuckerkronen. Gleichzeitig ließ die Sonne den Mischwald weiter unten im Tal in den schönsten Rot- und Goldtönen leuchten.

Sie gingen hintereinander her, Adam summte ein Lied.

»Was ist das?« Adam blieb plötzlich stehen. Sie befanden sich im unteren Teil des Tannenwaldes, das Dorf war nicht mehr weit entfernt. »Hörst du das, die Musik?«

Anni horchte. Leise, aber unverkennbar drang aus dem Tal der Klang von Blechbläsern hinauf. Und plötzlich fiel es ihr ein. Die Erntedankprozession! Natürlich! Oma Traudl hatte oft davon erzählt. Schon als sie ein kleines Mädchen war, hatte dieses christliche Fest in der kleinen Bauerngemeinde eine große Bedeutung gehabt. Mit Hingabe wurde jedes Jahr die mannshohe Erntedankkrone gestaltet, und die Prozession zog mitsamt der Kapelle vom Angererhof einmal quer durchs Dorf bis hin zur Kirche. Nach der Messe, in der die Krone geweiht und Körbe mit Lebensmitteln gesegnet wurden, ging es dann weiter zur Feier auf dem Dorfplatz, wo gegessen und am Abend ein großes Lagerfeuer entfacht wurde.

»Mami, dau!«, rief Clara, die auf Adams Rücken den besten Überblick hatte. *Dau* hieß *schau* und war ihr neues Lieblingswort. Zwischen zwei hohen Tannen konnte man hinunter ins Tal blicken – und jetzt sahen sie es auch: ein bunter Zug aus Menschen in Bauerntracht, allen voran die Blaskapelle, dann eine von vier geschmückten Haflingern gezogene Kutsche, auf der flankiert von Mädchen in Dirndlkleidern die prächtige, aus Zweigen, Ähren und Blumen geflochtene Erntekrone thronte. Insgesamt waren deutlich mehr Frauen zu sehen als Männer – wie wohl in allen Ländern, die an diesem grauenhaften Krieg beteiligt gewesen waren. Sie standen zu weit entfernt, um die Gesichter erkennen zu können, aber ihre Schwiegereltern waren ganz sicher in der Menge.

Anni musste an den Tag denken, als ihr Bruder Siegfried ganz beseelt von der großen Erntedankkundgebung am niedersächsischen Bückeberg zurückgekommen war und seinen Eltern begeistert von Hitlers Auftritt und dessen Ansprache berichten wollte. Es war einer dieser Abende gewesen, an dem der schwelende Konflikt zwischen ihrem Vater und ihrem älteren Bruder unvermittelt aufgeflammt war. Wegen der Sätze, die Sigi beim Essen so leidenschaftlich zitierte.

»*Den Garten, den wir uns bestellt haben, den ernten wir auch allein ab, und niemand soll sich einbilden, jemals in diesen Garten einbrechen zu können! Das können sich die internationalen jüdischen Bolschewistenverbrecher gesagt sein lassen ...*«

»Es reicht! Verdammt!«

Gottlieb hatte so hart mit der Hand auf den Tisch geschlagen, dass niemand mehr zu sprechen wagte. Nicht einmal Annis Mutter. Die Stille hing schwer über dem Baumgartner'schen Esstisch.

»Ich möchte«, fuhr Gottlieb etwas ruhiger fort, »dass DIESER Mann an unserem Tisch ...« Er machte eine gewichtige Pause. »NIE WIEDER erwähnt wird. Haben wir uns verstanden?!«

»Anni? Ist alles in Ordnung?«

Anni schreckte aus ihren Gedanken und besann sich. »Ja, entschuldige, ich ... lass uns weitergehen.« Aber irgendetwas ließ ihr keine Ruhe.

»Willst du lieber umkehren?«, fragte Adam, der wieder einmal genau zu spüren schien, dass sie etwas bewegte.

»Nein.«

»Die laufen doch jetzt alle zur Kirche, oder?«

»Ja, schon. Nur … wir sollten uns beeilen.«

»Dann los!«, machte Adam ihr Mut.

Schnellen Schrittes stiegen sie den Berg hinab und warteten in sicherem Abstand, bis die Dorfbewohner in der Kirche verschwunden waren. Dann eilten sie am Waldrand entlang zum Treffpunkt an der alten Eiche. Sie warteten, doch Annis Cousin kam nicht.

»Vielleicht ist er bei der Erntedankprozession?«, vermutete Adam. Anni schüttelte den Kopf. Das ungute Gefühl in ihrer Magengegend wurde stärker.

»Komm!«

Sie stiegen weiter ab, überquerten die Wiese und wagten sich vorsichtig an Ferdls Hof heran, der wie ausgestorben dalag. Erst als sie näher kamen, sah Anni das tote Federvieh vor der Eingangstür – und die Schmierereien.

Jemand hatte Ferdls Hahn den Kopf abgeschlagen und damit einen flammend roten Davidstern an die geweißte Mauer gemalt.

»Verdammt!«, sagte Adam.

Sie stürzten ins Haus und fanden Ferdl zusammengekrümmt auf dem Küchenfußboden.

»Die waren zu dritt«, stöhnte er, nachdem sie ihn aufgerichtet und begutachtet hatten. Seine Lippe war geschwollen, sein linkes Auge dunkel unterlaufen. »Schützenjugend. Bis zum Frühjahr waren sie noch stramme Hitlerburschen. Früher hätte ich die Rotzlöffel grün und blau geschlagen, aber jetzt …«

Mutlos hob Ferdl seinen gesunden Arm.

»Diese Schweine!«, fluchte Anni.

Adam kochte einen starken Kaffee, während Anni Clara auf dem Boden absetzte und notdürftig Ferdls Wunden versorgte.

»Ihr müsst's Hölle aufpassen«, sagte Ferdl, nachdem er sich wieder halbwegs erholt hatte. »Ein paar von denen haben uns beobachtet. Anscheinend sind die euch bis zur Hütte gefolgt.«

»Also doch!«, fluchte Adam.

Sie sahen sich bang an.

»Sind es ... nur die Schützenjungen, die Bescheid wissen?«, fragte Anni, obwohl sie die Antwort längst ahnte.

»Es ist ein Dorf, Anni«, bestätigte Ferdl heiser ihre Vermutung.

Anni schloss die Augen. Sie wusste, dass die friedlichen Tage auf der Alm nun gezählt sein würden.

»Geh in den Keller«, ächzte Ferdl und leerte seinen Kaffee mit einem großen Schluck. »In dem hinteren Verschlag sind zwei Jagdgewehre. Das eine borg ich euch aus. Ihr müsst euch im Notfall ja verteidigen können.«

Anni lief hinunter in den Keller, fand die Jagdbüchsen und mehrere Schachteln mit Patronen.

»Du kannst schießen?«, fragte Adam irritiert, als sie zurückkam und die Waffe durchlud.

»Einigermaßen.« Sie steckte eine der Patronenschachteln in die Tasche und wollte gerade Ferdl helfen, das zweite Gewehr flottzumachen, als mit lautem Krachen ein Stein durchs Fenster flog.

»Jetzt reicht's!«, rief Adam. Entschlossen sprang er auf, griff nach dem Feuerhaken, der neben dem Ofen hing, und riss die Eingangstür auf. »Ihr feigen Schweine!«, schrie er den drei Halbstarken in Schützenuniformen entgegen, die sich mit Steinen vor dem Tor postiert hatten. »Einen tapferen Soldaten attackieren! Was fällt euch eigentlich ein?!«

»Das ist er!«, schrie der Älteste von ihnen zurück. »Der Saujud, der die Anni vögelt!«

Anni lud die Flinte durch und ging langsam zur Tür. Ihre Knie zitterten vor Anspannung.

Der Anführer gab den anderen ein Zeichen. Dann ging alles sehr schnell. Ein weiterer Stein flog und traf Adam an der Schläfe. Er taumelte rückwärts, konnte sich nur mit Mühe auf den Beinen halten. Die drei packten ihn, entwanden ihm den Feuerhaken und drängten ihn damit gegen die Hauswand. Die Spitze des massiven Eisenteils bohrte sich in seine Wange. Einen Moment lang blieb Anni wie erstarrt stehen, dann nahm sie die Flinte und schoss in die Luft.

»Lasst ihn sofort los, sonst knalle ich euch ab!« Ihre Stimme hörte sich fremd und dunkel an.

Die drei waren so überrascht, dass sie tatsächlich von Adam abließen.

»Das meine ich ernst!«

Anni lud die Waffe durch und feuerte erneut. Diesmal knapp am Ältesten vorbei. Die Kugel schlug ein Loch in Ferdls Hauswand. Das wirkte. Der Anführer gab das Zeichen zum Rückzug.

»Sauber«, sagte Ferdl, der mit der zweiten Flinte in der Tür erschien.

Anni atmete durch. Noch nie in ihrem Leben hatte sie eine Waffe auf einen Menschen gerichtet. Sie ging zu Adam, der sich keuchend an der Hauswand abstützte und etwas Blut auf das Kopfsteinpflaster spuckte. Die Wunde an seiner Schläfe blutete ebenfalls.

»Geht's?«, fragte Anni besorgt.
Adam nickte. Dann sah er sich um. »Wo ist Clara?«

Anni stürzte ins Haus. »Clara? Wo bist du, mein Engelchen?«
Keine Reaktion.
»Wahrscheinlich hat sie Angst bekommen und sich irgendwo versteckt«, mutmaßte Ferdl.
Sie schwärmten aus und suchten überall. Im Wohnzimmer, im Obergeschoss, im Keller und in den Ställen.
»Clara?«, rief Anni panisch immer wieder. »Clara!«
Doch das Haus blieb still.

37

Tristan hatte jedes Gefühl für Raum und Zeit verloren. Er wusste nicht, wie lange er schon in dem Schuppen saß und in Matthews alten Büchern blätterte. Was hätte er jetzt darum gegeben, mit Anni sprechen zu können, ihre Stimme zu hören, ihren Rat. Sie hätte sicher ein paar tröstende Worte für ihn gehabt. Vor allem aber hätte sie ihm vielleicht erklären können, warum Rosalie sich gegen das Kind und damit auch gegen ihn entschieden hatte. Er wusste, dass sie dem Druck ihrer Familie nicht gewachsen war – und dennoch hatten ihre Worte, ihr schnelles Aufgeben ihn verletzt. Sie war doch volljährig! Es war ihre Entscheidung! Seine Wut und das Ohnmachtsgefühl waren so groß, dass er das Buch, das er lange in der Hand gehalten hatte, impulsiv gegen die Wand schleuderte.

»Peter und Wendy können nichts dafür«, ließ sich leise eine Stimme von der Tür her vernehmen.

Tristan fragte sich, wie lange Erica dort schon gestanden haben mochte. Sie trug noch ihren Hut und den dunklen Mantel.

»Es ... tut mir leid.« Eilig stand Tristan auf, hob das Buch auf, das zum Glück keinen großen Schaden genommen hatte, und legte es zurück in den Karton.

»Du kannst es behalten«, sagte Erica. »Ich schenke sie dir. Alle.«

»Wozu? Was soll ich mit den Kinderbüchern?«, presste Tristan bitter hervor.

Dann konnte er sich nicht länger beherrschen und schluchzte laut auf. Erica ging zu ihm und nahm ihn fest in die Arme.

»Eigentlich sollte ich derjenige sein«, flüsterte Tristan nach einer Weile, »der *Sie* tröstet.«
»*Oh, dear*«, sagte Erica Primrose. Und dann, nach einer Weile: »Tee?«
Tristan nickte. Er war in dieser Hinsicht sehr englisch geworden.
Der Tee tat seine Wirkung – beziehungsweise der Brandy, den Erica an diesem Abend stärker dosiert hatte als sonst. Das Feuer knisterte im Kamin.
»Kennst du es, das Buch über Peter und Wendy?«, fragte Erica.
»Nein.«
»Es war ursprünglich ein Theaterstück. Ein sehr erfolgreiches. Wir haben es damals mit der ganzen Familie gesehen. Irgendwann um die Jahrhundertwende. Die Jungs waren noch in der Grundschule.« Bei der Erinnerung lächelte sie. »Sie waren ganz begeistert von dem Jungen, der sich weigert, erwachsen zu werden.« Erica blickte ins Feuer. »Und dann mussten sie es selbst viel zu schnell werden. Genau wie du.«

Sie nahm ihren schwarzen Hut ab, der mit mehreren Nadeln befestigt war. »Den Lebensgefährten zu verlieren, ist schwer«, sagte Erica. »Aber nicht so schwer, wie ein Kind zu verlieren.« Sie sah ihn nun direkt an. »Sie ist schwanger, oder?«
Tristan nickte. Er hatte geahnt, dass Erica es wusste. Sie war eine von diesen Frauen, die wenig Aufhebens um sich machten, aber immer ein wenig mehr zu wissen schienen als alle anderen.

Er erhob sich und legte ein Scheit Holz nach, obwohl das noch gar nicht nötig war. Dann setzte er sich wieder und nahm einen großen Schluck vom Brandy-Tee. »Meine Schwester und ich«, sagte er, »wir hatten ein Lieblingsbuch. Es war auch ursprünglich ein Theaterstück. Und die Hauptfigur heißt ebenfalls Peter. Eigentlich sind es zwei Hauptfiguren, Peterchen und Anneliese. Bruder und Schwester. Sie wollen einem armen Maikäfer helfen, der sein Bein verloren hat. Dafür müssen sie zum Mond fliegen.«

»Das klingt nach einer sehr schönen Geschichte«, sagte Erica.

»Er spielt Geige. Also der Maikäfer«, fügte Tristan hinzu. »Wie Anni, meine Schwester.«

Davon zu erzählen, fühlte sich gut an. Im Präsens. So, als wäre Anni ganz selbstverständlich noch am Leben.

Erica drückte seine Hand, dann erhob sie sich. »Ich bin gleich zurück.« Sie verschwand im Arbeitszimmer des Colonels.

Tristan hörte sie durch Unterlagen blättern. Es war ihm immer ein bisschen absurd vorgekommen, dass der alte Mann ein Arbeitszimmer besaß, wenn es doch seine Frau war, die alles regelte. Sie bezahlte die Rechnungen, führte das Konto, machte die Einkäufe und hielt den Haushalt zusammen, alles von einem kleinen Sekretär im Wohnzimmer aus, während der betagte Veteran Stunden in seinem »Bureau« verbrachte und militärische Almanache wälzte.

Erica kehrte zurück und reichte ihm eine Mappe mit offiziell aussehenden Dokumenten. Obendrauf lag ein versiegelter Brief.

»Der hier ist gestern gekommen. Ich hätte ihn dir sofort

gezeigt, wenn ich geahnt hätte ... Nun ja. Es war alles ein wenig viel in den letzten Tagen.«

Tristan bemerkte die Krone auf dem Briefkopf. Die Worte tanzten vor seinen Augen.

»Man kann im Vereinigten Königreich keine Erwachsenen adoptieren«, erklärte Erica. »Aber dies ist ein *Letters Patent under the Great Seal*, unterzeichnet von King George VI. Es ist so gut wie eine Garantie, dass man dir die britische Staatsbürgerschaft zusprechen wird.«

Tristan starrte Erica an, dann blickte er wieder ungläubig auf das Papier mit dem eingeprägten Windsor-Wappen. »Aber wie ...?«

»Jonathan ist ...« Erica unterbrach sich. »Jonathan *war* Knight Commander des *Order of the British Empire*. Der König, also der Vater des jetzigen Königs, hat ihm den Orden verliehen als Anerkennung für seine Leistungen während des Großen Krieges.« Sie schenkte Tee nach. »Und da wir damals beide Söhne verloren haben ...« Sie suchte nach Worten.

»War der König ihm etwas schuldig?«, vermutete Tristan.

Erica hob langsam die Schultern. Sie reichte Tristan einen weiteren Brief, der ebenfalls an ihn gerichtet war. Er enthielt nur wenige Zeilen, und Tristan hatte Mühe, die schlecht leserliche Handschrift des Colonels zu entziffern. Mit Ericas Hilfe gelang es ihm.

Werter Tristan,
ich habe gelernt, dass man den Tatsachen ins Auge sehen muss. Da nun also der Moment naht, an dem ich das Zeitliche segnen werde, möchte ich dich um etwas bitten: Bleib uns treu. Kümmere dich um meine Frau Erica und halte die Farm am Laufen. Im Gegenzug habe ich dir etwas besorgt,

das deine Verbindung zu der reizenden jungen Rosalie ein gehöriges Stück einfacher machen sollte.
Herzlich
Jonathan

»Er mochte dich«, sagte Erica, »auch wenn er das nicht so zeigen konnte.«

Tristan ließ den Brief sinken. Sein Gesicht war heiß, nicht nur wegen der Hitze, die das Feuer verströmte. In seinem Kopf drehte sich alles. »Meinen Sie ... die FitzAllans werden unter diesen Umständen einer Eheschließung zustimmen?«

»Nun«, Erica legte den Kopf schief. »Ihnen dürften zumindest die Argumente ausgehen.«

Tristan schluckte. Würde das reichen, um auch Rosalie zu überzeugen?

»Rosalie ... sie hat gesagt ...«, Tristans Stimme zitterte. »Sie hat gesagt, ihr bleibt keine Wahl.«

Erica fasste Tristan sanft am Arm. »Hör zu, du steckst die Briefe ein, nimmst morgen früh das erste Schiff und erklärst ihnen, dass die Karten neu gemischt wurden.«

Tristan nickte nachdenklich. Der Gedanke an eine erneute Konfrontation mit Familie FitzAllan war nicht gerade erhebend.

»Kampfgeist, mein Junge!«

Tristan sah sie an, die Frau, die heute ihren Mann zu Grabe getragen hatte, den herrischen alten Kriegsveteranen mit seinem schwachen, aber erstaunlich großen Herzen. Die Frau, die ihn von der ersten Sekunde an aufgenommen hatte wie einen verlorenen Sohn. Er nahm Ericas runzlige Hand und hielt sie ganz fest. »Ich weiß nicht, wie ich euch danken soll.«

Sie schüttelte sanft den Kopf und tätschelte mit ihrer freien Hand leicht seine Wange. Ihre Augen glänzten feucht.

»Matthew«, erklärte sie leise, »war immer das etwas schwierigere Kind. Nicht brav und folgsam wie sein älterer Bruder, sondern leidenschaftlich und stur. Aber trotz allem ein herzensguter Junge. Du erinnerst uns an ihn.«

Sie kramte in ihrer Handtasche nach einem Stofftaschentuch und tupfte sich die Tränen ab.

»Ich habe ein Licht gesehen«, sagte Tristan langsam. »Ich weiß nicht, ob es ein Trost sein kann, aber ... an dem Tag, als mein Flugzeug ...« Obwohl er selbst damit begonnen hatte, verspürte er keinen Drang, die ganze Geschichte zu erzählen. »Ich habe ein Licht gesehen«, wiederholte er deshalb nur. Und fügte hinzu: »Es war so schön, dass ... es sehr schwer war, nicht hinzugehen.«

Erica drückte seine Hand. »Das ist ein Trost«, sagte sie.

In diesem Moment pochte es laut an die Tür. Erica sah irritiert auf. »Wer kann das denn so spät noch sein?«

Sie wollte aufstehen, doch Tristan kam ihr zuvor. »Lassen Sie nur, ich gehe schon.«

Entschlossenen Schrittes ging er zur Haustür und öffnete. Vor ihm im Regen stand Rosalie, völlig durchnässt und verweint.

»Ohne dich«, sagte sie leise, »kann ich nicht leben.«

38

Anni zitterte am ganzen Körper, als sie die Kirche betrat. Sie hatten bereits überall sonst gesucht. Sie brauchten Hilfe. Und das schnell. Clara musste irgendwann zwischen dem Steinwurf und den Schüssen das Haus verlassen und sich verirrt haben. Vielleicht war sie in ein Kellerloch gefallen oder einem aggressiven Hofhund begegnet. Anni versuchte, die schlimmsten Befürchtungen auszublenden. Die schwere Holztür machte ein quietschendes Geräusch und unterbrach den Pfarrer bei der Segnung der Erntedankgaben. Fast das ganze Dorf saß hier, dicht beieinander in den Bänken. Alle wandten sich zu ihr um. Es war mucksmäuschenstill.

»Ja, wenn das nicht die Angerer-Anni ist!« Die Bassstimme von Pfarrer Hochmair dröhnte durch das Kirchenschiff. Sie kannte ihn noch aus Kindheitstagen. Sein Haar war weiß geworden, seine Haltung gebeugt, aber mit seinen fast ein Meter neunzig flößte er nach wie vor Ehrfurcht ein. »Was hast du auf dem Herzen, mein Kind?«

Anni sah in die abweisenden Gesichter der Dorfbewohner. Sie straffte sich. »Drei Jungs vom Schützenverein haben uns angegriffen. Beim Ferdl ... Wir konnten uns verteidigen, aber meine kleine Tochter ... sie ist seitdem verschwunden!«

Jetzt erblickte sie auch ihre Schwiegereltern zwischen den anderen. Sie schauten sie an, als wäre sie ein Geist. »Ich weiß, was die meisten von euch denken. Über mich. Über uns«, sprach Anni tapfer weiter. »Aber Clara ist noch so klein! Ich glaube, sie versteckt sich irgendwo und hat schreckliche Angst.«

Allein der Gedanke schnürte Anni die Kehle zu. Sie begann zu weinen und versuchte sich zu fassen. Die letzten Worte presste sie flehend hervor: »Bitte helft uns. Wir müssen sie finden.«

Einen Moment herrschte Stille. Anni sah in eine ganze Reihe überforderter Mienen. Viele senkten den Blick. Dann ertönte ein kratzendes Geräusch. Eine alte Frau erhob sich, Anni erkannte sie sofort. Die Kräuter-Resi, im Dorf meistens nur »das Hexerl« genannt. Sie lebte allein in einer kleinen Kate und war ein wenig eigen. Oma Traudl hatte sich an dem allgemeinen Gerede über sie nie beteiligt.

»Wer unter euch ohne Sünde ist«, sagte Resi leise mit heiserem Stimmchen, »der werfe den ersten Stein.« Sie trat aus der Bank, ging zu Anni und erklärte resolut: »Mir wer'n deine Kleine schon finden.«

Anni warf ihr einen dankbaren Blick zu. Dann sah sie zu ihren Schwiegereltern, die sich sichtlich unwohl fühlten. Schließlich hielt Agnes es nicht mehr aus. Sie erhob sich und zog ihren Mann hinter sich her. »Es geht um unsere Enkeltochter«, sagte sie entschuldigend in die Runde.

»Selig sind die Barmherzigen«, predigte der Pfarrer, »denn sie sollen Barmherzigkeit erlangen. Selig sind die Sanftmütigen, denn ihnen gehört das Himmelreich.«

Weitere Menschen erhoben sich, größtenteils enge Verwandte ihrer Schwiegereltern. Einer nach dem anderen schob sich aus der Bank und trat in den Mittelgang zu Anni. Es war ein beeindruckendes Schauspiel. Anni ging vorneweg und versuchte gleichzeitig, alle Fragen zu beantworten. Was war genau passiert? Wo hatten sie die Kleine zuletzt gesehen? Wo hatten sie schon überall gesucht?

Als sie die Holztür erreichte, wandte sie sich um und warf dem Pfarrer einen dankbaren Blick zu. Er nickte.

Sie marschierten ins Dorf. Ferdl, der ihnen entgegenkam, blieb verblüfft stehen, als er die Gruppe auf sich zukommen sah. Er warf Anni einen anerkennenden Blick zu, sagte aber nichts. Gemeinsam teilten sie die Helfer auf, und alle schwärmten aus. Anni blieb stehen, als sie Adam sah, der über eine Wiese zu ihnen herüberlief. Er hielt einen von Claras Schuhen in der Hand. »Den hab ich dort hinten gefunden«, keuchte er und zeigte auf einen Hang mit Heuschobern.

Der Anblick des verwaisten Schühchens traf Anni bis ins Mark. Mühsam kämpfte sie die Panik hinunter. »Dann suchen wir dort weiter! Komm!«

Anni wollte schon loslaufen, spürte aber plötzlich eine knochige Hand an ihrem Arm. Es war die alte Resi. »Gebt's mir den«, sagte sie und deutete auf den Schuh. »Der Waschtl wird's richt'n.«

»Waschtl?«, fragte Adam. »Ist das ein Hund?«

»Besser«, lächelte Resi.

Anni reichte ihr den Schuh. Sie fühlte ein tiefes Vertrauen zu dieser runzligen Frau, die den Mumm besessen hatte, als Erste in der Kirche aufzustehen.

Sie folgten Resi zu ihrer Kate, wo sie ein kleines rosa-schwarz geflecktes Schweinchen aus dem Stall holte. »Waschtl«, sagte sie, »riachts besser ois wie jed'r Jagdhund.«

Anni und Adam tauschten einen ungläubigen Blick.

Dies schien nicht Waschtls erster Einsatz zu sein. Neugierig beschnüffelte er das Schühchen, grunzte ein paarmal, und kaum hatte Resi ihn auf den Boden gesetzt, sauste er schon los.

Das Schweinchen war erstaunlich agil. Sie hatten Mühe, hinterherzukommen. In wildem Zickzack rannte es die Straße hinunter und bog rechts ab auf die Heuwiese, wo Adam den Schuh gefunden hatte. Vor einem alten verwitterten Heuschober, der am Hang lag, blieb es stehen, quiekte und streckte sein Ringelschwänzchen in die Höhe.

Adam rüttelte an der verschlossenen Tür, während Anni durch die Ritzen lugte.

»Da ist niemand drin!«

Doch Waschtl hörte nicht auf zu quieken. Er lief um den Schober herum und zwängte sich durch eine Lücke zwischen den Stelzen, die den Holzverschlag auf der Hinterseite trugen, um die Hanglage auszugleichen. Anni legte sich flach auf den Rasen, rollte sich auf die Seite und lugte zwischen den Stelzen hindurch – und tatsächlich. In einem kaum dreißig Zentimeter hohen Hohlraum kauerte die dreckverschmierte, leise wimmernde Clara.

Es war nicht ganz leicht, das verstörte Mädchen dazu zu bewegen, aus dem engen Versteck herauszukriechen, in das beim besten Willen kein Erwachsener hineinpasste. Aber schließlich gelang es ihnen. Annis Tränen wollten nicht aufhören zu fließen, als sie ihre zwar etwas zerschrammte und unterkühlte, aber ansonsten wohlbehaltene Tochter in den Armen hielt. Dankbar streichelte sie den zufrieden grunzenden Waschtl.

»Kommt's«, sagte Ferdl, der zu ihnen gestoßen war, »gemma zu mir.«

Ferdl und Adam halfen Anni, Clara ein warmes Bad zu bereiten, danach wickelten sie die Kleine in eine Decke und setzten sich auf die Holzbank vor Ferdls Haus. Clara schlief sofort ein. Der an die Wand geschmierte Davidstern hatte sich inzwischen bräunlich verfärbt. Resi fuhr ihn mit dem Finger nach.

Sie tranken jeder einen kleinen Marillenbrand, den Ferdl wortlos auf den Tisch gestellt hatte. Waschtl bekam einen Eimer Kartoffelschalen, die er gierig hinunterschlang. Ein paar Helfer kamen vorbei, nahmen Annis herzlichen Dank entgegen und verschwanden dann eilig wieder, vermutlich froh, ihren Dienst getan zu haben und sich nicht weiter mit der Situation auseinandersetzen zu müssen.

Als Annis Herz gerade begonnen hatte, etwas ruhiger zu schlagen, tauchten ihre Schwiegereltern am Gartenzaun auf.

»Mir san froh, dass ihr die Kleine g'funden habt«, sagte Agnes reserviert.

Alois schwieg.

»Bedankt euch bei Waschtl«, erwiderte Anni und sah die beiden abwartend an.

Agnes räusperte sich. »Mir ham zuerst gedacht, du wärst zurück nach Dresden. Als wir dann gehört haben, dass ihr dort oben ...« Sie unterbrach sich. »Es ist net recht, Anni!«

Anni sah zu Ferdl. Er nickte ihr zu.

»Fritz ist tot«, sagte Anni.

»Woher willst' des wissen?«, fuhr Alois sie wütend an.

»Der Ferdl hat's mir erzählt! Er war dabei!«

Alois sah von Anni zu Ferdl. »Stimmt des?!« Er packte ihn am Hemd.

Ferdl senkte den Blick. »Ich weiß, ich hätt's euch schon längst sagen müssen, aber ... ich hab mich net getraut.«

Alois ließ ihn abrupt los und murmelte etwas Unverständliches. Mit seiner hageren Figur und dem schütteren grauen Haar, das wirr unter dem Filzhut hervorlugte, sah er plötzlich sehr alt aus.

Agnes' Knie schienen zu zittern. Sie musste sich setzen. Resi schenkte ihr ungefragt vom Marillenbrand ein. Doch Agnes starrte nur auf ihr Glas, ohne zu trinken. »Unser lieber Bub!«, sagte sie traurig.

Anni spürte, wie das schlechte Gewissen sich in ihr regte. »Es tut mir leid«, sagte sie. »Nicht Ferdl hätte es euch sagen müssen, sondern ich.«

Sie streckte ihre Hand aus und ergriff die ihrer Schwiegermutter. Es war nur ein kurzer Moment der Zuneigung, aber besser als nichts.

»Was willst' jetzt machen?«, fragte Agnes.

»Da heroben könnt's jedenfalls net bleiben, so viel steht fest«, polterte Alois und erntete einen strafenden Blick von seiner Frau.

Doch Anni war klar, dass ihr Schwiegervater recht hatte.

»Komm mit der Kleinen zu uns«, bot Agnes schließlich an. »Wenigstens für'n Winter.«

Anni sah von Agnes zu Adam, der sich bis jetzt demonstrativ herausgehalten hatte und schweigend das Schweinchen streichelte. Nun trafen sich ihre Blicke. Er brauchte nichts zu sagen. Sie konnte seine Gedanken inzwischen lesen. Nimm das Angebot an, sagten seine Augen. Du und Clara, ihr seid dort sicher. Und wenn ich gehe, werden auch die Anfeindungen aufhören.

»Das ist nett von euch«, sagte sie ruhig zu ihrer Schwiegermutter. »Aber wir bleiben zusammen.«

39

Wenn schon keine pompöse Hochzeit, dann wenigstens ein pompöses Kleid. Reine Seide, fünfzehn Lagen Spitzenvolants und dreitausend Perlen. Es hatte Rosalies Großmutter gehört. Mary Elizabeth FitzAllan, eine verstoßene Nichte aus dem ehrwürdigen Hause der Wettiner. Das Foto ihrer glamourösen Hochzeit im Jahre 1892 in Caven Hall, dem Anwesen der Urgroßeltern, hing bis heute in der Ahnengalerie, die eine Seitenwand der Lobby des *Seaside Hotel* zierte. Rosalie war noch ein Kind, als ihre Großmutter starb, aber sie war eine Erscheinung gewesen – und ihr Gewand aus dem viktorianischen Zeitalter wunderschön, keine Frage. Nur vollkommen unangemessen für das, was bevorstand: eine Hochzeit im *allerkleinsten* Kreise.

Denn in diesem Punkt blieb ihr Vater hart – und Rosalie hatte in den letzten Wochen schon zu viele Kämpfe ausgefochten, um sich einem weiteren zu stellen.

»Tu ihm den Gefallen«, sagte ihre Mutter. »Weißt du, Grandma Mary hat kontinentaleuropäische, um nicht zu sagen deutsche Wurzeln. Vielleicht ist es seine Art, mit alldem fertigzuwerden.«

Helen FitzAllan sorgte insgeheim dafür, dass einer der älteren Festtags-Cuts ihres Mannes beim Schneider auf Tristans Maße angepasst wurde, damit er neben Rosalies prächtigem Aufzug nicht vollkommen verblasste. Ihre Mutter hatte sich als echte Verbündete erwiesen, seit Rosalie auf dem

Rückweg von der Beerdigung am Ortsausgang von Shanklin plötzlich sehr bestimmt ausgerufen hatte: »Anhalten! Sofort!«

»Ist dir schlecht?«, hatte ihr Vater gefragt, der am Steuer saß. Der Regen prasselte auf die Windschutzscheibe.

Rosalie schüttelte den Kopf. »Ich kann nicht«, sagte sie zu ihrer Mutter, die schweigend ihre Hand nahm.

»Rosalie, bitte!«, sagte ihr Vater eindringlich. »Wir waren uns doch einig.«

»*Ihr* wart euch einig! *Mir* habt ihr es ausgeredet!« Sie öffnete die Tür und griff nach ihrem Mantel.

»Aha. Und wo willst du jetzt hin?! Zu ihm etwa?« Die Stimme ihres Vaters wurde schneidend. »Wir müssen das letzte Schiff nach Portsmouth kriegen!«

»Das könnt ihr ja auch. Aber ohne mich!« Rosalie trat hinaus in den Regen, der sie erwischte wie eine kalte Dusche.

»Du steigst jetzt auf der Stelle wieder in den Wagen!«, polterte ihr Vater.

Rosalie blieb trotzig im Regen stehen.

»Lass sie, Alistair«, mischte sich ihre Mutter ein. »Es ist ihr Leben. Wir können sie nicht zwingen.«

»Bitte!«, schnaubte Alistair. »Dann lauf doch zurück zu deinem Tristan und leb mit ihm in Schimpf und Schande. Aber klopf nicht an unsere Tür, wenn du Hilfe brauchst!«

»Das ist garantiert das Letzte, was ich tue!«, entgegnete Rosalie und warf mit voller Wucht die Autotür zu.

Ihr Vater gab ebenso kraftvoll Gas und bespritzte sie dabei mit Schlamm. Während Rosalie schwer atmend im Regen stand und den sich entfernenden Rücklichtern des Jaguars nachblickte, dachte sie daran, wie oft sie sich als junges Mädchen gewünscht hatte, endlich erwachsen zu werden. So hatte sie es sich nicht vorgestellt.

Erwachsen zu sein, das lernte Rosalie in den darauffolgenden Wochen, bedeutete, sich mit einer Unmenge an Verordnungen und Formularen auseinanderzusetzen. Und die eigenen Überzeugungen nicht nur gegen die Eltern zu verteidigen, sondern gegen einen weit mächtigeren Gegner: den Staat. Die Behördengänge schienen kein Ende zu nehmen. Und es gab nicht einen Termin, wo nicht wenigstens drei Augenbrauen hochgezogen und eine Nase gerümpft wurde.

Der entschiedene Vorteil am Vereinigten Königreich war, dass allem Patriotismus zum Trotz ein *Letters Patent of His Majesty* ein nicht zu unterschätzendes Gewicht hatte. Die letzte Instanz, der County Council der Isle of Wight, gab jedoch erst nach, als Tristan sich bereit erklärte, Rosalies Namen anzunehmen. Er tat es mit der stoischen Gelassenheit, die ihn in der Nacht ergriffen hatte, in der sie durchnässt vor der Haustür der Primroses gestanden hatte. Er war zunächst zurückgetaumelt und hatte sie dann so fest in die Arme geschlossen, dass sie ihn von sich wegdrücken musste. »Vorsicht! Das Kleine!«

»Entschuldige.«

Andächtig hatte er zuerst über ihren Bauch gestrichen, dann ihr Gesicht in beide Hände genommen. »Und ich kann nicht ohne euch leben.«

Graue Schneewolken hingen am Morgen des ersten Dezember über Portsmouth, als Rosalie vom Zimmermädchen mit den Worten »Alles Gute zum Hochzeitstag, Ma'am« geweckt wurde. Aber das schlechte Wetter kümmerte sie nicht. Sie war so aufgeregt und nervös, dass ihre Mutter, die versuchte, Rosalies rote Locken in eine hübsche Flechtfrisur zu verwandeln, mehrfach fast verzweifelte. Doch am Ende war die rot leuchtende Haarpracht halbwegs gezähmt und bildete einen angemessen modernen Kontrast zu dem altehrwürdigen Kleid, in dem Rosalie kaum atmen konnte.

Reverend Montgomery hatte eingewilligt, sie zu trauen. Es würde nur die Familie anwesend sein – und natürlich Erica Primrose. Rosalies Freundin Emma hatte endgültig mit ihr gebrochen, und Rosalie mied ihrerseits den Tennis-Club. Den Eltern war es gelungen, »die Verbindung«, wie ihr Vater die anstehende Hochzeit nach wie vor betitelte, vor den Gästen und der Portsmouth High Society weitgehend geheim zu halten. Allerdings begann ihr Bruder Edward damit, dies zunehmend zu unterwandern.

Daran änderte auch Laura nichts, seine aktuelle Flamme, die er, wie Rosalie wusste, nicht einmal ansatzweise liebte. Ihr Bruder tat sich schwer mit seiner zivilen Rolle als Juniorchef des Hotels und kompensierte seine Verbitterung mit ausschweifenden Clubabenden im Kreise seiner ehemaligen Kameraden. Immer wieder brachte er wechselnde Bettgefährtinnen mit nach Hause, die mal in den frühen Morgenstunden heimlich aus dem Haus geschmuggelt wurden, mal am sonntäglichen Frühstückstisch erschienen, was Rosalies Vater angesichts der hohen Fluktuation nicht besonders erfreute.

»Nun, dann hoffen wir, liebe Laura, dass wir dich nächste Woche wiedersehen«, hatte er unwillig gemurmelt, als sie ihm vor zwei Wochen vorgestellt worden war. Sie war zierlich und blond, ein Mädchen aus gutem Hause. Frühstückskandidatin.

»Immerhin bringe ich standesgemäßes Heiratsmaterial an diesen Tisch«, gab Edward bissig zurück.

»Deine Schwester«, erwiderte Alistair ungerührt, »hat es –

bei aller Kritik – wenigstens fertiggebracht, sich für *einen* Partner zu entscheiden.«

»Für einen Leutnant der deutschen Luftwaffe. Herzlichen Glückwunsch«, konterte Edward, während er Laura den Stuhl zurechtrückte.

»Edward, es reicht!«, zischten Alistair und Helen FitzAllan synchron.

Lauras Augen weiteten sich.

»Das geht hier jeden Sonntag so«, erklärte Rosalie entschuldigend.

»Es ist mir nach wie vor schleierhaft, warum ihr das zulasst«, kam Edward in Fahrt und wandte sich erneut an seinen Vater. »Wo du doch sonst so gern auf unseren aristokratischen Wurzeln herumreitest.«

»Ebendarum!«, entgegnete Alistair aufgebracht. »In diesem Europa sind wir alle irgendwie miteinander verwandt, auch wenn wir Krieg führen. Deine Großmutter entstammt einem sächsischen Adelsgeschlecht!«

»Sachsen … richtig …«, Edward blickte andächtig in die Runde und leerte seinen Sonntags-Champagner in einem Zug. »Haben wir das nicht auch zerbombt?«

Immerhin weigerte er sich nicht, der Hochzeit beizuwohnen. So viel Solidarität schien ihr angeschlagenes Bruder-Schwester-Verhältnis noch herzugeben. Sie fuhren mit zwei Autos. Rosalie und ihre Eltern im Jaguar, Edward mit Laura in seinem neuen Cabrio. Rosalie sah im Rückspiegel, dass er sich schon auf der Hinfahrt an seinem Flachmann bediente.

Die Montgomerys hatten sich große Mühe gegeben. Die Kirche erstrahlte in vorweihnachtlichem Glanz, und jede Bankreihe war mit Tannenzweigen und weißen Christrosen geschmückt. Eliza war mit allen sieben Kindern gekommen, sodass wenigstens die ersten drei Reihen der kleinen Kirche gefüllt waren. Rosalies Kleid wirkte in dieser kleinen Landkirche noch überladener als ohnehin schon. Es wog um die sieben Kilo, aber sie schritt tapfer und aufrecht an der Seite ihres Vaters zu den Klängen der Orgel den Gang hinunter auf Tristan zu. Diese Heirat mochte eine Bürde für ihre Familie sein. Sie war jedoch entschlossen, sie mit demselben Stolz zu tragen wie das wuchtige Hochzeitskleid.

Und dann hatte sie nur noch Augen für Tristan. Kerzengerade stand er da in seinem umgeschneiderten festlichen Anzug und empfing sie mit offenen Armen. So gern Edward sich das Maul über ihn zerriss, ihr zukünftiger Ehemann bewies trotz aller Verletzungen und Demütigungen ein Maß an Haltung, das ihr Bruder niemals haben würde. Als sie bei ihm ankam, sah sie in Tristans warmes, feinfühliges Gesicht und verliebte sich noch einmal in ihn. Stärker als am ersten Tag.

»Liebe Hochzeitsgemeinde«, begann Montgomery salbungsvoll, als stünde er vor einem gefüllten Kirchenschiff – dabei waren sie insgesamt nur sechzehn Personen.

»Wir sind heute hier zusammengekommen, um ein höchst ungewöhnliches Paar zu trauen. Ein Paar, das Grenzen überwunden hat, aus dem ursprünglichsten Gefühl heraus, das wir Menschen zu empfinden in der Lage sind: der Liebe!«

Rosalie brauchte Edward gar nicht anzuschauen, um zu wissen, dass er die Augen verdrehte. Also hielt sie ihren Blick fest auf Tristan gerichtet.

»Ein Paar«, fuhr Montgomery fort, »das uns zeigt, dass es selbst im Nachhall eines schrecklichen Krieges gelingen kann, sich aus zwei einst verfeindeten Nationen gegenüberzutreten. Zu verzeihen. Zu vergeben. Und uns einander wieder als das zu begegnen, was wir eigentlich sind: als Menschen. Und als Christen.«

Nun ließ Rosalie doch den Blick schweifen. Er blieb kurz an den glänzenden Augen der Montgomery-Kinder hängen, die mit roten Wangen links vom Altar saßen, wanderte dann zu Erica Primrose, die sich mit einem Spitzentaschentuch eine Träne wegtupfte. Und schließlich zu ihrer Familie. Ihre Mutter Helen strahlte sie an, und Rosalie formte mit ihren Lippen ein lautloses »Danke«, was auch ihren sehr gefassten Vater zum Lächeln brachte.

»Denn wie schrieb schon Paulus von Tarsus in seinem berühmten ersten Brief an die Korinther: Nun aber bleiben Glaube, Hoffnung, Liebe, diese drei. Aber die Liebe ist die größte unter ihnen.«

Montgomerys Frau und seine Kinder sangen *Dona nobis pacem* – und zwar im Chor –, offenbar hatten sie das Lied zuvor einstudiert.

Dann bat Thomas die beiden Trauzeuginnen – Erica Primrose und Helen FitzAllan –, vorzutreten. Rosalie und Tristan reichten einander die Hände, und er traute sie nach altehrwürdigem anglikanischem Ritus. Tristans Stimme zitterte anfangs etwas, wurde aber dann fester und entschlossener. Er verhaspelte sich kein einziges Mal bei dem langen komplizierten Schwur.

Und als sie sich küssten, klatschten die Montgomery-Kinder so laut, dass es klang wie eine ganze Schulklasse. Tristan flüsterte ihr leise zu, dass er nie etwas aus vollerem Herzen verkündet habe. Rosalie wollte ihm antworten, dass es ihr genauso ging. Doch in diesem Moment kamen auch ihr die Tränen.

Er hieß nun Tristan FitzAllan. In seinen Augen eine faire Bedingung, wie er ihr versichert hatte. Außerdem gefiel ihm der Name. Er sagte, es fühle sich an, als könne er damit die Erinnerung an die Wehrmachtsuniform, die er so lange getragen hatte, nun endlich ablegen.

»Ich segne euch im Namen des Herrn«, schloss Montgomery die Zeremonie, »als ein Symbol für ein neues, friedlicheres Europa. Tragt diese Rolle mit Bewusstsein, mit Verantwortung und Achtsamkeit. Und tragt die Liebe, die ihr beide fühlt, hinaus in unsere Welt.«

Dann standen die ältesten vier Montgomery-Kinder auf, nahmen zwei Violinen, eine Bratsche und ein Cello und spielten gemeinsam den *Frühling* von Vivaldi. Tristan und Rosalie blieben tief gerührt stehen, bis sie geendet hatten, dankten dem Reverend und seiner Familie und schritten dann aus der Kirche wie auf Wattebäuschen, fast vorsichtig, wohl wissend um die Zerbrechlichkeit ihres Glücks.

Rosalies Mutter hatte bis zum Schluss Bedenken angemeldet, sich jedoch gegen ihren Mann letztlich nicht durchsetzen können. So fand der Empfang der kleinen Hochzeitsgesellschaft nun doch im *Seaside Hotel* statt. Edward betrat die Lobby mit einem lautstarken »Gott schütze das frisch vermählte Paar – Gott schütze den König!«.

Die Rezeptionisten und der Concierge sahen unangenehm berührt zur Seite. Rosalie fasste ihren Bruder am Arm und zischte ihm ein »Reiß dich zusammen!« ins Ohr.

Im kleineren der beiden Festsäle war eine opulente Tafel gedeckt, an der alle sechzehn Personen Platz nahmen.

Alistair prostete Reverend Montgomery zu, dankte ihm

für die wunderschöne Hochzeitszeremonie und die geistreichen Worte, denen er nichts hinzuzufügen habe. Er hob sein Glas. »Auf euch, Tristan und Rosalie FitzAllan! Und auf Korinther dreizehn!«

Unter beifälligem Gemurmel stießen alle an. Ein Glas jedoch zersprang klirrend auf dem Tisch. Edward erhob sich. »Wo war Korinther dreizehn, als die Nazis Coventry in Flammen gesteckt haben?«, schleuderte er seinem Vater entgegen. »Als sie London bombardierten? Als sie Millionen von unschuldigen Menschen in Konzentrationslager sperrten und vergasten?!«

Alistairs Halsschlagader begann zu pochen. »Edward, du vergisst dich!«

»Nein, ihr vergesst euch!«, fauchte Edward. Er kam gerade erst in Fahrt. »Ihr vergesst, in wessen Auftrag der liebe Tristan seinen Jagdflieger hierher gesteuert hat. Ihr vergesst, dass dieser Mann voriges Jahr noch in der Uniform unserer Feinde strammstand!« Er hob die Hand zum Hitlergruß. »Sieg Heil!«, rief er und schmetterte hinterher: »Heil Hitler!«

Alle am Tisch verstummten. Edward hatte exakt das erreicht, was er wollte. Rosalie hätte am liebsten ihr Sektglas ergriffen und es in seine Richtung gefeuert. Aber sie saß nur da und starrte ihn an – wie gelähmt vor Zorn.

In diesem Moment stand Tristan auf und erhob sein Glas: »Ihr müsst meinem Schwager verzeihen«, sagte er ruhig. »Denn seine Wut und seine Vorwürfe sind berechtigt. Ich bin Soldat. Ich habe gegen das Vereinigte Königreich gekämpft. Aber ich habe es inzwischen lieben gelernt. In dieser Familie, bei den Montgomerys, bei Erica und Jonathan Primrose – und natürlich ganz besonders an der Seite meiner Frau.« Er sah zu Edward, der mit verschränkten Armen an der Wand lehnte. »Ich möchte alle Anwesenden um Verzeihung bitten. Aber ich kann und werde mich nicht für alle Verbrechen der Nationalsozialisten verantworten. Vielmehr möchte ich nach vorn schauen und Ihrem Aufruf nachkommen, Reverend Montgomery.«

Der Priester lächelte und warf ihm einen ermutigenden Blick zu.

»Ich verspreche, dass ich mich für ein friedliches Europa einsetzen werde«, fuhr Tristan fort. »Für die Verständigung unter den Völkern. Für eine neue Ära der Freiheit und Demokratie, in der unser gemeinsames Kind groß werden kann.«

Rosalie fing seinen Blick auf und wusste in diesem Moment ganz sicher, dass alle Zweifel, die sie je in ihrem Herzen getragen hatte, nun ausgelöscht waren. Sie gehörte zu ihm. Sie waren eine Einheit – und nichts konnte sie mehr trennen. Sie begann zu klatschen, und alle fielen ein. Dann erhob sie ihr Glas und sagte: »Auf Tristan FitzAllan. Die Liebe meines Lebens!«

Edward nahm Lauras Arm und zog sie nach draußen. Als er an Rosalie vorbeikam, blieb er stehen, beugte sich zu ihr und flüsterte ihr ins Ohr: »Sehr romantisch, Schwesterherz! Aber du denkst doch nicht ernsthaft, dass es damit vorbei ist? Ende gut, alles gut?« Er schüttelte bitter den Kopf. »Glaub mir. Ich bin nur die Spitze des Eisbergs.«

Rosalie versuchte den Abend zu genießen, aber die Worte ihres Bruders hallten in ihr nach. Als sie nach dem Walzer kurz ins Freie traten und frische Luft schnappten, ertönte über ihnen ein lautes Kreischen. Tristan deutete nach oben.

»Schau«, sagte er nur. Zugvögel machten sich in einer großen Pfeilformation auf den Weg gen Süden.

»Wildgänse«, erkannte Rosalie. »Wohl die letzten, die nun in Richtung Süden ziehen.«

»Über die Alpen«, stellte Tristan fest. Er hielt plötzlich inne. »Meinst du, sie könnte es geschafft haben?!«

Rosalie brauchte einen Moment, um zu begreifen, dass er von Anni sprach. »Es wäre ein sicherer Ort – für sie und die Kleine. Unsere Oma ist dort, ihre Schwiegereltern ...«

»Allein zu Fuß über die Alpen?«, fragte Rosalie. »Von Dresden?«

»Anni ist zäh!« Er lächelte. »So wie du.«

Rosalie sah den leuchtenden Hoffnungsschimmer in seinen Augen und wagte nicht, ihn zu zerstören. »Du solltest ihren Schwiegereltern schreiben«, sagte sie. »Gleich morgen.«

Dann wandte sie sich zum Himmel in Richtung der Vögel und rief: »Sagt Anni Hallo!«

Tristan drückte sie an sich. »Komm«, flüsterte er ihr leise ins Ohr. »Lass uns tanzen. Hier draußen, nur wir zwei.«

Langsam begannen sie sich im Takt eines Walzers zu wiegen, den nur sie beide hörten.

Rosalie hoffte von Herzen, dass Tristan und Anni sich wiedersehen würden. Denn sie wusste genau, sosehr sie sich auch liebten – ihr Bruder hatte recht: Er war nur die Spitze des Eisbergs. Tristan und sie würden jeden geliebten Menschen brauchen, um das, was vor ihnen lag, durchzustehen.

40

Schon in dem Moment, als Anni erwachte, spürte sie, dass etwas nicht stimmte. Nach allem, was sie in den vergangenen zehn Monaten erlebt hatten, war das kein ungewöhnliches Gefühl mehr. Und doch gab es Momente, in denen ihre Vorahnung noch ein wenig stärker war, noch fundamentaler und existenzieller als sonst. Wie bei der nahenden Geburt von Clara oder beim Luftangriff auf Dresden. Oder jetzt, als sie das glühend heiße Kind neben sich spürte.

Sie hatten die letzten Tage damit zugebracht, die Almhütte winterfest zu machen, die Ziegen hinunter zum Hof zu treiben und sich den Kopf darüber zu zerbrechen, wo sie überwintern sollten. Ferdl hatte ihnen eine Adresse in Innsbruck genannt. Der Huber Joseph war ein alter Freund von ihm und hatte vor Kurzem seinen kleinen Gasthof im Herzen der Altstadt wiedereröffnet, der nun von den französischen Besatzern frequentiert wurde.

»Ich denk, er könnte billige Aushilfen gebrauchen«, mutmaßte Ferdl. »Und vielleicht hat er auch eine Kammer, wo ihr schlafen könnt.«

Es klang nicht allzu vielversprechend, aber im Dorf zu bleiben, war – nach allem, was dort geschehen war – keine Option. Abgesehen davon, dass der Winter auf der Alm hart werden würde. Am Abend zuvor war der erste Schnee gefallen.

Sie hatten beschlossen, es mit Innsbruck zu versuchen. Doch nun fieberte Clara. So hoch, dass sie nur noch hechelnd atmete. Seit Stunden mühten Anni und Adam sich mit kühlen Waden- und Bauchwickeln, um die Temperatur der Kleinen herunterzubringen. Das Fieber sank stundenweise ein wenig, kam dann aber umso stärker zurück, wie ein verwundetes Raubtier, das man nicht sauber getroffen hatte.

Anni erinnerte sich an ein altes Rezept von Oma Traudl und kochte einen Tee aus Melissenkräutern und Schafgarbe, mit viel Honig, von dem sie kaum noch welchen hatten. Sie versuchte Clara dazu zu bringen, wenigstens ein paar Schlucke von der lauwarmen Flüssigkeit zu trinken – doch es floss mehr daneben als in ihren Mund. Clara schrie nicht, dazu hatte sie keine Kraft mehr, sie wimmerte nur leise und fiel dann zurück in einen Dämmerzustand, bei dem sich ihre Augen nie ganz schlossen, aber die Lider gespenstisch zuckten.

»Wir müssen sie runter ins Tal bringen!«, sagte Adam am nächsten Morgen bestimmt und wich gleich wieder zurück, als er die Tür öffnete. Auf der Wiese rund um die Alm lag eine geschlossene Schneedecke. »Verdammt!«, rief er aus. »Und jetzt?!«

Anni steckte die Hand in den Schnee. »Er liegt noch nicht sehr hoch. Im Schuppen hab ich Grödel gesehen. Damit müsste es gehen.«

Sie packten eilig. Adam hisste das rote Tuch am Schornstein der Hütte, wie sie es für Notfälle mit Ferdl verabredet hatten. Dann begannen sie den Abstieg. Es war entsetzlich rutschig. Anni spürte Claras heiße Stirn in ihrem Nacken. Aus Angst zu fallen schlich sie mehr, als dass sie ging. Adam ebnete ihr den Weg und stützte sie, wo er konnte. Mehrfach bot er an, die Kleine zu übernehmen, doch Anni spürte, dass Clara jetzt ihre Nähe brauchte. Bei einem Baumstumpf im Wald, wo der Schnee nicht ganz so tief war, machten sie kurz Rast. Anni versuchte, Clara noch etwas von dem Tee einzuflößen – ohne Erfolg. Tränen der Verzweiflung stiegen ihr in die Augen. Zum Glück hörten sie in diesem Moment Rufe. Ferdl kam ihnen auf Skiern entgegengestapft, an deren Unterseite er Felle angebracht hatte. Auch er war außer Atem.

»Mein Bruder«, sagte er besorgt, nachdem er Clara einen Moment beobachtet hatte, »der hat auch so hoch gefiebert, wie er zwei Jahre alt war.«

»Ich dachte immer, du hättest nur Schwestern«, sagte Anni irritiert.

»Genau darum geht's ja«, erwiderte Ferdl. »Mein Bruder hat das Fieber net überlebt.«

Anni lief es kalt den Rücken herunter.

Adam fasste sie sanft am Arm. »Geh mit ihr zu deinen Schwiegereltern. Sie werden dich aufnehmen.«

»Und du?«

»Das ist jetzt nicht wichtig, Anni. Ferdl hat recht. So ein hohes Fieber über einen langen Zeitraum kann gefährlich werden. Clara braucht ein warmes Haus – und einen Arzt.«

»Ich fahre voraus und spanne die Pferde an«, bekräftigte Ferdl. »Dr. Waidlander unten in Axams hat sicher eine Medizin, die ihr hilft.«

»Ist das nicht ein Viehdoktor?«, fragte Anni skeptisch.

»Er macht halt alles hier oben«, gab Ferdl zurück.

Anni sah überfordert von Ferdl zu Adam, hielt ihre Wange an die heiße Stirn ihres kleinen Mädchens und nickte dann. Sie hatten keine Wahl.

Ferdl zog seine Felle von den Skiern ab, drückte Anni kurz,

reichte Adam die Hand und fuhr dann erstaunlich schnell den Hang hinunter.

»Komm«, drängte Adam und half Anni auf. »Wir haben keine Zeit zu verlieren.«

Alois stand vor dem Haus und war damit beschäftigt, Holz zu hacken. Als er sie kommen sah, hielt er inne und rief etwas ins Haus hinein. Agnes erschien sofort. Offenbar hatten die beiden ebenfalls die Signalflagge an der Hütte erspäht, denn keiner von ihnen stellte eine Frage.

»Die arme Kleine! Jetzt kommt's erst mal herein«, sagte Agnes und führte Anni in Fritz' altes Zimmer. Adam blieb unsicher im Flur stehen, während die beiden Frauen ein Schlaflager für die Kleine herrichteten. Agnes brachte Wadenwickel, deren Kälte Clara aus ihrem Dämmerschlaf riss. Sie begann leise zu wimmern. Anni strich ihr immer wieder über die Stirn und murmelte, dass alles gut werde. Sie summte leise die Melodie vom Maikäferlein, nicht nur im Bestreben, ihr Kind zu beruhigen, sondern auch sich selbst.

Keine halbe Stunde später hörten sie draußen Hufschlag. Anni lief ans Fenster und sah, wie ihre Schwiegereltern Ferdl und einen Mann begrüßten, der Dr. Waidlander sein musste. Der Arzt kletterte mühsam vom Kutschbock. Er war nicht mehr der Jüngste und kam Anni auf den ersten Blick in seinem dicken schwarzen Lodenumhang und dem dunklen Tirolerhut eher wie ein Bestatter vor.

Schnaufend stand er vor ihr. Er war untersetzt und gebeugt, die kleinen Augen wässrig. Als er Clara zu untersuchen begann, sah Anni, dass seine Hände leicht zitterten.

»Das ist das Alter«, brummte Waidlander, dem ihr Blick

nicht entgangen war. Seine Stimme war recht heiser, klang aber ruhig und erfahren. Er richtete sich auf. »Ihre kleine Tochter hat Scharlach. Die Symptome sind eindeutig. Ich kann ihr etwas Acetylsalicyl geben, um das Fieber zu senken. Was sie aber eigentlich braucht, ist ein Antibiotikum.«

Mehr musste er gar nicht sagen, Anni genügte ein Blick in sein Gesicht, um zu wissen, dass er keines hatte.

»Die Vorräte an Sulfonamiden sind mehr als knapp momentan. Ich werde heute Abend versuchen, einen Kollegen in Innsbruck zu erreichen. Aber ich möchte Ihnen keine falschen Hoffnungen machen.«

»Und ohne solche Medikamente?«, fragte Anni.

Waidlander hob die Hände. »Es gibt durchaus Kinder, die die Krankheit allein besiegen. Allerdings sind diese Kinder in der Regel etwas älter. Und bei Ihrem Mädchen sieht es mir nach einem schweren Verlauf aus.«

Nun waren es Annis Hände, die zitterten.

Waidlander klappte seine Tasche zu. »Ich tue, was ich kann, das verspreche ich Ihnen.«

Anni öffnete den Mund und schloss ihn wieder.

Was hätte sie auch sagen sollen.

Als Waidlander schon fast an der Tür war, regte sich plötzlich Annis Schwiegermutter. »Wie viel von diesem ... Sulfonamid brauchen Sie?«

Waidlander sah sie erstaunt an.

»Ich hab ein paar Tabletten weggelegt. Winter '41, als mein Mann die Lungenentzündung hatte. Ich weiß nicht, ob sie noch etwas taugen, aber ...«

Der Arzt hob besänftigend die Hand.

»Sulfonamide verderben nicht so schnell. Das Problem ist

nur, dass Kinder in dem Alter keine Tabletten schlucken. Wir müssten sie zermörsern und ...« Er stockte.

»Auflösen«, ließ sich eine Stimme aus dem Flur vernehmen. »In heißer Milch mit Honig.«

Anni wandte sich um. Es war Adam. »Ich hatte Tuberkulose«, erklärte er. »Im Alter von fünf Jahren. Meine Eltern haben ... Ich dachte damals, die Milch hätte mich kuriert.«

»Keine schlechte Idee«, sagte Waidlander. »Und Sie sind?«

»Ein Freund«, erwiderte Adam nur.

Der Arzt hob irritiert die Augenbrauen, dann war er wieder ganz bei seiner Patientin.

»Kommen Sie«, wies er Agnes an, die mit ihm in die Küche verschwand. Anni blieb bei Clara. Sie warf Adam einen dankbaren Blick zu und bat ihn, sich zu ihr zu setzen. Er zögerte und wählte den Stuhl am Schreibtisch. »Das ist sein Zimmer, oder?«, fragte er.

Anni nickte beklommen. Es gab nichts, was diesen Moment leichter gemacht hätte.

Clara trank das Gebräu nicht aus, aber sie trank erstaunlich viel davon. Dann fiel sie erneut in einen tiefen Schlaf.

»Ab jetzt jeden Morgen und jeden Abend«, wies Waidlander sie an. »Jeweils eine Vierteltablette pro Portion. In drei Tagen komme ich wieder und schaue nach ihr.«

Er ließ sich von Agnes in den Mantel helfen. Ferdl wartete bereits bei seiner Kutsche. Als Anni den Arzt zur Tür begleitete, sah sie, dass Adam sich ebenfalls angezogen hatte und draußen mit Ferdl sprach. Als er sie in der Tür stehen sah, kam er zu ihr.

»Ich kann bei Ferdl mitfahren«, erklärte er schlicht. »Von Axams, wo der Doktor wohnt, ist es zu Fuß nicht weit bis nach Innsbruck.«

Plötzlich wurde Anni bewusst, dass der Moment des Abschieds viel schneller gekommen war, als sie geahnt hatte. In den Bergen bauschten sich die grauschwarzen Wolken. Der Schnee fiel unaufhörlich. Adam konnte nicht zurück auf die Alm, das war viel zu gefährlich. Sie wusste, dass er das Richtige tat, aber das machte den Abschied nicht leichter.

»Kannst du nicht noch ein paar Tage bleiben?«, fragte Anni. Sie sah hilfesuchend zu Ferdl.

»Ich bitte dich, Anni. Ferdl hat genug für uns getan. Ich möchte ihn nicht noch einmal in Gefahr bringen.«

»Aber die Menschen im Dorf haben uns doch geholfen ...«

»Das war eine Ausnahmesituation. An ihrer Haltung zu mir hat das nichts geändert, glaub mir.«

Annis Blick schweifte zu Ferdl, der bestätigend nickte. Sie fing an zu zittern. Wegen der Kälte, wegen ihrer Sorge um Clara – und auch weil es sich so falsch anfühlte, ihn gehen zu lassen.

Adam nahm ihre Hände in seine. »Es ist doch nur für ein paar Wochen, Anni«, versprach er leise. »Ich werde in der Stadt einen Anfang für uns machen. Und wenn es taut und Clara wieder ganz gesund ist, dann kommt ihr nach.«

»Wenn es taut?! Das sind nicht ein paar Wochen. Wir reden von Monaten!« Anni spürte einen dicken Kloß im Hals.

»Es ist besser so, glaub mir.«

»Können wir?«, rief Ferdl von der Kutsche aus.

»Spiel ein bisschen auf der Geige«, sagte Adam leise. »Für Clara. Das wird ihr guttun. Und dir vielleicht auch.«

Anni sagte nichts mehr. Sie umarmten sich kurz und verzweifelt, dann schulterte Adam seinen Rucksack und stieg zu Ferdl auf den Bock. Er drehte sich noch einmal um und winkte, als sie die Weggabelung erreichten, dann verschwand die Kutsche im weißen Winterwald.

Anni rieb sich vor der Haustür das verweinte Gesicht mit Schnee ab. Sie durfte sich jetzt nicht gehen lassen. Clara brauchte ihre ganze Kraft und Zuwendung.
Die Kleine war immer noch heiß, aber das Fieber schien ein klein wenig gesunken zu sein. Gegen Abend flößte Anni ihr erneut etwas von der präparierten Milch ein. Hier, ganz dicht neben ihr, lag das junge Leben, für das sie alles tun würde. Sogar ihr eigenes hergeben.
Als Clara irgendwann tatsächlich in einen ruhigen Tiefschlaf fiel, nicht mehr wimmernd, sondern einfach nur leise atmend, befiel Anni ein bleiernes Schuldgefühl. Vor lauter Sorgen und Selbstmitleid hatte sie völlig vergessen, wo sie sich eigentlich befand: im ehemaligen Zimmer ihres Mannes, des Vaters ihres Kindes. Des Verstorbenen. Der unendlich Schweres durchlitten haben musste. Ihr wurde klar, wie sehr sie schon mit ihm abgeschlossen hatte. Wie sehr ihre Gedanken und Gefühle dem anderen galten, der gerade wahrscheinlich mit schweren Beinen durch den nächtlichen Schnee von Axams hinunter nach Innsbruck stapfte. Den sie so sehr vermisste, dass es körperlich wehtat.

»Tut mir leid, Fritz«, murmelte Anni leise. Sie sah zu einem vergilbten Foto, das an der Wand hing. Der zwanzigjährige Fritz, stolz am Gipfelkreuz der Lampsenspitze. Die Faust kämpferisch in die Luft gereckt. Ein strahlendes Lächeln, voller Zuversicht und Lebensfreude. Annis Hals brannte. Tränen der Scham liefen ihr die Wangen hinunter. Er hätte mehr Trauer verdient, dachte sie.

Als draußen der Morgen graute und Clara sich unruhig hin und her zu wälzen begann, zog sie den Geigenkoffer unter dem Bettchen ihrer Tochter hervor und begann ganz leise zu spielen. Eine alte Melodie, von der sie wusste, dass sie Fritz immer gefallen hatte. *Maikäfer flieg.*

Teil 3

Frühjahr 1946

Die deutschen Gerichte nehmen ihre Arbeit wieder auf.

Die erste Ausgabe der illustrierten Zeitschrift Jüdische Rundschau *erscheint. In Wien wird zum ersten Mal das Theaterstück* Der gute Mensch von Sezuan *von Bertolt Brecht aufgeführt.*

Die Auflösung des Völkerbundes wird beschlossen, die Aufgaben werden den Vereinten Nationen (UNO) übertragen. Erste Sitzung des Internationalen Gerichtshofes in Den Haag.

In Hamburg erscheint die erste Ausgabe der politischen Wochenzeitung Die Zeit.

Die alliierte Militärregierung befiehlt, nationalsozialistische Denkmäler zu zerstören, Museen aufzulösen und sämtliche Bücher mit nationalsozialistischem Gedankengut aus Bibliotheken sowie Buchhandlungen abzuliefern.

Die Berliner Philharmoniker treten ihre erste Konzertreise seit Kriegsende an.

Der Alliierte Kontrollrat genehmigt die Wiederaufnahme des Postverkehrs zwischen Deutschland und dem Ausland.

Ein deutscher Brief aus England gelangt nach Tirol.

41

Anni lag wach im Bett. Es war zu früh, um aufzustehen, und zu spät, als dass sie noch einmal hätte einschlafen können. Sie hauchte ein paar Eisblumen weg und sah aus dem Fenster. Der März war nun bald um, aber der Schnee wollte nicht tauen. Das winterliche Dorf lag im aschfahlen Mondlicht da, als würde es noch fest schlafen. So wie Clara, die leise atmend neben ihr lag, in der Hand ihr geliebtes »Lämmi«, ein kleines gehäkeltes Wollschäfchen, das sie von ihrer Oma geschenkt bekommen hatte. Sie war wieder ganz gesund geworden und ein Quell der Zuversicht für Anni. Es schien, als hätte sie durch die lange Krankheit einen Entwicklungssprung gemacht. Sie plapperte ohne Unterlass und hatte einen ziemlichen Dickkopf entwickelt, sodass Anni tagsüber kaum eine ruhige Minute hatte.

Es gab ohnehin reichlich zu tun auf dem Hof der Schwiegereltern, und Anni stürzte sich in die Arbeit, schon allein, um nicht das Gefühl zu haben, in ihrer Schuld zu stehen. Aber vor allem, um nicht reden, sich nicht erklären zu müssen. Die Angerers waren glücklicherweise beide recht schweigsame Menschen.

Immer wieder hatte sie darüber nachgedacht, Adam nach Innsbruck zu folgen. Doch als Clara sich endlich vollständig erholt hatte, war es bereits Dezember. Der Schnee lag hüfthoch, selbst der Pferdeschlitten hatte Probleme, durchzukommen. Agnes und Alois hatten gut vorgesorgt. Es gab

Feuerholz in rauen Mengen, genau wie Milch. Die Kühe überwinterten im Stall und mussten täglich gemolken werden. Ihre Schwiegereltern konnten die Hilfe gut gebrauchen, und Clara war hier sicher.

Sie vermisste Adam unendlich, aber es war ein schönes Vermissen, voller Vorfreude auf ihr Wiedersehen. Zudem wusste sie, dass es ihm in Innsbruck einigermaßen gut ging. Sie schrieben sich häufig, auch wenn die Post im Winter nur unregelmäßig zugestellt wurde. Um nicht durcheinanderzukommen, hatten sie die Briefe durchnummeriert. Adam adressierte seine an Ferdl, den Anni so oft besuchte, wie sie konnte. Nicht nur wegen der Briefe, sondern weil Ferdl Clara so gern hatte und in der weiterhin misstrauischen Dorfgemeinschaft ihr einziger Freund war. Durch die gemeinsamen Erlebnisse der letzten Monate waren sie sich näher als je zuvor. Anni half ihm mit den Dingen, die ihm infolge seiner Behinderung Mühe machten. Holz hacken, die Hufe der Ziegen schneiden – oder auch mal ein Huhn schlachten. Oft saßen sie nach getaner Arbeit zusammen in seiner Stube und tranken Kaffee, während Clara im Stall die Hühner herumscheuchte.

Ihre Cousine Vickerl war zum Weihnachtsfest aus Wien gekommen und bewahrte Anni so vor einer ausgewachsenen Festtagsschwermut. Vickerl arbeitete als Volontärin bei einer größeren Tageszeitung, wurde zwar »ziemlich ausgebeutet«, wie sie berichtete, aber es schien ihr Spaß zu machen. Sie wusste viele spannende Anekdoten zu erzählen und ging recht unbekümmert mit der Tatsache um, dass ihre Mutter regelmäßig »im Viereck hupfte«, weil Vickerl sich weigerte, einen Ehemann zu finden.

Nur ein einziges Mal, auf einem Schlittenspaziergang mit Clara, fragte sie Anni nach Adam. »Mutter sagt, du warst nicht allein, als du mit Clara kamst?«

Anni schwieg. Sie mochte Vickerl sehr, aber sie wusste nicht, wie viel Wahrheit ihre Cousine ertragen konnte. Und wie viel sie selbst ertragen würde, preiszugeben.

»Er ist ein guter Freund. Er hat mir und Clara das Leben gerettet«, sagte sie.

»Aha«, machte Vickerl.

Sie griff mit der Hand in den tiefen, pappigen Schnee, formte eine große Kugel, hielt sie sich vors Gesicht und sagte dann: »Wenn du's irgendwann erzählen willst, also die ganze Geschichte – ich kann schweigen wie ein Schneemann.«

Anni lachte herzlich. Zum ersten Mal seit Langem. Leider musste Vickerl schon am zweiten Weihnachtsfeiertag wieder abreisen.

Leise, um Clara nicht zu wecken, kroch sie aus den Federn, zog sich ein zweites Paar Socken über und tastete unter dem Bett nach der Geige. Sie zog den Koffer hervor und öffnete ihn. Vorsichtig strich sie mit den Fingern über die Saiten, die kaum hörbar summten, wie eine schnurrende Katze. Seit Adams Weggang hatte sie jeden Tag gespielt und ein Stück ihrer alten Leichtigkeit zurückerlangt. Seine Worte von damals auf der Alm hallten in ihr nach: »Du hast nicht versagt.«

Und: »Manchmal muss man auch Leichtigkeit neu erlernen.«

Anni legte die Guarneri sorgsam zurück in den Koffer. Es war zu früh, um zu spielen, sie hätte bloß Clara geweckt. Stattdessen tat sie das, was ihr ebenfalls zum morgendlichen Ritual geworden war. Sie nahm den Schreibtischstuhl und drehte ihn so, dass sie das Foto von Fritz anschauen konnte. Sie dachte an ihn. Mal fünf, mal zehn Minuten lang. Das tat sie seit einigen Wochen. Und merkte, wie das Schuldgefühl dadurch schwächer wurde. Die Wunde heilte. Fritz konnte Teil ihres Herzens bleiben. Auch wenn sie einen anderen liebte.

Manchmal stiegen dabei schöne Erinnerungen in ihr auf, die ihr halfen, sich mit ihrem Alltag im winterlichen Hochtal zu arrangieren. Erinnerungen wie die an den Sommer 1938, als sie sich in Fritz verliebt hatte. Schon die Ankunft in Innsbruck war anders als sonst gewesen. Diesmal hatte nicht Oma Traudl sie abgeholt, sondern Fritz. Selbstbewusst saß der Oberprimaner auf dem Kutschbock und ließ die zwei prachtvollen Haflinger antraben. Anni hatte er ungefragt zu sich auf den Bock gezogen und reichte ihr kurz hinter Kematen die Leinen.

»Jetzt legen wir mal einen Zahn zu«, rief er vergnügt und knallte mit der Peitsche. Im vollen Galopp rauschten sie über die Landstraße. Anni kreischte auf. Sigi und Tristan, die hinten mit dem Gepäck auf der Ladefläche saßen, johlten vor Vergnügen. Bei Gries legte Fritz den Arm um Anni, was mit weiteren Pfiffen seitens der Brüder kommentiert wurde. Anni kümmerte das wenig. Für sie war die Welt in diesem Moment in Ordnung. Und sie spürte, dass ein ganz besonderer Sommer vor ihr lag.

Fritz musste viel mit anpacken, weil sein Vater sich bei einem Jagdunfall ein Bein gebrochen hatte. Nichtsdestotrotz hatte er sich zusammen mit Vickerl und Ferdl für die »Feriengäste aus dem ehrwürdigen Dresden« ein tolles Programm ausgedacht mit ausgedehnten Wanderungen, Lagerfeuern, Picknicks auf der Alm und einer Hüttenübernachtung auf der Neuen Pforzheimer.

Es bestand kein Zweifel daran, wem Fritz' Eifer hauptsächlich galt: seiner Cousine Anni. Derselben Anni, die im Herbst mit Paganinis erstem Violinkonzert auf der Bühne stehen würde und eigentlich stundenlang Geige üben sollte. Fritz hielt sie nicht davon ab. Wenn er mit der Arbeit auf dem Hof fertig war, bat er manchmal darum, sich zu ihr setzen zu dürfen.

Anni spielte dann vor allem die Passagen, die ihr leichtfielen. »Ohne Orchester klingt es etwas dünn«, versuchte sie sich zu entschuldigen. Sie hatte nicht gemerkt, dass Fritz beim Zuhören der Mund offen stehen geblieben war.

»Wie wär's mit etwas Begleitung?«, fragte er am nächsten Tag. Er hatte sein Horn mitgebracht und versuchte den Klangteppich der Streicher zu imitieren. Es klang so komisch, dass die beiden nach kürzester Zeit laut lachend am Boden lagen.

Oma Traudl steckte den Kopf zur Tür herein und sagte: »Des wird aber arg Zeit! Und jetzt raus mit euch!«

Am nächsten Abend hatten sie die Tour auf die Neue Pforzheimer mit anschließender Besteigung der Lampsenspitze geplant. Anni war still und stiller geworden.

»Kommst net mit?«, fragte Fritz und sah so traurig aus wie der Dackel seines Vaters.

»Ich muss üben«, erwiderte Anni mit dünnem Stimmchen.

Siegfried verdrehte die Augen. »Herrgott, Anni«, stöhnte er. »Dann machst du halt mal Pause.«

Tristan sagte nichts, aber sein Gesichtsausdruck verriet, wie sehr er Sigi recht gab.

»Des wollt I aa grad sagen«, fiel Traudl ein. Sie legte die Hand auf Annis Arm. »Weißt, mit d'm Gfiedel ist's ois wie mit'm Federvieh. Die musst auch allweil in Ruah loassn, damit's an Ei legen.«

So war es denn beschlossene Sache. Anni machte Pause, stieg mit Vickerl und den Jungs auf die Neue Pforzheimer Hütte, wo sie, eingekuschelt zwischen Fritz und Tristan, ganz wunderbar schlief.

Am nächsten Morgen erklommen sie den Gipfel der Lampsenspitze, dessen Schlussanstieg Annis Knie ein wenig weich werden ließ. Fritz nahm ihre Hand, wie einst im Sommer '28, als sie mit Oma Traudl auf den Freihut gestiegen waren. Doch diesmal war der Händedruck ein anderer. Nicht mehr kindlich, sondern männlich. Am hölzernen Gipfelkreuz legte er fest den Arm um sie und sagte: »Wir gehören zusammen!«

Sie nahmen alle einen großen Schluck aus Sigis Flachmann mit dem Hakenkreuz. Das Symbol schien aus einer anderen Welt zu stammen.

Beim Abstieg ließen sie sich ein wenig zurückfallen, Fritz half ihr über eine schwierige Passage, hielt sie einen Moment zu lange fest und küsste sie dann, wild und entschlossen. Anni vergaß alles. Den Paganini, die Ermahnungen ihrer Eltern. Sie fühlte sich unglaublich leicht. Tristan sollte später sagen, dass dies der Moment war, in dem sie vom Mädchen zur Frau wurde.

Die Geige blieb fortan im Kasten. Anni fasste sie in den restlichen drei Wochen nicht mehr an. Sie wusste, Tristan würde sie nicht verraten – Sigi sowieso nicht und Oma Traudl erst recht nicht. Erst am allerletzten Tag, den sie abwechselnd knutschend und weinend mit Fritz auf dem Heuboden verbracht hatte, versuchte sie sich kurz an den schwierigsten Passagen. Zu ihrem Erstaunen gelangen sie ihr einwandfrei.

Mit dem fulminant gespielten ersten Violinkonzert von Paganini, begleitet vom Nachwuchsorchester der Hochschule für Musik Carl Maria von Weber, gelang Anni der Durchbruch. Sie konzentrierte sich dabei ganz auf die Musik, die sie nun, nach der längeren Abstinenz, wieder in vollem Maße fühlen und lieben konnte. Nur beim donnernden Applaus kam sie sich ein bisschen wie eine Hochstaplerin vor, die ihre Lorbeeren für eine nicht in Gänze verdiente Leistung erhielt. Aber es waren nur wenige Minuten des Zweifels. Schließlich war sie es ja doch selbst gewesen, die dort auf der ehrwürdigen Bühne der Semperoper gestanden und gespielt hatte.

Anni erhielt viel Lob von ihrem Vater, der sie dafür pries, wie konsequent sein Goldkind den ganzen Sommer über geübt hatte. Sie wagte nicht, ihm die Wahrheit zu sagen. Teils aus Respekt, teils aus Angst. Nur musste sie leider feststellen, dass der Erfolg seine Erwartungen noch vergrößerte. Die Übungsstunden wurden von fünf am Tag auf acht erhöht. Annis Nacken wurde steif, und sie kam sich in der kleinen Übungskammer der Musikhochschule vor wie eine Gefangene. Die Pausen, um die sie immer wieder schüchtern bat, wurden nicht gewährt. Gottlieb Baumgartner hatte Feuer gefangen und sah seine Tochter schon als erste Frau die deutsche Musikwelt im Sturm erobern. Anni jedoch hatte inzwischen jegliche Lust am Spielen verloren.

Während der nächsten Sommerferien in St. Sigmund übte Anni kaum noch. Im Jahr darauf legte sie die Geige schon am ersten Urlaubstag konsequent weg. Sie war nun achtzehn. Und fest entschlossen, mit Fritz das Bett zu teilen. Es war

Krieg, und als Gebirgsjäger würde er bald in die Wehrmacht eingezogen werden. Ihre Eltern waren in diesem Jahr gleich nach Zürich weitergereist, wo Gottlieb mit der Staatskapelle ein Gastspiel in der Tonhalle gab.

Oma Traudl schickte die beiden allein auf Bergtour. Der inzwischen volljährige Siegfried war ohnehin nicht mehr mitgekommen. Er war längst bei der Wehrmacht. Und auf Tristans Verschwiegenheit konnte Anni zählen. Er machte selbst gerade seine ersten Erfahrungen in Liebesdingen, mit Theresia, einem Mädchen aus dem Dorf.

Bis zur Lampsenspitze gingen sie diesmal nicht. Fritz führte Anni zu einem Heuschober weit oben im abgelegenen Praxmarer Tal. »Bist bereit?«, fragte er, als sie vor der Tür standen.

Anni nickte und ließ zu, dass er sie stürmisch zu küssen begann. Sie war mehr als bereit.

Der Akt an sich war etwas enttäuschend. Es tat ziemlich weh, und das mit dem Blut war auch eine Schweinerei. Aber Anni war entjungfert – und erleichtert. Eine Heirat mit Fritz Angerer würde endlich die Last der musikalischen Profikarriere von ihren Schultern nehmen. Schließlich arbeitete eine deutsche Mutter nicht. Das würde ihrem Vater zwar sehr missfallen, aber in diesen Dingen konnte Anni auf ihre Mutter zählen. Und auf Fritz war sowieso Verlass. Er hielt direkt nach der Rückkehr ihrer Eltern bei ihrem Vater um ihre Hand an – und Gottlieb war zu sehr Baumgartner, um einen jungen Tiroler abzuweisen. Kurz darauf erhielt Fritz seinen Marschbefehl. Viel Zeit hatten sie nicht miteinander verbringen können.

Ein zartes Klopfen riss sie aus ihren Gedanken.

»Anni? Bischt scho wach?« Die Stimme ihrer Schwiegermutter klang seltsam nervös. Und sie hatte es noch nie gewagt, in der Früh bei Anni zu klopfen.

Anni schlang sich ihre Strickjacke um den Körper und ging vorsichtig über den knarrenden Holzboden, um Clara nicht zu wecken. Sie rechnete mit allem, als sie öffnete, und zuckte heftig zusammen, als ihre Schwiegermutter ihr einen Brief reichte. Ihr Herz begann zu klopfen. Warum hatte Adam den Brief nicht wie alle vorherigen an Ferdl adressiert? Doch dann sah sie, dass der Brief dick beschrieben und mit ausländischen Marken beklebt war. Ihr Herz machte einen Sprung, als sie erkannte, wer der Absender war. Ihr Herzensbruder Tristan!

Anni war so überwältigt, dass sie ihre Schwiegermutter spontan umarmte und an sich drückte. »Er lebt! Tristan lebt! Ich hab es gewusst!«

Agnes Angerer war etwas überfordert von dem Gefühlsausbruch und tätschelte ihr unbeholfen den Rücken. Dann verschwand sie eilig wieder. Eigentlich eine gute Seele, dachte Anni und nahm sich vor, ihr später für alles zu danken. Aber zunächst musste sie den Brief lesen!

Annis Blicke flogen über die dicht beschriebenen Zeilen. Sie las ihn einmal schnell, dann noch einmal ganz langsam. Der Absturz, das Lazarett, Rosalie, das Camp, die FitzAllans, die vielen Anfeindungen, die Hochzeit, die Schwangerschaft – es war wie eine Offenbarung. Und als sie geendet hatte, wusste sie, was zu tun war: Korinther dreizehn hatte sich für Tristan bewahrheitet. Am Ende blieb die Liebe. Und das galt auch für sie.

Während sie sich an den Schreibtisch ihres gefallenen Mannes setzte, um ihrem Bruder gleich zu antworten, verfestigte sich ihr Entschluss mit jeder Zeile.

In zwei Wochen war Ostern. Ein letztes Fest noch, dann würde sie endgültig Abschied von St. Sigmund nehmen. Sie würde zusammen mit Clara nach Innsbruck reisen und mit Adam ein neues Leben beginnen.

42

Es hatte mit harmlosen Dingen angefangen. Die vom Bauern gelieferte Milch war sauer, der dringend benötigte Schornsteinfeger sagte urplötzlich ab, die Zeitung lag zerfleddert im Garten statt ordentlich vor der Tür.

»Zufälle«, konstatierte Erica.

Doch Tristan wusste, dass dem nicht so war.

Dass die Dorfbewohner ihn nicht grüßten, war er gewohnt – genauso wie ihre skeptischen Blicke. Doch nun wechselten sie die Straßenseite, wenn er mit Rosalie spazieren ging.

Seit sechs Wochen lebten sie gemeinsam im Cottage. Es war Rosalies Wunsch gewesen – und auch seiner. Sie brauchte Abstand von ihrer Familie, und er hatte es kaum erwarten können, sie bei sich zu haben. Manchmal zog er sie aus Übermut während der Stallarbeit an ihrem dicken roten Zopf, nur um anschließend mit einer Ladung Heu überschüttet zu werden. Er genoss jede Sekunde mit ihr, während ihr Bauch und ihre Wangen langsam immer runder wurden und ihren Augen einen tiefen Glanz verliehen. Erica nahm Rosalie so herzlich auf wie die Enkeltochter, die sie nie gehabt hatte. Doch in der Dorfgemeinde brodelte Unmut, der sich für Tristan anfühlte wie ein aufziehendes Gewitter.

Rosalie versuchte – genau wie Erica –, ihm seine Sorgen auszureden. Er sehe zu schwarz, die Menschen müssten sich erst daran gewöhnen, dass sie beide hier lebten. Doch die Zwischenfälle begannen sich zu häufen. Mehrfach brachen aus unerfindlichen Gründen die Schafe aus. Erica schob es auf den immer noch nicht ganz intakten Zaun. Doch Tristan beharrte darauf, dass jemand sich am Gatter zu schaffen gemacht haben musste. Auch die Feindseligkeiten im Dorf traten immer offensichtlicher zutage. Rosalie, inzwischen mit ordentlichem Bauch, kam ziemlich aufgewühlt von einer Einkaufsrunde wieder. Man hatte sie in mehreren Läden ewig warten lassen und beim Bäcker schlichtweg so lange ignoriert, bis sie aufgab. Als Tristan tags darauf Wurmkuren für die Schafe vom Tierarzt holte, bewarfen ihn einige Halbstarke aus dem Dorf mit Kieselsteinen. Er hatte den Angriff nicht kommen sehen und stürzte vom Rad. Nachdem er sich aufgerappelt hatte, stellte er ihnen nach, doch sein Bein war für lange Läufe nach wie vor nicht gemacht. Sie entkamen ihm.

»Verstehst du nun, was ich meine?«, fragte er Rosalie, während sie seine Schürfwunden versorgte.

Seine Frau schwieg stoisch.

»Lasst mich mal machen«, erklärte Erica beim Abendessen. »Morgen Abend ist große Chorprobe in der Kirche, da rede ich mit den Leuten.«

»Das wird nichts bringen«, seufzte Tristan.

»Jetzt hör endlich auf mit deinem verdammten Pessimismus«, schalt ihn Rosalie.

Tristan legte seinen Löffel zur Seite. »Das ist kein Pessimismus, das ist Realismus.«

Rosalie sprang auf. »Du bist so stur, dass es wehtut!«

»Na, na«, beschwichtigte Erica. »Wenn wir uns jetzt deswegen streiten, erreichen sie genau, was sie wollen. Ich bin hier geboren und aufgewachsen. Ich werde das schon regeln. Vertraut mir.«

Als die Sache mit dem Lamm passierte, wussten sie sofort, dass Erica sich geirrt hatte. Rosalie trat an diesem Morgen als Erste vor die Tür, und ihr markerschütternder Schrei gellte durch das Cottage. Tristan eilte zu ihr. Das Tier war noch keine Woche alt gewesen. Jemand hatte ihm mit einem Messer die Kehle durchtrennt und es ausbluten lassen. Rosalie taumelte kreidebleich ins Haus zurück. Erica kam im Morgenrock hinzu und sog hörbar die Luft ein.

Doch erst als Tristan und sie sich hinhockten, um festzustellen, ob es wenigstens noch als Schlachttier brauchbar würde, bemerkten sie das ganze Ausmaß der Katastrophe. Jemand hatte mit dem Blut des Lämmchens drei große Hakenkreuze an den Putz des Cottage gemalt – und darunter, und das traf ihn am meisten, ein kleines in Klammern.

»So«, sagte Erica entschieden. »Jetzt reicht es. Jetzt rufen wir die Polizei.«

Ein Constable kam und nahm sichtlich lustlos den Tatbestand auf. »Wahrscheinlich ein böser Jungenstreich«, näselte er unwillig. »So was passiert, Mrs Primrose.«

Tristan konnte es nicht mehr mit anhören. Während Erica aufgebracht auf den Constable einredete, ging er zurück zu Rosalie, die blass im Bett lag.

Sie begann zu weinen, als er den Arm um sie legte, und hörte überhaupt nicht mehr auf. »Du hattest von Anfang an recht«, schluchzte sie. Und dann: »Ich hab Angst, Tristan!«

Er hielt sie ganz fest, streichelte ihre nassen Wangen und den kugelrunden Bauch. »Morgen bringe ich dich zu deinen Eltern. Da bist du in Sicherheit.«

»Und du?«

»Ich kann Erica jetzt nicht allein lassen.«

»Dann bleibe ich auch!«

»Es ist zu gefährlich!«

»Er hat recht«, klang es resigniert von der Tür. Erica hielt abgekämpft einen Zettel in der Hand. »Das hier habe ich eben im Stall gefunden. Jemand hat es an die Box der Mutterschafe geheftet.«

Sie reichte Tristan das Papier. Er erhob sich und trat damit ans Fenster, doch Rosalie hatte längst gesehen, was darauf stand. In krakeliger Schrift hatte jemand geschrieben: »*We'll be killing little Nazi bastards.*«

Wir werden die kleinen Nazibastarde töten.

Rosalie sank zurück in ihre Kissen.

Nachdem sie das Lamm an den Schlachter verkauft und die Schmierereien abgewaschen hatten, saßen sie bis spät in die Nacht am Tisch und besprachen, was zu tun sei. Erica bestand darauf, dass Tristan Rosalie aufs Festland begleitete. Doch Tristan hielt an seinem Entschluss fest: »Ich bringe sie zu ihren Eltern, dann nehme ich das nächste Schiff zurück.«

»Auf keinen Fall! Du bleibst in Portsmouth bei deiner Frau! Euer Kind kommt bald zur Welt!«, erwiderte Erica resolut. »Es wird schon aufhören, wenn sie begreifen, dass ihr weg seid.«

»Wir können aber nicht dauerhaft bei meinen Eltern wohnen!«, fuhr Rosalie auf. »Das hält niemand von uns aus! Ich am allerwenigsten! Sie werden …«

»Mein Gott, jetzt reißt euch zusammen!«, unterbrach sie Erica ungewohnt heftig. »Bei allem, was ihr schon durchgemacht habt, werdet ihr das jetzt auch noch schaffen! Zumindest für die nächsten Monate!«

Sie schwiegen beide.

»Lasst uns versuchen zu schlafen«, fügte Erica versöhnlicher hinzu. »Morgen ist ein neuer Tag.«

Es wurde eine unruhige Nacht. Die Bilder des toten Lämmchens verfolgten Tristan in seine Träume. Er döste immer wieder minutenlang ein, nur um plötzlich wieder hochzuschrecken. Gegen vier Uhr morgens fiel er endlich in einen tieferen Schlaf, aus dem Rosalie ihn gegen fünf besorgt weckte: »Tristan«, flüsterte sie leise. »Ich glaube, es geht los …«

Tristan schreckte hoch. »Was? Jetzt?!«

Rosalie nickte, stöhnte auf und griff so fest nach seinem Arm, dass er zusammenzuckte. Sie schien starke Schmerzen zu haben. Im selben Moment sah Tristan die farblose Lache, die sich auf der Matratze ausgebreitet hatte. Er wusste wenig über Schwangerschaften und rein gar nichts über Geburten. Aber er war hellwach. »Ich hole Erica!«

Die folgenden Stunden sollten sich für immer in Tristans Hirn einbrennen. Rosalies Schreie. Sein Ohnmachtsgefühl, während die beiden Frauen sich gemeinsam abmühten. Er konnte nur die Aufgaben erfüllen, die sie ihm zuteilten. Handtücher holen. Heißes Wasser. Dr. Fennyman anrufen, der entsetzlich lange brauchte. Noch bevor er eintraf, stand plötzlich blutbefleckt und strahlend Erica in der Tür: »Es ist ein Junge! Ein gesunder kleiner Junge!«

Alles war gut gegangen. Was Tristan angesichts der schwierigen letzten Wochen und Monate nur fair erschien. Wie verzaubert hielt er das kleine, unendlich zarte Wesen in seinen Armen, das einen roten Flaum auf dem Kopf hatte. Er konnte nicht aufhören zu denken: Fast hätte es dich nicht gegeben.

In der Namensfrage waren sie sich sofort einig. Der Kleine würde Jonathan heißen, nach Tristans Retter, dem alten Colonel. In ihrem Sohn würde ein Teil seiner Geisteshaltung und seiner Güte weiterleben. Es war auch ein Zeichen, das sie beide für sich setzten. Und für Erica. Ein Zeichen dafür, dass es sich lohnte, selbst in ausweglos erscheinenden Situationen nicht aufzugeben.

Mit Johnnys Geburt schien Ruhe einzukehren im Primrose Cottage, so als hätte die Geburt eines neuen Lebens das Pendel der Zeit für einen Moment angehalten. Vielleicht, dachte Tristan, hielt auch Gott seine schützende Hand über ihren Sohn. Doch vermutlich war die Wahrheit – wie so oft – weit simpler, und es war schlicht und ergreifend die Ankunft des illustren FitzAllan-Clans, die die Dorfbewohner davon abhielt, weitere Schritte zu unternehmen. Selbst Edward war mitgekommen – in Begleitung einer neuen Flamme namens Bethany, die Tristan viel besser gefiel als Laura. Aber im Grunde war ihm die Wahl seines Schwagers völlig egal. Sie hatten stillschweigend einen vorübergehenden Waffenstillstand geschlossen, weiter nichts. Tristan reichte ihm bei seiner Ankunft die Hand. Edward nahm sie, als hätte man ihm einen verfaulten Apfel gereicht. Aber er nahm sie.

Es war schon beeindruckend: Dieses winzige Wesen, das nichts konnte, außer zu schlafen, zu trinken, in die Windel zu machen und leise zu quäken, schien eine Aura des Friedens um die Familie FitzAllan zu legen. Vielleicht auch nur einen Schleier, der die Konflikte überdeckte. So oder so – der kleine Johnny wirkte auf alle Beteiligten wie Balsam.

Alistairs Gesicht bekam ganz friedliche Züge, als Rosalie

ihm das Baby in die Arme legte. »Mein erster Enkelsohn«, bemerkte er mit rauer Stimme.

Seine und Tristans Blicke trafen sich kurz. Und einen Moment lang schien es Tristan, als wolle der stolze Schotte ihn stillschweigend um Verzeihung bitten.

Dass er sich nicht getäuscht hatte, zeigte sich, als Rosalies Mutter ihn wenig später bat, mit vor die Tür zu kommen. Sie war schon eine Erscheinung in ihrem langen Tweedmantel und mit dem eleganten Hut auf ihrem wohlfrisierten Haar. Tristan hatte großen Respekt vor ihr, doch ihr Blick war offen und herzlich.

»Ich bin unendlich froh«, sagte sie langsam, »dass ihr beide euch damals durchgesetzt habt. Meinem Mann geht es genauso. Es fällt ihm nur schwer, sich das einzugestehen.«

Sie tauschten ein Lächeln. Dann zog Helen ein Schriftstück aus ihrem Mantel. »Ich habe etwas für dich«, sagte sie. »Der Brief kam heute Morgen mit der Post. Adressiert ist er an Rosalie, aber ich glaube, er ist für dich.«

Sie reichte ihm einen dünnen braunen Umschlag mit vielen Briefmarken darauf. Absender: Anni Angerer aus St. Sigmund im Sellrain. Republik Österreich.

Mein liebster Tristan, mein Herzensbruder ...

Die Buchstaben tanzten vor seinen Augen, er hielt das Blatt rasch zur Seite, aus Angst, seine Tränen könnten auf das Papier tropfen und die Wörter verschmieren.

»Ist alles in Ordnung bei euch?« Rosalie war in der Tür erschienen. Tristan wischte sich eilig über die Augen.

»Er hat einen Brief von Anni erhalten«, erklärte Helen sanft.

»Wirklich?!« Sie war sofort bei ihm, umarmte ihn und war ganz aufgeregt. »Zeig her!«

Helen legte ihr die Hand auf den Arm. »Vielleicht lassen wir Tristan mal für einen Moment allein.«

Tristan winkte ab. Er drückte Rosalie fest an sich. »Sie lebt!«, brachte er hervor. »Sie lebt! Ich hab es immer gewusst!« In seiner unbändigen Freude hob er Rosalie hoch und wirbelte sie ein paarmal herum.

»Nun«, sagte Erica, die sich zu Helen gesellt hatte. »Ich glaube, wir haben zwei Gründe, um anzustoßen.«

Die FitzAllans hatten eine Flasche Champagner mitgebracht und Alistair ließ den Korken knallen. »Auf den kleinen Johnny«, sagte er feierlich. Und fügte dann mit einem Blick zu Erica ernster hinzu: »Im ständigen Gedenken an den großen.«

Meine Familie, dachte Tristan. Er brauchte in diesem Augenblick gar keinen Champagner, er war trunken vor Glück. Rosalies Eltern verabschiedeten sich am frühen Abend, sie mussten das letzte Schiff erreichen. Tristan half Erica, das Geschirr zusammenzuräumen und zu spülen, während Rosalie sich mit dem kleinen Johnny zurückzog.

Bevor sie ins Bett gingen, kochte Erica noch einen Tee, und sie setzten sich in die Stube. »Er hat magische Kräfte, euer kleiner Mann«, sagte sie liebevoll.

Tristan stellte die Tasse ab und umarmte sie. »Wie seine zweite Großmutter«, sagte er leise.

Erica wischte sich eine Träne aus dem Augenwinkel und erhob sich dann. »Ab ins Bett, du Charmeur!«

Mit einem Lächeln schloss Tristan die Schlafzimmertür und legte sich zu Rosalie, die den kleinen Johnny zwischen die

Kissen gebettet hatte und mit ihrem Körper einrahmte. Beide schliefen tief und fest. Tristan las Annis Brief noch einmal. Dann legte er sich glücklich und erschöpft neben sie und sah ihnen noch eine Weile beim Schlafen zu. Vielleicht wird doch noch alles gut, dachte er, bevor er die Augen schloss.

Zwei Stunden später weckte ihn das Klirren einer zerbrechenden Fensterscheibe. Als er sich aufsetzte, hörte er schreiende Männerstimmen vor dem Cottage. Schlaftrunken ging er zum Fenster und blickte in den Widerschein brennender Fackeln.

43

Die *Kleine Nachtmusik* kam am besten an. Adam war es zwar leid, das Stück immer und immer wieder zu spielen, aber ganz gleich, was er sonst versuchte, ob Vivaldi oder Mendelssohn – sobald er die ersten Klänge des bekannten Mozart-Stücks anstimmte, purzelten die Groschen nur so in seinen Hut. Hauptsächlich die der Besatzungssoldaten, aber es gab auch einige reiche Innsbrucker Patrizierfamilien, die es genossen, dass man in der nicht allzu schwer zerstörten Stadt wieder durch die Gassen flanieren konnte. An guten Tagen verdiente er bis zu fünf Schilling – in Joseph Hubers Wirtshaus, wo er abends kellnerte, bekam er lediglich 50 Groschen pro Stunde, mit Trinkgeld kam manchmal mehr zusammen. Er wurde nicht reich, aber es reichte zum Leben. Und er schaffte es, ein bisschen was zur Seite zu legen. Ein kleiner Anfang für den großen Neuanfang mit Anni.

Manchmal blieben die Menschen auch nur so stehen und lauschten andächtig der Musik, hoben die Hände, um ihm zu bedeuten, dass sie ihm leider nichts geben konnten. Andere legten ihm einen Apfel oder sogar ein Stückchen Kuchen in den Hut, das er in den kurzen Pausen, die er sich gönnte, gierig hinunterschlang.

Es war lausig kalt, trotzdem blieb der Klang der geliehenen Geige erstaunlich konstant. Das größere Problem waren seine Finger. Er hatte sich bei einem Markthändler für zehn Groschen Handschuhe gekauft, aus denen die Fingerspitzen herausschauten. Aber länger als drei Stunden hielt er es nicht aus, dann waren seine Hände so steif, dass er nicht mehr spielen konnte. Wenn es so weit war, flüchtete er zurück ins warme Wirtshaus, wo Hedi Huber ihm wortlos einen heißen Kakao hinstellte.

Am Anfang war die Frau des Gastwirts weit weniger freundlich gewesen. Skeptisch hatte sie ihn von der Theke aus beobachtet, wie er bärtig und verfroren dastand, Grüße von Ferdl ausrichtete und um Arbeit bat.
»Jetz hol dem armen Kerl halt mal a gscheit's Bier«, hatte Schorsch seine Frau ermahnt. Dann hatte er die Karte mit Ferdls Grüßen in die Tasche seiner derben Lederhose gesteckt und gesagt: »Ich hoff, du kannst anpacken!«

Dass er anpacken konnte, hatte Adam bewiesen. Die ersten Wochen schuftete er in der Küche und schrubbte spätabends die Böden. Dann erkrankte einer von Josephs Kellnern an der Schwindsucht. Der Wirt steckte Adam ein paar Münzen zu, schickte ihn zum Friseur und teilte ihn anschließend für die Spätschicht ein. Er arbeitete Weihnachten und Silvester, und seine freundliche, zurückhaltende Art kam gut an bei den Gästen. Die anfangs skeptischen Kollegen merkten bald, dass Adam zuverlässig war und sich nicht drückte, woraufhin sie begannen, das Trinkgeld mit ihm zu teilen. Es gab eine genaue Hackordnung, die von den Hubers geduldet wurde. Die Dienstältesten zuerst. Wenn man sich in diese Ordnung einfügte, ließen die anderen einen in Frieden.

Die Kammer, die der Huber Joseph ihm zugewiesen hatte, war klein und zugig. Immerhin musste Adam sein Lager nicht teilen. Und wenn er gegen zwei Uhr morgens todmüde ins Bett fiel, war er einfach nur dankbar, ein Dach über dem Kopf zu haben – sowie mittags eine heiße Suppe zu bekommen und eine Aufgabe, die ihn ablenkte. Er schrieb täglich einen Brief an Anni, von der er anfangs auch täglich einen erhielt. Doch je mehr Schnee fiel, desto unzuverlässiger wurde die Post. Er tröstete sich damit, zu wissen, dass es ihr gut ging und Clara sich zu erholen schien. Er war fest entschlossen, sein Versprechen einzulösen und bis zum nächsten Frühjahr die Grundlage für eine gemeinsame Zukunft zu schaffen.

Eines Freitags, als er Joseph wie jede Woche dabei half, einen Karren zum Markt zu schieben und dort frische Ware fürs Wochenendgeschäft einzukaufen, kamen sie an einem Akkordeonspieler vorbei, der auf den Stufen vor der Kirche saß. Eine Traube von Menschen hatte sich um ihn geschart. Er spielte den *Sommer* von Vivaldi. Das Stück, das Adam einst im Zug das Leben gerettet hatte. Ergriffen blieb er stehen.

»Ah, der Ferencz«, sagte Joseph. »Der spielt auch ab und zu bei uns. Kommt aus Ungarn. Die Franzosen haben ihm im Großen Krieg das rechte Bein weggeschossen. Jetzt lassen sie ihn immerhin hier seine Invalidenrente aufbessern.«

»Er spielt gut«, sagte Adam. »Richtig gut. Ich würde fast sagen, er spielt auf Konzertniveau.«

»Ach«, machte Joseph erstaunt. »Davon verstehst du was?«

Am darauffolgenden Freitag lud Joseph den Akkordeonspieler nach seinem Straßenkonzert auf ein Bier und eine Gulaschsuppe ein und machte die beiden miteinander bekannt. Ferencz Adorján rieb sich die kalten Finger. Er hatte kleine dunkle Augen, mit denen er Adam durchdringend anblickte.

»Ah, geh«, sagte er, als er ihm die Hand reichte und sich vorstellte. »Das Wunderkind aus Dresden.«

Sein Händedruck war kräftig, sein Akzent erinnerte Adam an den seines Privatlehrers in Prag.

»Du kennst ihn?«, fragte Joseph verblüfft.

»No ja, kennen?« Ferencz lächelte. »Sagen wir so: Ich weiß, wer er ist.« Er beugte sich leicht vor und flüsterte Adam halblaut ins Ohr: »Und ich dachte, die hätten dich nach Auschwitz geschickt.«

Joseph, der das gehört hatte, verschluckte sich an seinem Bier.

»Es war knapp«, sagte Adam nur.

Ferencz nickte bedächtig und legte ihm eine Hand auf die Schulter. »Hast du ein Instrument?«

Adam zögerte. »Nicht hier«, sagte er schließlich und erklärte in wenigen Sätzen, wie es ihn nach Tirol verschlagen hatte. Den Konflikt mit Annis Familie unterschlug er vorsichtshalber.

»Ich könnte dir eine passable Geige von Freunden borgen, wenn du willst«, schlug Ferencz vor. »Und dann spielen wir ein bissl zusammen? Was meinst du?«

»Das wäre wunderbar«, erwiderte Adam, der seit Wochen nicht geübt hatte.

Joseph sah Ferencz erstaunt an. »Du hast Freunde, die Geigen verleihen?«

»Die Lindners«, erwiderte Ferencz. »Kleinstes, aber bestes Musikhaus am Ort«, fügte er hinzu, als er Adams erstaunte Miene sah.

Joseph wirkte immer noch ungläubig. »Und die rücken einfach so eins ihrer Instrumente heraus?«

»Für *ihn* schon«, erwiderte Ferencz.

Sie musizierten zunächst in Hubers Gaststube. Ferencz brachte Adam ein paar beliebte Tiroler Gassenhauer bei. Aber der Renner wurden ungarische Tänze – und eben die *Kleine Nachtmusik*.

Ferencz ging mit Adam zum Amt und besorgte ihm einen Erlaubnisschein für Straßenkünstler. Fortan spielten sie an den Markttagen gemeinsam, immer mittwochs und freitags, und am Wochenende teilten sie sich auf, weil das laut Ferencz lukrativer war. Nach einiger Zeit spielte er auch an den Tagen, an denen Ferencz pausierte. Er eröffnete ein Konto bei einer kleinen Privatbank und begann, etwas Geld zur Seite zu legen. Anfang März, als es endlich zu tauen begann, hatte er schon eine ordentliche Summe angespart. Es wurde Zeit, Anni abzuholen.

Dem Huber Joseph hatte er schon bei seiner Ankunft erklärt, dass er für ein paar Tage fortmüsse, wenn der Frühling käme. Darauf kam er jetzt zurück.

»I versteh schon, die Zukünftige.« Er klopfte Adam auf die Schulter. »Zwei Tage geb ich dir frei. Aber nur, wenn ihr Ostersamstag noch einmal die Bude zum Wackeln bringt. Ganz ehrlich: Vor Ostern ist der Weg da rauf eh ein vertrackter Schneehatscherer.«

So war es denn besiegelt, und das Duo gab am Samstagabend vor Ostern eines seiner bisher größten Konzerte im Huber-Gasthof. Es wurde ein Abend, an dem, wie Ferencz es ausdrückte, »Helden sterben, Könige geboren werden – und das Volk trinkt!«.

Sie spielten noch einmal ihr gesamtes Repertoire und als allerletzte Zugabe spontan *Lili Marleen*. Dann legten sie ihre Instrumente beiseite und tranken mit dem Volk.

»Ich möchte dir jemanden vorstellen«, raunte Ferencz Adam gegen Mitternacht zu. Er hatte sich durch die überfüllte Kneipe gedrängelt. An seiner Seite war ein eleganter Herr um die fünfzig mit runder Brille und fliehendem Haaransatz – und eine deutlich jüngere, sehr attraktive Dame, die etwa in Annis Alter war. Beide stachen aus der Kneipenumgebung heraus.

»Das sind der Herr Generalmusikdirektor Weidlich vom städtischen Symphonieorchester – und das bezaubernde Fräulein Rysanek, aufstrebender Stern am Himmel der großen Sopranstimmen.«

Adam nahm die Hand des Direktors, stellte sich vor und küsste dann die des jungen Fräuleins. Sie hatte ebenholzfarbenes Haar, strahlend blaue Augen und war, das musste Adam zugeben, tatsächlich bezaubernd schön.

»Diese beiden«, erklärte Ferencz salbungsvoll, »werden Innsbruck zu neuem kulturellem Glanze verhelfen.«

»Wir sind noch in der Aufbauphase«, schränkte Weidlich ein. »Und genau darum geht es. Wir waren ganz bezaubert von Ihrer Darbietung. Vor allem meine liebe Leonie.«

Er legte den Arm etwas fester um die Sopranistin, als wolle er demonstrieren, zu wem sie gehörte, und reichte Adam dann seine Karte.

»Kommen Sie nächste Woche Mittwoch zum Vorspielen. Ich denke, wir hätten möglicherweise noch ein Plätzchen bei den ersten Geigen für Sie frei.«

Adam war sprachlos.

»Darauf müssen wir trinken!«, johlte Ferencz und winkte dem Huber Joseph, der eilig ein paar kleine Gläschen vollschenkte.

Während sie anstießen, schien Fräulein Leonie Adam mit ihren blauen Augen zu hypnotisieren. Mühsam riss er sich los und bedankte sich herzlich beim Herrn Direktor. Er werde ihn nicht enttäuschen. Weidlich hoffte das sehr und verabschiedete sich dann eilig. Er schien mit seiner Muse noch andere Dinge vorzuhaben, als sie ungehindert junge Stargeiger anschmachten zu lassen.

»Die wäre aber auch keine schlechte Partie«, grinste Ferencz, nachdem die beiden gegangen waren. »Heiß wie die Hölle – und eine Stimme, ich sage dir, zum Niederknien.«

»Glaub ich dir aufs Wort.«

»Aber? Du willst es dir mit dem Direktor nicht verscherzen, hab ich recht?«

Adam schüttelte den Kopf. »Anni oder keine.«

Ferencz lachte. »Ich kann's kaum erwarten, diese Frau kennenzulernen.«

Die Sonne strahlte über das nur noch zur Hälfte schneebedeckte Inntal, als Adam am Ostersonntag nach Sellrain aufbrach. In seinem Rucksack steckten etwas Geld, reichlich Proviant und zwei Geschenke, die er im Krämerladen eines beliebten Gastes erstanden hatte: ein silbernes Armband für Anni und einen Teddybären für Clara. Im Ohr klang ihm der Refrain von *Lili Marleen*. Als er den Anstieg begann, kreischten über ihm die Kraniche. Sie waren aus dem Süden zurückgekehrt.

44

Den ganzen Gottesdienst hindurch konnte Anni kaum stillsitzen, so aufgeregt war sie. Alles war organisiert. Ferdl hatte seine Kutsche wieder flottgemacht, der Weg ins Tal war endlich schneefrei. Direkt nach dem Kirchgang würde er sie mit hinunternehmen. Eine Osterüberraschung für Adam, der in Hubers Gasthof ganz sicher nicht freibekommen würde. Ihre wenigen Habseligkeiten hatte sie bereits gepackt. Spätnachmittags würde sie in Innsbruck eintreffen und ihn nach den langen Wochen des Wartens endlich wieder in die Arme schließen.

Am Morgen hatte sie sich von ihren Schwiegereltern verabschiedet. Es war nicht leicht gewesen, für beide Seiten nicht.

»Schreib uns, ja?«, hatte Agnes gesagt und auf einmal noch zerbrechlicher gewirkt als ihr Mann. Sie gab Anni eine gehäkelte Strickjacke für Clara, die mit kleinen Blüten und Ornamenten verziert war. Anni nahm stumm ihre Hand und drückte sie. Alois reichte ihr eine abgegriffene, aber edle Ledertasche. »Hat dem Fritz gehört. Vielleicht kannst des brauch'n.«

In der Tasche befanden sich ein schweres Schnitzmesser, ein paar Fotos und eine Sammlung mit alten Goldmünzen, die sicher einiges wert war.

»Danke, Alois«, sagte Anni ehrlich. »Ich weiß, ihr hattet es nicht leicht mit mir.«

Alois trat verlegen von einem Fuß auf den anderen.

»Pass gut auf die Kleine auf, ja?«, bat Agnes mit feuchten Augen. »Versprichst mir des!«

Anni nickte: »Natürlich.«

»So«, erklärte Alois entschlossen. Ihm reichte es offenbar mit dem Abschiednehmen. »Auffi jetzt, sonst kommen wir zu spät in die Kirch!«

Clara spürte, dass etwas in der Luft lag, und war entsprechend quirlig. Anni hatte ihre liebe Not, sie in der Kirche auf dem Schoß zu halten. Pfarrer Hochmair schien ebenfalls voller Frühlingsenergie zu stecken. Er predigte von Katharsis und Neuanfang und Jesu Aufstieg ins Himmelreich. Der lange, zähe Winter, den sie alle hier oben verbracht hatten, war für viele eine Belastungsprobe gewesen. Aber nun schien die Sonne durch die Kirchenfenster, und alle Zeichen standen auf Aufbruch.

Das Zeichen für Anni kam von Pfarrer Hochmair. Sie reichte Clara an ihre Schwiegermutter weiter und nahm die Guarneri aus dem Kasten. Während sie zum Altar schritt, spürte sie die Blicke der Gemeinde in ihrem Rücken. Viele betrachteten Anni noch immer mit Skepsis, aber sie hatten sie den Winter über in Ruhe gelassen. Nun würde sie einmal für sie spielen und sich danach in ihr neues Leben an Adams Seite verabschieden.

Anni stimmte die Geige. Eine Kirche war ein guter Ort, wenn man unter Lampenfieber litt. Hier erwartete niemand Höchstleistungen. Das Publikum war größtenteils musikalisch wenig bewandert und die Akustik so schlecht, dass kleinere Unsauberkeiten niemandem auffielen. Als sie zu spielen begann, merkte Anni jedoch zu ihrem eigenen Erstaunen, dass sie ohnehin nicht nervös war, sondern mit sich im Reinen. Sie spielte Paganini. Ihre liebste Caprice, Nummer 24 in a-Moll.

Es gelang ihr, das zu spüren, was ihr Vater damals als ihr ganz großes Talent bezeichnet hatte. Die wirkliche Verbindung zur Musik. Ihren Zauber zu spüren, ihn durch sich hindurchfließen zu lassen – und ihn mit jedem Ton in den Raum zurückzugeben, leidenschaftlich, bis zum letzten Pizzicato. Sie und die Guarneri schienen eins zu werden. So wie sie es jedes Mal gewesen waren, wenn sie in den vergangenen Monaten gespielt hatte. Weil es ihr Weg geworden war, um Adam nah zu sein.

Ihr Entschluss, bei ihm zu sein und zu ihm zu stehen, erfüllte Anni mit einer inneren Ruhe, die sie so von sich nicht kannte. In seinem letzten Brief hatte er geschrieben, dass er inzwischen als Straßenmusiker gut verdiene. Anni war sich sicher, dass ihm bald ganz andere Türen offen stehen würden. Und warum nicht auch ihr? Vielleicht konnte sie eine Anstellung als Musiklehrerin finden. Kindern und Jugendlichen dabei helfen, nicht durch zu großen Druck die Freude am Musizieren zu verlieren – das wäre eine schöne Aufgabe, dachte sie.

Nachdem der letzte Ton verklungen war, erntete Anni wohlwollenden Applaus. Endlich kam der Segen, und der Organist begleitete den Auszug der Gemeinde mit einem fröhlichen *Christ ist erstanden*. Draußen strahlte die Sonne vom Himmel, die Vögel zwitscherten. An den Wegesrändern lag der letzte harte Schnee. Ferdl wartete bereits mit der angespannten Kutsche auf sie.

Anni verabschiedete sich noch einmal von ihren Schwiegereltern. Dann stieg sie mit Clara auf den Kutschbock, und

Ferdl schnalzte mit der Zunge. Sie drückte kurz seine Hand, als sie durchs Dorf fuhren. »Dank dir, Ferdl! Für alles!«

Er lächelte nur. »Aufgeregt?«

»Ein bisschen schon«, gab Anni zu.

Sie nahmen Kurs auf den Dorfplatz, wo das kleine Rathaus stand.

»Ja, schau!«, rief Ferdl aus, als er eine Gestalt erblickte, die dort auf den Stufen saß. »Da scheint's ihr ja denselben Gedanken gehabt zu haben.«

Annis Herz machte einen Sprung. Adam war schon hier?!

Doch je näher sie kamen, umso klarer wurde Anni, dass der Mensch, der in einem zerschlissenen Armeemantel vor dem Rathaus kauerte, nicht Adam Loewe war, sondern … Fritz Angerer.

Ihr Ehemann.

45

Sie waren zu sechst und ganz offensichtlich betrunken. Zwei von ihnen hielten Backsteine in der Hand. Sie trugen schwarze Sturmhauben und hatten sich rote Hakenkreuze auf ihre weißen Unterhemden gemalt. Die drei Strohballen, die sie vor der Haustür aufgeschichtet hatten, brannten lichterloh. Funken sprühten in den Himmel. Tristan stand entsetzt in der Haustür und hielt sich die Hand vor die Augen. »Was wollt ihr?«, rief er gegen die Flammen an.

»Verschwinde, du Nazi-Schwein!«, brüllte der eine. »Und nimm deine verdammte Bastard-Brut mit dahin zurück, wo du herkommst!«

Tristans Herz klopfte bis zum Hals.

Die Spannung aus der Situation nehmen, dachte er. Um jeden Preis. Er hob die Hände und ging die drei Stufen hinunter auf die Männer zu. An ihrer Statur erkannte er, dass sie jung waren.

»Hört zu, Jungs. Da drin liegt meine Frau mit unserem kleinen Baby. Es ist vier Tage alt. Also bitte, geht nach Hause und lasst uns in Ruhe.«

»Ihr seid diejenigen, die nach Hause gehen werden!«

»Okay«, beschwichtigte Tristan. »Aber jetzt ist es mitten in der Nacht. Lasst uns morgen über alles …«

Weiter kam er nicht. Ein Backstein verfehlte knapp seinen Kopf.

»So, das reicht jetzt! Ihr habt ihn gehört!«, klang eine resolute Stimme von der Haustür her.

Tristan wandte sich um. Dort stand Erica Primrose im Morgenmantel. In der Hand hielt sie eine der Flinten ihres Mannes.

»Ihr zieht jetzt sofort Leine, sonst blase ich euch allen eine Ladung Kaninchenschrot in den Arsch! Verstanden?«

Noch nie hatte Tristan Erica so reden hören. Geschweige denn mit einer Waffe in der Hand gesehen.

Die Jungs wichen etwas zurück. Einer von ihnen schien es auf die Spitze treiben zu wollen und warf einen weiteren Backstein ins Wohnzimmerfenster. Es zersprang klirrend.

Erica richtete die Waffe in seine Richtung und drückte zweimal ab. Ein unterdrückter Schrei ertönte. Dann Fußgetrappel. Die Schüsse schienen ihre Wirkung nicht verfehlt zu haben.

Tristan atmete durch. Aus dem Haus hörte er Babygeschrei. Johnny war aufgewacht.

»Ich wusste nicht, dass du schießen kannst«, sagte er anerkennend zu Erica.

»Kann ich auch nicht«, gab diese zurück. »Schnell, wir müssen das Feuer löschen, bevor ...« Ihr Blick wanderte zum Schafstall, dessen Reetdach bereits zu qualmen begonnen hatte. Die ersten Flammen züngelten heraus. »Nein!«, schrie Erica. »Nein, nein, nein!«

»Hol Rosalie und den Kleinen! Und ruf die Feuerwehr!«, rief Tristan. »Ich kümmere mich um die Schafe.«

Dann ging alles sehr schnell. Während er im Schafstall alle Gatter öffnete, spürte er bereits die Hitze des Feuers über sich.

Laut blökend liefen die Tiere ins Freie. Es würde eine Heidenarbeit werden, sie alle wieder zusammenzutreiben, doch das war jetzt egal. Tristan lief ebenfalls nach draußen, schloss einen Schlauch an, drehte den Wasserhahn auf und bespritzte das Dach, obwohl schon klar war, dass er das Feuer nicht mehr würde beherrschen können. Er hörte, wie jemand seinen Namen durch die Nacht schrie. Rosalie!

Er rannte zurück zum Wohnhaus. Rosalie stand zitternd mit dem Säugling im Arm etwa dort, wo vorher die Fackelträger gestanden hatten. Panisch deutete sie auf das Dach des Hauses, und Tristan sah, dass das Feuer auf das Reetdach des Cottage übergesprungen war. Ein Funke hatte genügt. Noch nie hatte Tristan ein Haus so schnell in Flammen stehen sehen.
»Wo ist Erica?!«
»Wieder reingelaufen! Sie meinte, dass sie wichtige Dokumente holen muss. Im Arbeitszimmer ...«
»Nein!«, rief Tristan und stürzte ins Haus.
»Tristan!«, schrie Rosalie. »Geh nicht! Bitte!«
»Ich muss Erica da rausholen«, sagte er entschlossen.
In diesem Moment ereignete sich eine gewaltige Explosion.

Der Waffenschrank des Colonels, fuhr es Tristan durch den Kopf. Er dachte keine Sekunde mehr nach. Sein Körper reagierte einfach. Er stieß die Tür auf und rannte ins Haus. Beißender Qualm schlug ihm entgegen. Er zog sich sein Hemd aus und hielt es sich vor Mund und Nase. Dann rannte er zum Arbeitszimmer, wo sich auch der Waffenschrank befand – und alle wichtigen Dokumente. Erica lag bewusstlos auf dem Boden. Die Druckwelle musste sie gegen die Wand geschleudert haben. Tristan tätschelte ihre Wange. Zum Glück gab sie ein leises Stöhnen von sich.
Er versuchte sie hochzuheben und brauchte drei Anläufe.

Der Rauch brannte in seinen Lungen. Während er Erica taumelnd in den Flur trug, sah er im Eingangsbereich einen brennenden Balken herabstürzen.

Verdammt, dachte er und wankte stattdessen mit seiner Last zur Küche, die einen Hinterausgang in den Kräutergarten hatte. Mit der Kraft der Verzweiflung trat er die Tür einfach aus ihren Angeln und schleppte die alte Dame ins Freie. Mit schweren Schritten stapfte er quer durch ihr liebevoll angelegtes Gemüsebeet, umrundete das Haus und erblickte Rosalie, die erleichtert auf ihn zurannte. Gemeinsam entfernten sie sich ein Stück vom brennenden Haus, hinaus auf die feuchten Wiesen, Hauptsache, weit genug weg von den Flammen.

»Nimm den Kleinen, ich kümmere mich um sie«, rief Rosalie.

Tristan legte Erica vorsichtig auf dem Gras ab und übernahm keuchend den Säugling, der leise vor sich hin wimmerte. Er war so leicht wie eine Feder.

Rosalie kniete sich zu Erica und untersuchte sie fachgerecht. »Sie atmet!«, verkündete sie. »Der Puls ist schwach, aber regelmäßig!«

Tristan atmete erleichtert aus. Er merkte, dass er am ganzen Leib zitterte.

»Sie schafft es, Tristan. Sie wird es schaffen!«

Rosalie zog ihren Morgenmantel aus, legte ihn sanft unter Ericas Kopf und brachte sie in die stabile Seitenlage. In der Ferne waren die Sirenen der Rettungskräfte zu hören.

Tristan wiegte noch immer schwer atmend seinen kleinen Sohn, während Rosalie sanft auf Erica einsprach. Er sah zurück zum Haus, das inzwischen lichterloh in Flammen stand. Ein Zuhause, dachte er traurig. Ein Zuhause, das wir für kurze Zeit hatten.

46

Rosalie saß auf dem Flur des St. Mary's Hospital in Newport und hielt Johnny fest im Arm. Was hatte er in seinem jungen Leben schon durchmachen müssen. Ein brennendes Haus, die Angst seiner Mutter, eine Fahrt im Krankenwagen. Und dennoch schlief er tief und fest, als wollte er ihr sagen, dass das alles kein Problem für ihn sei.

Tristan kam den Gang herunter. Hemd, Hose, Gesicht und Arme immer noch rußverschmiert. Er humpelte leicht. Die Anstrengung war seinem Bein nicht gut bekommen. Völlig erschöpft ließ er sich neben sie auf die Bank fallen. »Sie untersuchen sie noch«, sagte er. »Aber sie sagen, sie ist außer Gefahr.«

»Sicher?«, fragte Rosalie. »Sie war so nah dran an der Explosion.«

Tristan hob die Hände und ließ sie wieder fallen. »Sprich du mit den Ärzten«, erwiderte er abgekämpft.

»Das werde ich«, verkündete Rosalie entschlossen und reichte ihm den schlafenden Johnny.

Sie lief den Gang hinunter und fragte sich auf der Station durch. Es half, dass sie sich bei den Schwestern als Kollegin vorstellen konnte. Doch dann stand sie zu ihrem Entsetzen plötzlich vor Lieutenant Davies. Jenem grausam inkompetenten früheren Assistenzarzt, den Dr. O'Malley damals am Schlafittchen aus dem Lazarett gezerrt hatte. Offenbar war er hier der diensthabende Oberarzt. Das Schicksal konnte wirklich gemein sein.

»Rose Nightingale!«, begrüßte er sie scheinheilig. »Ich hörte, Sie waren ebenfalls Opfer des Brandanschlags? Wie schrecklich!«

»Ich würde gern zu Mrs Primrose«, erklärte Rosalie fest.

»Patientin Primrose ruht sich aus«, wiegelte Davies ab. »Sie können morgen zu ihr.«

»Haben Sie eine umfassende Röntgendiagnostik gemacht?«, fragte Rosalie. »Sie war in unmittelbarer Nähe eines Explosionsherds. Es wäre möglich …«

»Sie vergessen sich, Schwester!« Seine Stimme wurde schneidend. »Ich versichere Ihnen, alle notwendigen Maßnahmen wurden ergriffen. Der Patientin geht es gut. Sind Sie hier die Ärztin oder ich?« Er stand vor Rosalie wie eine Wand. »Kümmern Sie sich um Ihr Kind, Mrs FitzAllan. Herzlichen Glückwunsch, übrigens. Und viel Kraft für die Zukunft, die werden Sie brauchen, denke ich.«

Er wusste Bescheid. Natürlich. Sie wussten alle Bescheid. Nachrichten wie diese verbreiteten sich auf der Insel schneller, als ein Reetdach Feuer fing.

»Fahren Sie zur Hölle, Davies«, entfuhr es ihr. Dann machte sie auf dem Absatz kehrt und ging davon.

Ihr Vater war in diesen schweren Stunden seit Langem erstmals wieder ein Segen. Er schickte den Fahrer mit dem Wagen, und sie schaukelten vollkommen ermattet zum *Seaside Hotel*, dankbar und erleichtert, einen sicheren Ort zu haben. Vom Hotel aus rief Rosalie Dr. Fennyman an und bat ihn, nach Erica zu sehen. Sie war so erschöpft, dass sie kaum den Hörer halten konnte. Die Eltern hatte ihnen eine der Suiten herrichten lassen, mit viel Platz für sie beide und das Baby.

Doch als sie sich endlich den Staub dieser schrecklichen Nacht von der Haut gewaschen, den kleinen Johnny versorgt, in seine Wiege gelegt und gegessen und getrunken hatten, fanden sie keine Ruhe.

»Davies ist ein guter Soldat, aber ein unfähiger Arzt«, sagte Rosalie in die Stille. Sie lagen regungslos nebeneinander auf dem Bett. »Ich wünschte, O'Malley wäre hier.«
»Kannst du ihm nicht Bescheid geben?«
»Er ist nach Kriegsende zurück nach Irland gegangen. Ich weiß nicht einmal genau, wo er lebt.« Rosalie seufzte schwer.
»Komm«, Tristan ergriff ihre Hand. »Lass uns versuchen, ein paar Stunden zu schlafen.«
»Wie spät ist es überhaupt?«, fragte Rosalie müde.
»Fünf Uhr morgens.«
»Um neun Uhr müssen wir spätestens im Krankenhaus sein …«, murmelte Rosalie.
Dann schlief sie ein.

Als sie hochschreckte, war es taghell.
Tristan reichte ihr den quäkenden Johnny. »Ich glaube, er hat großen Hunger!«
Er sah überfordert aus. Sein Haar glänzte noch nass von der Dusche.
Rosalie stillte ihr Kind und versuchte dabei, ihre Gedanken zu ordnen. Die wenigen Minuten, in denen Tristan im Haus verschwunden war, waren ihr wie die längsten ihres Lebens vorgekommen. Eiskalt und unvermittelt hatte sie eine Angst beschlichen, als würde der Tod am Horizont auftauchen und abermals seinen Blick auf Tristan heften. Und plötzlich hatte sie es ganz intensiv gespürt. Die tiefe Verzweiflung, die sie

ergreifen würde, wenn er nicht zurückkäme. Stocksteif stand sie da und konnte nichts tun, als den kleinen Johnny zu halten, zu wiegen, ein paar Sätze zu murmeln und ihn und sich selbst zu beruhigen. Noch nie war ihr so endgültig und unwiderruflich klar geworden, wie sehr Tristan zu ihr gehörte. Wie wenig sie ohne ihn wäre. Nein, dass sie gar nicht ohne ihn sein konnte. Vor allem jetzt nicht, da dieses neue Leben in ihres getreten war.

»Verschwinde!«, rief sie dem Tod in den Flammen entgegen. »Hau ab! Deine Zeit ist noch nicht gekommen!« Dann hatte sie Tristan entdeckt, der ihr mit Erica auf den Armen entgegentaumelte.

Das Gute an einer Ausbildung zur Kriegskrankenschwester waren die Reflexe. Sie hatte sofort gewusst, was zu tun war, war vom fühlenden menschlichen Wesen zu einer Art Mechanikerin geworden. Abläufe, Routinen, Handgriffe. Sie hatte versucht, nicht den Menschen Erica Primrose zu sehen, diese wundervolle, gütige Frau, der sie so viel verdankte, sondern nur die Patientin. Sie hatte sie nach bestem Wissen und Gewissen notversorgt. Leider wusste Rosalie zu gut, wie oft kritische Symptome bei Unfallopfern erst im Nachhinein auftraten oder schlicht übersehen wurden. Sie hatte sich jahrelang mit nichts anderem beschäftigt. Und Davies war die Sorte von Arzt, der die Instinkte von Krankenschwestern gern ignorierte. Eine Tatsache, für die er von Dr. O'Malley hundertfach getadelt worden war. Wie sich herausstellte, nicht oft genug.

»Leider hat sich eine Komplikation ergeben.«

Dr. Fennyman hatte im Flur auf sie gewartet. Das Gesicht des alten Hausarztes war aschfahl.

Rosalie stöhnte auf. Ihre schlimmste Befürchtung schien sich zu bewahrheiten.

Erica Primrose lag leblos auf dem Bett. Rosalie gab Johnny an Tristan weiter, überprüfte Puls und Atmung – beides schwach – und wandte sich an die nächstbeste Krankenschwester. »Wo ist Davies?!«

»Im OP«, gab die Kollegin kühl zurück.

»Dann bringen Sie mir seinen Assistenten!«

»Aber ich …«

»Jetzt sofort!«

Fennyman legte die Hand auf Rosalies Arm. Doch sie wollte sich nicht beruhigen lassen.

»Gestern ging es dieser Frau gut, jetzt liegt sie im Koma!«, herrschte sie den Assistenzarzt namens Jones an, der kurz darauf auftauchte und nicht recht wusste, wie ihm geschah. »Ich möchte wissen, was passiert ist!«

»Wir wissen es nicht genau …«, stammelte Jones.

Er war klein, schmächtig und kaum älter als sie. Exakt die Sorte von Ja-Sager und Speichellecker, die Davies gern um sich scharte. »Es scheint, dass ihr Schädel-Hirn-Trauma doch schwerer war als zunächst angenommen. Verbunden mit der Rauchgasintoxikation …«

»Wie sind die Herztöne?«

»Ich weiß nicht, ich bin gerade erst …«

Rosalie dauerte das alles zu lange. Sie schnappte sich sein Stethoskop und reichte es Dr. Fennyman.

»Bitte, Doktor.«

Fennyman warf dem jungen Arzt einen entschuldigenden Blick zu, begann dann aber, Erica abzuhören. Sein Gesicht wurde noch blasser. »Wir verlieren sie.« Er begann mit der Herzdruckmassage.

Rosalie reagierte sofort und fing an, Erica zu beatmen. Verschwommen nahm sie wahr, dass Johnny weinte. Tristan ging mit ihm vor die Tür.

»Was stehen Sie denn hier noch herum«, blaffte Rosalie Dr. Jones an. »Holen Sie Davies aus dem OP, schnell!«

Jones verschwand.

»Haben Sie Adrenalin dabei?«, fragte Rosalie Dr. Fennyman. Er nickte und wies mit dem Kopf auf seine Arzttasche, die nahe der Tür stand. Rosalie fand das Etui mit den Spritzen und zog eine auf. Dann übernahm sie die Herzdruckmassage, während der Arzt sich bereit machte, das Adrenalin zu injizieren. Sie verstanden sich ohne Worte.

»Was fällt Ihnen ein!«, polterte es von der Tür.

Davies.

»Finger weg von meiner Patientin!«

Dr. Fennyman wich zurück. Rosalie ignorierte Davies und fuhr mit der Herzdruckmassage fort.

»*Ihre Patientin*«, gab sie scharf zurück, »stirbt Ihnen hier gerade! Wir versuchen nur, das zu verhindern!«

Davies schnaubte etwas Unverständliches, schob Rosalie zur Seite und nahm Dr. Fennyman Stethoskop und Spritze ab. Einen Moment lang horchte er angestrengt auf die nicht vorhandenen Herztöne. Dann setzte er die Spritze an und verabreichte das Adrenalin. Wieder horchte er den Brustkorb ab und schüttelte schließlich den Kopf.

»Es tut mir aufrichtig leid.«

Rosalie starrte ihn fassungslos an. »Das ist alles?!« Mit der Kraft der Verzweiflung schubste sie den Oberarzt aus dem Weg und fuhr mit der Reanimation fort.

»Mrs FitzAllan …«, stöhnte Davies.

Rosalie hörte nicht auf zu pumpen.

»Mrs FitzAllan! Es reicht!«

Davies wandte sich zu einer Krankenschwester um, die das Schauspiel wie gelähmt beobachtet hatte.

»Todeszeitpunkt: 11 Uhr 45.«

Dr. Fennyman fasste Rosalie am Arm und wollte sie behutsam von Erica wegziehen. Doch Rosalie weigerte sich. »Das ist nicht fair!«, schrie sie verzweifelt. »Das ist einfach nicht fair!«

Irgendwann fühlte sie eine wohlvertraute Hand auf ihrer Schulter. Aber auch in Tristans Armen fand sie keinen Trost.

47

»Nein«, sagte Tristan entschlossen, seit Langem wieder einmal auf Deutsch. »Ich werde dieser Farce nicht beiwohnen«, fügte er auf Englisch hinzu. »Das ist mein letztes Wort.«

Der Priester atmete tief durch und klappte seine Ledermappe zu. Sie saßen im Garten. Vom Haus waren nur geringe Teile des Erdgeschosses bewohnbar. »Wie Sie meinen«, erwiderte er müde. »Es ist Ihre Entscheidung.« Er warf einen hilfesuchenden Blick zu Rosalie, die nur ratlos mit den Schultern zuckte.

Nachdem der Priester gegangen war, misteten sie zusammen den provisorischen Schafstall aus. Johnny schlief friedlich in seinem Kinderwagen.

»Es geht darum, Erica die letzte Ehre zu erweisen«, sagte Rosalie, während sie eine weitere Schaufel mit Mist auf die Schubkarre wuchtete.

»Nein«, erwiderte Tristan trotzig. »Es geht darum, dass ein Dorf sich von Sünde reinwaschen will.«

»Ist das so unverständlich?«

»Nicht unverständlich. Das, was sie getan haben, ist *unverzeihlich*!«

Rosalie strich sich eine Strähne aus dem Gesicht. »Es war ein Unfall, Tristan.«

»Unfall? Die haben das Haus angezündet!«

»Nein, sie haben ein Strohfeuer entfacht, das auf das Haus übergesprungen ist.«

Tristan warf seine Mistgabel in die Ecke. »Ich verstehe wirklich nicht, warum du sie verteidigst!«

»Weil es dumme Jungs waren, die uns Angst einjagen wollten. Sie hätten niemals ...«

»Sie haben gedroht, unser Kind umzubringen! Und sie sind schuld an Ericas Tod!«

Aufgebracht verließ Tristan den Stall, hockte sich auf die alte Bank unter der Kastanie und zündete sich eine Zigarette an. Tief sog er den Rauch in seine Lungen. Mit dem Ausatmen verflog auch ein Teil seiner Wut.

Seit Tagen sprachen sie über nichts anderes mehr. Und es war ja nicht so, dass er Rosalie nicht verstand. Im Grunde bewunderte er sie sogar für ihre Haltung. Sie war diejenige gewesen, die die Besucher empfangen hatte, mit denen auch nur ein Wort zu sprechen er sich weigerte. Der Dorfvorsteher persönlich hatte seine Aufwartung gemacht. In Begleitung zweier Elternpaare der »Täter«, wie Tristan sie nur abfällig nannte.

Es waren sechs Jugendliche gewesen, im Alter zwischen vierzehn und achtzehn Jahren. Sie würden sich vor Gericht verantworten müssen. Allerdings nicht wegen Totschlags, hatte der Constable erklärt. Sondern wegen Ruhestörung, Nötigung und Brandstiftung. Ruhestörung!

Die Wut hatte ihn kurz nach der Erstarrung ereilt, in die er verfallen war, als er Rosalie bei ihren verzweifelten Reanimationsversuchen zugesehen hatte. Sie hatte mit Ericas Tod von ihm Besitz ergriffen und ihn seitdem nicht mehr losgelassen. Als hätten sie sich an Ericas Sterbebett einen Staffelstab übergeben.

Rosalie hatte sich mit wütender Entschlossenheit geweigert, Erica gehen zu lassen. Und er weigerte sich nun mit wütender Entschlossenheit, denjenigen zu verzeihen, die ihr das angetan hatten. Denn er wusste genau, wenn die Wut nachließ, würde das andere, noch unangenehmere Gefühl hervorbrechen, das darunter lag: die eigene Schuld.

Erica Primrose war ein angesehenes Mitglied der Gemeinde gewesen, genauso wie ihr Mann. Bis zu dem Tag, als sie sich entschlossen hatte, ihn, den Kriegsgefangenen Tristan Baumgartner, bei sich aufzunehmen. Ihm ein Zuhause und eine Aufgabe zu geben. Ihm dabei zu helfen, die britische Staatsbürgerschaft zu erlangen und die Frau zu heiraten, die er liebte. Ihn zu behandeln wie ihren eigenen Sohn.

Der Colonel hatte einen schweren Herzfehler gehabt und sich jeder Behandlung verweigert. Aber Erica war abgesehen von ein paar Altersleiden vollkommen gesund gewesen. Wie er es auch drehte und wendete: Sie war seinetwegen gestorben. Und dieser Gedanke war so unerträglich, dass er an der Wut festhielt.

Rosalie kam mit der Schubkarre voller Mist aus dem Stall, lud sie auf dem großen Haufen ab, wusch sich die Hände an der Zisterne, die die Tiere des Hofes mit Wasser versorgte, holte den Wagen mit dem kleinen Johnny aus dem Stall und setzte sich neben ihn. Tristans Zigarette war fast heruntergebrannt. Rosalie nahm den letzten Zug und trat sie dann aus.

»Weißt du noch, damals«, begann sie, den Blick aufs Meer gerichtet. »Als ich dich im Rollstuhl an die Klippen geschoben habe?«

Tristan nickte. Diesen Moment würde er nie vergessen.

»Du hast um Verzeihung gebeten. Um Verzeihung für die Menschen, deren Leben du zerstört hast. Für die, die durch deine Hand gestorben sind«, fuhr Rosalie ruhig fort. »Nun bitten dich diese Menschen um Verzeihung.« Sie sah ihn mit ihren smaragdgrünen Augen an. »Was bist du für ein Mensch, um etwas zu bitten, das du nicht selbst gewährst?«

Sie erhoben sich alle, als Rosalie und er die St. Catherine's Church betraten. Den kleinen Johnny auf dem Arm, wie eine lebendige Mahnung an das, was auf dem Spiel gestanden hatte. Tristan schaute nicht nach links und rechts, während sie langsam durch das Kirchenschiff zum Altar schritten. Aber er brachte es über sich, dem Priester die Hand zu reichen.

Dann trat einer der Jungen nach vorn. Er war hager und groß. Sie hatten Masken getragen in der Nacht, aber Tristan glaubte, in ihm den Anführer zu erkennen. Er hielt ein beschriebenes Blatt Papier in der Hand. Seine Hände zitterten, seine Stimme klang jung und unsicher.

»Wir haben durch unsere Handlungen zum Tod von Erica Primrose beigetragen. Was wir getan haben, war falsch. Wir bereuen unsere Taten und werden die Konsequenzen tragen. Gleichwohl möchten wir hier, im Hause des Herrn, um Vergebung bitten.«

Für einen Moment trafen sich ihre Blicke. Ein fehlgeleiteter junger Mensch, dachte Tristan. Unfähig, die Konsequenzen seines Handelns zu begreifen. So wie ich, als ich einst Bomben auf dieses Land geworfen habe. Er nahm Rosalies Hand und drückte sie fest.

»Hütet euch!«, erhob der Pfarrer seine Stimme. »Und wenn dein Bruder siebenmal des Tages an dir sündigte, und siebenmal käme er zu dir und sagte, es reuet mich. So sollst du ihm vergeben.«

Und dir selbst, dachte Tristan.

Als er schließlich die Erde auf Ericas Sarg warf, spürte er, dass die Wut von ihm abfiel.

48

Der Anstieg auf dem letzten Stück hatte es in sich, und diesmal gab es keine Kutsche, die ihn mitnahm. In seinen Oberschenkeln spürte Adam die zwölf Kilometer Steigung, die er schon bezwungen hatte, aber es machte ihm nichts aus. Sie hatten einander versprochen, sich nach Ostern wiederzusehen. Nun wollte er Anni überraschen und sie ein paar Tage früher abholen.

Er hatte Pläne geschmiedet. Wenn Weidlich tatsächlich Ernst machte und Adam infrage käme für die erste Geige, dann würde das seine Situation grundlegend verändern. Eine Anstellung, ein richtiges Gehalt – er konnte ein geachteter Bürger der Stadt Innsbruck werden. Ferencz teilte seine Euphorie. Sofort hatte Adam sich nach einer neuen Unterkunft umgehört. In einer kleinen Pension, die am Fuße der Nordkette lag, würde im nächsten Monat ein Zimmer frei werden. Es war nicht günstig, aber sie wären außerhalb der Stadt, würden einen Blick auf die Berge haben, und Clara hätte einen Garten zum Spielen.

Er stellte sich vor, wie sie als Familie zusammenwachsen und dort leben würden. Goethe hatte Innsbruck geliebt, auch Mozart war gern hier gewesen. Adam konnte den mächtigen Bergen allmählich etwas abgewinnen. Nicht nur die steilen Abgründe und schmalen Grate zu sehen. Sondern ihre Ruhe und Massivität, ihre Schönheit wahrzunehmen. Er stellte sich vor, wie Clara im Garten der Pension aufwachsen und spielen würde. Wie sie eines Tages ihren Ranzen schultern und in die Schule gehen würde. Wer weiß, vielleicht könnte sie noch eine kleine Schwester bekommen – oder einen Bruder? Oder beides? Du vergaloppierst dich, schalt er sich, aber er konnte nicht aufhören. Der Gedanke an eine gemeinsame Zukunft mit Anni war einfach zu schön.

Ferdls Hof lag ein Stück vor dem Dorfeingang. Adam bog rechts ab. Eigentlich konnte er es kaum erwarten, Anni zu sehen, aber er wollte sich unbedingt zuerst bei Ferdl bedanken. Für alles, was er für sie beide und vor allem für ihn getan hatte. Das Haus lag wie ausgestorben da. Adam klopfte vorn, ging um das Gebäude herum, sah im Stall nach – doch von Ferdl keine Spur. Vielleicht war er oben auf der Alm. Oder bei einem Osteressen. Er nahm sich vor, ihm später einen Brief zu schreiben.

Mit wachsendem Herzklopfen schritt Adam durch das Dorf, das ihm, ähnlich wie die Berge, inzwischen nicht mehr ganz so abweisend und feindselig vorkam. St. Sigmund war einfach nur ein kleiner Ort in den Bergen, der sich von seinem Winterschlaf erholte. Auf den Feldern lag teils noch Schnee, der in der Sonne glitzerte. Überall schossen blauviolett die Krokusse aus dem Boden. Der Frühling bahnte sich unaufhaltsam seinen Weg. Die Luft war klar und angefüllt mit Vogelgezwitscher und der Kraft der Wiederauferstehung. Adam fühlte sich wie ein Prinz, der gekommen war, um seine Prinzessin zu holen.

Dann bog er um die Ecke und sah die Gesellschaft vor dem Haus der Angerers stehen. Das Erste, was ihm auffiel, war die

Anzahl der Menschen. Das halbe Dorf schien sich vor dem Bauernhaus versammelt zu haben. Ferdls Kutsche stand ebenfalls in der Nähe. Die Haflinger dösten, warm beschienen von der Sonne. Mit jedem Schritt, den Adam näher kam, wuchs sein Unbehagen. Was war da nur los? Ein Geburtstag? Ein Schicksalsschlag? Ein Trauerfall?

Die Menge teilte sich ein wenig, und plötzlich sah er Anni, umringt von Menschen. Sie hatte Clara auf dem Arm, der Kleinen schien es also gut zu gehen, doch Annis ganze Körperhaltung drückte Anspannung aus. Dann wandte der große, blonde Mann, der neben ihr stand, den Kopf in seine Richtung, und Adam erkannte ihn. Es war der Mann aus dem Reisepass. Der Mann vom Foto im Haus seiner Eltern. Annis Ehemann.

Der Schock über Fritz Angerers Rückkehr traf Adam so unmittelbar, dass er stockstelf stehen blieb, als wäre er in einen Stein verwandelt worden. Der blonde Mann legte seine Hand auf Annis Arm. Nun wandte auch sie sich um, und ihre Blicke trafen sich. Das, was Adam in ihrem Gesicht sah, würde er nie vergessen. Es war eine grauenvolle Mischung aus Schmerz, Schuld und Scham. Am größten aber war der Schmerz. Das konnte er deutlich sehen. Anni litt Höllenqualen.

Es kam noch schlimmer, denn in diesem Moment hatte Clara ihn entdeckt.

»Damdam!«, rief die Kleine laut und wand sich so lange in Annis Arm, bis diese sie herunterließ. »Damdam!«, quiekte Clara wieder und rannte auf Adam zu.

Die Wiedersehensfreude des kleinen Mädchens löste seine Versteinerung. Sein Köper reagierte reflexartig, er empfing sie mit offenen Armen und hob sie hoch. Gleichzeitig spürte er, wie im Inneren seiner Brust ein schwarzes Loch entstand, das sich rasch vergrößerte. Clara umarmte ihn so intensiv und unschuldig, wie kleine Kinder das eben tun, wenn sie eine geliebte Person nach langer Abwesenheit wiedersehen. Er konnte es nicht verhindern.

Als er sie behutsam abzusetzen versuchte, klammerte sie sich an ihm fest. Also blieb Adam nichts anderes übrig, als mit Clara auf dem Arm auf die Gesellschaft zuzugehen. Das Dorf starrte ihn an wie eine Erscheinung. Er sah, dass Anni auf Fritz einzureden begann, ähnlich wie sie es damals bei ihrer gemeinsamen Ankunft mit ihren Schwiegereltern getan hatte. Er kannte ihre Sätze, ohne sie zu hören. Sie sprach von ihm als ihrem Lebensretter. Vom Bombenfeuer, von russischen Soldaten, die sie ziehen ließen. Davon, dass er sie heil hierhergebracht hatte unter Einsatz seines Lebens. Anders als die Schwiegereltern damals sah er Fritz nicken. Wieder legte er seine Hand auf Annis Arm, eine Geste, die das Loch in Adams Brust so aufblähte, dass er kaum noch Luft bekam. Dann schritt der blonde Österreicher auf Adam zu.

»Friedrich Angerer, Fritz«, stellte er sich vor und streckte seine Hand aus. Er war groß, hager und abgezehrt, wirkte aber dennoch überraschend vital und entschlossen. »Anni sagt, dass sie Ihnen ihr Leben verdankt.«
Adam nahm die Hand, sie war kühl und trocken. Fritz Angerer hatte einen kräftigen Händedruck, trotz der Versehrtheit, die sein Blick preisgab.
»Adam Loewe«, erwiderte Adam heiser. Das ganze Dorf starrte ihn an.
Plötzlich war Anni bei ihnen und nahm ihm mit zitternden Händen das Mädchen ab. »Komm her, mein Schatz!«

Clara ließ sich nur unwillig aus Adams Armen lösen.

»Unsere Tochter scheint Sie ja sehr in ihr Herz geschlossen zu haben«, stellte Fritz fest. Sein Tonfall war nicht vorwurfsvoll, eher ernüchtert.

»Fritz ist aus russischer Kriegsgefangenschaft geflohen«, versuchte Anni die beklommene Stimmung zu brechen. »Und dann zu Fuß den ganzen Weg hierher …«, sie machte eine ausladende Geste.

Adam fühlte sich wie in einem Theaterstück, dessen Text er nicht kannte.

»Kommen Sie, seien Sie unser Gast«, forderte Fritz ihn auf und nahm ihn mit in die Runde der Menschen. Er schien nicht zu bemerken, wie feindselig die anderen Adam betrachteten. Eine große Wolke schob sich vor die Sonne. Das Dorf verlor auf einen Schlag seine vorübergehende Harmlosigkeit – und die Berge waren wieder Adams Feinde.

»Ferdl«, forderte Fritz Annis Cousin auf. »Bitte, gib doch Herrn Loewe ein Glas von deiner Marille.«

Ferdls Blick war ähnlich schuldbewusst wie der von Anni, wenn auch weniger schmerzerfüllt. Adam sah ein anderes Gefühl darin, das ihn noch weit mutloser machte: Mitleid.

Er nahm das Glas, stieß mit Fritz an, kippte den Schnaps hinunter und fragte dann: »Können wir kurz reden? Allein?«

Fritz ließ beide Gläser noch einmal vollschenken und ging mit Adam ins Haus. Er wollte gerade die Türen schließen, als Anni dazukam.

»Ich denke nicht, dass ihr das ohne mich klären solltet.«

»Anni, bitte«, wollte Fritz sie zurückweisen, doch Adam hob seine Hand. »Bei allem Respekt: Sie hat recht.«

Fritz rang mit sich, das konnte Adam sehen, doch er gab schließlich nach. »Also gut«, sagte er. »Setzen wir uns.«

Adam ließ sich angespannt auf einem der Stühle nieder und sammelte seine Kräfte. »Die Situation ist klar. Anni dachte, Sie wären tot. Aber Sie sind es nicht. Ich kann mir nur ansatzweise vorstellen, was Sie durchgemacht haben. Wir haben auch einiges erlebt, aber ...« Er hielt inne, überlegte, ob er Fritz an seinen Erinnerungen teilhaben lassen sollte, entschied sich dann aber dagegen. »Ich habe meine Aufgabe erfüllt, indem ich Ihre Frau sicher hier abgeliefert habe. Das war ich Annis Vater schuldig. Den Rest der Geschichte ...«, er stockte einen Moment. »Den Rest der Geschichte sollten wir vergessen.«

Fritz zog eine Packung Zigaretten aus seiner Brusttasche und bot Adam eine an, der sie dankbar nahm. Anni streckte ihre Hand ebenfalls aus. Fritz zögerte, kam ihrer stummen Bitte dann aber nach. Er schien diese Frau nicht so recht wiederzuerkennen.

Sie rauchten schweigend. Die beiden vollen Schnapsgläser standen unberührt auf dem Tisch.

»Also gut«, sagte Fritz. »Vergessen wir den Rest.« Er reichte Adam ein Glas und stieß mit seinem leicht dagegen. »Danke, dass du dich um Anni gekümmert hast. Das war verdammt anständig.«

Du bist verdammt anständig, dachte Adam und erhob sich.

»Ich wünsche euch alles Glück der Welt«, presste er mühsam hervor. Das schwarze Loch in seiner Brust schien seine Lunge inzwischen gänzlich verdrängen zu wollen. »Ich werde jetzt gehen.«

»Halt!«, rief Anni. »Das soll es gewesen sein?!« Sie ging zu Adam und fasste ihn am Arm. »Du gibst mich zurück wie ein Pfand, das ausgelöst wird?«

»Du gehörst zu ihm«, sagte Adam stockend. Ihren Körper so nah zu spüren, zerriss ihn förmlich. »Und das weißt du.«

Tränen schossen in Annis Augen.

Es wurde immer unerträglicher für Adam. Er musste so schnell wie möglich hier weg. »Alles Gute!«, sagte er zu Fritz, der das Ausmaß der Katastrophe mehr und mehr zu begreifen schien.

Adam überwand sich, Anni ein letztes Mal zu umarmen. Sie stand steif da. Dann verließ er die Stube.

Draußen wartete die Dorfgemeinschaft wie eine Meute Reporter nach einer nicht öffentlichen Gerichtsverhandlung. Er bahnte sich einen Weg durch die Menge und wäre schon entflohen, hätte er nicht plötzlich einen Ruf aus der Menge vernommen.

»Damdam!« Clara saß auf dem Arm von Annis Schwiegermutter.

Er wollte gehen und konnte es nicht. Seine Füße gingen wie von selbst zurück zu dem kleinen Mädchen, das er so oft auf seinem Rücken getragen hatte. Ein letztes Mal drückte er seine Wange an ihre, spürte ihre kindliche, zarte Haut, ihre weichen Pausbäckchen, die nach Veilchen rochen. Dann riss er sich los, ignorierte Claras Weinen, das Raunen, die Blicke, und schritt entschlossen zum Ortsausgang, damit niemand *seine* Tränen sah.

Dort holte Anni ihn ein, kurz vor Ferdls Haus. Er hörte ihre Schritte, aber die Heftigkeit, mit der sie ihn am Arm packte und herumriss, überraschte ihn doch. Und direkt danach der Kuss. Bitte nicht, dachte er noch, aber es war zu spät. Sie versanken ineinander. Als sie sich schließlich voneinander lösten, hielt er ihr Gesicht in seinen Händen. Es war heiß und tränenüberströmt.

»Adam, ich ...«, sagte sie. »Das heißt dann also ...« Sie fing an zu schluchzen. Er nahm sie in die Arme und hielt sie fest.

»Es geht nicht anders, Anni«, sagte er leise, als wolle er sich selbst beruhigen. »Es ist gut. Wir hatten einander. Wir werden einander immer haben.«

Sie blickte unter Tränen auf. »Werden wir das?«

Adam versuchte an etwas Schreckliches zu denken, damit er nicht zusammenbrach. Er dachte an Wieciek. An den »Geiger«. An die Gestapo. An die Toten, die in den Krematorien verbrannt worden waren. Er dachte an den Lkw voller Leichen, den sie gesehen hatten.

»In einer anderen Welt«, sagte er schließlich. Und es gelang ihm, nicht zu weinen. »In einer besseren Welt.«

Damit wollte er sich abwenden, doch sie ließ ihn nicht gehen. »Eins noch«, bat sie und sah unendlich verletzlich aus.

Er hatte den Geigenkoffer auf ihrem Rücken gar nicht bemerkt.

Sie drückte ihm die Guarneri in die Hände.

»Das kann ich nicht annehmen! Sie gehört deinem Vater.«

»Sie *gehörte* meinem Vater«, korrigierte Anni. Und zum ersten Mal an diesem Tag zeigte sich unter ihren Tränen ein leichtes, wenn auch bitteres Lächeln. »Er hätte es so gewollt. Glaub mir. Du spielst sie schöner, als ich es je können werde.« Dann trat sie einen Schritt zurück, als wollte sie die Übergabe besiegeln. »Hör nicht auf, an dich zu glauben!« Es klang wie ein Befehl, und sie versuchte es noch einmal sanfter: »Versprich mir das.«

Adam konnte nicht einmal mehr nicken. Er schloss sie noch einmal in seine Arme, in dem Wissen, dass es das letzte Mal sein würde.

Hufschlag näherte sich. Ferdl kam mit seiner Kutsche. Sein Gesicht war blass, als er die Haflinger durchparierte. »Steig auf!«, sagte er tonlos.

Adam war ihm dankbar. Als seine Hand sich endgültig von Annis löste, blieb ein Teil seines Herzens bei ihr zurück.

»Versprich es mir«, rief sie.

»Ich verspreche es.« Es war das Letzte, was er sagen konnte.

Ferdl schnalzte mit der Zunge.

Adam hielt den Geigenkoffer umklammert, ganz nah an seiner Brust, damit sein Herz nicht vollständig zersprang, als Ferdls Kutsche um die Ecke bog und er Anni vor der massiven Bergkulisse kleiner werden sah. Noch nie hatte er eine Frau so sehr geliebt.

Und er bezweifelte, dass er es je wieder tun würde.

Sommer 1947

US-Außenminister George C. Marshall fordert ein wirtschaftliches Aufbauprogramm für Europa unter Einbeziehung Deutschlands – mit Hilfestellung durch die USA. Dieses sogenannte European Recovery Program wird auch als Marshallplan bekannt.

Das ehemalige Konzentrations- und Todeslager Auschwitz-Birkenau wird von den polnischen Behörden zu einer Gedenkstätte erklärt.

Die Zahl der noch vermissten deutschen Wehrmachtsangehörigen wird von der Wiesbadener Zentralstelle auf 1,7 Millionen geschätzt.

In Berlin wird die Suchdienst-Verbindungsstelle des Roten Kreuzes gegründet.

Im Nürnberger Ärzteprozess werden sieben Angeklagte zum Tode verurteilt.

Österreich gibt sich trotz weiter andauernder Besatzung eine neue Bundeshymne. Sogenannte minderbelastete Nationalsozialisten werden per Gesetz amnestiert.

Die Sowjetunion lehnt die Teilnahme am Marshallplan für sich und andere Ostblockstaaten ab. Auf dem II. Parteitag der im

Vorjahr aus KPD und SPD gebildeten SED fordert Walter Ulbricht die Einführung der Planwirtschaft in der sowjetisch besetzten Zone.

Ein deutscher Soldat kehrt aus der Kriegsgefangenschaft in seine Heimat zurück.

49

»Schau, Mama, ein Sumsemann!«

Anni war so in Gedanken versunken, dass sie erst aufsah, als ihre Tochter schon bei ihr war. Claras Hände hatten sich sorgsam um das Insekt geschlossen, das sie ihrer Mutter nun stolz präsentierte. Es war ein hübscher großer Feldmaikäfer.

Kein Ausnahmefund, schon seit Wochen summten und krabbelten sie überall umher. Ihre Schwiegermutter hatte angefangen, Suppe aus ihnen zu kochen, die zu essen Anni sich jedoch standhaft weigerte.

Grundsätzlich aß Anni immer noch nicht viel. In den ersten Wochen nach Adams Weggang hatte sie kaum etwas zu sich genommen. Nicht aus Prinzip, sondern weil ihr schlecht wurde, sobald sie einen Bissen aß. Sie sei krank vor Kummer, sagte Ferdl, der ihr aber auch nicht helfen konnte. Es war ausgerechnet ihre Schwiegermutter Agnes, der es schließlich gelang, Annis dunkle Gedankenkreisel zu durchbrechen.

»So«, hatte sie eines Morgens verkündet. »Heut hüte i die Kleine, und du und Fritz, ihr zwei geht's aufn Berg. Sonst schaffst es bald nimmer, deine Tochter noch auf den Arm zu nehmen.«

Fritz hatte mit dem Rucksack vor der Tür gewartet, und sie waren schweigend losgewandert. Zunächst durch den Wald, dann höher, Richtung Felsgipfel. Annis Beine schmerzten, ihr Atem ging stoßweise, aber sie kämpfte sich weiter vorwärts, weil der Schmerz ihr zumindest zeigte, dass sie noch am Leben war. Innerlich fühlte sie sich seit Wochen wie tot. Als das Gipfelkreuz in Sichtweite kam, zitterten ihre Knie so stark, dass sie sich auf den felsigen Boden fallen ließ. Fritz hockte sich neben sie und gab ihr etwas Apfelmost aus seiner Trinkflasche.

»Wie soll es jetzt weitergehen?«, fragte er nach einer Weile.
Beiden war klar, dass er nicht vom Weg zum Gipfel sprach. Anni sah ihn an. Zum ersten Mal wirklich. Seine blonden Haare waren lang geworden, er schnitt sie nicht. Dank der üppigen Küche seiner Mutter hatte er zugenommen und sah von Weitem halbwegs aus wie früher. Doch wer ihn kannte, bemerkte schnell, dass Fritz Angerer nicht mehr derselbe Mensch war. Der Krieg hatte ihn schwer gezeichnet. Zwar besaß er noch alle Gliedmaßen, doch seine Seele war voller tiefer Wunden, die nur sehr langsam heilten – wie Annis auch.

Jetzt sah er einfach nur traurig aus, traurig und ratlos. Sie verspürte den Drang, ihm zu sagen, dass es besser werden würde. Dass sie schon zurechtkommen würden. Dass es alles eine Frage der Zeit sei. Doch alles, was sie hervorbrachte, war: »Ich weiß es nicht.«
»Nun gut«, erwiderte Fritz. »Dann sind wir immerhin schon zwei.«
Er zündete sich eine Zigarette an, nahm einen Zug und reichte sie Anni.
»Ich kann damit leben«, sagte er nach einer Weile. »Damit leben, dass du einen anderen liebst. Geliebt hast. Vielleicht immer noch liebst.«
Sie sah, wie viel Kraft ihn diese Sätze kosteten. Er wandte

sich ihr zu und blickte sie an. »Ich werde dich auch nicht drängen, Anni. Aber es muss der Punkt kommen, an dem du ihn gehen lässt.«

Sie wusste, dass er recht hatte. Und sie wusste, welches Glück sie mit ihm hatte. Und trotzdem schrie ihre Seele ihm ein verzweifeltes, stummes Nein entgegen. Weil sie das, was sie für Adam empfand, nicht vergessen konnte. Und weil sie es auch gar nicht vergessen wollte.

»Gehen wir zum Gipfel«, sagte sie schließlich und stand auf.
Doch je steiler und felsiger es wurde, desto stärker kam das Zittern zurück. Zuerst in ihren Knien, dann im ganzen Körper. Rechts fiel der Grat steil ab, etwa fünfhundert Meter tief, eine fast vertikale Nordflanke. Sie spürte den Drang, sich einfach fallen zu lassen. Aber sie konnte, sie durfte Clara nach allem, was das Kind durchgemacht hatte, nicht auch noch die Mutter nehmen.
Sie spürte Fritz' raue Hand an ihrem Arm. »Sollen wir umkehren?«
Anni schüttelte stumm den Kopf und kämpfte sich weiter den steilen Fels hinauf. Oben an dem eisenbeschlagenen Holzkreuz, das den Gipfel des Freihut zierte, war die Sicht atemberaubend. Im Norden die noch schneebedeckten Gipfel des Karwendel. Im Osten und Süden die mächtigen Stubaier Gletscher.
Die Welt drehte sich um Anni. Die Übelkeit wurde übermächtig, und sie erbrach den Apfelmost, den sie zuvor getrunken hatten, fast vollständig auf das Gipfelplateau. Danach kam das Weinen, wie ein Krampf, der sich nur langsam löste.

Fritz sagte nichts. Er hielt sie einfach fest. Im Grunde war er ein treuer Freund, ein Gefährte, der es geschafft hatte, diesen verdammten Krieg zu überleben. Einer, der zurückgekehrt war für sie und seine kleine Tochter. Der etwas Besseres verdiente als eine Frau, die ein Schatten ihrer selbst war, weil ihre Seele sich nach einem anderen verzehrte.

Anni konnte später nicht sagen, wie lange sie auf dem Gipfel gestanden hatten. Sie hatte damals jedes Gefühl für Raum und Zeit verloren. Doch mittlerweile spürte sie, dass die Tour auf den Freihut einen Wendepunkt markierte, nach dem es ganz langsam aufwärtszugehen begann.

Im warmen Schein der Frühlingssonne nahm sie den von Clara herbeigebrachten Maikäfer vorsichtig in die Hand. Es war ein Weibchen, das konnte sie an der Zeichnung erkennen.
»Eine *Frau* Sumsemann«, erklärte sie Clara und ließ den Käfer auf einer der zahlreichen Wiesenblumen nieder. »Magst du mir mit den Ziegen helfen?«
Clara nickte pflichtbewusst. Die Tage auf Ferdls Alm taten ihr genauso gut wie Anni.

Als sie abends hinunter ins Tal gingen, hüpfte sie fröhlich an Annis Hand, blieb plötzlich stehen und schrie begeistert: »Papa!«
Tatsächlich sah nun auch Anni, dass ihnen Fritz auf dem breiten Waldweg entgegenkam. Clara hatte sich viel schneller an ihn gewöhnt als Anni. Der Segen der frühen Kinderjahre – wer *Damdam* war, hatte sie vermutlich längst vergessen.
Fritz zu sehen, wie er seine Tochter hochhob und an sich drückte, ließ Annis Herz leichter werden. Auch er hatte mit

Albträumen zu kämpfen, die ihn nachts schreiend aus dem Schlaf schrecken ließen. Anni hatte damit begonnen, ihm Fragen zu stellen, und begriff mit jeder Antwort ein wenig mehr, dass sie nicht die Einzige in dieser Ehe war, die mit der Vergangenheit zu kämpfen hatte.

»Wir haben Besuch«, keuchte Fritz und wischte sich etwas Schweiß von der Stirn. Er musste im Eiltempo aufgestiegen sein. »Oder vielmehr du«, ergänzte er.

Die Art, wie er sie ansah, war seltsam feierlich – und gleichzeitig friedvoll. Es war ausgeschlossen, dass es sich um Adam handelte. Also begann Anni zu kombinieren und kam auf den einzig möglichen Schluss, der ihr fast die Beine wegzog. Konnte das wirklich sein? »Tristan?!«

Fritz nickte, sichtlich erfreut, der Überbringer dieser Botschaft sein zu dürfen.

Annis Herz überschlug sich. »Er ist hier?! Er ist wirklich hier?!«

»Und er ist nicht allein!«

Anni spürte, wie ihr die Freudentränen in die Augen stiegen.

»Lauf los«, sagte Fritz. »Lauf, ich komme mit Clara nach.«

Anni lief nicht, sie rannte den Berg hinunter, strauchelte zweimal, rappelte sich auf, rannte weiter, so schnell sie konnte.

Natürlich hatten sie sich geschrieben, immer wieder. Und natürlich hatte Tristan längst den Wunsch geäußert, sie zu besuchen. Aber dass er es wirklich tun würde, und das schon so bald, hatte sie sich in ihren kühnsten Träumen nicht ausgemalt.

Sie saßen auf der Bank vor dem Haus ihrer Schwiegereltern. Ihr Bruder, Rosalie und der kleine Jonathan.

Anni blieb kurz stehen, als sie in Sichtweite kamen. Sie wollte diesen Moment bewahren, sich für immer daran erinnern können. Nun war es Tristan, der aufsprang, als hätte er ihre Nähe gespürt.

Rufend, lachend, weinend liefen sie aufeinander zu und fielen sich so heftig in die Arme, dass es ein bisschen wehtat.

Alles, was danach kam, nahm Anni wahr wie eine Fahrt im Kettenkarussell auf dem Rummelplatz, wenn die Welt in tausend Bildern an einem vorbeifliegt. Unzählige Fragen, Umarmungen, die wunderschöne Rosalie, die sie mit »Hallo, Schwester«, begrüßte. Der niedliche kleine Johnny, den Clara überhaupt nicht mehr loslassen wollte. Ferdls Marillenbrand, von dem sie alle zu viel tranken, in ihrer nicht enden wollenden Wiedersehensfreude.

Später am Abend ging sie mit Tristan im Dorf spazieren. Sie hielten sich an den Händen wie zwei Frischverliebte und fanden es überhaupt nicht komisch.

»Es geht dir besser, oder?«, fragte Tristan.

Wie immer hielten sie sich nicht mit Unwesentlichkeiten auf.

»Ja«, antwortete Anni freiheraus. Und fügte hinzu: »Vor allem heute.«

Er lächelte sein Tristan-Lächeln, das sie so vermisst hatte. Dann sagte er: »Ich hab etwas für dich.«

Er reichte ihr einen braunen Umschlag, dem Anni einen zusammengefalteten Zeitungsartikel entnahm.

»Lass dir Zeit«, sagte er, deutete auf eine Bank, wo sie sich niederließen, und zündete sich eine Zigarette an.

»Seit wann rauchst du denn?«, fragte Anni, schnappte sich seine Zigarette und nahm einen tiefen Zug.

Tristan lachte. »Und du?«

Sie ließ sich gegen seine Schulter sinken und entfaltete den Artikel. Er war aus der Zeitung *The Manchester Guardian*. Ein langer Bericht und ein Interview. In der Mitte der Doppelseite prangte ein Foto von Adam Loewe.

Anni bekam einen Hustenanfall.

»Lies in Ruhe«, sagte Tristan und nahm ihr die Zigarette ab. »Und wenn du etwas nicht verstehst, sag Bescheid. Dann übersetze ich.«

Anni winkte ab. Sie hatte längst mit dem Lesen begonnen.

A Fulminant Debut, war die Überschrift.

Und etwas kleiner darunter: *Jewish Violinist Adam Loewe escapes the Nazis and takes New York Audiences by Storm*. Der jüdische Violinist Adam Loewe entkommt den Nazis und erobert das New Yorker Publikum im Sturm.

Annis Hände zitterten. Atemlos las sie den ganzen Artikel, fragte dann doch zweimal bei Tristan nach, weil sie eine Formulierung in einer der Fragen nicht verstand. Bei Adams Antworten war das nicht nötig. Sie begriff jeden seiner Sätze. Den letzten las sie dreimal. Die Journalisten hatten Adam nach seiner Geige gefragt. Wie hatte er es geschafft, die wertvolle Guarneri del Gesù aus dem Deutschen Reich zu schmuggeln? Adams Antwort war simpel, fast konnte Anni seine Stimme hören, als sie sie las: »Diese Geige gehörte Gottlieb Baumgartner. Dem Mann, der mich gerettet hat. Sie ist ein Geschenk seiner Tochter Anni. Der Liebe meines Lebens.«

Noch einmal brach Anni in Tränen aus, ruhiger diesmal, und in Tristans Armen. Es war kein verzweifeltes, schmerzvolles Schluchzen mehr, sondern ein berührtes, fast hoffnungsvolles Weinen. Er hatte es geschafft. Er war nach Amerika ausgewandert und hatte sein Versprechen eingelöst, dass er weiterspielen würde. Nun lauschte ein großes Publikum seiner Kunst, und Anni wusste, dass nun auch sie selbst wieder spielen konnte. Auf der passablen Lemböck, die Ferdl im letzten Herbst aus Innsbruck mitgebracht hatte. Mit besten Empfehlungen vom Musikhaus Lindner.

Als alle schliefen, lag Anni noch lange wach. Dann stand sie leise auf, zündete eine Kerze an, nahm Tinte, Füllfederhalter und Papier und schlich hinunter in die Stube. Und zum ersten Mal seit langer, langer Zeit begann sie einen Brief nicht mit den Worten »Lieber Tristan«, sondern mit: »Lieber Adam«.

Atemlos und ohne abzusetzen, beschrieb sie drei Seiten – und hatte das untrügliche Gefühl, dass diese Geschichte noch nicht zu Ende war.

Danksagung

Dieser Roman hat Zeit und Kraft gekostet – bei aller Freude, die mir seine Figuren bereitet haben. Umso mehr möchte ich all jenen danken, die mich dabei kreativ, mental, dramaturgisch, strategisch und emotional unterstützt haben.

Ich danke ...

... Barbara Laugwitz, die den Glauben an mich und an die Maikäfer trotz aller Höhen und Tiefen nie verloren hat.
... Matthias Teiting für die intensive, produktive gemeinsame Textarbeit und dafür, dass unsere leidenschaftlichen Auseinandersetzungen nie persönlich wurden.
... Esther Böminghaus für zauberhafte Betreuung, spätabendliche Telefonate und dehnbare Deadlines.
... Hella Reese für den letzten textlichen Blick und Ulrich Wank für den historischen Feinschliff.
... Alexander Simon für treue Begleitung seit Anbeginn und legendäre Berliner Wohnküchenabende, an denen manchmal sogar Romantitel geboren werden.

Ich danke ...

... Sonja Engel für großartige Recherche-Touren und Schreibtage in den Alpen, für die vielen Gespräche über Figuren, Geschichten und Geschichte – und für: »We might be dead by tomorrow.« You know what I mean, Sweetie ...

… Barbara Höflich, meiner »Hasenmutter«, für zahllose inspirierende »Walks & Talks«, wundervolles erstes Lesefeedback, das mir viele Selbstzweifel genommen hat – und für Deinen immerwährenden Glauben an mich als Autorin.
… Nina und Sebastian Jansen fürs ausdauernde Mitfiebern, Mitlesen, Mitleiden sowie für Euren ansteckenden, heilsamen Humor.
… Kathinka Klöpper für eine der schönsten und emotionalsten Rückmeldungen, die ich je zu einem Text bekommen habe.
… Melanie Schwartz für stets hervorragenden strategischen Rat bei besten Gläsern Rotwein (zum Aufbau der zweifelnden Autorenseele).
… Joachim Kosack für kontinuierliche Unterstützung, Wegbereitung und wie immer exzellentes dramaturgisches Feedback.
… Christin Burger für all unsere wunderbaren »Roman-Gespräche«, einzigartige Ermutigungen und so viel mehr.

Und ich danke von ganzem Herzen meiner Familie: unseren Schnuffzis, Adrian und Julius, für Eure Geduld, wenn ich im Urlaub schreiben musste, Eure Witze und Wortschöpfungen (»Mama ist ein Autorohr«) und Eure wundervollen Fragen. Und meinem Mann Patrick Wasserbauer, Soulmate, Herzensmensch, Fels in der Brandung und weltbestem Papa, für wirklich alles, besonders für: »Komm, das ziehst Du jetzt durch!« und: »Ich mach das schon mit den Kindern.« You are amazing. I love you to the moon and back!

Die Playlist zum Buch

Spring 1 (2022)
The New Four Seasons –
Vivaldi Recomposed
Max Richter, Elena Urioste &
Chineke! Orchestra

Love Theme (From »Nuovo
Cinema Paradiso«)
Daniel Hope, Royal Stockholm
Philharmonic Orchestra
& Alexander Shelley

Dream 3 (Remix)
Max Richter, Ben Russell &
Yuki Numata Resnick

Streichquartett Nr. 7 in F-Dur,
Op. 59,1
»Erstes Rasumowsky-Quartett«
Ludwig van Beethoven

Summer 2 (2022)
The New Four Seasons –
Vivaldi Recomposed
Max Richter, Elena Urioste &
Chineke! Orchestra

Fields of forever
Chad Lawson, Peter Gregson

Serenade Nr. 13 für Streicher
in G-Dur KV 525
»Eine kleine Nachtmusik«
Wolfgang Amadeus Mozart

Due Tramonti (Remastered 2020)
Ludovico Einaudi & Marco Decimo

Die vier Jahreszeiten op. 8
L'estate – Der Sommer, Op. 8 Nr. 2, RV 315
3. Satz: Presto
Antonio Vivaldi

Gigue 6.6 (After Bach) –
Summer Tales Arrangement
Peter Gregson & Scoring Berlin

We Contain Multitudes –
piano reworks
Yiruma & Olafur Arnalds

Written On The Sky
Max Richter

Danny Boy
Solo Violine (z. B. Daniel Hope)
Frederic Weatherly/trad.

Lakmé: Flower Duet (Arr. for Violin & Strings by Vivan & Ketan Bhatti)
Esther Abrami & Session Strings

Klaviersonate No. 14 in
Cis-Moll, Op. 27 no 2
»Mondscheinsonate«
I. Adagio sostenuto
Ludwig van Beethoven

Skye Boat Song
Roud Folk Song Index 3772
Trad./William Ross

Spring 3 (2022)
The New Four Seasons –
Vivaldi Recomposed
Max Richter, Elena Urioste &
Chineke! Orchestra

4 Impromptus Op. 90, D. 899
No. 3 in Ges-Dur
Franz Schubert

The Lily (Harpa Sessions)
Gabriel Olafs

Now We Are Free (From
»Gladiator«)
Lisa Gerrard, The Lyndhurst
Orchestra

Dream 13 (minus even)
Clarica Jensen, Ben Russell,
Yuki Numata Resnick
& Max Richter

Tränen (from »Babylon
Berlin«)
Tom Tykwer & Johnny Klimek

Carmen Suite No. 2.: Habanera
George Bizet/Ernest Guiraud

Mon Légionnaire
Raymond Asso/Marguerite
Monnot

Violinkonzert No. 1 in D, Op. 6
Niccolò Paganini

1983
Stefano Guzzetti

Lili Marleen
Lale Andersen/Norbert
Schultze

Symphonie No. 7 in A-Dur,
Op. 92
II. Allegretto
Ludwig van Beethoven

Playlist
Maikäferjahre